Philip Griffin ist Autor und Lehrer. Er hat mehrere Jahre in Hongkong, Japan und Deutschland gearbeitet. Heute lebt er zusammen mit seiner Frau in Kent in Großbritannien.

Philip Griffin

Das Heer der Jungfrauen

Historischer Roman

Deutsch von
Karin Meddekis

Rowohlt Taschenbuch Verlag

Deutsche Erstausgabe
Veröffentlicht im Rowohlt Taschenbuch Verlag,
Reinbek bei Hamburg, Dezember 2004

Die Orginalausgabe erschien 2004
unter dem Titel «Ursula's Maiden Army»
bei Beagle Bay Books,
Redaktion Claudia Schlottmann
Umschlaggestaltung any.way, Cathrin Günther
(Abbildung: J. G. Platzer,
«Amazonenschlacht»/akg-images)
Satz New Baskerville PostScript (InDesign)
bei Pinkuin Satz und Datentechnik, Berlin
Druck und Bindung Druckerei C.H. Beck, Nördlingen
Printed in Germany
ISBN 3 499 23760 1

Das Heer der Jungfrauen

Cordulas Geschichte

«Aaah!», schrie das kleine Mädchen. Es spähte durch einen Spalt in dem Vorhang, hinter dem es sich versteckt hatte, und erblickte einen abgeschlagenen Frauenkopf mit rotem Haar. Von dem Schrei aufgeschreckt, ließ der Besucher das Tuch aus Sackleinen los, in dem das grässliche Ding während der ganzen Reise von Colonia gesteckt hatte, sodass das Gesicht der Toten enthüllt wurde. Die dunklen, blinden Höhlen, die einst strahlende Augen bargen, starrten das Mädchen an.

«Aaah!», schrie es erneut und klammerte sich Schutz suchend an seinen älteren Bruder.

«Komm *sofort* hierher, Fräulein!», rief Cordula, die Mutter der Kleinen, die neben dem Fremden stand, verärgert. «Seit wann versteckst du dich da? Und *du* kommst auch hierher, junger Mann! Ich weiß, dass du da bist.» Sie spähte in die Dunkelheit hinter dem Vorhang. «Habt ihr uns etwa belauscht? Was habt ihr alles gehört?»

Das schluchzende Mädchen sprang hinter dem Vorhang hervor und suchte in den Armen seiner Mutter Trost. Ihr älterer Bruder folgte zögernd. Seine Augen waren auf das abscheuliche Ding auf dem Tisch gerichtet.

«Und wer sind diese beiden Kinder?», fragte der Besucher leise, als das Schluchzen des Mädchens verstummt war. Seine vornehme Stimme hatte einen starken Akzent, klang aber sanft und freundlich.

«Oh, verzeiht, Euer Gnaden.» Cordula schob die Kinder vor sich, um sie dem Besucher vorzustellen. Dabei versetzte sie ihnen einen leichten Klaps auf den Hinterkopf, damit sie ihre Augen von dem Haupt abwandten. «Kinder, das ist Bischof Clematius von Colonia. Euer Gnaden, das ist ...»

«Ein ganz außergewöhnlicher junger Mann», unterbrach Clematius sie. «Einer der letzten lebenden britannischen Zeitzeugen des Martyriums, das die Besten der Provinz erleiden mussten. Obwohl er damals noch ein Säugling war.»

Der Junge verbeugte sich höflich.

Der Bischof erwiderte die Geste ehrerbietig und umfasste die Schultern des Jungen. «Ich bin neugierig, junger Mann.» Er schaute ihm in die Augen. «Sag mir, hast du noch Erinnerungen an jenen Tag?»

Der Junge drehte sich unsicher zu seiner Mutter um.

Cordulas wachsamer Blick wanderte vom Bischof zu ihrem Sohn. Ihr Gesicht, das Spuren des Alters und der Mutterschaft aufwies, hatte sich dennoch einen jugendlichen Schimmer bewahrt. Und ihre Augen blickten noch immer hellwach und voller Neugier in die Welt. Ihr braunes Haar war von grauen Strähnen durchzogen. Sie hatte es zu schicklichen Zöpfen geflochten, damit der Wind es nicht zerzauste, wie er es vor langer Zeit getan hatte.

Cordula fügte sich dem Unausweichlichen und erteilte ihrem Sohn durch ein leichtes Nicken die Erlaubnis zu antworten.

«Ja ... ich habe noch Erinnerungen daran, Euer Gnaden», sagte der Junge schüchtern. «Ich erinnere mich an etwas schönes Weißes, das langsam von etwas Schwarzem, Hässlichem eingehüllt wurde. Als hätte … als hätte das Schwarze das Weiße aufgegessen. Vor allem erinnere ich mich …»

Er stockte und sah seine Mutter erneut fragend an. Auch der Bischof wandte sich ihr zu. Beide bemerkten das Leid in ihren Augen.

«Fahr fort», ermunterte ihn Clematius freundlich.

Die liebenswürdige Art des Bischofs flößte dem Jungen Vertrauen ein, und seine Stimme wurde fester. «Am deutlichsten, Euer Gnaden, erinnere ich mich an die Geräusche. An das Wehklagen der Menschen ringsumher. Und an die Schreie meiner Mutter. Am allerdeutlichsten aber erinnere ich mich an das Kreischen eines Vogels. Ich glaube, es war ein Falke, der unmittelbar über meinem Kopf kreiste.»

«Unglaublich!» Der Bischof hob den Blick gen Himmel. «Gott sei gelobt für dieses Geschenk!» Dann bedachte er den Jungen mit einem milden Lächeln. «Gott verlieh deinem kindlichen Geist diese Kraft, mein Sohn. Darum kannst du dich so gut an das erinnern, was niemals in Vergessenheit geraten darf.»

Nun wandte der Bischof sich mit strahlender Miene der Schwester des Jungen zu. «Und du musst die reizende Brittola sein, die den Namen einer der am meisten verehrten Märtyrerinnen trägt.»

Brittola ließ sich nicht länger bitten. Sie löste sich von ihrer Mutter, trat mutig auf den Bischof zu und reichte ihm die Hand.

Clematius beugte sich schmunzelnd hinab und küsste

ihre Hand feierlich. «Es tut mir Leid, wenn der … wenn unser kleiner … Rechtsgegenstand dich erschreckt hat. Er sieht gewiss Furcht erregend aus. Und vor langer Zeit hat er in der Tat gelebt. Doch nun ist alles Leben entwichen, glaube mir. Es gibt keinen Grund, sich zu fürchten.»

«Das Leben hält schlimmere Anblicke für uns bereit, Euer Gnaden», sagte Cordula. «Sie werden sich früher oder später daran gewöhnen müssen.»

Sie legte die Hände auf die Schultern ihrer Kinder und drehte sie zu sich um. «Ich dachte, ihr beide würdet den ganzen Nachmittag draußen spielen. Da ihr aber nun einmal hier seid, könnt ihr auch bleiben. Der Bischof hat nicht viel Zeit, und wir haben allerlei zu besprechen. Seid schön brav.»

«Ja, Mutter», antworteten die Kinder im Chor. Der Junge nahm seine Schwester an die Hand und führte sie artig auf die andere Seite des Tisches.

Cordula und Clematius traten mit feierlichen Mienen näher und musterten das Haupt schweigend. Den Kindern erschien die Stille wie eine Ewigkeit. Der Bischof starrte ungerührt auf das Objekt, doch Cordula war alles andere als ungerührt. Ihre Handflächen wurden feucht. Viele Gedanken schossen ihr durch den Kopf. *Und wenn sie es ist? Oh, ich hoffe es … Und wiederum hoffe ich es nicht! Ich kann sie hier nicht gebrauchen. Nicht jetzt. Nicht vor den Kindern … Aber wenn sie es ist, findet sie vielleicht endlich Frieden nach all den Jahren, und … vielleicht finde auch ich Frieden.*

Cordula sah den Bischof fragend an.

Er nickte aufmunternd.

Sie blickte zu ihren Kindern hinüber und rang sich ein Lächeln ab.

Oh, welch krumme Pfade hältst du grausames Schicksal für uns bereit! Welch Rätsel gibst du mir auf! Hier treffen sich das Leben … und der Tod. Meine wundervollen Kinder und dieses … Ding. Gemeinsam sehen sie mir ins Gesicht, dabei sollten sie einander so fern sein.

Seufzend wandte sich Cordula wieder dem grässlichen Kopf zu.

Als sie die Arme ausstreckte, um ihn zu berühren, stöhnte Brittola voller Abscheu auf. Ein kurzer Seitenblick ihrer Mutter ließ sie verstummen.

Cordula schloss die Augen. *Und wenn sie es wirklich ist? Oder schlimmer noch – wenn das Haar gefärbt ist? Wenn der Ansatz dieses roten Haares weiß ist?* Kalte Schauer liefen ihr über den Rücken, als längst vergessen geglaubte Albträume an die Oberfläche drängten: marschierende Heere und ganze Völkerscharen auf der Flucht, Geplänkel und Schlachten, rasende Reiter, lange, lange Märsche, brausende Stürme, dröhnende Trommeln und dann der größte aller Schrecken: *die Hunnen!*

Das Rascheln von Brittolas Gewand holte die Mutter in die Gegenwart zurück. Sie räusperte sich und warf erneut einen Blick auf den Kopf. Dann fasste sie ihn behutsam mit beiden Händen unterhalb der Ohren an. Schließlich hob sie ihn mit festem Griff in Augenhöhe.

Die nachlässig balsamierte graue Haut war runzelig und verschrumpelt wie eine vertrocknete Frucht. An den Stellen, an denen sie sich vom Knochen gelöst hatte, sah sie gelblich aus. Den in Teer getauchten Hals hatte man wie eine Trophäe auf eine dunkle Holzplatte gestellt. Dies konnte erst kürzlich geschehen sein, denn der Teer war noch nicht vollständig ausgehärtet und fühlte sich weich an. Im Gegensatz dazu war der Kopf hart und an einigen Stellen spröde. Als Cordula ihn zwischen den Händen bewegte, spürte sie, dass die alte, lose Haut bald zu Staub zerfallen würde.

Besonders auffällig war das Haar, das als Einziges darauf schließen ließ, dass der Kopf einst gelebt hatte. Über der Stirn und den Ohren war es zu britannischen Zöpfen geflochten. Als der dazugehörige Mensch noch lebte und atmete, hatte es eine leuchtend rote Farbe gehabt, was der Ansatz bewies. Jetzt aber sah es stumpf und leblos aus.

«Sie könnte es sein», murmelte Cordula und drehte den Kopf, um ihn von hinten zu betrachten. «Die Gesichtsform stimmt, außerdem hat sie das Haar an jenem Tag so getragen.» Sie berührte die Zöpfe über dem rechten Ohr. «Andererseits trugen viele Frauen damals ihr Haar auf diese Weise, und es könnte auch nach dem Tode so frisiert worden sein.»

«Ich muss zugeben», sagte Clematius, der sich vorbeugte, um die Augenhöhlen genauer betrachten zu können, «dass die Behauptung des Besitzers, ihr würde die Ausstrahlung eines Offiziers anhaften, nicht von der Hand zu weisen ist.»

«Es gibt nur einen Weg, es herauszufinden.» Cordula umfasste den Hinterkopf mit der linken Hand und schob den Zeigefinger der rechten Hand durch die leicht geöffneten Lippen.

Die Kinder hielten den Atem an. Selbst Clematius war schockiert. Alle drei verfolgten gespannt das Geschehen.

Cordula schloss die Augen und tastete den Mund der Toten von innen ab. Der Kopf machte schaurige Geräusche, wie ein knisterndes Feuer in der Kälte. Nach einer

Weile öffnete sie die Augen wieder, zog den Finger aus dem Mund und wischte ihn an ihrer Tunika ab. Vorsichtig legte sie den Kopf zurück auf das zerknitterte Tuch.

«Es ist nicht Pinnosa», sagte sie mit fester Stimme.

«Wo... woher wisst Ihr das?», stammelte Clematius. «Warum seid Ihr so sicher?»

Cordula schritt lächelnd zum Fenster und schaute auf den Küchenhof. «Diese Frau hat noch alle Zähne. Pinnosa fehlte aber einer.»

«Welcher?», stieß Clematius unwillkürlich hervor.

«Das behalte ich besser für mich, Euer Gnaden. Für den Fall, dass noch mehr dieser ...» – sie wies auf den Kopf – «... dieser armen Frauen ihre wohlverdiente Ruhe suchen. Würdet Ihr bitte dafür sorgen, Euer Gnaden, dass sie ein ehrenvolles Begräbnis bei den Ihren erhält?»

Bischof Clematius räusperte sich und sagte in dem ihm eigenen ruhigen, aber bestimmten Ton: «Selbstverständlich. Ihr könnt sicher sein, dass sie mit der ihr gebührenden Ehre bestattet wird. Darf ich fragen, woher Ihr wisst, welcher von Pinnosas Zähnen fehlte? Mit dieser Frage will ich nicht etwa andeuten ... Ihr versteht schon, aber ich bin in dieser Angelegenheit anderen gegenüber Rechenschaft schuldig und ...»

«Die Frage braucht Euch nicht unangenehm zu sein, Euer Gnaden. Es ist mir eine Freude, sie zu beantworten.» Cordula blickte zu den Kindern hinüber. Ihre Mienen verrieten, wie sehr sie darauf brannten, die Erklärung ihrer Mutter zu hören. *Sie sollten in ihre Kammer gehen. Sie sind zu jung. Der Zeitpunkt ist für sie noch nicht gekommen, diese Dinge zu hören. Und ihr Vater ist nicht da.*

«Dies war einst ihr Zuhause», sagte Cordula abwesend.

«Pinnosa hat hier gelebt.» Sie wandte sich um und schaute wieder aus dem Fenster, ungeachtet der Überraschungsrufe ihrer Kinder. «Ihr Vater hat das Haus für seine Familie gebaut. Es wurde Villa Flavius genannt … aber das ist sehr lange her.» Sie spähte einen Moment auf die geheimnisvollen Umrisse der Dinge, die versteckt unter der glitzernden Schneedecke lagen. Dann sprach sie leise weiter, fast als führte sie ein Selbstgespräch. «Kann es denn wirklich schon so lange her sein? Ich erinnere mich lebhaft an den Tag, als Pinnosa den Zahn verlor … Es kommt mir vor, als wäre es gestern gewesen. Wir – das heißt Ursula, Pinnosa und ich. Martha und Saula waren nicht da. Vermutlich waren sie wie gewöhnlich mit ein paar jungen Offizieren unterwegs –, wir waren soeben von unserer allerersten Jagd nach Glevum zurückgekehrt. Brittola, die damals noch zu jung war, um mit auf die Jagd zu gehen, kam uns am Tor entgegen. Ich war erst siebzehn Jahre alt. Ursula und Pinnosa müssen also achtzehn gewesen sein. Und Brittola fünfzehn. Wir waren so übermütig, als wir Arm in Arm um das Forum stolzierten! Pinnosa hatte ihr Haar mit zwei Hirschschwänzen und einer Hasenpfote geschmückt. In Ursulas Haar steckten ein Hirschschwanz und ein Fuchsschwanz und in meinem zwei Hasenpfoten. Brittola schwang Pinnosas Bogen durch die Luft, und wir sangen alle aus voller Kehle: *Auf, auf zur fröhlichen Jagd.*»

Cordula verstummte und sah über den Küchenhof auf eine Tür im gegenüberliegenden Westflügel. Clematius kam es fast so vor, als würde sie jemandem, der dort im Türrahmen stand und das Gespräch belauschte, unmerklich zunicken, nachdem die Person sie ermuntert hatte, ihre Schilderung fortzusetzen.

«Wir lachten gerade über eine schrullige alte Frau, der ein Ohr fehlte und die uns von ihrem Stand mit Glaswaren verscheucht hatte. Ich glaube, sie lebt immer noch. Und plötzlich schrie Pinnosa: ‹Verdammt!›, schlug eine Hand vor den Mund und jammerte vor Schmerzen. ‹Was ist los?›, fragte ich. Sie sagte: ‹Wartet hier. Ich bin gleich wieder da.› Dann rannte sie zu einem der Bader, der seine Instrumente in einem Wasserbottich reinigte, und sprach mit ihm. Er griff ins Wasser und zog eine Zange heraus. Pinnosa half ihm, sie richtig anzusetzen. Anschließend kniete sie vor ihm nieder. Sie umklammerten beide den Griff und fingen an zu ziehen, mit aller Kraft! Es war ein wahrer Kampf, bei dem Pinnosa den größten Teil der Anstrengung aufzubringen schien. Als Nächstes sehe ich den Bader vor mir, wie er ein weiteres silbernes Instrument poliert. Und Pinnosa spritzt sich Wasser ins Gesicht.» Cordula lachte. «Das sah Pinnosa ähnlich! Als sie zu uns zurückkehrte, versuchte sie, mit uns zu singen, als wäre nichts geschehen! Ursula bedrängte sie jedoch so lange, bis sie den Mund weit öffnete und uns die blutende Stelle zeigte.»

«Unglaublich!», rief Clematius. «Sie hat sich den Zahn selbst gezogen! Die meisten Männer wären dazu nicht in der Lage.»

«Euer Gnaden, ich bitte Euch! Es ist unsere Aufgabe, Märchen zu zerstreuen, und nicht, sie zu verbreiten. Ich habe nur gesagt, es *schien* so. Wir waren ziemlich weit vom Geschehen entfernt, und die Menge versperrte mir den Blick. Wie Ihr wohl wisst, war Pinnosa andererseits – Gott hab sie selig – zahlreicher Dinge fähig, die die meisten von uns nicht tun könnten, auch nicht die Männer.»

«Sie hatte wahrhaftig das Herz und den Geist eines Mannes. Und doch ...» Clematius trat zu Cordula ans Fenster. «Obwohl sie eine große, kräftige Frau war, haftete ihr nichts Männliches an. Mitunter fand ich sie sogar überraschend weiblich. Ich erinnere mich lebhaft an den Tag, als sie ihr Keuschheitsgelübde ablegte. Sie beugte ihren Kopf, um meinen Segen zu empfangen. Ihr Haar, das sie zu diesem Anlass offen trug, fiel ihr ins Gesicht. Einen kurzen Augenblick sah ich vor mir ein Bild reiner Weiblichkeit in ihrer schönsten Form. Sie schaute auf den Kelch, und in ihren Augen, die schon so viel gesehen hatten, spiegelte sich solch eine Unschuld, solch eine Reinheit ...»

Ein Gedanke, der ihm gerade gekommen war, schien ihn zu verwirren. «Hm», sagte er zögernd und sah Cordula an. «Ihr sagtet, Martha und Saula seien ‹wie gewöhnlich mit den Offizieren unterwegs gewesen›. Sie waren ... hm – waren sie nicht? Oh, wie in Gottes Namen kann ich ein so heikles Thema ansprechen? Sie machten ...»

«... ihrem Gelübde alle Ehre?» Cordula lachte freudlos auf. «Euer Gnaden, Ihr braucht Euch keine Sorgen zu machen. Gerade weil Martha und Saula männliche Gesellschaft so sehr schätzten, hielten sie noch entschiedener an ihrer Keuschheit fest als alle anderen!» Mit einem traurigen Lächeln kehrte sie an den Tisch zurück. Als sie den Kopf wieder in das Tuch hüllte und es zuband, wurde ihr Gesicht ernst. «Glaubt mir, Euer Gnaden, ich kann mich für die Reinheit all meiner Mitoffiziere und der meisten Frauen in den anderen Rängen verbürgen.» Ihre Augen füllten sich mit Tränen. «Ihr wisst, dass dies der Grund ist, warum ich nicht bei ihnen im Himmel bin.»

«Verzeiht mir! Damit wollte ich nicht andeuten …»

«Es gibt nichts zu verzeihen, Euer Gnaden», sagte Cordula mit leiser, zitternder Stimme. Sie atmete tief ein, um sich zu beruhigen. Dann schaute sie Bischof Clematius in die Augen und fügte hinzu: «Es gibt nichts *mehr* zu verzeihen.»

Die Kinder beobachteten sie gebannt. «Es ist eine große Ehre und Freude, Euch zu sehen, Euer Gnaden, aber es ist viel Schnee gefallen, und die Sonne geht unter.»

II

«Warum ist er nicht hier geblieben, Mutter?», beklagte sich Brittola, als sie die Türen und Fenster bei Einbruch der Dunkelheit verschlossen. «Er ist nett. Ich mag ihn.»

«Dein Vater ist nicht hier. Es wäre nicht schicklich.» Cordula wich dem Blick ihrer Tochter aus und begann das Feuer zu schüren. «Außerdem hatte es der Bischof eilig, nach Londinium und anschließend nach Colonia zurückzukehren, wo er dringend gebraucht wird.»

«Sind alle batavischen Pferde so groß wie das von dem Bischof, Mutter?», fragte ihr Sohn.

«Nicht alle, aber in der Regel sind sie sehr stattlich.» Cordula stellte die mit Wasser gefüllte Fischpfanne aufs Feuer, zupfte ein paar Kräuter von den Bunden, die in der Nähe hingen, und warf sie in die Brühe. «Euer Vater hat mir erzählt, dass euer Großvater ein paar batavische Stuten in seinem Bestand hatte, jedoch keine Hengste. Die hatten seines Erachtens eine zu kräftige Schulterpartie, und ihm ging es bei der Zucht um Schnelligkeit.»

Sie betrachtete den aufsteigenden Rauch und lächelte. «‹Schnelligkeit ist wichtiger als ein fester Sitz, wenn Gefahr droht›, pflegte er zu sagen.»

«Ich mag es, wenn du von früher erzählst, Mutter. Bitte, mach weiter», bat Brittola. «Erzähl uns von …»

«Erzähl uns von Tante Ursula!», unterbrach ihr Bruder sie. «Du sprichst *nie* über sie.»

Brittola staunte über die kühne Bitte ihres Bruders. Aber anstatt mit ihm zu schimpfen, weil er das verbotene Thema angeschnitten hatte, erwiderte die Mutter:

«Tante Ursula? Nun, da muss ich überlegen. Was kann ich euch über Tante Ursula erzählen?» Den Kindern stand das Staunen ins Gesicht geschrieben. Cordulas unverhoffte Bereitschaft, über das Thema zu sprechen, über das am wenigsten gesprochen wurde und über das es am meisten zu sagen gab, verblüffte sie.

«Tante Ursula war … autsch!» Cordulas Hand zuckte von dem Fisch weg, als hätte er sie gebissen. Eine Gräte hatte die Kuppe ihres Mittelfingers eingeritzt. Sie hielt den verwundeten Finger über die Fischpfanne und drückte das Blut heraus, sodass es in die Brühe tropfte. Während Cordula darauf wartete, dass die Blutung aufhörte, betrachtete sie ihre Kinder und überlegte, ob sie wohl bereit waren. *Ihr Vater sollte ihnen diese Fragen beantworten.* Der Gedanke an ihren Gatten beruhigte sie ein wenig. *Oh, warum ist er nicht hier? Diese brennende Neugier kann nicht so leicht gestillt werden.*

«Tante Ursula war meine Cousine», begann sie, wobei sie sich um einen nüchternen Ton bemühte. «So wie die Kinder von Docilina eure Cousinen und Vettern sind.»

«Ja, Mutter, aber *wie* war sie?», beharrte ihr Sohn.

«Sag es uns, Mutter. Bitte!», flehte Brittola.

«Wie sie war? Hm, für mich …» Cordulas Stimme nahm einen Ton an, den die Kinder an ihr nicht kannten. Das war nicht mehr der schroffe Ton einer geschäftigen Mutter, die ein großes Haus bewirtschaften muss. Und das war auch nicht der ruhige Ton einer Frau, die in ihrer Jugend viel gesehen und erlebt hat und die voller Weisheit über jedes Thema spricht. Stattdessen haftete ihrer Stimme ein leichter, beschwingter Klang an, der sich kaum von dem ihrer Tochter unterschied. Eine Stimme voller Leidenschaft und Verwunderung. Beim Sprechen schweifte ihr Blick in die Ferne. «Für mich war sie das Leben. In gewisser Weise hat sie mir mein Leben geschenkt, ebenso wie ich euch eures geschenkt habe. Doch sie hat viel mehr als nur das getan. Sie hat mein Leben geformt und ihm Sinn verliehen. Und das gilt nicht nur für *mein* Leben, sondern auch für das vieler anderer, Tausender, denen es ähnlich erging. Und dann …»

«Du meinst, sie war für dich so etwas wie eine große Schwester?», unterbrach sie Brittola, die es genau verstehen wollte.

Einen Moment lang wirkte Cordula ein wenig benommen, als wäre sie aus einem Traum erwacht. Doch die Neugier in den Augen ihrer Kinder brachte sie gleich darauf zum Lachen, und mit dem Lachen ging ein überwältigendes Gefühl der Erleichterung einher. Beim Anblick ihrer erheiterten Mutter mussten die Kinder ebenfalls lachen. Cordula beugte sich hinunter, nahm ihre Tochter in die Arme. «Ja, mein kleiner Liebling, wie eine große Schwester. Habe ich dir je gesagt, dass sie die gleichen Augenbrauen hatte wie wir?»

«Nein.»

«Hatte sie aber! Und genau wie du und ich hob sie sie, wenn sie sich konzentrierte.»

«Dann war sie manchmal auch lustig und nicht immer nur so ernst, wie sie in der Schule gewesen sein soll?» Brittola hatte so viele Fragen, dass sie ihrer Mutter gar nicht die Zeit ließ, sie alle zu beantworten. «Und was ist mit Tante Martha und Tante Saula? Waren sie auch lustig?»

«Oh, sie waren am lustigsten! Über die beiden könnte ich euch tausend Geschichten erzählen.»

«O ja, Mutter, erzähl uns mehr!» Ihr Sohn hüpfte erwartungsvoll auf und nieder.

«Einverstanden, ihr zwei. Ich erzähle euch die Geschichte …»

«Hurra!» Die Kinder klatschten in die Hände und begannen zu tanzen.

«Aber nicht sofort.» Cordula hob die Hände. «Nach dem Essen. Zuerst müssen wir kochen, essen und sauber machen. Anschließend legen wir uns ins Bett. Und wenn ihr dann noch nicht zu müde seid, beginne ich mit der Geschichte von Ursula und Pinnosa und …»

«… und Tante Martha und Tante Saula?», fragte Brittola.

«Und der Ersten Athene?», bat ihr Bruder.

«Und Tante Brittola?», rief Brittola aufgeregt.

«Und dem großen Feldzug?», fügte ihr Bruder hinzu, der an Cordulas Ärmel zupfte.

«Jetzt ist es aber genug.» Cordula klatschte in die Hände. «Während ich koche, kannst du das Gemüse zubereiten, mein Fräulein. Und du, junger Mann, deckst derweil den Tisch und holst den Wein.»

«Ja, Mutter», erwiderten sie im Chor. Cordula staunte über den ungewohnten Eifer, den die Kinder an den Tag legten. Sie beobachtete die beiden eine Weile, ehe sie sich der Zubereitung des Mahls widmete.

Während sie den Fisch salzte, hörte sie die Kinder eine einfache Weise summen. Es war ein altes Lied, das die Menschen oft bei der Arbeit sangen. Auf Cordulas Befehl war es jedoch in ihrem Haus verboten. Niemand – und das schloss auch ihren Gatten mit ein – durfte es singen. Ihr Lächeln gefror. Wütend kniff sie die Lippen zusammen und wirbelte herum. «Was summt ihr da?»

Der scharfe Verweis schüchterte Brittola ein. «*Gelobt sei der Herr,* Mutter.»

«Das weiß ich! Wo habt ihr es gelernt?»

«In der Schule.»

Die Lippen des armen Kindes bebten. Cordula begriff, dass sie es nicht böse gemeint hatte. *Jetzt kommt alles hoch. Wehre dich nicht dagegen.* Cordulas Wut verrauchte schnell. «Es ist ein schönes Lied», sagte sie einlenkend. «Kennst du den Text?»

«Ja, Mutter.»

«Dann sing bitte richtig, und hör auf zu summen.»

Brittola sang verzagt die ersten Zeilen. Ihr Bruder stimmte mit ein, und bald erfüllten ihre vollen Stimmen den Raum.

Als Cordula sich wieder dem Fisch zuwenden wollte, fesselte eine Bewegung vor dem Fenster ihre Aufmerksamkeit. Sie schaute hinaus auf den Küchenhof und sah die tänzelnden Schneeflocken. Dicke graue Wolken zogen über den Himmel und raubten das letzte Tageslicht. Man hätte fast meinen können, blauweiße Schatten hetzten über den Hof. Ihre Formen veränderten sich ständig: Sie liefen, sprangen, verschwanden, tauchten wieder auf. Obwohl sie keine bestimmte Gestalt annahmen, erkannte Cordula sie deutlich.

In diesem Augenblick sangen die Kinder ihre Lieblingsstrophe. *Die Musik vertreibt die alten Dämonen und ersetzt sie durch einen Geist, der lange verleugnet wurde.*

Das Schneegestöber verhüllte die fernen Berge. So weit das Auge reichte, war alles grau in grau. Doch Cordula fand den Anblick nicht so bedrückend, wie manch anderer ihn vielleicht gefunden hätte. Vor ihrem geistigen Auge sah sie ein unendliches Meer aus wundersamem Silberlicht, dessen Kraft – einst Furcht einflößend und stark – allmählich schwand. Die Kinder begannen eine neue Strophe.

Cordulas innere Stimme meldete sich zu Wort. *In weniger als zehn Jahren sind sie so alt, wie wir damals waren, als wir hierher kamen. Und vier Jahre später werden sie uns überlebt haben.*

«Ich sollte ihnen die Geschichte nicht erzählen», sagte sie laut. «Sie sind noch nicht in dem Alter, in dem sie die volle Bedeutung verstehen können.»

Oh, darum solltest du dich nicht scheren, sagte die innere Stimme mit einem Lachen, dem die Unschuld vergangener Jahre anhaftete. *Das waren wir auch nicht, als alles begann.*

Plötzlich erkannte sie in dem blauweißen Schneegestöber deutlich das vor Angst verzerrte Gesicht von Pinnosa. Und sie hörte ihren gellenden Schrei, der durch die Ewigkeit hallte: «URSULA!»

Das Gesicht stieg durch den fallenden Schnee zum Himmel empor, der sich langsam aufhellte. Der Schrei wurde schwächer und schwächer, bis der Gesang der Kinder ihn übertönte. Sie begannen eine neue Strophe der fröhlichen Weise. Cordula fing an zu weinen.

Gelobt sei der Herr,
Gelobt sei der Herr,
Gelobt sei der Herr.

Christus, unser Herr,
Lehre uns,
Lehre uns, recht zu tun.

Christus, unser Herr,
Führe uns,
Führe uns ins Licht.

Cordula unterdrückte ihre Tränen und kehrte an die Arbeit zurück. Die Zubereitung des Mahls nahm sie erneut gefangen. Als sie gerade den Fisch servieren wollte, ertappte sie sich dabei, wie sie das Lied der Kinder mitsummte. Sie stöhnte auf und ließ beinahe die Bronzeplatte fallen. *Nicht dieses Lied! Nicht jetzt!* Sie drückte die Platte an ihre Brust, als wollte sie sich auf diese Weise schützen. *Wovor?* Der fröhliche, rhythmische Gesang und die unvergesslichen Verse tauchten aus der Tiefe ihres Herzens auf.

Jesus,
Führe uns,
Nähre uns,
Zeige uns den rechten Pfad.

O Herr.

Sie sträubte sich, doch die Melodie riss sie mit. Schließlich stimmte Cordula in den Gesang der Kinder ein.

Du kamst,
Du sahst,
Du wusstest,
Du verstandest.

O Herr.

Du liebst,
Gibst uns Kraft
Wie kein anderer.

O Herr.
Unser Herr.

Gelobt sei der Herr,
Gelobt sei der Herr,
Gelobt sei der Herr.

Der Gesang war wie eine Befreiung für sie, und es kam alles mit Macht zurück: Träume, Gedanken, Hoffnungen, Pläne, Ängste, Tränen, Schrecken und Qualen. Alles erstand vor ihrem inneren Auge wieder auf. Und mit den Erinnerungen kamen die Worte, die sie ihren Kindern sagen würde.

III

«Lange vor eurer Geburt, als ich nur wenige Jahre älter war, als ihr heute seid, gab es eine Zeit, da schien das ganze Reich in Aufruhr zu sein. Riesige Horden der gefürchteten Goten verwüsteten das Land und bedrohten sogar Rom. Sie zwangen Kaiser Honorius, in seiner Festung in Ravenna Schutz zu suchen. Dort schmiedete er zusammen mit dem Feldherrn Stilicho Pläne, wie er seine zahlreichen Feinde besiegen könnte.

Zur selben Zeit wüteten jenseits der Alpen und weit außerhalb der Grenzen des Reichs Stammeskämpfe unter den barbarischen Nachbarn Roms. Ganze Völkerscharen wurden aus ihrer Heimat vertrieben und mussten woanders ihr Glück suchen. Viele von ihnen strebten nach der Sicherheit und dem Wohlstand des römischen Territoriums. Die Heere, die an zahlreichen Fronten kämpfen mussten, waren nicht mehr in der Lage, sie abzuwehren.

Und in dieser Zeit – ich muss damals achtzehn gewesen sein – gelang es einer Legion germanischer Stämme, besonders Sueben und Burgunden, die verlassenen Grenzen an den Flüssen Rhenus und Danubius zu überqueren. Sie verwüsteten die Provinzen im Norden und Westen, vor allem die Städte und Güter des glorreichen Gallien. Seiner Soldaten beraubt und buchstäblich ohne Verteidigung, war Gallien für die Invasoren eine verlockende, unwiderstehliche Beute.

In Britannien war es auch nicht mehr sicher. Damals landeten die ersten Sachsen an unseren Küsten, was neben der Bedrohung durch die Hiberner und die Räuberbanden der Pikten eine neue Gefahr für uns bedeutete. Die Verteidigung des Landes wurde zu einer wahren Herausforderung. In dieser Zeit schrecklicher Not wurden unsere Krieger zudem anderswo gebraucht. Sie mussten entlang der Grenzen kriegswütige Stämme in Schach halten und in den südlichen Provinzen gegen Völkerschaften kämpfen, die das Land verwüsteten. Da die Männer abwesend waren, fühlten sich die Zurückgebliebenen schutzlos ausgeliefert.

Und schließlich machte sich ein neuer Feind auf den Weg, dessen schauderhaften Namen wir glücklicherweise erst ein paar Jahre später zum ersten Mal hörten. Aus fernen Landen tief im Osten kam ein grimmiger, kriegerischer Stamm, der eine schreckliche Bedrohung darstellte: *die Hunnen.*»

Brittola stieß einen Schrei aus, als sie den gefürchteten Namen hörte. Beide Kinder saßen neben Cordula im Bett und blickten sie ängstlich an. Sie lächelte und legte die Arme um sie.

«Hier», sagte sie tröstend, «gibt es keine Hunnen. In ganz Britannien nicht. Ihr braucht keine Angst zu haben. Hier seid ihr sicher.»

«Und was ist mit Ursula?», fragte ihr Sohn, der sich unter ihrem Ärmel versteckte.

«Ja, Mama, was ist mit Tante Ursula?» Brittolas Gesicht spähte zwischen den Decken hervor, in die sie sich eingewickelt hatte. «Wann beginnt *ihre* Geschichte?»

Der Anblick ihrer Tochter brachte Cordula zum Lachen. Dadurch löste sich die Anspannung der Kinder, der kurze Moment der Angst war schon vergessen.

«Wann Ursulas Geschichte beginnt? Das ist eine gute Frage. Hm, lasst mich überlegen.» Die Kinder spürten, dass jetzt die richtige Geschichte anfing, und machten es sich bequem. Brittola schmiegte sich unter den Arm ihrer Mutter. Ihr Bruder legte sich hin und stützte den Kopf mit seiner linken Hand. «Ich glaube, es begann an einem heißen Tag im Mai in Corinium …»

Erster Teil

Britannien

Kapitel 1
Die Männer ziehen ins Feld

Das laute Dröhnen der Stiefel hallte durch die Stadt, als die Soldaten am Palast vorbeimarschierten. Die kleinen Statuen der Hausgeister oder Laren, die in einem Schrein in der Ecke des Frauengemachs im ersten Stock standen, wackelten. Eine von ihnen kippte sogar um. Die donnernden Stiefel, die schrillen Hörner, die schmetternden Trompeten, das Schlagen der Trommeln und das Tosen der Menge zwangen die Jungfrauen in dem Gemach zu schreien, um sich Gehör zu verschaffen.

Martha und Saula, die rechts neben dem Balkon standen, mussten einander sogar regelrecht in die Ohren brüllen. Sie bemühten sich hinauszusehen, ohne von der Menge unten erblickt zu werden. Mit ihren schlanken, geschmeidigen Körpern und dem langen, offenen Haar sahen sie aus wie zwei Schwäne, die aus dem Schilf herausspähten.

Cordula, die ihre langen braunen Locken zu einem bis zur Taille reichenden Pferdeschwanz gebunden hatte, stand allein auf der anderen Seite des Fensters. Sie wusste, dass sie den Höhepunkt der Parade – den Vorbeimarsch der Heerführer – nicht als Erste erblicken würde. Dafür hatte sie eine gute Sicht auf die Londinium-Straße, die sich über die kleine Anhöhe vor den Toren der Stadt schlängelte. Auf diese Weise würde sie als Erste ihren geliebten Morgan auf seinem schwarzen Pferd Hermes sehen, wenn er dort oben auftauchte.

Die Diener, die eifrig mit den Vorbereitungen für das große Fest beschäftigt waren, mit dem die heimkehrenden Heerführer begrüßt werden sollten, liefen geschäftig hin und her. Einige kümmerten sich um die Tischtücher und den Schmuck für die Festtagstafeln. Andere gaben wichtige Befehle ihrer Herrin an die Küche weiter. Ursula, die am anderen Ende des Gemachs saß, wählte ihr Festgewand für den Abend aus. Ihr Rücken war dem Fenster zugewandt, während sie in der großen Eichentruhe mit den Gewändern und Togen stöberte. Gleichzeitig bürstete Oleander das hellblonde Haar ihrer Herrin. Die alte Dienerin bauschte die einzelnen Strähnen auf wie einen Federbusch, bevor die Festtagsfrisur ihre endgültige Form erhielt.

Brittola schlich um Ursula herum. Sie wollte unbedingt an den Vorbereitungen teilhaben, dabei aber niemandem im Weg stehen. Große Spangen über den Ohren bändigten ihr welliges schwarzes Haar und entblößten ihr kindliches Gesicht, sodass man ihre leuchtenden braungrünen Augen sehen konnte, die in der Regel hinter ihren Locken verborgen waren. «Weißt du schon, wie du dein Haar heute Abend tragen wirst, Ursula?»

«Das habe ich noch nicht entschieden, aber ich glaube …» Sie verstummte und musterte das junge Mädchen aus den Augenwinkeln.

«Ja?» Brittola beugte sich eifrig vor.

«Ich glaube, ich werde es zur Seite frisieren.»

Brittola strahlte.

Ursulas tiefblaue Augen blitzten fröhlich. «Dann brauche ich meine goldenen Haarnadeln nicht. Soll ich sie dir borgen, Brittola?»

«Das würdest du tun?» Brittola klatschte aufgeregt in die Hände und hielt dann mitten in der Bewegung inne. «Und wenn eine der anderen sie tragen möchte?»

Ursula umfasste Brittolas Hände. Das sechzehnjährige Mädchen war drei Jahre jünger als sie selbst und Pinnosa und damit die Jüngste der Gruppe. Ursula ließ sich von der Aufregung ihrer Freundin über die Rückkehr des Heeres anstecken und warf ihr einen verschwörerischen Blick zu. «Das glaube ich nicht. Außerdem kommen sie in deinen schwarzen Locken viel besser zur Geltung als in ihren Pferdeschwänzen.» Sie nahm die Haarnadeln aus ihrem Schmuckkästchen und reichte sie Brittola. Die freute sich über die Leihgabe, als wäre es ein Geschenk.

«Wo bleiben die Vorhut und die Offiziere?», rief Saula, als die Menge draußen einen Moment verstummte. «Wo ist Konstantin? Warum lässt er das Heer zuerst passieren? Warum führt er die Parade nicht an wie andere römische Feldherren?»

«Die Soldaten sind sein ganzer Stolz, und darum dürfen sie seinen Ruhm teilen», erklärte ihr Ursula, die sich über ein edles Gewand beugte, ohne den Blick zu heben. «Er sagt immer: ‹Diejenigen, die am härtesten kämpfen, dürfen sich zuerst ausruhen.› Deshalb marschieren seine Soldaten stets an der Spitze. Er führt sie nur an, wenn sie in die Schlacht ziehen. Und außerdem …», jetzt drehte sie sich zu Saula um, «… ist er ein *britannischer* römischer Feldherr.»

«Es geht ihr gar nicht darum, Konstantin zu sehen, Ursula!», rief Martha. «Sie wartet auf die Vorhut. Und einen gewissen jungen Offizier namens …»

«Martha!», schrie Saula und zerrte an deren Ärmel, damit sie den Mund hielt.

Martha rächte sich, indem sie Saulas strohblondes Haar zerzauste. Daraufhin ergriff Saula einen Wandbehang und tat so, als wollte sie ihre beste Freundin ersticken. Das ausgelassene Spiel der beiden geriet schnell außer Kontrolle, sodass Ursula sie mit einem strengen Blick bedachte. Allmählich beruhigten sie sich und wandten sich mit schmollenden Gesichtern wieder dem Tumult draußen zu.

Nach einer Weile sagte Martha zu Saula: «Ich liebe es, die Soldaten beim Marschieren zu beobachten. Schau, wie stattlich sie sind. Kann es im ganzen Reich einen schöneren Anblick geben?»

«Und die meisten sind unverheiratet und höchst begehrenswert!», fügte Saula hinzu, wobei sie Martha leicht in die Rippen stupste. «Ich bin nicht die Einzige, die einen ganz bestimmten Offizier erwartet.»

Sie kicherten. Martha warf Ursula einen verstohlenen Blick zu. Als sie sah, dass die in ein Gespräch mit Oleander vertieft war, flüsterte sie Saula ins Ohr: «Heute Nacht wäre ich gerne eine Sklavin im Badehaus.» Die Freundinnen brachen in schallendes Gelächter aus.

«Bitte!», schimpfte Cordula.

Martha und Saula streckten ihr die Zunge heraus und schauten wieder auf die Straße.

«Seht nur!», rief Saula. «Die Standarten der Befehlshaber!»

Ursula legte das Gewand aus den Händen und sprang auf. «Ist Constans …»

Cordula sah die Angst in den Augen ihrer Cousine. Sie wusste genau, was Ursula fragen wollte: «… dabei?» Doch Ursula beherrschte sich und fügte hinzu: «… der Erste?»

Brittola lief an Ursula vorbei und stellte sich ans Fenster, sodass man sie von unten sehen konnte. «Ja, ist es Constans oder Konstantin oder ein anderer, der den Ehrenplatz innehat?»

Martha und Saula hatten die beste Sicht auf die Mauern des Palastes. Sie reckten die Hälse. Martha erblickte sie zuerst. «Ich kann den Kopf des ersten Pferdes sehen … Es ist … es ist …»

«Gerontius», brummten sie alle, als der riesige, korpulente Mann auftauchte.

«Dieser hässliche, fette Bulle!», zischte Saula.

«Wartet mal! Zwei reiten nebeneinander!», schrie Brittola. «Nein, *drei!* Alle drei führen den Marsch an. Und der in der Mitte ist … *Constans!* Constans hat den größten Ruhm geerntet!»

Ursula schloss die Augen. Ein Schauer der Erleichterung lief ihr über den Rücken. Auch die Menge unten konnte die Befehlshaber nun erkennen und brach in lauten Jubel aus.

«So, so», murmelte Cordula. Sie stellte sich hinter Brittola und rief ihr ins Ohr: «Constans ist ein beliebter Mann!»

«Weil er so stattlich ist!», schrie Brittola über die Schulter zurück.

«Fürwahr. Ursula muss sich in Acht nehmen!» Sie lachten. «Und Konstantin ist alt geworden. Zum Glück hat sich sein Sohn gut entwickelt. Er wird sehr stark sein müssen, wenn er das Werk seines Vaters vollenden will.»

«Welches Werk?»

«Er muss ein neues Heer aufstellen. Du bist zu jung, um dich an die Zeiten zu erinnern, als wir wehrlos waren und …»

«O Ursula, komm her und schau!», rief Brittola aufgeregt. «Constans und Konstantin reiten Seite an Seite! Vater und Sohn, die beiden großen Helden, wie Philipp und Alexander! Und dein Constans hat den Ehrenplatz in der Mitte! Schau nur, Ursula, bitte! Du kannst stolz sein!»

«Ursula!» Eine klare, kräftige Stimme drang von unten herauf. Es war die vertraute und ersehnte Stimme ihres großen Beschützers Konstantin. «Kommt auf den Balkon, Prinzessin, und begrüßt Euer Volk! Und die anderen hübschen jungen Damen auch! Ich weiß, dass Ihr da oben seid und Euch versteckt! Übertriebene Schicklichkeit ist heute fehl am Platze! Kommt heraus und begrüßt uns mit Eurer Majestät! Erlaubt Constans einen Blick auf seine geliebte Braut! Die Männer sollen sich davon überzeugen können, dass sie wirklich zu Hause angekommen sind!»

Martha und Saula ließen sich nicht länger bitten. Sie schoben die Wandbehänge zur Seite, hinter denen sie sich versteckt hatten, und führten Cordula und Brittola auf den Balkon. Die Menge jauchzte entzückt. Die Legionäre brachen in lauten Jubel aus, als sie die vier edlen jungen Frauen erblickten.

Brittola wand sich verlegen.

Der Jubel verstummte, und alle starrten erwartungsvoll auf den Balkon.

Langsam trat Ursula aus dem Schatten hervor und stellte sich ans Fenster. Die Prinzessin, die ihre Freundinnen ein kleines Stück überragte, war mit ihrer hellblonden Haarpracht eine beeindruckende Erscheinung. Seitdem das Heer vor fast einem Jahr in die Schlacht gezogen war, hatte sich ihre Weiblichkeit zu voller Blüte entwickelt. In ihren gebieterischen, tiefblauen Augen spiegelten sich die Würde und Autorität ihrer geliebten Mutter, der verstorbenen Königin Rabacie. Die Jubelschreie der Menge wurden lauter.

Ursula lächelte und ließ den Blick über die Menschen zu ihren Füßen schweifen. Als sie Constans entdeckte, konnte sie die Augen nicht mehr von ihm abwenden. Seit sie ihn das letzte Mal gesehen hatte, war er zum Manne gereift. Nichts erinnerte mehr an den Jüngling, dem sie vor einem Jahr Lebewohl gesagt hatte. Er umklammerte die Zügel des Pferdes mit festem Griff. Sein erster Bartflaum war einem dichten Bart gewichen, wie ihn auch sein Vater trug. Die von Wind und Wetter gegerbte Haut hatte ihren zarten Schimmer verloren und verlieh ihm das Aussehen eines reifen Kriegers. Ein wissendes Lächeln umspielte seine Mundwinkel.

Die Menschenmenge bemerkte den liebenden Blick, den der stattliche, junge Held und die hübsche Prinzessin wechselten.

Konstantin hob den rechten Arm, zog seinen Helm vom Kopf und verneigte sich.

Constans tat es ihm gleich. Gerontius folgte dem Beispiel ebenfalls nach kurzem Zögern, doch mit kaum verhüllter Ungeduld. In seinen Augen schien die Geste wohl eher eine leichtsinnige Zeitverschwendung zu sein.

«Es lebe das gute Volk von Corinium! Es lebe das ganze britannische Volk!» Konstantin ergriff den Arm seines Sohnes und riss ihn in die Höhe. «Es lebe eure Zukunft! Es lebe Constans und Ursula!»

«Constans und Ursula! Constans und Ursula! Constans und Ursula! …» Immer und immer wieder rief die Menge ihre Namen, bis sie die ganze Stadt zu erfüllen schienen. Auf dem Höhepunkt des Jubels verneigten sich die Befehlshaber abermals und setzten ihre Helme wieder auf. Dann trieben sie ihre Pferde an, und die Parade wurde fortgesetzt.

Als die Standarten der Offiziere aus ihrem Blickfeld verschwanden, fasste Cordula Ursula am Arm. «Schau!» Sie zeigte auf den Hügel hinter den Stadtmauern. «Pinnosa!»

Sogar aus dieser Entfernung konnte man Pinnosa zweifelsfrei erkennen. Sie ritt ihre kräftige schwarze Stute Artemis und trug wie üblich ihre Jagdkleider. Ihr leuchtend rotes Haar war hochgesteckt, sodass es sie nicht behinderte. Über ihrer rechten Schulter hing ein aufgerolltes Seil. Auf Artemis' Hinterteil lag ein Reh. Den Bogen hatte Pinnosa auf ihren Rücken geschnürt, und in der linken Hand hielt sie den langen Jagdspeer. Auf einmal riss sie die Zügel herum und ritt in entgegengesetzter Richtung davon.

«Sie muss den Lärm der Parade gehört haben», sagte Brittola enttäuscht. «Warum ist sie nicht zu uns gekommen?»

«Wahrscheinlich war sie zu sehr mit dem Reh beschäftigt», sagte Martha. «Du weißt doch, dass sie nicht mehr zu halten ist, sobald die Jagdsaison begonnen hat.»

«Du hast Recht, Martha, aber ich wünschte, sie würde sich ändern», erwiderte Ursula seufzend. «Vor allem jetzt, da sie offiziell Verantwortung trägt und hier sein müsste, um wie wir ihre Aufgaben zu erfüllen. Mitunter macht sie es sich zu leicht mit dem, was sie die ‹Kultur der Wildnis› nennt. Und der ‹Wildnis der Städte› bringt sie zu viel Verachtung entgegen. O Pinnosa …», fügte sie leise mit Blick auf den verlassenen Hügel hinzu. «Warum ziehst du die Natur allem anderen vor? Und warum ist es dir eine so große Freude, den Männern aus dem Weg zu gehen?»

«In Wahrheit beneidet sie die Männer um ihre Welt», sagte Saula scherzend zu Martha, als sich die Gruppe anschickte, den Balkon zu verlassen. «Sie ist wie ein Wolf, der dem Falken seine Schwingen neidet.»

Diese Bemerkung erheiterte die Mädchen. Selbst Ursula kehrte schmunzelnd zu den Vorbereitungen des rauschenden Festes zurück.

II

Ursula drehte sich zu Brittola um, die neben ihr am ersten Damentisch saß. «Wo die Männer nur bleiben?»

Das große Fest hatte wegen der Ankunft einiger wichtiger römischer Abgesandter aus Londinium bereits begonnen, obwohl die meisten Männer noch fehlten. Die Abgesandten saßen am ersten Herrentisch bei König Deonotus, dem Kurier Morgan, Bischof Patroclus und drei Adeligen aus der Stadt. Die sechs freien Plätze waren für Konstantin, Constans, Gerontius, Brittolas Vater Conanus und zwei andere große Befehlshaber reserviert. Im Gegensatz zu den Männern waren die Frauen größtenteils schon erschienen. Die Gattinnen der Abgesandten saßen bei Ursula, Brittola, Cordula, Martha und Saula am ersten Damentisch. Die hinteren Tische, an denen eine fröhliche Gesellschaft aus Männern und Frauen Platz nehmen sollte, waren erst zur Hälfte besetzt, und zwar von den Gattinnen, Müttern und Schwestern der jüngeren Heeresoffiziere. Die einzige wichtige Frau, die fehlte, war Pinnosa.

Es wurde ein üppiges Mahl serviert, das verführerisch duftete. An Bratspießen hingen ganze Kälber und Schweine, dazu gab es riesige Mengen an gebratenem Wild, Schalentieren und Früchten auf großen Silberplatten. Der aromatische Wein regte den Appetit an. Bischof Patroclus, der das Brot gebrochen und das Festmahl gesegnet hatte, ließ es sich schmecken. Der große Haufen abgenagter Knochen auf seinem Teller bezeugte den unbändigen Hunger des beleibten Kirchenmannes.

Inzwischen hatte man mit der Unterhaltung der Gäste begonnen. Ein Feuerschlucker, der in ein enges schwarzweiß gestreiftes Fell gehüllt war, zog die Damen mit seinen Kunststücken in den Bann. Kaum jemand vermisste die Befehlshaber.

Ursula nutzte die allgemeine Ablenkung, um zu ihrem Vater zu gehen. «Wo können sie nur stecken?», flüsterte sie ihm ins Ohr. «Sie müssten schon längst hier sein.»

«Mach dir keine Sorgen, mein Liebling. Wir haben den Männern viel zu verdanken, und jetzt sind wir ihnen ein wenig Geduld schuldig.»

«Aber Vater! Sie hätten lange vor Sonnenuntergang mit ihrem Bad fertig sein müssen. Was tun sie nur? Sie müssen doch hungrig und durstig sein.» Ihr schoss ein furchtbarer Gedanke durch den Kopf.

Der besorgte Blick ihres Vaters bestätigte ihren Verdacht. «Mach dir keine Sorgen, mein Liebling. Dein Werk ist vollbracht. Das Fest ist herrlich. Hab Geduld, sie werden nicht mehr lange auf sich warten lassen.»

«Sie sind beim *Altar*, nicht wahr?», zischte sie. Ihr Blick ließ das väterliche Lächeln gefrieren.

«Pst!» König Deonotus befürchtete, der Bischof könnte etwas aufschnappen, doch seine Angst erwies sich als unbegründet. Der Geistliche war damit beschäftigt, ein saftiges Stück Rebhuhn zu verspeisen. «Es ist nicht einfach für gute Heerführer, ihre Soldaten zu verlassen. Sie haben ein ehernes Pflichtbewusstsein. Lass sie ihr Werk in Ruhe vollbringen.»

«Ich werde sie zwingen, ihr *Werk* zu beenden und hierher zu kommen.»

«Nein! Das darfst du nicht. Das ist Männersache. Damit hast du nichts zu schaffen.»

«Alles, was Männer betrifft, betrifft uns Frauen ebenso, Vater. Das weißt du doch.»

Er lächelte. «Du bist genauso energisch wie deine Mutter. Ich kann dich nicht aufhalten, wenn dein Gemüt erhitzt ist.» Sie wechselten einen letzten Blick, woraufhin Ursula das Fest verließ.

Der Feuerschlucker zeigte soeben ein neues Kunststück. Von einem Blitz und einem Knall begleitet, tauchte eine Taube aus einem brennenden Ring auf und flog über die Versammlung hinweg. Einige Frauen hielten den Atem an. Cordula schrie erstaunt auf. Sogar Bischof Patroclus legte sein Rebhuhn aus der Hand und applaudierte mit den anderen.

Kaum jemandem fiel auf, dass die Prinzessin sich davonschlich. Nur Brittola entging es nicht. Sie hatte das Tuscheln zwischen ihrer Freundin und dem König verfolgt. Als Ursula hinter den Wandschirmen verschwand, nahm Brittola ihren Umhang und folgte ihr leise. Oleander huschte ins Vorzimmer; seitdem Ursula laufen konnte, ließ die Dienerin ihre Herrin niemals aus den Augen.

Nachdem Brittola den Damentisch verlassen hatte, machte Cordula es sich bequem. Sie streckte die Beine aus, nahm ein paar tiefblaue Trauben in die Hand und verspeiste sie genüsslich.

II

An diesem Abend wehte eine für die Jahreszeit ungewöhnlich kühle Brise. Die Tiere in den eingezäunten Küchengärten und auf den Höfen waren unruhig: Gänse schnatterten und schrien, Schweine grunzten und scharrten im Sand, einige Hunde bellten oder jaulten. Außer diesen tierischen Lauten war nur das Klacken von den Sandalen der beiden Frauen auf der gepflasterten Straße zu hören. Die Vögel schliefen schon, obwohl die Sonne gerade erst unterging und einen warmen roten Schimmer in die dunklen Gassen warf.

«Warte auf mich!», rief Brittola atemlos hinter Ursula her, die festen Schrittes über die verlassene Hauptstraße auf das Haus der Offiziere zulief.

«Brittola?» Ursula blieb stehen und drehte sich um. «Was machst du hier? Geh zurück zu den anderen. Ich bleibe nicht lange fort, ich hole nur Constans und seinen Vater. Wahrscheinlich wurden sie aufgehalten und haben die Zeit vergessen.»

«Und ich hole meinen Vater. Wahrscheinlich wurde er ebenfalls aufgehalten.»

«Ich sorge dafür, dass er mitkommt. Bitte, geh jetzt zurück.»

«Nein, ich komme mit dir. Sie führen etwas im Schilde, nicht wahr?»

«Wenn sie das im Schilde führen, was ich vermute, musst du zurückbleiben. Dein Vater wird nicht wollen, dass du es siehst. Es ist nicht für die Augen junger Mädchen bestimmt.»

«Ursula! Wie kannst du so etwas sagen? Wir sind beide Einzelkinder. Als unsere Mütter starben, warst du so alt, wie ich heute bin. Hast du dich als Sechzehnjährige vor der Verantwortung für deinen Vater gedrückt? Warst du nicht genauso entschlossen wie ich, nach ihm zu sehen und ihn zurechtzuweisen, wenn es notwendig wurde?»

Die letzten Strahlen der untergehenden Sonne blendeten die beiden Mädchen. «Du hast Recht», gab Ursula zu. «Als meine Mutter starb, war mein Vater mein ganzes Leben, obwohl ich meinen geliebten Constans hatte.»

«Und ich habe nicht einmal einen Mann, den ich liebe. Vater ist alles, was ich habe.»

«Gut, dann komm mit», sagte Ursula. «Aber mach dich auf einiges gefasst. *Es* …»

Brittola wusste, was ihre Freundin sagen wollte, denn das sagten sie immer, wenn sie eine schwierige oder unerfreuliche Aufgabe zu bewältigen hatten. Gemeinsam beendeten sie den Satz: *«… wird nicht einfach werden!»*

Sie lachten, umarmten sich und liefen weiter.

IV

Die Vorderseite des Hauses der Offiziere lag abgewandt von der Stadtmitte, daher näherten sich Ursula und Brittola von der Rückseite. Als sie das große Gebäude erreichten, drang lauter Männergesang an ihre Ohren. Sie blieben stehen und lauschten. Der anschwellende Gesang, der aus der Gasse zu kommen schien, die zur Vorderseite führte, endete in einem heiseren Brüllen.

«Beeil dich!», rief Brittola ungeduldig. «Wir werden sie ertappen.»

«Brittola! Komm zurück! *Komm zurück!*», schrie Ursula, doch ihre Freundin war schon in die Gasse eingebogen. Mit einem verzweifelten «O Brittola!» lief sie hinterher.

Die Gasse führte auf einen Hof, dessen eine Seite von den langen, dicken Mauern des Hauses der Offiziere begrenzt wurde. Es gab keinen Eingang, nur ein kleines Fenster in unerreichbarer Höhe. In der Nähe des Fensters stand eine riesige alte Linde mit dicken Ästen, die das Haus überragte. Ursula und Brittola kannten den Baum gut, denn als Kinder waren sie oft hinaufgeklettert. Die Bewohner von Corinium hingen dem Aberglauben an, das kleine Fenster gebe den Blick auf einen Raum frei, in dem die Schatten toter Soldaten lebten. Für die Kinder der Stadt stellte es eine große Herausforderung dar, auf die knarrenden Äste zu steigen und zu überprüfen, ob die Schatten sich bewegten.

Ursula holte Brittola am Eingang des Hofes ein. Die Männer hatten wieder zu singen begonnen. Ihr Gesang hallte durch das kleine Fenster auf den Hof. Die dicken Wände dämpften den Klang indes, sodass man die Worte nicht verstehen konnte.

«Komm her! Wir sehen nach, was sie im Schilde führen!», flüsterte Brittola. Ehe Ursula antworten konnte, rannte sie zu dem Baum und kletterte hinauf.

«Wir sind keine Kinder mehr», murmelte Ursula. Widerwillig folgte sie der jüngeren Freundin auf den Baum und suchte nach Halt für ihre Hände und Füße, so wie sie es als Kind getan hatte.

Während Ursula zu dem langen Ast hinaufkletterte, der einen guten Blick durchs Fenster gewährte, verwandelte sich der Gesang wieder in lautes Gebrüll. «Brittola! Komm da runter!», befahl sie. «Es ist gefährlich!»

Doch es war zu spät. Brittola erspähte bereits genau das, was Ursula befürchtet hatte.

Schließlich erreichte Ursula ihre Freundin. Diese war wie gelähmt und klammerte sich verzweifelt an einen Zweig über ihrem Kopf. Mit der anderen Hand hielt sie ihr großes Silberkreuz in die Höhe, um den teuflischen Anblick zu vertreiben. Ursula kauerte sich neben sie und blickte in den Raum. Sie sah eine Gestalt mit einer Kapuze auf dem Kopf, die in ein schwarzes Gewand gehüllt war und ein rot-goldenes Stirnband trug. Die Gestalt beugte sich vor und hantierte mit etwas. Zahlreiche Gestalten umringten sie. Vor der Gestalt mit der Kapuze stand Gerontius, dessen Gesicht glatt rasiert und dessen Oberkörper entblößt war. Die beiden jungen Frauen beobachteten, wie die verhüllte Gestalt sich reckte und einen mit Juwelen verzierten, goldenen Becher in die Luft warf. Eine rote Flüssigkeit spritzte heraus und befleckte Gerontius' nackten Körper. Er fing den Becher auf und hielt ihn einen Moment in die Luft, während die Versammelten laut brüllten. Als der Lärm verstummte, führte der stämmige

Heerführer den Becher an seine Lippen und trank einen tüchtigen Schluck. Ein Teil der roten Flüssigkeit rann ihm aus den Mundwinkeln und tropfte vom Kinn auf den Boden. Nach der Zeremonie stellte Gerontius den Becher auf den Altar und trat aus dem Blickfeld der beiden jungen Frauen. Gleichzeitig setzte der Gesang der Männer wieder ein. Die Gestalt mit der Kapuze hob einen frisch abgeschlagenen Kalbskopf an den Ohren hoch und füllte den Becher erneut mit dem Blut des Tieres.

Brittola schnappte nach Luft. Ursula hielt ihre Freundin fest, weil sie befürchtete, sie könne in Ohnmacht sinken. Nun trat Conanus, Brittolas Vater, dessen Gesicht ebenfalls sauber rasiert und dessen Brust nackt war, vor den Altar.

«Komm mit. Wir haben genug gesehen. Lass uns hinunterklettern», drängte Ursula die Freundin und setzte alles daran, ihr die Sicht auf die furchtbare Szene zu versperren.

«O mein lieber Gott!», rief Brittola. «Was tut er da? Er trägt nicht einmal sein Kreuz! *O mein Gott!*»

«Pst, Brittola!» Ursula bemühte sich, sie zu beruhigen. «Lass uns wieder hinunterklettern. Wir sollten das nicht tun.»

Doch Brittola warf den Kopf zurück und schrie aus voller Kehle: «Mein Gott! Sie sollen aufhören! Sie sollen aufhören! *Bitte!*»

Ursula schlang einen Arm um Brittolas Taille und redete ihr gut zu, während sie mit ihr den Baum hinunterstieg. Zuvor erhaschte sie noch einen letzten Blick in den Raum. Alle Männer starrten zum Fenster hinauf. Die Gestalt in dem Gewand riss sich die Kapuze vom Kopf. Das strenge

Gesicht von Konstantin wurde sichtbar. Als Nächster wäre Constans an der Reihe gewesen, das feierliche Ritual zu vollziehen. Er war ebenfalls rasiert und seine Brust nackt.

V Kurz darauf tauchten die Männer, die nun alle ihre Togen trugen und Fackeln in den Händen hielten, in der Gasse auf. Sie liefen auf den Hof und umringten fluchend die alte Linde.

«Komm runter, du kleines hysterisches Luder! Ich mach dir Beine!», schrie Gerontius.

«Haltet den Mund, Gerontius!» Konstantin drängte sich durch die Reihen der Männer. «Habt Ihr Prinzessin Ursula denn nicht gesehen?»

Ursula half Brittola, auf den niedrigsten Ast der Linde zu klettern. Constans reichte ihr die Hand und hob sie herunter. Als er sie losließ, sank das Mädchen weinend zu Boden.

«Die Herren mögen unsere Störung verzeihen», bat Ursula die Offiziere, während sie auf die Erde sprang. «Wir sind nur gekommen, um Euch an das große Fest zu erinnern, das zu Euren Ehren im Palast gegeben wird. Ihr werdet erwartet», fügte die Prinzessin mit Blick auf Konstantin und Constans hinzu. Dann beugte sie sich neben die schluchzende Brittola und wiegte sie in den Armen. «Hör auf zu weinen. Es ist vorbei.»

Die Umstehenden raunten: «Es ist die kleine Brittola.» Ihr Vater Conanus bahnte sich den Weg zu ihr und blieb neben Konstantin stehen. Conanus war der ranghöchste Staatsmann, der mit in die Schlacht zog, und er war auch älter als die anderen Heerführer. Ohne Waffenrock sah er sogar noch bedeutend älter aus. «Liebling, reiß dich zusammen. Du hast heute Abend genug Theater gemacht. Auf uns wartet ein wunderschönes Fest.» Er trat einen Schritt vor, lächelte Ursula freundlich an und ergriff den Arm seiner Tochter.

«Lass mich los!», schrie Brittola. Sie fuchtelte mit den Armen, sprang wütend hoch und warf ihr Haar zurück. «Lass mich los!» Ihre funkelnden Augen starrten ihren Vater feindselig an. «Wie konntest du nur, Vater? Ich habe gesehen, dass du dein Kreuz abgenommen hast. Warum hast du das getan? Glaubst du, du kannst deine Schmach vor Gott verbergen?»

Conanus war fassungslos. Erneut versuchte er, seine Tochter zu ergreifen, aber sie wich ihm aus.

«Ich verstehe schon nicht, warum *sie* so etwas tun!» Brittola zeigte auf die anderen Männer. «Aber warum *du* so etwas tust, ist mir vollkommen unbegreiflich. Du musst nur Gott und sonst niemandem etwas beweisen. Gerade du! Hast du vergessen, dass du als Säugling von Konstantin dem Großen gesegnet wurdest? Wie konntest du etwas so Schreckliches tun, Vater? *Wo ist dein Glaube geblieben?*»

«Es gibt bessere Gelegenheiten und Orte für ein solches Gespräch, mein Liebling.» Als Conanus seine Tochter wegführen wollte, wehrte sie sich heftig.

«*Nein!* Ich will wissen, warum du und diese anderen *Christen* nicht dem *wahren* Gott die Treue haltet!»

«Es steht uns frei zu entscheiden, welchem Gott oder welchen Göttern wir die Treue halten, mein Fräulein!» Konstantin trat vor und umklammerte Brittolas Arm mit festem Griff, um ihrem armen Vater weitere Peinlichkeiten zu ersparen. «Das ist eine der Freiheiten, für die wir kämpfen, und Teil des wahren Ruhmes Roms. Nur Rom ist mächtig genug, um sich mehr als einer Religion und mehr als einem Gott zu verschreiben. Alle Götter fügen sich Roms höchster Macht.»

Sein Blick glitt über die Zuschauer. «Brittola, dein Vater hat vollkommen Recht. Es gibt bessere Gelegenheiten und Orte für ein solches Gespräch, und ich will dir auch erklären, warum. Die Freiheit, derer du dich erfreust, ist ein Geschenk. Und es ist nicht selbstverständlich, Gespräche darüber führen zu können, ob wir von Gott oder den Göttern regiert werden, ob der Glaube oder das Schicksal schwerer in der Waagschale wiegen ...» Sein Ton war ein wenig spöttisch, und die Männer kicherten. «Diese Freiheit haben wir uns hart erkämpft, und sie muss beständig gegen unzählige feindliche Kräfte verteidigt werden. Daher merke dir dies: Vor Gott, vor dem Glauben oder dem Schicksal, sogar vor der Freiheit kommt die Pflicht! Es ist die Pflicht eines jeden unversehrten Römers, Rom und alles, wofür es eintritt, zu verteidigen.» Er spähte zu Ursula und Constans hinüber. «Und erst wenn er seine Pflicht erfolgreich erfüllt hat, kann er zu seiner Familie und seinen Freunden zurückkehren, sich in Frieden niederlassen und sich an seiner hart erkämpften Freiheit sowie an wunderschönen Festen erfreuen und an guten Gesprächen über ...»

Konstantin lockerte seinen Griff, und sofort befreite sich Brittola aus der Umklammerung. Sie ergriff das Silberkreuz mit beiden Händen und warf es in die Luft. «Nein!», schrie sie. «Das ist nicht recht! Ihr müsst doch wissen, dass Eure einzige wahre Pflicht des Herzens und des Geistes Gott ist. Der *eine* Gott! Der *wahre* Gott! Warum wollt Ihr Euch damit begnügen, in einer freien Welt zu leben? Was ist das für eine hart erkämpfte Freiheit, die Euch das Recht gibt, das Blut dieser Tiere zu trinken? Versucht auch Ihr, in einer guten Welt zu leben! Aber das könnt Ihr nur, wenn Ihr Euch Gottes Willen unterwerft. Um das zu tun, müsst Ihr zuerst die falschen Götter ablehnen und aufhören, Euch wie … wie *Tiere* zu benehmen!»

Konstantin wurde zornig. Seine Soldaten würden es niemals wagen, ihn zu unterbrechen, und diese Göre hatte es nun schon zweimal getan.

«Wie dein Vater ganz richtig gesagt hat …», Ursula stellte sich vor Brittola und wandte Konstantin den Rücken zu, «… ist jetzt nicht der rechte Zeitpunkt für dieses Gespräch.» Sie drehte sich zu Conanus um. «Der Festschmaus erwartet uns. Mischt Euch nun mit Eurer Tochter unter die Gäste. Eine gesellige Runde eignet sich besser für derartige Unterhaltungen.»

«Liebling, lass uns ein wenig durch die Gassen wandeln.» Der alte Mann legte behutsam einen Arm um Brittolas Schulter.

Sie senkte den Kopf und ging mit ihm davon. Es sah fast so aus, als hätte sie sich beruhigt. Doch als sie die Gasse erreichten, befreite sie sich und wirbelte herum. «Zuallererst seid Ihr *Gott* und nicht Rom verpflichtet!», rief sie. «Ihr seid in erster Linie ein Christenheer und erst in zweiter Linie ein römisches Heer.»

Die Männer rissen die Augen auf. Niemand sagte ein Wort; niemand regte sich. Brittola hielt den bösen Blicken stand. Offenbar hätte sie das Wortgefecht liebend gern fortgesetzt, doch Ursulas missbilligende Miene brachte sie schließlich zur Raison. Sie biss sich auf die Zunge und folgte ihrem Vater. Nachdem sie aus dem Blickfeld der Männer verschwunden war, hallte ihr Schluchzen noch immer aus der dunklen Gasse zu ihnen herüber.

Konstantin warf seinen Soldaten einen herrischen Blick zu. Sie gehorchten dem stummen Befehl und entfernten sich. Constans und Ursula blieben mit Konstantin allein auf dem Hof zurück.

Ursula brach die Stille. «Ich verstehe, wie schwer es für Euch sein muss, ein Heer zu befehligen, das zugleich römisch und christlich ist. Allerdings verstehe ich nicht, wie Ihr eine Schlacht schlagen oder zu einem Feldzug aufbrechen könnt, wenn Ihr nicht genau wisst, wofür Ihr kämpft.»

«Es ist häufig am schwierigsten, eine Antwort auf die Frage zu finden, *wogegen* man kämpft», entgegnete Konstantin in dem sanften Ton, den Ursula seit ihrer Kindheit kannte und liebte. Der Feldherr fuhr fort: «Ursula, Ihr tragt eine hohe Verantwortung, seitdem Ihr den Platz Eurer verstorbenen Mutter eingenommen habt. Ihr müsstet inzwischen gelernt haben, dass es viele verschiedene Gründe für unsere Pflichten gibt. In der Regel mehr Gründe, als wir ahnen. Wenn wir sie alle berücksichtigen wollten, würden wir verrückt werden. Letztlich erfüllen wir zahlreiche unserer Pflichten einfach nur, weil gewisse Dinge getan werden müssen, und nicht, weil wir wissen, warum wir sie tun.»

«Und Eure persönlichen Gründe? Wir sind doch auch uns selbst gegenüber Rechenschaft schuldig», erwiderte Ursula herausfordernd. «Ihr zum Beispiel. Es würde mich interessieren, wofür Ihr *persönlich* kämpft, wenn Ihr in die Schlacht zieht.»

Sie musterten sich schweigend. Je länger der Blickkontakt dauerte, desto unbehaglicher fühlte sich Constans.

«Ich danke Gott, dass Ihr eine Frau seid», sagte Konstantin schließlich. «Darum werdet Ihr niemals in die Schlacht ziehen müssen. Obwohl ich ein Krieger bin und sowohl Gott als auch die Götter in ihrem Wirken gesehen habe, kann ich Eure Frage nicht beantworten. Nur so viel kann ich sagen: Wenn wir in die Schlacht ziehen und Gott bei uns ist, schenken wir ihm unser Vertrauen. Wenn die Götter bei uns sind, lenken sie unser Geschick. Beide sind ausgezeichnete Waffen und ausgezeichnete Schilde.»

Konstantin klopfte seinem Sohn auf die Schulter. «Wir sollten uns anderen Dingen als dieser unerquicklichen Wortklauberei widmen. Würdest du deine Prinzessin bitte zurück zu dem großen Fest im Palast begleiten? Ich komme gleich nach.»

Constans nahm Ursula an die Hand und führte sie aus dem Hof hinaus. Konstantin legte seine Fackel auf einen der Zweige der alten Linde, faltete die Hände im Rücken und hob den Blick zu dem dunklen Fenster.

«Ursula!», rief er, nachdem das junge Paar ein paar Meter gegangen war. Die beiden drehten sich um. «Wenn ich mich je zwischen Gott und den Göttern – dem Glauben und dem Schicksal – entscheide, werde ich es Euch wissen lassen.»

VI

Constans und Ursula schritten schweigend die Gasse hinunter. Als sie die Hauptstraße erreichten, blieben sie stehen. Endlich durfte Ursula dem Geliebten in die Augen schauen. Die ganze Welt mit ihren brennenden Problemen und beständigen Anforderungen geriet in Vergessenheit. Nur ihre Liebe zählte.

Ursula schmiegte sich zärtlich an Constans' Brust, doch er zögerte, sie in die Arme zu schließen. «Wie konntest du diese Szene vor Gerontius und den anderen dulden? Konntest du Brittola nicht zur Raison bringen? Du wirst bald meine Gemahlin sein. Das darfst du niemals vergessen. Eines Tages sind all diese Menschen unsere Untertanen, und dann sind wir auf ihren Respekt angewiesen.»

Für einen Moment verschlug es Ursula die Sprache. «Brittola hatte allen Grund, sich aufzuregen, und mir erging es ähnlich», sagte sie, als sie sich wieder gefasst hatte. Constans wollte etwas erwidern, aber Ursula ließ ihn nicht zu Wort kommen. «Ich will nicht die Gemahlin eines blutrünstigen Heiden sein! Du wolltest auch aus dem Kelch trinken, leugne es nicht! Ich habe es mit eigenen Augen gesehen. Wo ist mein Constans geblieben? Der christliche Constans, der mit mir getauft wurde? Was bist du für ein Mann geworden?»

«Ein Mann, den seine *Pflicht* geformt hat.»

Ursula staunte über seinen selbstbewussten, überzeugten Ton.

«Siehst du diese Hände? Die zärtlichen Hände, die du so gerne auf deiner zarten Haut spürst? Du solltest sie sehen, wenn ich meine Pflicht erfülle. Wie sehr würdest du ihre Geschicklichkeit bewundern! Einen Speer in den Leib eines Feindes stoßen. Die Kehle eines Feindes mit dem Schwert aufschlitzen. Einen Kameraden vom Schlachtfeld tragen und die Pfeile aus seinem Fleisch ziehen. Das ist der Ort, an dem ich meine Pflicht erfülle: das Schlachtfeld! Und glaub mir, in der Schlacht sind es die Kriegsgötter, die Götter dort draußen, die die Trommeln schlagen. Nicht der persönliche Gott in unserem Innern. Wenn die Pfeile fliegen oder der Feind angreift, beten alle Männer zu den einzigen Göttern, die zählen, zu denjenigen, die das Glück und das Schicksal lenken. Im Sturm der Schlacht unterscheidet das Glück nicht zwischen Gut und Böse.»

«All das hat nichts mit Gott, sondern einzig mit Glück zu tun! Wie kannst du behaupten, das Schlachtfeld sei der Ort, an dem du deine Pflicht erfüllst? Dein wahrer Platz ist in den Herzen der Soldaten, als ihr Anführer, ihr Befehlshaber und eines Tages als ihr König. Deine Hände sind nicht zum Töten da, sondern um Erlasse zu unterzeichnen und Würdenträger zu begrüßen und …»

Constans, der ihren Worten lächelnd gelauscht hatte, brach in ein lautes, eitles Lachen aus. Die Prinzessin hatte ihn noch nie zuvor so lachen gehört. «Und meine Gattin in den Armen zu halten und meine Kinder zu streicheln. Oh, ich liebe es, wenn du deine Überzeugungen zum Besten gibst. Du legst die Stirn in Falten, und dein Gesicht sagt mehr als alle Worte.» Er wollte sie an sich ziehen, doch Ursula sträubte sich.

«Versuch nicht, mich abzulenken, Constans. Es ist mir sehr ernst! Ich werde keinen Heiden zum Gemahl nehmen! Und auch keinen halben Heiden, der seinen Glauben je nach Bedarf wechselt, so wie sein Vater. Brittola hat

Recht. Du musst Gott gegenüber genauso wahrhaftig sein wie mir und unseren Kindern gegenüber.»

Constans hörte auf zu lachen und umklammerte Ursulas Schultern. Sie hatte ihn noch nie so erlebt. Ja, es war ihr Constans, ihr vertrauter, geliebter Constans, aber jetzt stand sie zum ersten Mal auch Constans, dem Mann, gegenüber. Und zum ersten Mal sprach dieser Mann, ihr zukünftiger Gemahl, in ernstem Ton zu ihr – von Mann zu Frau. «Ursula, hör mir zu. Du weißt selbst, wie stark dieses neue Heer ist. Du weißt, wie gut ausgebildet wir sind. Mit meinem Vater an der Spitze sind wir die stärkste Heerschar im ganzen Römischen Reich. Die Kaiser können sich keine kräftigere Hand für ihr Werk wünschen ...» Constans sah die Sorge in ihren Augen und verstummte kurz. «Unsere Zeit ist gekommen. Wir werden bald auf dem Kontinent dienen müssen.»

Ursula hatte Mühe, all das zu verdauen, und eine dunkle, drohende Angst, die sie vorhin im Palast schon einmal verspürt hatte, kroch in ihr Herz. Dennoch ermunterte sie Constans durch ein Nicken fortzufahren. «Wir stehen in Alarmbereitschaft. Unser Heer ist größer denn je. Wir haben alle Reserven der Garnisonen mobilisiert und ins Heer eingezogen. In Germanien und Gallien stehen die Dinge schlecht.» Constans atmete tief ein. «Die Lage auf dem Kontinent muss furchtbar sein. Die Statthalter der beiden Provinzen sind verzweifelt. Die germanischen Invasionen nehmen stetig zu. Barbaren durchbrechen die Verteidigungsposten an den Grenzen und verwüsten das Land, die Dörfer und sogar die Städte. Und ausgerechnet in dieser Lage, da die Statthalter ihre Verteidigung verstärken müssen, werden Fuß- und Reitertruppen von den

Grenzgarnisonen abgezogen, um Italien gegen die Goten zu verteidigen. Aufgrund der Bedrohung ist der kaiserliche Hof in den Süden nach Arelate gezogen. Es gibt nur eine einzige Hoffnung, die Grenzverteidigung zu halten: Die britannischen Legionen müssen in die Schlacht ziehen und die Ordnung wieder herstellen.» Er schluckte verlegen. «Ich glaube, der Tag des Aufbruchs steht vor der Tür.»

Ursula senkte den Kopf, um ihr Entsetzen zu verbergen. «Ich … ich erinnere mich gut daran, als unser Heer das letzte Mal auf den Kontinent zog. Damals war dein Vater noch Zenturio. Erinnerst du dich an den herrlichen Anblick der stolzen Legionen am Tag des Abschieds? Wir schauten ihnen nach. Ihre Waffen glitzerten im Sonnenlicht, als sich Galeere um Galeere leise von den sicheren weißen Klippen löste und nach Gesoriacum segelte.» Ursulas Augen füllten sich mit Tränen. «Jahre später kehrte ein Haufen Männer ohne Pferde, ohne Waffen und in zerfetzten Rüstungen schmachvoll zurück. Der kleine Trupp reichte kaum aus, um ein neues Heer auszuheben. Doch sie haben es geschafft. Sieh dich an …» Sie hob den Blick zu ihrem geliebten Constans. «Das beste Heer, über das diese Provinz je verfügte.»

Sie lächelten beide verhalten. Ursula hatte Mühe, die Fassung zu bewahren. «Oh, warum sind wir auf dieser Insel verflucht? Warum wird uns unser Heer immer wieder entrissen, sobald wir ein neues aufgestellt haben? Wir brauchen dieses Heer, um das uns alle beneiden und das Britannien wahrlich verteidigen kann, hier auf unserer Insel. Warum wird die Frucht unserer harten Arbeit verschwendet, um die Privilegien derer in Gallien und an anderen Orten zu sichern, die nicht in der Lage sind, ihre Verteidigung richtig zu planen und sich selbst erfolgreich zu schützen? Warum erntet Rom mit seiner verworrenen Politik und seinen Verschwörungen immer unsere Früchte?»

Constans nahm Ursula in die Arme. «Meine Liebe, wir werden der römischen Politik nicht zum Opfer fallen. Dieser Aufgabe sind wir durchaus gewachsen. Wir können sogar noch mehr vollbringen, als der Kaiser von uns erwartet. Wir werden so entschlossen kämpfen, dass die Grenze sicherer sein wird als je zuvor. Es heißt, einige dieser nordischen Völker könnten nützliche Bundesgenossen werden. Die zivilisiertesten von ihnen werden wir am äußersten Rand des Reiches als Wächter einsetzen, damit sie es gegen neue Invasoren verteidigen. Die anderen schicken wir zurück nach Hause, oder wir führen sie in Gebiete, wo sie keinen Schaden anrichten können. Und durch unser Vorbild werden wir diesen Taugenichtsen in Gallien zeigen, wie man eine erfolgreiche Verteidigung aufbaut. Gallien, Germanien und Hispanien müssen neben Britannien als gleichwertige Pfeiler des Westens stehen, anstatt bei jeder drohenden Invasion zu jammern und sich darauf zu verlassen, dass wir die Drecksarbeit machen. Nach vollbrachter Mission werden wir in unsere Heimat zurückkehren, die sicherer sein wird als zuvor. Dann kann sich jeder Mann auf sein Anwesen zurückziehen und mit denen, die er liebt, leben.»

Ursula bettete den Kopf an seine Schulter. Constans senkte die Stimme, die nun so zart war wie in ihren Träumen. Sie spürte seinen Herzschlag. «Bald wird diese Zeit gekommen sein, und dann müssen wir keine Schlachten mehr schlagen. Sobald dauerhaft Friede herrscht, ist meine Pflicht erfüllt. Von da an werde ich mich meinem wahren Leben, unserem gemeinsamen Leben widmen. Unserer Familie. Unserem Königreich. Und in diesem Leben werde ich alle anderen Gottheiten zurückweisen und nur dem wahren Gott, den wir beide im Herzen tragen, Glauben schenken. Für immer und ewig. Das gelobe ich.»

Sie tauschten einen langen, zärtlichen Kuss und lösten sich dann langsam aus der Umarmung.

«Gott wird wohl nach einer solchen Rede einen kleinen Götzenkult vergeben. Mit deinen Worten konntest du schon immer sogar den Wind aus den Bäumen zaubern», sagte Ursula fröhlich und stupste Constans neckisch in die Rippen. «Du hast ehrenhafte Worte gesprochen, Constans. Und sie kamen aus dem Munde eines tapferen Kriegers.» Sie ergriff seinen Arm. «Nun wollen wir dem Fest nicht länger fernbleiben.»

Auf dem Weg zum Palast hallten ihre ausgelassenen Stimmen durch die Straßen von Corinium. Als sie um die Ecke bogen, trat Oleander aus dem Schatten hervor und folgte ihnen. «Man könnte sie fast für Kinder halten, wenn man sie so reden hört», dachte sie. «Es ist unglaublich! Und dabei ist Ursula nun eine wunderschöne Prinzessin, die Kaiser empfangen, und er ein stattlicher, hoher Offizier, der große Heere befehligen könnte.» Oleander freute sich. «Oh, wie *glücklich* sie ist, wenn sie beisammen sind!»

VII

Das rauschende Fest nahm seinen Lauf. Die Wachteln schmeckten vortrefflich, und der Wein floss in Strömen. Bischof Patroclus hatte zu singen begonnen, und die römischen Abgesandten stimmten in sein Lied ein. Mittlerweile waren alle Gäste eingetroffen. Konstantin, Constans, König Deonotus und Conanus löcherten Morgan mit Fragen über die Ereignisse auf dem Kontinent. Aufmerksam lauschten sie seinen Worten, die sie nur gelegentlich mit einer scherzhaften Bemerkung unterbrachen.

Gerontius' Platz war auf der anderen Seite des Tisches bei Bischof Patroclus und den Abgesandten, und er machte den Eindruck, als fühle er sich höchst unwohl. Ursula saß mit den Gattinnen der Abgesandten am Nebentisch. Im Stillen lächelte sie über Gerontius, der verzweifelt die Ohren spitzte, um etwas von dem Gespräch zwischen Konstantin und den anderen Heerführern aufzuschnappen.

«Er sieht aus wie ein Schwein, das sich fragt, was man mit einem Bratspieß anfängt!», flüsterte Brittola ihr ins Ohr. Die beiden jungen Frauen hatten Mühe, nicht laut loszulachen. Nach dem Spaziergang mit ihrem Vater hatte sich Brittola beruhigt, und allem Anschein nach genoss sie den Abend, als wäre nichts geschehen.

Mit einem Mal brach hinter den Wandschirmen lautes Getöse los. Die erregten Stimmen einiger Diener waren zu hören. «Geht mir aus dem Weg! Zurück in die Küche! Schürt das Feuer!» Pinnosa tauchte in ihrer Jagdkluft vor den erlauchten Gästen auf. Auf dem Rücken trug sie ein junges Reh mit zarten Geweihsprossen.

Der Gesang und das Gelächter verstummten. Alle Augen waren auf sie gerichtet. Einige der römischen Abgesandten und ihre Gattinnen saßen mit offenen Mündern da.

«Ich bitte die Verspätung zu verzeihen», sagte Pinnosa ehrerbietig zu König Deonotus. «Es kam mir in den Sinn, Ihr könntet nach einem so großen Festschmaus vielleicht noch ein schönes Wild für Eure Speisekammer gebrauchen. Zuerst dachte ich an einen dicken, fetten Keiler, bis mir einfiel, dass Ihr bereits Gerontius habt!»

Die Gesellschaft prustete vor Vergnügen. Nur Gerontius steckte die Nase verlegen in seinen Becher.

Pinnosa legte das Reh zwei Dienern in die Hände, zog ihr Jagdmesser heraus und schnitt eine Geweihsprosse ab.

«Hier, Gerontius!», schrie sie, als sie zu dem dicken Mann schlenderte, der ihr den Rücken zuwandte. «Das ist für Euch. Von den Sklavinnen im Badehaus habe ich erfahren, dass Ihr Hilfe nötig habt.»

Die Anspielung auf Gerontius' Manneskraft ließ die Gattinnen der Abgesandten erröten. Die Männer grölten auf Kosten des Befehlshabers. Der unbändige Hass zwischen Pinnosa und Gerontius war den Bewohnern von Corinium gut bekannt.

Pinnosa warf die Geweihsprosse in Gerontius' Essen und funkelte ihn böse an.

Diese Geste setzte der allgemeinen Heiterkeit ein Ende.

Gerontius rammte sein Messer so fest in den Tisch, dass eine Platte mit Austern wegrutschte und Bischof Patroclus auf den Schoß fiel. Daraufhin erhob sich Gerontius langsam und knurrte mit seinem nordischen Akzent: «Die gute Gesellschaft und mein Anstand werden mich nicht davon abhalten, eine ungezogene Göre zu verprügeln.»

«Ihr?», rief Pinnosa. Sie stand kaum eine Armlänge von ihm entfernt und sah ihm kühn ins Gesicht. «Mich verprügeln? Pah! Im Heer, wenn andere die Kämpfe für Euch ausfechten, seid Ihr vielleicht ein Held. Aber auf Euch allein gestellt, seid Ihr nichts weiter als ein großes Maul und ein fetter Leib.» Sie blähte ihre Wangen zum Hohn des Befehlshabers weit auf.

«Na warte!» Gerontius stürzte auf sie zu und versuchte sie zu fassen, doch Pinnosa ging rechtzeitig in Deckung. Sie musterte ihn voller Verachtung und Abscheu, hob das Jagdmesser und fuchtelte damit in der Luft herum. Einen Augenblick später umkreiste sie ihn mit der Waffe in der Hand.

«Es *reicht*!», schrie Konstantin. «Denkt an unsere Gäste. Ihr könnt Euren Streit auf der Straße austragen. Nicht hier!»

«Gesell dich zu uns!» Ursula lief zu Pinnosa hinüber und befahl den Dienern: «Bringt ihr ein Festgewand.»

«Ich bin keine ungezogene Göre mehr, Gerontius!», rief Pinnosa, bevor Ursula sie erreichte. «Ich bin eine Frau und in der Lage, einen Fettsack wie Euch zu tragen. Und das ist mehr, als Ihr für meinen Vater getan habt. Ich werde es beweisen.» Sie schob das Messer in die Scheide und schaute auf die Festgesellschaft. «Hiermit fordere ich Euch zum Wettkampf heraus.»

«Was?», rief Gerontius. «Ein Wettkampf mit *dir*?»

«Setz dich auf deinen Platz, Pinnosa», bat Ursula.

Pinnosa ging auf Gerontius zu. Als sie genau vor ihm stand, grinste sie ihn hämisch an. «Was ist los? Seid Ihr nicht Manns genug, um Euch mit einer schwachen Frau zu messen? Pah!» Sie spuckte ihm vor die Füße. «Wie gesagt: ein großes Maul und sonst nichts als Fett.»

Gerontius, der Mühe hatte, seine Wut zu bändigen, suchte nach einem Ausweg, wie ihm weitere Peinlichkeiten erspart blieben, und warf Konstantin einen hilflosen Blick zu.

Doch der hob nur schweigend eine Augenbraue und zuckte mit den Schultern. Auch ihn erheiterte der Vorfall offenbar.

«Wenn Ihr so begierig auf einen Denkzettel seid, ist es mir ein Vergnügen, ihn Euch zu verpassen», stieß Gerontius mit verzerrter Miene hervor. Daraufhin verneigte er sich vor dem Damentisch und setzte sich mit dem Rücken zu seiner Widersacherin hin.

«Morgen früh nach dem Morgenläuten auf der großen Wiese!», knurrte Pinnosa.

«Morgen früh auf der großen Wiese nach dem Morgenläuten!», knurrte Gerontius widerwillig, ohne sich umzudrehen.

Pinnosa schien mit sich zufrieden zu sein. Sie verneigte sich anmutig vor den beiden ersten Tischen, bedachte die römischen Abgesandten ebenfalls mit einem Kopfnicken und ließ sich von Ursula zu ihrem Platz führen.

«Sei gegrüßt. Schön, dich zu sehen», sagte Pinnosa mehrmals mit einem höflichen Lächeln in verschiedene Richtungen, bevor sie sich setzte.

Nun war die Gesellschaft vollzählig, und auch Pinnosa ließ sich den Wein und die feinen Speisen schmecken.

VIII

Die Nachricht von dem Wettstreit verbreitete sich wie ein Lauffeuer. Ursula ritt in Begleitung einiger Offiziere und dienstfreier Soldaten sowie zahlreicher Stadtbewohner über den schmalen Pfad aus der Stadt hinaus zur großen Wiese. Ihre Freundinnen und Cousinen saßen bereits mit den römischen Abgesandten unter der prächtigen Ulme am Fluss. Von einem kleinen Ruderboot, das in der Nähe festgemacht war, wurden Leckerbissen serviert. Ursula stieg ab und gesellte sich zu den anderen.

Kurz darauf trafen Konstantin und Constans mit großen Flaschen des besten Weines aus den Weinkellern des Palastes ein. «Es ist ein herrlicher Morgen für einen Wettstreit», sagte Konstantin. Er schien bester Laune zu sein. «Lasst uns auf den armen Gerontius und sein Verderben trinken – auf das Mädchen, das die Verstümmelung ihres armen Vaters rächen will.»

«Möge der bessere Kämpfer gewinnen», fügte Constans hinzu und hob seinen Becher.

«Möge der bessere Kämpfer gewinnen!», erwiderte die Gesellschaft.

Cordula liebte den Wein des Palastes. Sie trank einen Schluck und atmete die kühle Mailuft tief ein. Der Alkohol regte ihre Geschmacksnerven an und weckte ihre Vorfreude. Die ersten Strahlen der Morgensonne krochen durch den Nebel über den Baumwipfeln.

Von einem der oberen Äste einer dicken Eiche am Rande der Wiese erklang ein Jagdhorn. Ursula schmunzelte, und Brittola rief aufgeregt: «Es ist Pinnosa! Sie sitzt im Baum!»

Erneut erklangen drei lange, schrille Töne – das Signal,

dass Wild gesichtet worden war. In der Baumkrone raschelte es, als Pinnosa an einem Seil hinunterrutschte und auf einem der unteren Äste landete. Sie blies noch dreimal ins Horn, ehe sie auf die Erde sprang und schrie: «Ich kann meine Beute sehen! Dich kriege ich!» Entschlossen bahnte sie sich einen Weg durch die Zuschauer und lief auf ihr Opfer zu.

Vor dem Beginn des Wettstreits rückten die Leute, die sich in der Mitte der Lichtung aufhielten, an den Rand, um den Kampfplatz frei zu machen. Als sich die Menge teilte, geriet Gerontius ins Blickfeld. Er traf in Begleitung einiger Offiziere auf einem kleinen Boot ein. Soeben stiegen sie am anderen Ende der Wiese ans Ufer.

Pinnosa erreichte die Mitte des freien Platzes und blieb reglos stehen. Gerontius starrte sie einen Augenblick an wie ein Kampfbär, der sich ein genaues Bild von seinem Widersacher macht. Dann rückte er seinen Helm zurecht, überprüfte den Sitz seines Schwertes und schritt langsam auf sie zu.

König Deonotus trat vor und wandte sich an die Schaulustigen. «Pinnosa aus dem Hause Flavius. Euch wird heute die Ehre zuteil, gegen den großen Zenturio und Befehlshaber der britannischen Legionen, Gerontius, zum Kampf anzutreten. Er stellt sich dem Wettstreit. Nennt uns nun den Grund für die Herausforderung, junge Frau.»

«Ich bin hier, Eure Majestät, um das Unglück meines Vaters, des großen Befehlshabers Marcus Flavius, zu rächen. Dieser Mann» – sie zeigte auf Gerontius – «hat ihn im Augenblick größter Not mitten im Schlachtgetümmel im Stich gelassen. Nun muss mein Vater die Schmach ertragen, den Rest seines Lebens als Krüppel zu fristen.

Seine Verletzungen waren nicht schwer genug, um ihm einen ehrenhaften Heldentod zu schenken, doch es waren furchtbare Verwundungen, die hätten vermieden werden können, wenn Gerontius, diese aufgedunsene Ratte, nicht vom Schlachtfeld gerannt wäre.»

Pinnosa erblickte Ursula in der Menge. Sie nickten sich kurz zu. «Ich begehre, Eure Majestät, meinen Vater, einen hilflosen Krüppel, der Schande und Leid ertragen muss, zu rächen. Er soll die Genugtuung erleben, dass dieser abscheuliche Feigling Gerontius von einem Weib besiegt wurde.» Sie ging ein paar Schritte auf Gerontius zu und funkelte ihn wütend an. «Es war *Gerontius*, der die Soldaten rings um meinen Vater Schulter an Schulter hätte antreten lassen müssen, nachdem ihn der erste Pfeil getroffen hatte. Es war *Gerontius*, der stattdessen beschloss, sich in die sichere Hauptlinie zurückzuziehen und auf eine neue Aufstellung der Streitkräfte zu warten. Es war *Gerontius*, der meinen Vater halb tot in einer Blutlache fand, als er nach dem Ende des Kampfes über das Schlachtfeld schritt und nach Trophäen Ausschau hielt.» Pinnosas Stimme war immer lauter geworden, und jetzt schrie sie aus voller Kehle: «Ich schwöre, dass ich meinem Vater Genugtuung zuteil werden lasse. *Die Ehre des Hauses Marcus Flavius!*»

«Marcus Flavius! Marcus Flavius!», rief die Menge, darunter auch einige jüngere Offiziere. Gerontius funkelte die jubelnden Offiziere wütend an, doch da selbst Constans in das Kampfgeschrei einstimmte, konnte er sich nicht durchsetzen.

«Und Ihr, Gerontius, Befehlshaber der Legionen!» Der König musste seine Stimme erheben, um sich Gehör zu verschaffen. «Nach Pinnosas Worten ist Eure Ehre mit einem Makel befleckt. Was habt Ihr zu dem Vorwurf zu sagen?»

Die Menge verstummte. Nur das Zwitschern der Vögel war zu hören.

«Es gibt nichts zu sagen, was nicht bereits gesagt worden wäre! Ich werde diesem jungen Weibsbild einen Denkzettel verpassen, den es seit langem verdient hat, und es auf seinen Platz verweisen! Ja, Pinnosas Vater war ein großer Mann. Ihm, oder vielmehr dem, was von ihm übrig geblieben ist, gehört mein ganzes Mitgefühl. An jenem Tag, über den sie spricht, zwang mich die Schlacht auf den einen und ihn auf einen anderen Platz. Mehr gibt es dazu nicht zu sagen. Wenn sie der Wahrheit nicht ins Auge blicken will, ist es ihr Unglück und nicht das ihres Vaters.» Er strich ungeduldig über sein Schwert. «Lasst uns die Sache ein für alle Mal hinter uns bringen. Ich habe wichtigere Dinge zu tun, als eine junge Frau über Männerkämpfe zu belehren.»

«Gut», sagte der König. «Der Wettkampf beginnt. Da Ihr herausgefordert wurdet, Gerontius, dürft Ihr die erste Kampfrunde bestimmen.»

«Pferde, Schilde und Speere!»

Pinnosas Pferd Artemis und Gerontius' brauner Hengst wurden ohne Geschirr auf den Platz geführt. Die beiden Kämpfenden erhielten die gleichen Waffen und Schilde.

Während der Kampfvorbereitungen entfernte sich Ursula mit Constans ein wenig von Konstantin und den anderen.

«Es sieht Gerontius ähnlich, Speere zu wählen», sagte sie. «Schwerter wären gerechter gewesen.»

«Gerontius geht es nicht um einen gerechten Kampf.

Er will gewinnen, und dabei sind ihm alle Mittel recht. Er ist ein guter Kämpfer. Darum hat er es ja so weit gebracht.»

«Kämpfst du in der Schlacht Seite an Seite mit ihm?»

«Für gewöhnlich nicht. Unsere Truppen nehmen in der Schlachtordnung meines Vaters vollkommen unterschiedliche Plätze ein. Nur wenn wir uns einander in einem weiten Bogen nähern müssten oder der Feind ihn an den rechten Flügel drängen würde, müssten wir Seite an Seite kämpfen.»

Während Constans die Kampfvorbereitungen verfolgte, betrachtete Ursula ihren Geliebten mit besorgter Miene. Dann stieg Pinnosa auf ihr Pferd, woraufhin allgemeiner Jubel losbrach. Die Prinzessin verspürte wieder diese dumpfe Angst. Eine Angst, die sie ohne Vorwarnung überfiel. Ihr Magen verkrampfte sich.

«Vertraue ihm nicht!», rief sie plötzlich. «Du darfst ihm *niemals* vertrauen!»

«Hm?» Constans runzelte die Stirn. «Wem darf ich nicht vertrauen?»

Als Gerontius seinen Hengst bestieg, erklang erneut lauter Jubel.

«Gerontius natürlich! Du bist nun sein größter Gegner. Wie du gesagt hast, tut er alles, um zu siegen, und dabei ist ihm jedes Mittel recht. Ich warne dich, Liebster, wie nah beieinander ihr in der Schlacht auch immer kämpfen mögt, vertraue ihm niemals, vor allem, wenn …»

«Was, mein Liebling?» Constans senkte den Kopf.

«Vor allem, wenn dein Vater sterben sollte», flüsterte sie ihm ins Ohr.

Constans' zärtlicher Blick glitt über seine zukünftige

Gemahlin. Er wollte ihr gerade antworten, als der stürmische Beifall der Menge seine Aufmerksamkeit auf den Kampf lenkte. «Sie sind bereit», sagte er aufgeregt.

Gerontius hatte seinen Helm und seinen Federbusch abgelegt. Wie Pinnosa trug auch er nur eine einfache Tunika mit einem Ledergürtel um die Taille. Sie hielten beide kurze Speere und kleine, runde Schilde in den Händen.

«Jetzt muss sie ihre Reitkunst beweisen», erklärte Constans Ursula, die noch nie einen solchen Zweikampf gesehen hatte.

«Warum?» Sie hakte sich bei ihm ein und schmiegte sich an ihn.

«Sie reiten ohne Sattel und dürfen sich nicht an ihren Streitrössern festhalten, sie dürfen sie noch nicht einmal mit den Händen berühren. Ich wusste gar nicht, dass Pinnosa so reiten kann. Wusstest du es?»

Ursula blieb ihm die Antwort schuldig und schaute verschmitzt in die Ferne.

Pinnosa und Gerontius hatten an den Rändern der Lichtung Position bezogen. Sie starteten gleichzeitig zum Angriff.

Die Menge brüllte in Erwartung des Zusammenstoßes, und der Schrei «Marcus Flavius!» wurde immer lauter.

Eisen traf auf Leder. Artemis bäumte sich auf. Die Menge hielt den Atem an.

«Wenn sie vom Pferd fällt, ist alles vorbei», murmelte Constans.

«Halt durch, Pinnosa!», schrie Ursula ihrer Freundin zu.

Pinnosa konnte sich nur mühsam auf dem Pferd halten, nachdem ihr der Speer aus der Hand geglitten war. Es fehlte nicht viel, und sie hätte Artemis in die Mähne gegriffen, um das Gleichgewicht wiederzuerlangen.

Gerontius schwang stolz den Speer und drängte sein Pferd zum zweiten Angriff.

Artemis hatte sich gerade beruhigt, als Gerontius erneut auf Pinnosa zustürmte und ihre wehrlose Seite angriff. Im letzten Moment gehorchte Artemis Pinnosas Befehl und wich zurück, sodass Gerontius' Hieb ins Leere traf. Er verlor die Balance. Sein Pferd bäumte sich auf. Pinnosa ritt seitlich auf ihn zu und hieb mit dem Schild nach ihm, sodass er gezwungen war, in Deckung zu gehen. Als die beiden Pferde abrupt auseinander stoben, fiel Gerontius nach vorn und schnitt sich die Wange an seinem eigenen Schild auf.

Der Anblick des Blutes feuerte die Menge an. Laute Schreie ertönten, als die beiden Gegner erneut Aufstellung nahmen.

«Ein dritter Angriff!», rief Constans. «Das habe ich noch nie erlebt!»

Die Widersacher stürmten aufeinander los. Pinnosa wich rechtzeitig aus, sodass Gerontius' Stoß wieder ins Leere ging. Dadurch verlor er das Gleichgewicht und die Kontrolle über sein Pferd, das hektisch zur Seite tänzelte. Zur Freude der Menge gelang es Pinnosa, Artemis herumzureißen. Als sie sich vorbeugte, um Gerontius' Speer zu ergreifen, bäumte sich sein Pferd abermals auf, und sie bekam stattdessen seinen Arm zu fassen. Beide Reiter schwankten und fielen zu Boden.

«Unentschieden!», schrie Constans aufgeregt und drückte Ursula stürmisch an sich.

Pinnosa rang nach Atem. Sie brauchte eine ganze Weile, um sich aufzurappeln. Währenddessen lief Gerontius auf sie zu und schlug ihr kräftig mit dem Schild auf den Rücken, sodass sie bäuchlings in den Dreck fiel. Laute Buhrufe erklangen. Konstantin rief: «Gerontius, haltet Euch an die Regel. Und vergesst nicht, dass sie nur ein Weibsbild ist.»

«Kurze Schwerter», verlangte Pinnosa, stand auf und spuckte den Dreck aus. «Kurze Schwerter und Schilde. Jetzt krieg ich Euch, Gerontius! Jetzt beginnt der *richtige* Kampf!»

Die Menge wartete ungeduldig und achtete daher nicht auf den Kurier, der in vollem Galopp auf die Lichtung ritt, vom Pferd stieg und geradewegs auf Konstantin zuging.

Ursula bemerkte ihn jedoch und löste sich aus Constans' Umarmung, um die Szene zu beobachten.

Dem Kurier war anzusehen, dass er eine wichtige Botschaft brachte. Konstantins Miene verdunkelte sich. Wieder spürte Ursula die eisigen Krallen der namenlosen Angst und spähte Trost suchend über die Schulter zu Constans, doch dessen Aufmerksamkeit galt dem Kampfgeschehen. Kurz entschlossen holte sie ihren Vater und führte ihn zu Konstantin. Gemeinsam lauschten sie dem Kurier, der seine Botschaft für sie wiederholte. Ursula vernahm die Meldung mit Schrecken, eine dunkle Vorahnung beschlich sie.

«Drei Stämme der Burgunden und zwei riesige Stämme der Sueben haben den Limes überwunden. Sie haben den Rhenus an verschiedenen Stellen zwischen Mogontiacum und Argentorate überquert. Die Verteidigungsanlagen an den Grenzen wurden zerstört, die Soldaten der

Garnisonen, die nach dem Umzug des kaiserlichen Hofes nach Arelate in Colonia, Mogontiacum und Treveris zurückgeblieben waren, in alle Himmelsrichtungen zerstreut. Die Germanen strömen ins Land, und die Städte können nichts weiter tun, als ihre Tore zu schließen. Ganz Germanien und Nordgallien sind den Angriffen der Eindringlinge hilflos ausgeliefert.»

Konstantin und Ursulas Vater starrten einander schweigend an.

Schließlich sprach König Deonotus mit einem tiefen Seufzer: «Die Zeit ist gekommen. Wir können keinen Tag länger auf die Befehle des Kaisers warten. Wir müssen unseren Plan auf der Stelle in die Tat umsetzen.»

«Morgen brechen wir auf», sagte Konstantin schicksalsergeben. «Constans zieht nach dem Morgenläuten mit der ersten Reiterei los. Sie müssen in Windeseile zur Küste galoppieren und den Kanal so schnell wie möglich überqueren. Auf diese Weise können sie die restlichen Streitkräfte in Germanien und Gallien zusammenführen, bevor wir den Kontinent erreichen. Ich werde dann im Laufe des Vormittags mit der Hauptstreitkraft losmarschieren. Unser erstes Ziel ist Londinium. Dort können wir die notwendigen Vorkehrungen treffen, ehe wir zum Hafen eilen und den Kanal überqueren.»

«Marcus *Flavius*!», schrie Pinnosa, die bereit war für den zweiten Teil des Wettkampfs. Die Menge spendete lauten Beifall.

«Wir müssen Vorbereitungen für unseren Feldzug treffen», sagte Konstantin. «Sobald der Wettstreit beendet ist.» Er legte König Deonotus und Ursula einen Arm um die Schulter und führte sie zum Ort des Geschehens zurück. «Kommt, meine Freunde! Wir wollen uns das Vergnügen gönnen, dem Kampf zuzusehen. Bald müssen wir uns selbst dem Kampf stellen.»

Pinnosa schlug zweimal auf Gerontius' Schild, ehe er reagierte. Ihre Schwerter kreuzten sich. Gerontius ließ sich von Pinnosas Zorn und ihrer erstaunlichen Kraft so sehr ablenken, dass er fünf Schritte zurückweichen musste. Als er sich wieder gefangen hatte, holte er zu einem Gegenangriff aus, der an Brutalität kaum zu überbieten war. Fünfmal schlug er mit aller Kraft auf Pinnosas Schild ein und beschädigte ihn schwer. Als Gerontius zum entscheidenden Schlag ausholte, gelang Pinnosa ein Hieb auf ihren Widersacher, der jedoch zum Teil von dessen Schild abgefangen wurde. Dennoch fügte sie ihm eine tiefe Schnittwunde an der Unterseite seines Armes zu. Beim Anblick des erneuten Blutflusses geriet die Menge in Raserei. Die Kämpfenden gönnten sich eine kurze Atempause. Kaum waren sie in die Mitte des Kampfplatzes zurückgekehrt, stieß Pinnosa einen lauten, wütenden Schlachtruf aus und stürzte sich ein drittes Mal auf ihren Gegner. Ihr Schwert sauste durch die Luft; es schien aus allen Richtungen auf Gerontius einzuschlagen. Obwohl er verzweifelt auswich, gelangen ihr drei Treffer in schneller Folge. Gerontius wurde auf die Knie gezwungen. Pinnosa warf ihren Schild auf die Erde, nahm das Schwert in beide Hände und schlug seinen Schild mit einem Hieb entzwei, wobei sie ihm eine weitere Wunde am Unterarm zufügte. Gerontius' letzter Schlag traf ins Leere, weil Pinnosa rechtzeitig zur Seite gesprungen war. Die Menge staunte über ihre Gewandtheit. Der Kampf war vorüber. Gerontius ließ sein Schwert fallen und sank zu Boden.

Pinnosa setzte die Klinge an seine Kehle und zwang ihn, seinen verschwitzten Kopf zu heben, sodass sich ihre Blicke trafen. Sein stinkender Atem ließ sie zurückweichen. «Ich fordere alle Anwesenden auf, den Ausgang des heutigen Wettkampfes zu bezeugen. Das Haus Marcus Flavius hat sich in einem eindeutigen Sieg an diesem schändlichen, boshaften Mann namens Gerontius gerächt. Er mag einige glorreiche Heldentaten in der Anonymität des Heeres vollbracht haben» – verächtlich blickte sie auf Gerontius nieder, dem der Speichel aus den Mundwinkeln rann – «wir wissen jedoch, wie es um seine Heldentaten bestellt ist, wenn er auf sich allein gestellt ist. Heute hat er die Schande auf sich geladen, von einem *Weibsbild* besiegt worden zu sein. Diese jämmerliche Vorstellung werden wir auf ewig in unseren Herzen bewahren.»

«Pinnosa! Pinnosa!», jubelte die Menge.

Ursula machte sich auf den Weg zurück zu Constans. Doch kurz bevor sie ihren Geliebten erreichte, stellten sich ihr die Gattinnen zweier römischer Abgesandter in den Weg und bestürmten sie mit Fragen.

«Können alle britannischen Frauen so gut kämpfen?»

«Wie alt ist Pinnosa?»

«Woher stammt sie?»

«Wer ist dieser Marcus Flavius?»

Ursula bemühte sich, die Fragen höflich zu beantworten. Trotzdem entging ihr nicht, dass Konstantin sich aus der Menge löste und seinem Sohn bedeutete, ihm zu folgen. Alle anwesenden Offiziere mussten sich unverzüglich im Haus der Offiziere versammeln. Ursula konnte nur tatenlos zusehen, wie ihr Geliebter ihr kurz zuwinkte und dann der Pflicht gehorchte.

«Reiten alle jungen Adelsfrauen ohne Sattel?»

«Welche Kleidung tragt Ihr auf der Jagd?»

Die Fragerei nahm kein Ende. Ursula hörte ihre eigene ruhige, kontrollierte Stimme. Doch in ihrem Innern brannte ein dunkles Feuer der Angst. Ihre innere Stimme schrie: *Geh nicht fort, Constans! Bitte geh nicht fort!*

IX

Nach dem Wettstreit herrschte in Corinium den ganzen Tag über rege Geschäftigkeit. Alle Männer, Frauen und Kinder mussten bei den Vorbereitungen für den Feldzug helfen. Stellmacher und Zimmerleute reparierten die Gefährte. Flickschuster, Schneider und Gerber arbeiteten bis spät in die Nacht, um alte Rüstungen zu flicken oder neue herzustellen. Diener reinigten alles, was die Soldaten mit auf den Feldzug nehmen mussten. Kinder rannten hin und her, holten Wasser, überbrachten Botschaften und schleppten allerlei Dinge durch die Gegend. Feldzeugtrupps liefen durch die Stadt, überprüften dies, beschafften jenes und verstauten alles. Die Bader versorgten die Kranken und verbanden jede noch so kleine Wunde. Stallmeister und Hufschmiede kümmerten sich um die Pferde. Sogar die Wachhunde wurden untersucht.

Die Barbiere zogen an diesem Tag über fünfhundert Zähne, die später in eine eigens dafür angefertigte Kiste aus Knochen gelegt wurden. Diese wurde dann in der Basilika aufgestellt – zu Füßen der Statue des Kaisers Claudius, der Britannien zu einem Teil des Römischen Reiches gemacht hatte.

Kuriere und Feldzeugsoldaten wurden vorausgeschickt, um für ausreichenden Proviant zu sorgen, Lager und Unterkünfte zu säubern und die Mannschaften der riesigen Transportgaleeren auf die Truppenüberquerung des Kanals vorzubereiten.

Diese letzte Aufgabe fiel in den Verantwortungsbereich von Morgan, dem ranghöchsten Kurier. Daher musste er sich als einer der Ersten auf den Weg machen. Ursula schaute zufällig aus dem Fenster ihres Gemachs, von dem sie einen guten Blick auf die Londinium-Straße hatte, als Morgan aufbrach. Der Trompeter am Tor blies einen langen, schrillen Ton, auf den drei kurze Töne folgten. Laute Beifallsrufe drangen aus dem Kurierhof diesseits der Stadttore. Kurz darauf tauchte Morgan jenseits der Stadtmauer auf und ritt in vollem Galopp auf den kleinen Hügel zu.

Hinter einem Baum auf dem Gipfel des Hügels trat eine Gestalt hervor und stellte sich dem Kurier in den Weg. Ursula wusste sofort, wer es war.

X

«Brr», rief Morgan und zog die Zügel an.

«Ha!», neckte Cordula ihn. «Hast du geglaubt, du könntest dich so einfach aus dem Staub machen, ohne mir Lebewohl zu sagen?»

Morgan durfte auf keinen Fall absteigen, da man ihn von der Stadt aus sehen konnte. Für die vielen Menschen, die dem Kurier mit den Augen folgten, wäre das ein sehr schlechtes Omen gewesen. Daher beugte er sich zu der Frau, die er innig liebte, hinab. Cordula reckte sich, um eine letzte Zärtlichkeit oder einen Kuss zu erhaschen.

«Cordula, du darfst mich nicht aufhalten. Ich muss meine Pflicht erfüllen. Wir haben nicht viel Zeit und ...»

«Pst! Auch ich habe einen wichtigen Auftrag: Ich muss den Wind einfangen und festhalten.» Cordulas scherzhafter Ton konnte nicht über ihre Traurigkeit hinwegtäuschen. Ihr Herz war voll der Liebe für diesen stattlichen jungen Mann, der vor zwei Jahren in die Garnison eingetreten war. Er war der Sohn eines Pferdezüchters aus dem wilden Grenzland, der starb, als sein Gehöft von hibernischen Plünderern angegriffen und bis auf die Grundmauern niedergebrannt wurde. Morgan hatte damals seinen ersten Ritt zu den Truppen in Deva unternommen. Bei seiner Rückkehr fand er seine ganze Familie ermordet und sein Heim zerstört vor. Alles, was ihm blieb, war der kräftige schwarze Hengst Hermes, mit dem er unterwegs gewesen war. Seitdem standen sie beide in Diensten des Heeres. Der besonnene, gebildete und redegewandte junge Mann erwarb sich mit seinem erstaunlich schnellen Ross bei Konstantin in kürzester Zeit den Ruf, der beste Kurier in ganz Britannien zu sein. In Cordulas Leben brach er ein wie ein Wirbelsturm. Den Jüngling mit dem dunklen Haar und die braunhaarige Jungfrau mit den Sommersprossen verband eine innige Liebe. «Warum reitest du nicht weiter, bis man dich nicht mehr sehen kann, kehrst dann um und triffst dich mit mir an der großen Schweinetränke?», schlug sie vor. «Es ist nicht weit. Dort wären wir allein, und ich habe eine Überraschung für dich ...»

Morgan unterbrach sie. «Es geht nicht», sagte er ernst. Seine bedrückte Miene verriet, wie gerne er auf ihren Vorschlag eingegangen wäre.

«Bitte, bitte!», bettelte sie. «Nur für einen kurzen Augenblick.»

«Nein!» Hermes wurde unruhig, während Morgan versuchte, sich aus Cordulas Umklammerung zu befreien und ihren Zärtlichkeiten auszuweichen. «Es geht nicht, Liebes. Ich muss weiter.»

«Nimm mich mit», bat Cordula, obwohl sie nur zu gut wusste, dass das unmöglich war. Jede Faser ihres Körpers sehnte sich danach, mit ihm zu reiten, immer bei ihm zu sein und ihn niemals aus den Augen zu verlieren.

Schließlich gelang es Morgan, sich ihr zu entwinden. Hermes beruhigte sich wieder. Morgan schaute Cordula tief in die Augen und sagte zärtlich: «Das tue ich immer.»

Im nächsten Augenblick trieb er Hermes mit einem leichten Schlag an, und das kräftige Pferd galoppierte davon. Morgan winkte Cordula zum Abschied, bis er sie aus den Augen verlor. Cordula winkte ihm mit ihrem leuchtend roten Halstuch zurück.

Nachdem der ferne Staub ihren Geliebten und seinen schwarzen Hengst längst verschluckt hatte, ließ sie den Arm sinken. Das rote Tuch entglitt ihrer Hand, und gleich darauf sank auch Cordula zu Boden. Ein Häufchen Elend, das sich schluchzend krümmte. Die Trennung von dem Mann, den sie liebte, brach ihr beinahe das Herz.

XI

Ursula, die die Szene beobachtete, wusste genau, wie ihrer Cousine nach dem Abschied von ihrem geliebten Morgan zumute war. Jede Minute des Tages und der Nacht würde für Cordula zur Qual werden. Von diesem Augenblick an würden sich all ihre Gedanken und Träume ausschließlich um seine Rückkehr drehen. Ursula konnte den Schmerz nachempfinden, weil es ihr nach der Trennung von Constans ähnlich ergehen würde.

Werde ich eine Gelegenheit haben, mit ihm allein zu sein, ehe er in die Schlacht zieht? Ursula wusste, wie viele strategische Pläne die Offiziere besprechen mussten, damit die Überquerung des Kanals und der Einsatz auf dem Kontinent erfolgreich verliefen. *Wenn überhaupt, werde ich ihn heute Abend sehr spät sehen können. Und beim ersten Morgengrauen bricht er schon mit seiner Reiterei auf.* Der schreckliche Gedanke, ihm womöglich nur artig in der Öffentlichkeit Lebewohl sagen zu können, ließ sie erschaudern.

«Oleander!», rief sie. «Lauf zum Haus der Offiziere und überbringe Constans eine Nachricht. Ich möchte ihn sehen, wenn die Offiziere ihre Besprechung unterbrechen, um sich zu stärken.»

«Es tut mir Leid, Herrin. Ich habe gerade gehört, dass die Offiziere und Euer Vater um ein einfaches Mahl gebeten haben. Sie wollen ihre Besprechung nicht unterbrechen.»

«Gut. Dann richte ihm aus, dass ich heute um Mitternacht im Palastgarten auf ihn warten werde.»

«Ja, Herrin.»

Die Prinzessin schaute wieder aus dem Fenster. Ihre Cousine hockte noch immer schluchzend am Straßenrand. Ursula atmete tief ein, tupfte mit einem Tuch über ihre Augen und setzte die Arbeit an dem kleinen Schmuckstück auf ihrem Schoß fort.

XII

Um Mitternacht saß Ursula in ihrer schönsten Sommertoga auf einem Hocker im Säulengang des Palastgartens. Sie schaute zum Himmel empor und suchte ihren Stern, den Ursa Minor, den Kleinen Bären, der mit dem Großen Bären um den Polarstern tanzte.

«Werden wir erst im Himmel», sagte sie laut, «unser wahres Zuhause finden, wo wir endlich in ewiger Umarmung zusammen sein können?»

Die ganze Nacht hielt Ursula Wache, bis das Krähen eines Hahns in der Dämmerung sie aus den Gedanken riss. Oleander lag ein wenig abseits unter einer kleinen Zierweide und schnarchte leise. Mit dem Hahnenschrei begann der neue Tag. Wenige Minuten später herrschte in den Sklavenquartieren auf der Rückseite des Palastes rege Betriebsamkeit. Der nächtliche Friede war vorüber.

Ursula reckte sich mit einem lauten Seufzer. «Komm, Oleander. Wir müssen uns für die Abschiedsparade herausputzen.»

Oleander gähnte, erhob sich schwerfällig und folgte ihrer Herrin schnellen Schrittes. Als die Dienerin den Säulengang durchquerte, sah sie neben dem Hocker, auf dem die Prinzessin gesessen hatte, etwas liegen. «Herrin!», rief sie. «Ihr habt Euer Bild verloren.»

XIII

Constans machte in seiner Rüstung eine glänzende Figur. Die polierten Waffen glitzerten im hellen Licht der ersten Sonnenstrahlen. Bis zum frühen Morgen hatte

Constans mit seinen Offizieren Pläne gemacht und Karten studiert, doch dank der frischen Rasur sah er nicht so müde aus, wie er war.

Seine zweihundert Soldaten saßen auf ihren Pferden und hatten im Forum von Corinium Aufstellung genommen, das gerade groß genug war, um diesen Reitertrupp zu fassen. Vor dem Aufbruch würden sie dort eine Ehrenrunde drehen. Ein paar Stunden später sollte Konstantins Vorhut in voller Rüstung zu den offiziellen Abschiedsreden und einem Aufmarsch durch die Stadt antreten. Die Hauptstreitkraft aus Fuß- und Reitertruppen würde ihren Marsch ohne Schutzbekleidung beginnen und sich erst auf der großen Lichtung an der Straße nach Londinium, zwei Meilen von der Stadt entfernt, mit den anderen Heeresteilen zusammenschließen. Aus Anlass der offiziellen Abschiedszeremonie war König Deonotus' Thron am Rande des Forums auf ein Podest in der Mitte eines großen roten Teppichs gestellt worden. Die königliche Gesellschaft bestand aus König Deonotus, Prinzessin Ursula, den römischen Abgesandten mit ihren Gattinnen sowie mehreren Mitgliedern anderer Adelsfamilien. Dazu gehörten unter anderem Brittola, Martha, Saula und Cordula. Pinnosa war ebenfalls anwesend, diesmal allerdings in ihrem Festtagsstaat, einer weißen Toga mit goldenen Litzen. Ihr langes rotes Haar war geflochten und mit gelben und orangefarbenen Bändern verziert.

Constans stand am Fuß der Treppe, die auf das Podest führte. Seinen Helm und seinen Federbusch hielt er vorschriftsmäßig an die rechte Schulterplatte gedrückt. Konstantin und Gerontius saßen auf ihren Pferden und hatten zu beiden Seiten der königlichen Gesellschaft als

Ehrengarde Position bezogen. Beide Rösser trugen Paradegeschirr, das so schwer und hinderlich war, dass es entfernt werden musste, ehe die Pferde geritten werden konnten. Gerontius' Wunden, die er sich beim Wettkampf am Tag zuvor zugezogen hatte, waren verbunden.

Ursulas Freundinnen konnten der Versuchung nicht widerstehen, ihn zu verspotten. Martha und einige andere näherten sich ihm. «Ei, wie lustig, ein dicker, bedeutender Befehlshaber, der von einem einfachen Weibsbild aus dem Grenzland besiegt wurde.»

Sie fingen an zu kichern. Gerontius stieg die Röte in die Wangen. Er ging nicht auf die Bemerkung ein, sondern starrte hartnäckig geradeaus.

«Du weißt, wie es heißt, nicht wahr?», sagte Pinnosa spöttisch. «Sogar junge Rosen haben Dornen!»

Gerontius konnte nur mit Müh und Not Haltung bewahren.

«Und *diese* junge Rose hat besonders viele Dornen, Gerontius.»

Die jungen Frauen lachten so laut, dass der Rest der königlichen Gesellschaft ihnen missbilligende Blicke zuwarf. Ursula wich von der Seite ihres Vaters und brachte ihre Freundinnen zum Schweigen.

Als der Tusch der Hornisten erklang und in der Versammlung Ruhe einkehrte, trat König Deonotus vor, um sich an die Menge im Forum zu wenden. «Volk von Corinium, erlauchte Gäste und Soldaten Britanniens! Voller Demut stehe ich vor diesem prächtigen Heer. *Seid gegrüßt*, Männer der ersten Reiterei!» Er hob die Hände hoch über den Kopf. Auf seinen Handflächen haftete eine besondere Mixtur aus Goldstaub und Glaspulver, die in der Morgensonne glitzerte. Ein entzücktes Raunen ging durch die Menge.

«Heute verlasst Ihr uns. Ihr eilt unseren belagerten Freunden jenseits des Kanals mutig zu Hilfe. Dort werdet Ihr zweifellos großen Herausforderungen und großen Gefahren begegnen. Aber es gibt nichts, was Krieger wie Ihr nicht mit Leichtigkeit schaffen könnten. Zeigt unseren Freunden in Germanien und Gallien, dass die hervorragenden Einheiten des britannischen Heeres die mächtigste Streitkraft in ganz Rom sind.» Laute Jubelschreie unterbrachen ihn.

«Geht, Männer Britanniens! Helft Germanien und Gallien und vollbringt große Taten. Werdet Helden, Eroberer, ja Legenden und Mythen.» Er verstummte und wartete, bis im Forum wieder Ruhe eingekehrt war. Anschließend setzte er seine Ansprache in düsterem Ton fort. «Denkt stets an meine Worte, Männer Britanniens. Wenn Ihr diese herrliche Insel, die wir unsere Heimat nennen, verlasst, vergesst nicht, dass Ihr auf dem Kontinent Fremde seid, auch wenn Ihr ehrenhaft und siegreich kämpft. Nur hier bei uns seid Ihr Söhne, Verwandte und wahre Freunde. Darum kehrt als Helden heim. Kehrt triumphierend und ruhmreich heim, aber vor allem ...», er stockte, «... *kehrt heim!* Kehrt unversehrt heim! Kehrt bald heim!»

Einen Moment lang herrschte vollkommene Stille. Viele Reiter wechselten Blicke mit ihren Lieben.

Ursula ließ Constans während der Rede ihres Vaters nicht aus den Augen. Obwohl er Haltung angenommen hatte, wusste sie, dass er sie aus den Augenwinkeln beobachtete. Als der König endete, rann eine Träne über die Wange ihres Geliebten.

«Siehst du seine Tränen?», flüsterte sie Cordula, die neben ihr stand, leise ins Ohr. «Ich wünschte, ich könnte sie trocknen.»

«Und ihn küssen und umarmen?»

Die Lippen der Cousinen bebten, und ihre Augen wurden feucht. Ursula ergriff Cordulas Hand und drückte sie fest. Sie verspürte ein unbändiges Verlangen, Constans in die Arme zu schließen, doch der offizielle Anlass verbot es ihr. In der Stille, die auf die Rede ihres Vaters folgte, hatte Ursula das Gefühl zu ersticken. Die Enttäuschung nahm ihr den Atem. Doch dann hob sie wie in Trance langsam die Hände und fing an zu klatschen. Keine Sekunde später folgten alle Anwesenden ihrem Beispiel und spendeten stürmischen Beifall. Sogar die Männer hoch zu Ross schlugen ihre Speere gegen die Schilde.

Konstantin zog sein langes Schwert aus der Scheide und bewegte es in einem weiten Bogen durch die Luft, um Ruhe zu gebieten. «Volk von Corinium, erlauchte Gäste und Männer der ersten Reiterei! Es ist mir eine Ehre, unserem großen König zu dienen … *König Deonotus!*» Er verneigte sich ehrerbietig, während die Menge jubelte. «Und ich fühle mich geehrt, dem wahrlich tapfersten und edelmütigsten Volk Roms zu dienen … dem stolzen Volk Britanniens.» Er verneigte sich erneut, woraufhin wieder lautes Freudengeschrei ertönte. «Männer der ersten Reiterei, vergesst niemals: Britannien ist mehr als Eure Heimat. Es ist Euer Lebenswerk. Ihr habt den Eid geschworen, diese Provinz vor allen Feinden zu beschützen, ob sie hier auf unserer Insel oder auf dem Kontinent lauern. Und niemand kann diese Aufgabe besser erfüllen als Ihr. *Seid gegrüßt, Männer der ersten Reiterei. Ihr mutigsten Krieger*

Britanniens! Ihr prächtigsten Krieger Britanniens! Ihr besten Krieger Britanniens!»

Die Hurrarufe zwangen Konstantin, seine Rede zu unterbrechen. Während dieser Pause spähte er zu seinem Sohn und der jungen Frau, die eines Tages seine Schwiegertochter sein würde, hinüber. Dann fuhr er fort. «Geliebte Bürger, Ihr habt mir lange Zeit große Ehre erwiesen, indem Ihr mir die Aufgabe, Euch vor Gefahren zu schützen, anvertraut habt. Dafür, liebes Volk, habe ich Euch meinen liebsten Besitz gegeben … meine Schaffenskraft. Nun gebe ich Euch etwas noch viel Wertvolleres: Ich gebe Euch meinen Sohn … Constans.» Constans hob die Hand, um dem Jubel Einhalt zu gebieten. «Ich sage dir, mein Sohn: Tue, wie der König dich geheißen hat. Kehre heim! Kehre unversehrt heim! Kehre bald heim! Und am wichtigsten von allem: Kehre heim zu deiner Zukunft. Zu deiner hübschen Braut, *Prinzessin Ursula.*»

Schrille Pfeiftöne und das laute Dröhnen der Trommeln vermischten sich mit den Rufen der Menge. Ursula hob die Arme und blinzelte Pinnosa zu, die ihr geholfen hatte, das Kunststück vorzubereiten: Aus ihren beiden Ärmeln flogen weiße Tauben.

Nun erreichte der Jubel einen neuen Höhepunkt.

Konstantin hob sein Schwert und gebot abermals Ruhe. «Ich wünsche euch beiden eine glückliche Zukunft. Eine Zukunft, die mit vielen Kindern und Enkelkindern gesegnet sein möge. Dann kann ich vielleicht von meinen Pflichten ruhen und mich endlich von anderen beschützen lassen.»

Während die Menge über Konstantins Scherz lachte, schritt Ursula mutig zu Constans, nahm sein Gesicht in beide Hände und küsste ihn auf die Lippen. «Mehr! Mehr!», brüllte die Menge. Die Prinzessin ließ sich nicht länger bitten und küsste ihn erneut. Diesmal schlang Constans die Arme um seine Braut und drückte sie an sich. Ungeachtet der Protestrufe aus der Menge löste sich Ursula aus der Umarmung und reichte ihm das kleine Schmuckstück, das sie für ihn angefertigt hatte.

«Was ist das?», fragte er.

«Ein winziges Bild von mir. Brittola hat es gemalt, und ich habe es in einen Silberrahmen gefasst und verziert. Es soll dich immer an mich erinnern.» Sie hängte es ihm um den Hals. Es wirkte ein wenig drollig, wie es an der schwarzen Schnur auf seinem Brustpanzer baumelte, deshalb schob Ursula es unter die Rüstung auf seine Brust.

«Ich werde es niemals ablegen, auch nicht beim Baden.» Constans umklammerte ihre Schultern und schaute ihr tief in die Augen. «Vergiss niemals: Nur deine Stimme ist mir Familie. Nur in deinen Augen sehe ich meine Heimat.»

Ursula, die ihm noch so vieles sagen wollte, stammelte: «Kehre schnell zurück.» Sie küssten sich ein drittes Mal.

«*Achtung!*», rief Konstantin.

Constans löste sich von Ursula und wandte sich mit einem gequälten Lächeln seinen Männern zu. Ursula flüsterte: «Bitte, schau mir noch ein letztes Mal in die Augen!»

Die Zeremonie nahm ihren Lauf. Ohnmächtig verfolgte Ursula, wie der Geliebte seinen Helm aufsetzte und über seinen Umhang strich. Voller Trauer und Sehnsucht sah sie zu, wie er aufs Pferd stieg, den Sitz seines Schwertes überprüfte und seine Position an der Spitze der Soldaten einnahm. Sein Adjutant reichte ihm die Standarte. Constans hob sie hoch in die Luft. «Hurra!», schrie die Menge.

«Heerführer! Führt Eure Männer hinaus!»

«Zu Befehl! Männer der ersten Reiterei! Abmarsch!»

Constans riss die Zügel herum, und als er der königlichen Gesellschaft zum Abschied salutierte, trafen sich ihre Blicke in der Tat ein letztes Mal für den Bruchteil einer Sekunde. In diesem wertvollen Augenblick bemühten sich beide, einander all das zu sagen, was es noch zu sagen gab: *Pass auf dich auf, und sei vor deinen Feinden auf der Hut. Vergiss mich nicht. Ich werde immer auf dich warten. Ich werde dir gegenüber immer wahrhaftig sein.* Doch ihre Zeit war verstrichen. Schon trug ihn sein Ross davon. Constans legte eine Hand an die Lippen, seine süßen, warmen Lippen, und warf ihr einen letzten Kuss zu. Ursula erwiderte die Geste, und sofort darauf verlor sie ihren Geliebten aus den Augen.

Die Soldaten drehten eine Runde durch das Forum, salutierten vor der königlichen Gesellschaft und ritten über die Hauptstraße durch das Stadttor in Richtung Londinium. Ursula hatte das Gefühl, als kämen die Jubelrufe der Menge von weither, aus einer anderen Zeit und von einem anderen Ort. Nur Constans' Standarte war noch in der Menge der wogenden Federbüsche seiner Reiterei zu sehen.

Cordula und ihre Freundinnen rannten den Männern gemeinsam mit vielen anderen hinterher und riefen ihnen ihr Lebewohl zu. Brittolas schrille Stimme übertönte alle anderen. «Gott sei mit euch!»

Pinnosa blieb jedoch zurück, legte Ursula einen Arm

um die Schulter und drückte sie an sich. «Komm», sagte sie sanft. «Du bist müde. Leg dich ein wenig hin, bevor Konstantin aufbricht. Wenn es vorbei ist, wird es Mittag sein, und dann liegt noch der ganze Nachmittag vor uns. Ich bereite alles vor, sodass wir ausreiten können, du, ich und die anderen. Wir verlassen die Stadt, lassen alles hinter uns und reiten nach Norden in die Berge. Du wirst ein hübsches Plätzchen finden, wo du dich ausruhen kannst, wenn du möchtest. Und ich ...», sie schmunzelte, «... ich gehe vielleicht ein bisschen jagen.»

Ursula stimmte dem Vorschlag zu und ließ sich von Pinnosa zurück zum Palast führen.

Als sie das Forum verließen, liefen Brittola, Cordula, Martha und Saula hinter den beiden her. Nun waren sie zu sechst, sechs Jungfrauen, die Arm in Arm in ihrem feinsten Festtagsstaat in dieselbe Richtung gingen.

Kapitel 2
Wehrlos?

Von Pinnosa angeführt, brachen Ursula, Brittola, Cordula, Martha und Saula zu einem Ausflug in die üppigen grünen Hügel von König Deonotus' Jagdrevier auf. Am frühen Nachmittag des folgenden Tages verließen sie den Wald wieder und ritten in Richtung Corinium-Straße, ein paar Meilen südöstlich von Glevum. Sie fühlten sich erfrischt und belebt und freuten sich auf den Luxus und die Bequemlichkeit des Palastes.

Vom Gipfel eines Hügels aus erblickten sie ein Gefährt. Sogar aus der Entfernung konnten sie erkennen, dass ein alter Mann das Eselgespann lenkte. Neben ihm saß eine junge Frau. Sie tröstete zwei kleine Kinder, die laut weinten. Zwei ältere Kinder, beides Mädchen, hockten hinten im Wagen neben den Habseligkeiten der Familie. Drei Gestalten, vermutlich Sklaven, liefen vor dem Wagen her. Sie waren schwer beladen mit Bündeln, Wasserkrügen und allerlei Hausrat.

Pinnosa gab den Freundinnen ein Zeichen zurückzubleiben, während sie und Ursula der Sache auf den Grund gingen. Als sie sich dem Gefährt näherten, erkannte Pinnosa die Familie. «Aelwines Galicus? Heulwen?», rief sie laut. «Was ist geschehen? Wo fahrt ihr hin?»

«Pinnosa. Seid Ihr es wirklich?» Die junge Frau, Heulwen, warf einen ängstlichen Blick über die Schulter. Sie drückte die Kleinen an sich und sagte: «Ruhig, Kinder! Das sind Freunde.»

Der alte Mann schien die beiden adligen Frauen, die auf sie zuritten, nicht zu bemerken, und starrte schweigend vor sich auf den Weg. In seinen rot geränderten, geschwollenen Augen spiegelte sich ohnmächtige Angst. Er musste etwas unvorstellbar Schreckliches erlebt haben.

Als Pinnosa und Ursula den Wagen erreichten, erzählte Heulwen: «Sie kamen von der Küste, und vor zwei Tagen sind sie ins Tal gestürmt. Hibernische Räuberbanden, die mordeten, plünderten und alles in Brand setzten, was sie nicht mitnehmen konnten. Wir sind ihnen zum Glück entkommen! Mein Vater angelte gerade im Fluss, als er die schrecklichen Schreie von Gynreth, dem Töpfer, hörte; der arme Mann wurde zu Tode gefoltert. Vater rannte, so schnell er konnte, zurück zum Hof, und wir schafften es gerade noch, unsere Habseligkeiten auf den Wagen zu werfen und zu fliehen. Auf der nächsten Anhöhe drehten wir uns um und sahen den Rauch … Unser Haus stand in Flammen …» Heulwen verstummte. Die Erinnerung an die Geschehnisse nahm ihr den Atem. Die Kinder fingen wieder an zu weinen, und sie wiegte sie in den Armen, um sie zu beruhigen.

Nach einer Weile atmete sie tief ein und fuhr fort: «Als wir in Magnis eintrafen, wimmelte es in dem Ort bereits von Flüchtlingen. Weil wir uns dort nicht sicher fühlten, fuhren wir weiter nach Glevum. Heute Morgen vor Sonnenaufgang kamen wir dort an und gingen sofort zum Zenturio der Garnison, um ihn zu bitten, die Verfolgung der Mörderbande aufzunehmen. Leider konnte er nichts tun, denn ihm stehen nur fünfzig Mann zur Verfügung, und die braucht er zum Schutz der Stadt. Wir erfuhren allerdings von ihm, dass sich die Feldtruppe in Corinium aufhält. Jetzt wollen wir dorthin, um unseren Gildred zu suchen und …»

«Er ist fort», unterbrach Pinnosa sie. «Sie sind alle fort. Das Heer ist abmarschiert und unterwegs zum Kontinent.» Sie beugte sich vor und sah der jungen Frau in die Augen. «Heulwen? Was ist mit meiner Familie? Habt Ihr sie gesehen? Sind alle unversehrt?»

Heulwen presste die Lippen aufeinander. Das Heim der Familie Galicus war nur wenige Meilen von der Villa Flavius entfernt. Nach einer Weile schüttelte sie den Kopf und murmelte: «Es tut mir Leid …»

Pinnosa erstarrte wie ein Wild, das der Jäger ins Visier genommen hat – mit weit aufgerissenen Augen. Artemis, der die plötzliche Anspannung seiner Reiterin spürte, blieb abrupt stehen.

«Hört mir gut zu», sagte Ursula, die nun zu Heulwen aufschloss. «Ich bin Prinzessin Ursula, die Tochter von König Deonotus und eine Freundin von Pinnosa. Ich muss Euch bitten, unsere Diener mit nach Corinium zu nehmen. Wollt Ihr das tun?» Heulwen nickte. «Danke, Ihr werdet dafür entlohnt. Geht nach Eurer Ankunft sofort mit unseren Dienern in den Palast und lasst Euch zum König führen. Sagt ihm, dass Ihr uns getroffen habt und dass wir nach Gelvum reiten. Habt Ihr mich verstanden?» Heulwen nickte erneut.

Ursula drehte sich um und sah, dass die anderen mittlerweile fast bei Pinnosa angekommen waren. Sie ritt auf ihrer grauen Stute Lux zu ihnen und sagte mit gedämpfter Stimme: «Pinnosas Familie wurde möglicherweise von hibernischen Plünderern überfallen.»

«Nein!», stieß Brittola hervor. «Woher …»

«*Wir reiten los!*», schrie Pinnosa. Sie riss die Zügel herum und starrte die Freundinnen an wie eine Kriegsgöttin. «*Kommt!*»

«Folgt ihr!», rief Ursula. «Ihr dürft sie nicht aus den Augen verlieren!»

Die Prinzessin blieb zurück und gab ihrer Dienerin Anweisungen. «Oleander, wir reiten nach Glevum und vielleicht weiter ins Grenzland. Wir müssen in Erfahrung bringen, was mit Pinnosas Familie geschehen ist. Du gehst mit der Familie Galicus nach Corinium. Sag Vater, dass ich in ein paar Tagen zurückkehren und dafür sorgen werde, dass den anderen nichts passiert.» Sie zeigte auf die Vorräte, die ihre Dienerin auf dem Rücken trug. «Ich brauche etwas Proviant und die Wasserkrüge.»

Oleander packte einen Teil der Vorräte aus, schnallte sie mit den Krügen an Ursulas Pferd und murmelte: «Es ist gut, dass Ihr für die Sicherheit der *anderen* Sorge tragt. Aber wer wird dafür sorgen, dass *Euch* nichts geschieht?» Sie strich über Ursulas Bein. «Man kann Euch nicht aufhalten, wenn Ihr Euch einmal etwas in den Kopf gesetzt habt. Ihr wart schon als Kind beeindruckend, aber heute seid Ihr geradezu Furcht erregend.»

Ursula schenkte ihrer Dienerin ein mildes Lächeln, ohne jedoch etwas zu erwidern. Oleander trat einen Schritt zurück.

«Glevum!», schrie Ursula und galoppierte los. «Ich komme!»

II

Sie trieben ihre Pferde gnadenlos an und erreichten Glevum in weniger als einer Stunde. Hinter dem Stadttor stiegen Ursula und Pinnosa aus den Sätteln und liefen zur Wachstation. Die anderen blieben auf dem Kurierhof zurück und kümmerten sich um die Pferde.

«Wir erhielten die erste Kunde von den Überfällen gestern Abend.» Der Zenturio der Garnison war ein barscher alter Mann. Er hatte schon an Feldzügen teilgenommen, als Konstantin noch ein junger Rekrut war, und ihm war anzumerken, dass er weder die Zeit noch die Geduld hatte, um sich mit lästigen jungen Damen abzuplagen, auch wenn sie von hoher Geburt waren. «Vor dem Abendläuten kam ein Bote aus Magnis zu uns, der berichtete, einige Reisende hätten die Plünderer gesehen, als sie vor zwei Tagen die Berge überquerten. Es soll sich um eine Horde von etwa fünfundzwanzig bis dreißig Mann handeln, die in drei Booten an unserer Küste gelandet sind. Vermutlich wollen sie das Wye-Tal plündern und reiten nach Magnis. Heute Morgen kamen die Familien Galicus und Valens hierher, um …»

«… ihre Familien zu suchen. Das wissen wir. Wir haben die Familie Galicus auf der Straße nach Corinium getroffen», unterbrach ihn Pinnosa ungeduldig: «Und wo ist die Familie Valens?»

«In Glevum, Herrin. Sie wurden von …»

«Was genau habt Ihr getan, um den Menschen im Tal zu helfen?» Pinnosa konnte ihre Wut kaum bändigen. «Habt Ihr eine Patrouille oder einen Verstärkungstrupp nach Magnis geschickt?»

«Hm, nein, das nicht. Wir …»

«Warum nicht?» Pinnosa lief aufgebracht hin und her.

«Lass dem armen Mann doch Zeit, auf deine Fragen zu antworten, Pinnosa», mischte sich Ursula ein.

«Danke, Eure Hoheit.» Der alte Soldat senkte die Stimme und bemühte sich, höflich zu bleiben. «Wir sind nur fünfzig Mann. Die brauchen wir hier …»

«Was habt Ihr getan? Ihr habt doch etwas getan, oder?» Mit diesen Worten stürzte sich Pinnosa wütend auf den Zenturio. Ursula musste ihre Freundin zurückhalten. Der Zenturio griff instinktiv nach seinem Schwert und zog es ein Stück aus der Scheide.

«Ja, wir haben etwas getan», brummte der Alte mit zusammengepressten Lippen. «Wir haben sechs Männer aus dem Wye-Tal zur Hauptgarnison in Viroconium geschickt. Dort soll ein dreißig Mann starker Reitertrupp gebildet werden, der umgehend nach Magnis aufbricht.» Da Pinnosa ihm den Rücken zuwandte, schaute er Ursula an und fuhr in ruhigerem Ton fort: «Sie müssten morgen in aller Herrgottsfrühe von Viroconium aus losreiten und spätestens am Nachmittag in Magnis eintreffen.»

«Das ist viel zu spät!», wetterte Pinnosa. «Dann kann die hibernische Mörderbande ja noch einen ganzen Tag lang ihr Unwesen treiben! In der Zeit werden sie mindestens ein Dutzend Gehöfte überfallen und die Familien ausrauben, foltern und ermorden! Und wenn sie nicht zu viel römischen Wein trinken, könnten sie sogar zu ihren Booten zurückreiten und mit der Diebesbeute verschwinden, bevor die Soldaten endlich auftauchen.»

«Glaubt Ihr denn, meine Soldaten, die Familie und Freunde in dem Tal haben, würden ihnen nicht am liebsten schnellstens zu Hilfe eilen?», stieß der Zenturio barsch hervor. «Natürlich wäre ihnen das am liebsten. Stattdessen gehorchen sie den Befehlen und reiten nach Viroconium, weil sie wissen, dass es in dieser Situation das einzig Vernünftige ist. Uns fehlen hier gute Krieger, seitdem die Hauptfeldtruppe abmarschiert ist. Ich kann nicht jedes Mal, wenn Räuberbanden durchs Land ziehen, das Leben meiner Männer aufs Spiel setzen. Wenn ich das zuließe, hätte ich in einem Jahr keinen einzigen Soldaten mehr!»

Pinnosa stemmte die Hände in die Hüften. Ihr Blick wanderte von Ursula zu dem Zenturio. «Unter diesen Umständen ist es vielleicht an der Zeit, dass wir *Frauen* uns an dem Kampf beteiligen.» Sie ging auf die Tür zu. «Wir reiten auf der Stelle nach Magnis. Sollten wir die Plünderer unterwegs treffen, werden wir es mutig mit ihnen aufnehmen, obwohl wir nichts als unsere Jagdwaffen bei uns tragen.» Nach einem Moment des Schweigens fügte sie in spöttischem Ton hinzu: «Und wir sind nur zu sechst.»

Der Zenturio knurrte. «Ich kann Euch nicht verbieten, nach Magnis zu reiten. Bitte erlaubt mir aber die Bemerkung, dass es ein großer Unterschied ist, ob man Wild jagt oder mit einer hibernischen Mörderbande fertig werden muss.» Er drehte sich zu Ursula um. «Ich flehe Euch an, Hoheit, handelt nicht unüberlegt. Die Soldaten aus Viroconium werden morgen früh in dem Tal eintreffen und für Sicherheit sorgen. Ich kann gut verstehen, was Pinnosa antreibt. Dennoch muss ich Euch Kraft meines Amtes dringend raten, die heutige Nacht in Glevum zu verbringen. Wenn Ihr Euch entscheidet, morgen nach Magnis zu reiten, gebe ich Euch gerne eine bewaffnete

Eskorte mit. Ja, ich würde Euch sogar persönlich eskortieren.»

Ursula musterte ihre Freundin, ohne ein Wort zu sagen.

Der Zenturio beobachtete den stummen Widerstreit der beiden Frauen und fügte zaghaft hinzu: «Eure Hoheit, Ihr würdet Magnis auf keinen Fall vor der Abenddämmerung erreichen. Der Ort ist über dreißig Meilen entfernt.»

«Er hat Recht», pflichtete Ursula ihm bei. «Du und ich, wir könnten es mit unseren schnellen Pferden schaffen, Pinnosa. Aber denk an Brittola und ...»

«Verdammt! *Denk an meine Familie!*», schrie Pinnosa.

Ursula rang mit einer Entscheidung. Nach einer Weile wandte sie sich an den Zenturio. «Danke für die Auskünfte und das freundliche Angebot. Wir werden in aller Ruhe darüber nachdenken. Sollten wir noch heute nach Magnis weiterreiten, werden wir äußerste Vorsicht walten lassen.»

Pinnosa und der Zenturio öffneten beide den Mund zu einer Erwiderung, doch Ursula ließ sie nicht zu Wort kommen. «Wäret Ihr wohl so freundlich und würdet uns sagen, wo wir die Familie Valens finden?»

«Bei einem Fischhändler gleichen Namens direkt am Fluss, Eure Hoheit.»

«Habt Dank.» Ursula nahm Pinnosa an die Hand und zog sie in Richtung der Tür, doch dann blieb sie noch einmal stehen. «Ach, übrigens ... Wo waren die Galeeren, die zum Schutz vor Räuberbanden vor der Küste patrouillieren sollen?»

Diese Frage traf den alten Offizier vollkommen unvorbereitet. «Hm ... Eure Hoheit, uns fehlen Soldaten. Es könnte sein, dass zurzeit nur drei Galeeren draußen auf See patrouillieren. Und zehn bis zwölf werden wahrscheinlich gerade in Maridunum repariert und gereinigt.»

«Pah!», fuhr Pinnosa ihn an. «Was nützen uns saubere Galeeren, wenn sie in der Stunde der Not nicht zum Kampf bereitstehen?»

«Es reicht.» Ursula führte Pinnosa hinaus und bedankte sich erneut beim Zenturio.

Die Familie Valens wusste nicht, wo Pinnosas Angehörige waren, und über die Situation im Tal erfuhren die beiden Frauen auch nichts Neues. Die Familie, deren Haus noch weiter von der Villa Flavius entfernt stand als das der Familie Galicus, war den Angreifern nur knapp entkommen. Auf ihrer Flucht hatten sie sich noch vor der Flussbiegung, an der Pinnosas Familie lebte, in die Hügel gerettet.

Mit diesen Auskünften kehrten Ursula und Pinnosa zu ihren Freundinnen zurück. Die Sonne stand bereits tief am Himmel.

Pinnosas Miene war so düster wie der Himmel, kurz bevor ein Sturm losbricht, als sie sich auf Artemis' Rücken schwang und wortlos auf das Stadttor zustürmte.

«Was ist geschehen?», fragte Brittola, während sie eilig auf ihre junge braune Stute Formosa stieg. «Reiten wir weiter?»

«Niemand kann meiner Familie helfen!», brüllte Pinnosa ihr über die Schulter zu. «Dann müssen wir es eben selbst tun.»

«Wir reiten nach Magnis!» Ursula jagte auf Lux hinter Artemis her.

«Magnis!», rief Saula. «Das liegt im Grenzland. Wir kommen niemals vor Einbruch der Dunkelheit dort an.»

«Es …», schrie Martha, als sie durch das Stadttor ritten.
«… wird nicht einfach werden!», ergänzten alle im Chor.

III

Ihr Ritt führte sie über den Fluss Sabrina und in die sanften Hügel am Rande des Wye-Tals. Dank des recht guten Zustands der Straße kamen sie zügig voran. Pinnosa ritt voraus, weil sie die Einzige war, die das Grenzland jenseits von Glevum kannte.

Südlich der Straße lagen ausgedehnte Lichtungen mit riesigen Gruben, in denen Eisen geschmolzen wurde. Die Schmiede fertigten Waffen für die Grenz- und Feldtruppen sowie für die Städte im Westen der Provinz an. Es gab so viele Gruben in dieser Gegend, dass die jungen Frauen den Rauch der Feuer riechen konnten, obwohl sie ein paar Meilen davon entfernt waren.

Als sie Ariconium durchquerten, ging die Sonne allmählich unter. Links und rechts der langgezogenen Hauptstraße befanden sich allerlei Werkstätten, in denen Gefährte und Streitwagen, aber auch Rüstungen und Hausrat hergestellt wurden. Zu dieser Tageszeit herrschte in den Werkstätten weitgehend Stille. Nur ein paar Sklaven waren noch damit beschäftigt, die Höfe zu reinigen. Obwohl die Freundinnen in vollem Galopp durch die Stadt preschten, drang ihnen der scheußliche Gestank der Schmelzöfen in die Nase. Ihre Augen begannen zu tränen, und ihre Kehlen brannten.

Sie trieben ihre Pferde so sehr an, dass sie das Wye-Tal erreichten, ehe die Sonne den Horizont vor ihnen berührte. Für eine Weile färbte sich der Himmel feuerrot, und die Umrisse der fernen Berge zeichneten sich überdeutlich ab, bevor die Sonne endgültig verschwand. Ein Drittel der Strecke lag noch vor ihnen. Die Straße wurde immer holpriger, und die Nacht brach herein. Sie waren gezwungen, das Tempo zu drosseln. Die tückischen Unebenheiten der Straße und die bedrohlichen Schatten machten Brittolas und Cordulas Pferde nervös. Sie scheuten und wieherten. Ursula schlug vor, zu dritt nebeneinander zu reiten, damit die Tiere sich wieder beruhigten. Pinnosa und Martha nahmen Brittola in ihre Mitte und ritten voran. Ursula und Saula folgten mit Cordula. Seit dem Aufbruch in Glevum hatten sie nun zum ersten Mal Gelegenheit, miteinander zu sprechen.

«Das hier ist also das wilde Grenzland, was, Pinnosa?», fragte Martha. «Stimmt es, was die Leute sagen? Dass die Berge Stimmen haben und die Bäume Augen?»

«In dem Bergland vor uns entfaltet Mutter Natur ihre volle Pracht.» Die Freundinnen wunderten sich über Pinnosas ehrfürchtigen Ton. «Wenn uns keine eiligen Pflichten rufen, Martha, werde ich euch eines Tages in die Berge führen, und dann könnt ihr selbst ihre Herrlichkeit bewundern … und ihren Zauber. Ich verspreche euch, sie werden euch ebenso in ihren Bann ziehen wie meinen Vater vor vielen Jahren, als er noch ein junger Legionär war und …» Die Erinnerung an ihren Vater ließ sie verstummen.

Ursula ergriff das Wort. «Erzähl uns mehr über dieses Land. Warum hat dein Vater es zu seiner Heimat erkoren, obwohl ein Krieger seines Ranges sich die begehrtesten Orte in Britannien oder Gallien oder sogar in Rom hätte auswählen können?»

«Wo soll ich beginnen?» Pinnosa hatte sich wieder gefasst. «Am besten mit Magnis.» Sie seufzte. «Ihr werdet es bald selbst sehen. Magnis ist gar keine richtige Stadt, sondern wurde als Außenposten gegründet und ist noch immer in erster Linie ein militärischer Stützpunkt. Dort wurde ich geboren, und obwohl ich in Glevum zur Schule gegangen bin, wird Magnis immer mein Zuhause bleiben. Es gibt nur wenige städtische Freuden. Keine feinen Kleider. Kaum Schmuck. Auch das Essen ist einfach. Im einzigen Laden der Stadt kann man nur eine Sorte Öl und eine Sorte Wein kaufen – aber der alte Saenus gibt ihnen jeden Monat andere Namen.» Sie kicherte, und allmählich löste sich die Anspannung der letzten Stunden. «Auch die Menschen sind einfach. Und dabei haben sie alle eines gemeinsam: die Liebe zum wilden Grenzland.»

Pinnosa holte tief Luft. «Das richtige Grenzland beginnt hinter Magnis. Dort lebt kaum jemand. Außer ein paar Bergbewohnern trifft man nur Patrouillen, und zwar ziemlich viele, wenn auch nicht mehr ganz so viele wie in früheren Zeiten. Für die Legionäre bietet das wilde Grenzland ausgezeichnete Bedingungen, sich auf Feldzüge vorzubereiten. Sie üben in diesem schwierigen Gelände lange Märsche und das Überleben in der Wildnis. Fußsoldaten wie Reiter können hier viel lernen.»

«Hier werden die Legionäre aber doch nicht nur gestählt, oder?», fragte Brittola. «Es kommt doch auch zu echten Kämpfen?»

«Du meinst sicher die hibernischen Räuberbanden. Ja, während der heißen Monate fallen sie an der Küste ein. Trotz der Patrouillen auf See gelingt es immer einigen durchzukommen. Sobald sie das Ufer erreicht haben, laufen sie landeinwärts, denn sie wissen, dass nur die Berge sie von der reichen römischen Beute trennen. Bevor zahlreiche Grenzlegionäre zum Feldheer abgezogen wurden, gelang es den Bergpatrouillen immer, sie auf der anderen Seite abzufangen.» Pinnosa schaute auf die fernen Berge. «Da es heutzutage aber weniger Patrouillen gibt, schaffen es einige, sich bis zu den Tälern auf dieser Seite durchzuschlagen und …»

Die Mädchen erschauderten, dennoch konnten sie die Fortsetzung der Geschichte kaum erwarten.

«Vater kam mit sechzehn Jahren in diese Gegend, als junger Legionär. Er verliebte sich in das herrliche Land und schwor sich, es irgendwann zu seiner Heimat zu machen. Die Jahre vergingen. Er stieg zu einem großen Zenturio auf und war an der Bildung von Konstantins neuem Heer beteiligt. Schließlich musste er einen festen Wohnsitz für seine Familie schaffen, für Mutter, mich und meine zwei jüngeren Brüder. Damals war das Wye-Tal noch größtenteils unbewohnt. Es gab nur eine Hand voll kleiner Gehöfte, wie das der Familie Galicus. Als er seine Absicht kundtat, ein richtiges Anwesen zu bauen, hielten die Menschen in Glevum und Magnis ihn für verrückt. Sie äußerten sich ähnlich wie du vorhin, Ursula: … ‹Warum dort leben, wenn man sich die schönsten Plätze in Britannien, Gallien oder Italien aussuchen kann?› Aber damals hielten die Patrouillen die Plünderer noch in Schach, und zudem hatte er sein Herz an dieses Land verloren. Ich weiß noch, was er zu Mutter sagte, die ihm zuerst nur widerstrebend folgte: ‹Ich kenne diese Berge, und sie kennen mich. Sie sind ebenso wie du und die Kinder ein Teil von mir. Ich werde ihren wilden Geist zähmen und mich von ihnen zähmen lassen.›»

Pinnosa verstummte und hing wieder ihren Erinnerungen nach. Alle Blicke waren auf sie gerichtet.

«Das ist fast zehn Jahre her», fuhr sie nach einer Weile fort. «Die Familie Valens baute vor fünf Jahren ein Stück flussaufwärts ihr Haus. Und im letzten Jahr errichtete die reiche Witwe Flavia Lucilla ein riesiges Anwesen nur wenige Meilen von unserem entfernt. Es steht flussabwärts auf einer Klippe, unweit von Magnis. Ich befürchtete schon, es würden sich zu viele Menschen in dem Tal ansiedeln, aber weil die Überfälle immer häufiger wurden ...»

«Und du? Erzähl uns von der Zeit, die du dort verbracht hast», drängte Ursula die Freundin, denn deren Geschichten lenkten sie alle von den Gefahren der hereinbrechenden Nacht ab.

«Hm, was soll ich euch über mich erzählen?» Pinnosa hatte den Wink verstanden. «Ich war noch ein halbes Kind, als die Villa fertig war. Mir wuchsen gerade diese ...» Sie senkte den Blick und stieß gegen ihre Brüste, sodass sie auf und nieder hüpften.

Martha und Saula fingen an zu kichern. Brittola riss erstaunt die Augen auf, doch als sie sah, dass Ursula und Cordula einen amüsierten Blick wechselten, stimmte auch sie in das Gelächter ein.

«Ich erinnere mich gut daran. Vater versah zum ersten Mal längere Zeit keinen Dienst im Heer und wollte den ganzen Sommer in den Bergen verbringen. Ich war als einziges seiner drei Kinder alt genug, um ihn auf seinen Ausritten zu begleiten. Julius war acht und Titus sechs.» Sie strahlte. «Ich werde die vier wunderschönen Monate, die ich mit Vater verbrachte, niemals vergessen. Wir ritten, jagten, fischten und schlugen Lager auf. Er lehrte mich so vieles.» Pinnosa drehte sich zu Ursula um, der Einzigen, die genau verstand, wovon sie sprach. «Ich bin sicher, er wusste, wie kostbar unsere gemeinsame Zeit war. Als wir eines Abends unter freiem Himmel saßen und Fisch und Wildschwein aßen, sagte er: ‹Pinnosa, du weißt, dass du nur hier bist, weil Julius und Titus zu jung sind. Was für eine seltsame Familie wir doch sind. Ein Mädchen, das sich bestens mit Pferden und Waffen auskennt und den Nervenkitzel der Jagd selbst erlebt hat. Jungen, die nur die Haustiere und den Küchengarten kennen. Wenn ich morgen sterben würde, fiele dir die Aufgabe zu, aus Julius und Titus richtige Männer zu machen. Das weißt du, nicht wahr?›» Pinnosas Blick trübte sich. «Zwei Tage später wurde er ins Heer eingezogen und musste in der großen Schlacht gegen die Sachsen und Pikten kämpfen.» Sie verstummte und schaute in den Abendhimmel.

«Was geschah dann?», fragte Cordula nach einer ganzen Weile.

«Sechs Monate später wurde er auf einem Karren zurückgebracht. Er konnte nicht mehr ohne Krücken laufen und hatte ständig Schmerzen. Mutter war wunderbar. Sie pflegte ihn Tag und Nacht und ließ ihn niemals aus den Augen. Wie er es vorhergesagt hatte, fiel mir die Aufgabe zu, aus meinen Brüdern Männer zu machen und sie auf den Dienst im Heer vorzubereiten. Ich lehrte sie das Reiten, das Überleben in der Wildnis, das Jagen und den Umgang mit der Waffe – alles.»

«Sie müssten ungefähr in meinem Alter sein. Hast du

ihnen auch wirklich alles beigebracht, Pinnosa? Sind sie bereit für den Dienst im Heer?», fragte Brittola keck.

Pinnosa musste lachen. «Du denkst an einen Gemahl, nicht wahr? Nun, sie sind beide hübsche, schneidige Burschen. Eines Tages werden sie große, kräftige Männer sein. Titus, der Jüngere, hat rotes Haar, wie Vater und ich. Er liebt Pferde, die Jagd und den Schwertkampf. Und er lernt sehr schnell; wahrscheinlich wird er in die Fußstapfen seines Vaters treten. Zu dir würde er gut passen, Brittola. Julius, der Ältere, hat braunes Haar, wie unsere Mutter, und wie sie liebt er sein Zuhause. Er kümmert sich lieber um das Vieh, als zu reiten oder auf die Jagd zu gehen. Sicherlich wird er ins Heer eintreten, Rom dienen und sich die Welt ansehen, aber er ist nicht ehrgeizig. Wahrscheinlich wird er so schnell wie möglich zurückkehren, um auf dem Anwesen zu leben. Ja, Brittola, ich habe sie beide gut ausgebildet. Sie sind beide starke Burschen, junge Krieger, die im Heer dienen werden und in der Lage sind, sich zu verteidigen, wenn …»

Pinnosa wechselte abrupt das Thema. «Weißt du, dass Artemis aus dem Stall von Morgans Vater stammt?», fragte sie Cordula.

Ihre Freundin nickte. «Du hast es mir zwar nie gesagt, doch ich habe es vermutet. Artemis, die Göttin der Jagd. Morgans Vater gab seinen besten Zuchtpferden immer die Namen griechischer Götter, die dem Wesen der neuen Besitzer am besten entsprachen.»

«Ja, das stimmt. Weil ich meine Brüder ausbilden musste, schenkte Vater mir nach seiner Rückkehr etwas Gold von seiner Invalidenentschädigung und sagte, ich solle mir das beste Pferd in den Bergen kaufen.» Sie klopfte

Artemis auf den Hals. «Und hier ist es!» Die große schwarze Stute schüttelte die Mähne. «Sie stammt von demselben Zuchthengst wie Morgans Hermes. Als ich sie gekauft habe, war sie zwei Jahre alt und noch recht scheu. Wir sind zusammen aufgewachsen, nicht wahr, Artemis?» Pinnosa beugte sich hinunter und tätschelte ihren Hals. «Meine geliebte Artemis.»

«Pinnosa?», fragte Saula neugierig. «Es war doch vor drei Jahren, dass die Bergpatrouillen zum Feldheer abgezogen wurden, oder?»

«Hm», murmelte Pinnosa, die ihr geliebtes Pferd noch immer streichelte.

«Und sind die hibernischen Plünderer seitdem nicht immer weiter ins Landesinnere vorgedrungen?» Saula gab keine Ruhe.

«Ja, du hast Recht», mischte sich Cordula ein. «Bei einem der ersten Überfälle wurde Morgans Familie getötet und das Gestüt vernichtet. Vielleicht sollte ich den Hibernern danken, dass Morgan daraufhin gezwungen war, ins Heer einzutreten.»

«Warum ist deine Familie trotz der stetig wachsenden Gefahr nicht nach Magnis oder Glevum umgesiedelt?», wollte Saula nun wissen.

Pinnosa ließ von Artemis ab und richtete sich betont langsam auf. «Mein Vater liebt die Berge», stieß sie ungehalten hervor. «Sie sind seine einzige Freude. Nur die Liebe zu den Bergen und zu seiner Familie hält ihn am Leben. Dort will er sterben. Es braucht mehr als ein paar betrunkene hibernische Plünderer, um ihn zu vertreiben. Er ist zwar schwach, aber kein Feigling.»

«So … so habe ich es nicht gemeint», stammelte Saula.

«Sie hat es nicht so gemeint», eilte ihr Martha zu Hilfe.

«Es ist schon fast dunkel. Wo sind wir, Pinnosa? Wie weit ist es noch?», fragte Ursula.

Die Nacht brach schnell herein. Der Mond war noch nicht aufgegangen. Bäume und Berge hatten sich in schemenhafte Schatten verwandelt. Es dauerte eine ganze Weile, bis Pinnosa sich beruhigt hatte. «Ah», sagte Pinnosa schließlich. «Da steht die zersplitterte Eiche. Von dort sind es nur noch wenige Meilen.»

«Wir sollten jetzt hintereinander reiten», schlug Ursula vor. «Artemis kennt den Weg, darum reitest du voran, Pinnosa. Ich bilde das Schlusslicht. Ein Stück können wir noch reiten, aber dann müssen wir zu Fuß weitergehen.»

IV

In Magnis gab es nur drei Häuser aus Stein und eine gepflasterte Straße. Alle anderen Häuser bestanden, wie im Grenzland üblich, aus Holz. Die Verteidigungsanlagen waren ebenfalls aus Holz gebaut. Um den Ort herum verliefen zwei tiefe Gräben, über die eine lange Rampe zum Stadttor führte. Das Dröhnen der Hufe hallte durch die Nacht.

«Halt!», rief der Nachtwächter von der Brustwehr. «Wer da?»

«Pinnosa, die Tochter von Maximus Flavius. Prinzessin Ursula, die Tochter von König Deonotus, und vier Freundinnen.»

«Kommt zum Tor, Pinnosa, Tochter des Maximus Flavius, damit ich Euch sehen kann. Die anderen bleiben auf der Rampe.»

Wenige Minuten später wurde das Tor geöffnet, und die sechs jungen Frauen ritten mit ihren erschöpften Pferden hindurch. Der Zenturio der Stadt erteilte lautstark Befehle, damit den adligen Gästen eine angemessene Unterkunft bereitgestellt wurde. Dann führte er sie in ihr behelfsmäßiges Quartier, einen kleinen Schlafraum, der neben dem Haus der Offiziere lag. Während zahlreiche Diener hin und her eilten und sich um ihr Wohl kümmerten, nahmen Pinnosa und Ursula den Zenturio beiseite und baten ihn um Auskünfte über die aktuelle Lage.

«Über sechsundzwanzig Familien aus dem Tal haben hier Zuflucht gesucht. Wie uns berichtet wurde, sind die Familien Galicus und Valens nach Glevum geritten. Über den Verbleib Eurer Verwandten, Herrin, sowie vier weiterer Familien wissen wir leider nichts. Flavia Lucilla ist nicht hier, weil ihr Anwesen verschont blieb. Ihre über dreißig Bediensteten setzten sich mit Feldgeräten und Jagdwaffen beherzt zur Wehr, als die Mörderbande sich näherte. Zwei der Plünderer wurden getötet und die anderen vertrieben. Das ist heute am späten Nachmittag geschehen. Seitdem haben wir keine neue Kunde mehr erhalten.»

«Warum habt Ihr nichts unternommen?», rief Pinnosa aufgeregt. «Habt Ihr nicht einmal eine Patrouille ins Tal geschickt, damit nach den vermissten Familien gesucht wird?»

Diese Frage brachte den Zenturio, einen braven, älteren Mann, den Pinnosa seit ihrer Kindheit kannte, ebenso in Verlegenheit wie den Zenturio in Glevum.

«Wie Ihr wisst, Herrin, haben wir nur fünfzehn Soldaten. Wir müssen die Stadt im Notfall verteidigen können. Gestern haben wir einen Reiter nach Glevum geschickt und um Verstärkung gebeten, aber es ist niemand gekommen. Als wir Eure Pferde vorhin hörten, dachten wir schon, sie wären es.»

«Sechs Männer aus dem Wye-Tal sind nach Viroconium geschickt worden», mischte sich Ursula ein. «Morgen müssten dreißig Reiter hier eintreffen. Mit etwas Glück kurz nach Mittag.»

«Gut.» Der Zenturio seufzte. «Das ist gut – wenn auch ein wenig spät. Mit ihrer Hilfe werden wir es endlich mit der Mörderbande aufnehmen können.»

«Ein wenig spät?», wetterte Pinnosa, doch als Ursulas strenger Blick sie traf, biss sie sich auf die Zunge.

Ursula bedankte sich bei dem Zenturio. «Ihr wart sehr freundlich. Wenn Ihr uns nun bitte entschuldigen würdet, wir hatten einen langen Tag.»

Der Zenturio räusperte sich. «Eure Hoheit?»

«Ja?»

Er trat verlegen von einem Bein aufs andere. «Ihr wollt doch nicht mit Pinnosa und den anderen jungen Damen allein ins Tal zur Villa Flavius reiten, oder?»

«Pinnosa macht sich verständlicherweise große Sorgen um ihre Familie.»

«Ja, natürlich. Trotzdem werdet Ihr nicht unüberlegt handeln, Eure Hoheit, nicht wahr? Diese Hiberner können äußerst gefährlich werden. Außerdem sind die Reiter aus Viroconium unterwegs. Ich würde bedeutend ruhiger schlafen, wenn Ihr warten würdet, bis sie hier eintreffen und wir die Sicherheit im Tal wieder hergestellt haben.»

«Eure Sorge um uns ehrt Euch, Zenturio. Wir werden nichts tun, was die Bürde Eurer Verantwortung noch schwerer macht», beteuerte Ursula.

«Danke, Eure Hoheit.» Er salutierte, ging zur Tür und blieb dort kurz stehen. «Ich wünsche Euch eine angenehme Nachtruhe.»

Die jungen Frauen waren so erschöpft, dass sie sofort ein Bad nahmen und ihr Mahl aßen, ohne ein Wort zu sprechen. Anschließend legten sich Martha, Saula, Brittola und Cordula sofort auf ihre Lager. Als nichts mehr zu hören war, beugte sich Pinnosa zu Ursula hinüber und flüsterte: «Ich kann noch nicht schlafen. Ich sehe mal nach den Pferden.»

«Ich komme mit.» Ursula folgte Pinnosa, obwohl sie nichts lieber getan hätte, als sich wie die anderen in ihre Decke zu hüllen.

In Magnis herrschte nächtliche Stille. Eine warme Brise wiegte die Menschen in einen sanften Schlummer. Die Pferde waren versorgt und neben dem Quartier der Frauen angebunden worden. Auf ihren Rücken lagen warme Decken. Lux und Artemis standen neben der Tür und rieben ihre Hälse aneinander. Ein Nachtwächter lief über die Brustwehr. Der Mond stand hoch am Himmel.

«Wir werden sie morgen finden», versprach Ursula. Sie lehnte sich gegen das Geländer und beobachtete Pinnosa, die auf den Stufen stand und den Mond betrachtete. «Mach dir keine Sorgen. Titus und Julius ist es gewiss gelungen, deine Eltern in Sicherheit zu bringen.»

Pinnosa seufzte. Offenbar hatte sie etwas auf dem Herzen und suchte nach den richtigen Worten. «Ich … ich hatte gestern Nacht einen furchtbaren Traum.»

«Ach ja?» Ursula hatte während der Nacht im Wald fest geschlafen und das ruhelose Stöhnen ihrer Freundin nicht bemerkt.

«Ich habe geträumt, wir – mein Vater und ich – ritten in die Berge, wie damals, als ich noch ein Kind war.» Sie lächelte. «Er war genau wie früher, und wir hatten viel Spaß. Wir jagten ein Reh, dann planschten wir in einem Bergbach, als ...», ihr Lächeln erlosch, «... als sich der blaue Himmel plötzlich silbern färbte. Der Bach trocknete aus. Vier Reiter mit schwarzen Kapuzen und schwarzen Umhängen kamen auf schwarzen Pferden auf uns zugaloppiert. Es wurden immer mehr, bis der ganze Horizont von Tausenden von Reitern bevölkert war.» Pinnosa erschauderte.

«Erzähl weiter», bat Ursula leise. Wieder spürte sie die eisigen Zangen der dunklen Angst, die ihre Seele frösteln ließen.

Pinnosa atmete tief ein. «Es sah so aus, als wollten die schwarzen Reiter uns überrennen, doch ganz plötzlich verschwanden sie wieder. An ihre Stelle traten vier einsame weiße Gestalten, die den Blick von uns abwandten und so aussahen, als wollten sie wegreiten. Sie trugen weiße Kapuzen und weiße Umhänge und saßen auf weißen Pferden.» Pinnosas Stimme bebte. «Ich weiß nicht, warum, aber ich bekam es mit der Angst zu tun und schrie aus vollem Hals: ‹*Geht nicht fort!*› Sie drehten sich um, und da erkannte ich ihre Gesichter.» Über Pinnosas Wangen liefen Tränen. «Es waren Vater, Mutter, Julius und Titus.»

Ursula nahm ihre Freundin in die Arme und drückte sie an sich.

Nach einer Weile löste sich Pinnosa aus der Umarmung und fuhr fort. «Sie lächelten mich liebevoll an, sagten Lebewohl und ritten in das helle, weiße Licht am Horizont. Ehe sie verschwanden, rief Vater mir zu: ‹Wir warten auf dich Pinnosa! Wir warten auf dich!›»

«Hattest du jemals zuvor einen solchen Traum?»

«Nein, niemals.» Pinnosa rang mühsam um Fassung. «Aber pass auf, der Traum ging noch weiter.»

Ursula lief ein Schauer über den Rücken. Das Schicksal war beinahe körperlich spürbar. Sie hatte das unbestimmte Gefühl, die Fortsetzung von Pinnosas Traum zu kennen.

«Ich drehte mich zu meinem Vater um, mit dem ich in die Berge geritten war. Doch ich schaute nicht ihm, sondern dir ins Gesicht.»

Ursula fühlte sich einer Ohnmacht nahe und klammerte sich an dem Geländer fest.

«Neben dir standen Martha, Saula und Brittola. Seltsamerweise erinnere ich mich nicht, Cordula gesehen zu haben. Wir alle trugen weiße Gewänder und ...»

«Nein!», stieß Ursula hervor und wich unwillkürlich einen Schritt zurück. «Sag nichts mehr.»

Pinnosa trat mit besorgter Miene auf die Freundin zu. «Ursula, hab keine Angst. Mein Albtraum war vorüber. Was jetzt folgte, war wunderschön. Wir waren alle in weißes Licht gehüllt, warmes, verlockendes Licht. Wir hielten uns an den Händen und lachten. Der Spuk hatte sich aufgelöst, und wir genossen unsere Freiheit und unser Glück. Dieses Glück erfüllte nicht nur uns, nein, wir teilten es mit vielen weißen Reitern. Mit Hunderten, Tausenden. Und weißt du, was seltsam war? Es waren alles Frauen. Kein einziger Mann befand sich unter ihnen.»

Die beiden Freundinnen sahen einander in die Augen. Ursula umklammerte das Geländer so fest, dass ihre Fingerknöchel knackten.

«Es tut mir Leid, aber ich bin zu müde, um darüber

nachzudenken, was das alles zu bedeuten hat.» Ursula rang sich ein Lächeln ab. «Ich möchte nur noch schlafen.»

Pinnosa wandte den Blick ab und schaute zum Mond hinauf.

Ursula ging wie betäubt auf das Quartier zu, doch ehe sie die Tür öffnete, sagte Pinnosa: «Es war ein Traum über den Tod, nicht wahr?»

«Ja», erwiderte Ursula leise.

«Meine Eltern und meine Brüder sind tot.»

Ursula wirbelte herum. «Nein!», rief sie verzweifelt. «Das ist nicht wahr! Es war nur ein Traum! Wir kamen doch auch darin vor, und wir sind nicht tot. Warum sollten sie dann tot sein?»

Pinnosa starrte immer noch den Mond an. «Die hibernische Mörderbande hat sie gestern getötet.» Das fahle Licht warf einen sanften Schein auf ihr stolzes, blasses Gesicht.

«Morgen werden wir es herausfinden», sagte Ursula erschöpft, betrat den Schlafraum und schloss leise die Tür.

V

«Wacht auf!», rief Pinnosa. «Wacht endlich auf, ihr Schlafmützen!» Sie lief von Lager zu Lager und rüttelte ihre Freundinnen aus dem Schlaf. Es war noch dunkel, doch durch das geöffnete Fenster konnte man am Horizont den ersten Schimmer des Morgenrots sehen.

Ursula reckte sich, trank einen Schluck Wasser aus dem Becher, der auf einem Hocker neben ihrem Lager stand, und beobachtete, wie Pinnosa der zusammengekauerten Brittola die Decke wegzog. Offensichtlich hatte Pinnosa die ganze Nacht kein Auge zugetan.

«Warum weckst du uns in aller Herrgottsfrühe?» Cordula richtete sich auf und rieb sich die Augen. «Sind die Männer aus Viroconium schon eingetroffen?»

Pinnosa schleppte einen schweren Sack in den Raum. «Wir warten nicht auf sie.»

«Wie meinst du das?», fragte Martha. «Du hast doch wohl nicht vor, mit uns allein ins Tal zu reiten?»

Pinnosa ließ den Sack fallen. «Ich breche vor dem ersten Hahnenschrei auf. Wer will, kann hier auf die Männer aus Viroconium warten. Aber wenn ihr mich begleiten wollt ...» Sie zeigte auf den Sack. «Hier sind eure Waffen.»

Martha, Saula, Brittola und Cordula wechselten erstaunte Blicke. «Hast du gestern Abend nicht zu dem Zenturio gesagt, er brauche sich nicht um uns zu sorgen?», fragte Brittola an Ursula gewandt.

«Ich habe gesagt, dass wir die Bürde *seiner* Verantwortung nicht schwerer machen werden.» Ursula stellte sich seufzend neben Pinnosa. «Aber wir können Pinnosa nicht aufhalten, und ich für meinen Teil werde sie nicht allein gehen lassen. Dafür übernehme *ich* die Verantwortung.»

«Ach, wie dumm von mir, das hatte ich ganz vergessen. Hast du uns nicht gestern erzählt, hier in Magnis gebe es keine guten Läden, in denen man feine Gewänder und Schmuck kaufen kann?», fragte Martha grinsend und biss in einen Apfel.

Pinnosa nickte.

Martha stand auf. «Nun, dann begleite ich dich auch. Was gibt es Schöneres, als am frühen Morgen ins wilde

Grenzland zu reiten? Was ist mit dir, Saula? Lust auf einen kleinen Ausflug?»

«Was? Ich soll auf die frische Luft und das Vergnügen verzichten?», sagte die mit einem breiten Grinsen. «Du kannst auf mich zählen.»

«Ich komme auch mit, Pinnosa!» Brittola sprang aus dem Bett. «Wir reiten doch nur ins Tal und besuchen Pinnosas Familie. Wir wollen die Plünderer ja nicht *suchen*, oder?»

«Keineswegs», pflichtete Ursula ihr bei.

Jetzt waren alle Augen auf Cordula gerichtet. «Erwartet nicht von mir, dass ich als Einzige zurückbleibe und mir Sorgen mache. Außerdem ist es mir lieber, gegen die Hiberner zu kämpfen, als dem Zenturio erklären zu müssen, was ihr im Schilde führt.»

Während sie in ihre Kleider schlüpften und eine Kleinigkeit aßen, verteilte Pinnosa die Waffen, die sie aus der Rüstkammer geholt hatte, während die anderen schliefen. Jede bekam einen kleinen runden Schild, einen Bogen mit einem Köcher voller Pfeile, einen Speer und ein kurzes Schwert. Sie selbst band sich zusätzlich ein langes Offiziersschwert mit einem verzierten Griff um.

«Woher hast du das?», fragte Brittola.

Pinnosa stupste ihr mit dem Finger auf die Nasenspitze. «Vergiss nicht, dass ich diese Stadt gut kenne.»

«Und wozu brauchst du es?», erkundigte sich Ursula.

«Als zusätzlichen Schutz.» Pinnosa öffnete die Tür und rief: «Los geht's!»

Ihre Pferde waren bereits gesattelt. Ein Nachtwächter wartete mit einer Öllampe auf sie und lief auf Pinnosas Zeichen zum Tor, um es zu öffnen. Im trüben Licht der Morgendämmerung stiegen die jungen Frauen auf ihre

Pferde und galoppierten über die hölzerne Rampe davon. Das Dröhnen der Hufe hallte wie Donner durch die Dunkelheit, sodass der ganze Ort geweckt wurde. Hunde fingen an zu bellen, Kühe muhten, Hähne krähten.

Pinnosa führte die Gruppe an, und Ursula bildete das Schlusslicht, während sie am Fluss entlang durch das raue Tal ritten, ohne zu wissen, was sie erwartete.

VI

Als die ersten Sonnenstrahlen über die Berggipfel krochen, erreichten sie die letzte Flussbiegung vor der Villa Flavius. Pinnosa bedeutete den Freundinnen, sie sollten absteigen, und führte sie dann auf eine kleine Lichtung, die versteckt im Wald lag. Dort banden sie ihre Pferde an.

«Das letzte Stück gehen wir zu Fuß. Aber *pst*, kein Wort mehr!» Pinnosa lief den anderen voraus ins Unterholz. Kurz darauf gelangten sie auf einen Wildpfad, über den sie sich dem Anwesen unbemerkt nähern konnten. Es dauerte nicht lange, bis das Haus in ihr Blickfeld trat. Pinnosa blieb stehen. «Wartet hier», flüsterte sie. «Ich sehe mich zuerst allein um.» Mit diesen Worten verschwand sie zwischen den Bäumen.

Die anderen blieben reglos zurück. Nach qualvollen Minuten des Wartens, die ihnen wie eine Ewigkeit erschienen, beschloss Ursula, dass sie Pinnosa folgen sollten. Leise schlichen sie zum Waldrand und entdeckten einen steilen Weg, der vom Fluss zu ihrer Linken zu dem Anwesen zu ihrer Rechten führte. Sobald sie den Wald verließen, wären sie fremden Blicken schutzlos ausgeliefert. Eine

Weile beobachteten sie das Gelände, doch sie sahen nur ein hübsches Anwesen, das friedlich in der Morgensonne lag. Das einzige Geräusch, das sie hörten, war das Zwitschern der Vögel. Nichts wies auf lärmende hibernische Räuberbanden hin.

Ursula bedeutete den anderen, ihre Schilde zu heben, dann traten sie zwischen den Bäumen hervor. Nach ein paar Schritten konnten sie das Haus deutlich erkennen, und in diesem Moment bot sich ihnen ein grauenvoller Anblick, den keine von ihnen je vergessen würde.

Vor dem ersten Gebäude kniete Pinnosa reglos vor einem entsetzlich verstümmelten, nackten Leichnam, der wie ein Stück Aas über einem Ast einer dicken Eiche hing. Auf seinem Gesicht klebten geronnenes Blut und Eingeweide, die aus den tiefen Schnitten in seinem Leib gequollen waren. Es war der Leichnam eines jungen Mannes mit rotem Haar. Kein Zweifel, das musste Pinnosas jüngerer Bruder Titus sein.

Ursula warf ihre Waffen und den Schild zur Seite, hockte sich neben Pinnosa und legte einen Arm um ihre Schulter. Die beiden Frauen verharrten mit gesenkten Köpfen, im stillen Gebet vereint. Martha, Saula und Cordula knieten ebenfalls kurz nieder und verneigten sich ehrfürchtig, bevor sie mit erhobenen Schilden und gespannten Bogen in Position gingen, um die Gruppe vor eventuellen Angreifern zu schützen.

Brittola, die als Letzte bei den anderen ankam, kniete sich sichtlich schockiert neben Pinnosa und starrte mit aufgerissenem Mund auf den Leichnam im Baum. Dann ließ sie die Waffen fallen, umklammerte ihr Silberkreuz und murmelte ein Gebet.

«Pst!», zischte Pinnosa wütend, worauf Brittola sofort in Tränen ausbrach. Cordula beugte sich vor und presste eine Hand auf ihren Mund.

Kurz darauf erhob sich Pinnosa, wies mit dem Kopf auf das Hauptgebäude und steuerte mit Martha und Saula darauf zu. Brittola, die sich wieder beruhigt hatte, folgte mit Cordula und Ursula.

Sie erreichten die Rückseite der großen Scheune, die den Hof begrenzte, und blickten auf den Eingang des Wohnhauses, in dem Besucher ehemals herzlich empfangen wurden. Heute herrschte hier schaurige Stille. Nicht einmal das Gackern eines Huhns war zu vernehmen. Pinnosa zeigte auf die gegenüberliegende Seite des Hofes. Ursula nickte. Daraufhin trat Pinnosa ins Sonnenlicht und überquerte den Hof, sodass sie vom Haus aus zu sehen gewesen wäre.

Ursula schlich mit den anderen unmittelbar an der Scheune entlang, während Pinnosa sich als Köder anbot. Falls sie von einem Wachposten entdeckt würde, könnten ihre Freundinnen unbemerkt fliehen. Während sich die Gruppe dem Wohnhaus näherte, betete Ursula zu Gott, er möge ein Wunder geschehen lassen. *Vielleicht hat jemand überlebt. Wenn sie Pinnosa kommen sehen, werden sie aus dem Haus rennen und sie mit liebenden Worten begrüßen – anstatt mit Kriegsgeschrei.*

Schließlich erreichten sie alle den Hauseingang. Die Tür stand weit offen. Pinnosa huschte hinein, und ihre Freundinnen folgten ihr mit klopfendem Herzen

In der Eingangshalle blieben sie einen Moment stehen. Als sie sich an die Dunkelheit und den Gestank des Blutes gewöhnt hatten, gingen sie zum Vorzimmer des

Westflügels. Auf dem Weg dorthin rutschte Cordula aus, und es gelang ihr nur mit Müh und Not, einen Schrei zu unterdrücken. Zu ihren Füßen befand sich eine riesige Blutlache.

Pinnosa schlich zu einem Alkoven und spähte hinein. «Mutters Dienerin», flüsterte sie. Die anderen konnten nur den mit einer Sandale bekleideten Fuß des Opfers sehen. *Gütiger Gott!* Ursula kämpfte gegen ihre aufsteigenden Tränen an. *Was hat die Arme in den letzten Minuten ihres Lebens durchmachen müssen?*

Durch das Vorzimmer gelangte man in einen großen Raum im Westflügel, der sich bis zur Rückseite des Hauses erstreckte und mit einem Wintergarten mit Blick nach Osten und auf den Küchenhof abschloss. Hier wohnten Pinnosas Eltern, seitdem ihr Vater verkrüppelt war.

Pinnosa erinnerte sich an ihren letzten Besuch in diesem Raum. Sie war aufgeregt zu ihren Eltern gelaufen, um ihnen von Titus' jüngstem Jagderfolg zu berichten. Er hatte einen Wolf, der ihn angreifen wollte, als er ein Wild ausnahm, verwundet und in die Flucht geschlagen. *Vielleicht glaubte er, die hibernischen Plünderer auf dieselbe Weise vertreiben zu können.* Pinnosa ging um die Säule am Eingang herum. Heute wurde sie nicht herzlich begrüßt. Ihre Mutter nahm sie nicht in die Arme, und ihr Vater drückte ihr nicht freundlich die Hand. Am anderen Ende des Raumes lagen zwei Leichen, die niemanden mehr begrüßen konnten. Ein paar Sonnenstrahlen krochen durch den Wintergarten ins Zimmer. Die beiden leblosen Körper waren angekleidet und kauerten im Schatten. Einer lehnte an der Wand, und der andere lag bäuchlings über seinen Beinen.

Pinnosa ließ alle Vorsicht außer Acht und lief mit lauten Schritten über den Mosaikboden. Die anderen schlichen angesichts der lauernden Gefahr leise hinterher. Der sitzende Leichnam war Marcus Flavius. Seine Augen waren weit aufgerissen und starrten blind auf die geliebten Berge. Ein Speer hatte sein Herz durchbohrt. Seine Miene sah friedlich aus, als hätte er Schmerz und Leid überwunden. Quer über seinen Beinen lag Pinnosas Mutter, auf ein langes Schwert aufgespießt. Die Eltern hatten sich offenbar selbst getötet, um dem grässlichen Tod, der an ihre Tür geklopft hatte, zuvorzukommen.

«*Seht her!*», flüsterte Brittola und zeigte auf den Küchenhof. Ihre Begleiterinnen riskierten einen Blick und gingen sofort darauf neben den verschiedenen Fenstern in Deckung. Es herrschte Totenstille. Ursula und Pinnosa spähten vorsichtig hinaus. Auf dem Küchenhof lagen die hibernischen Mörder und schliefen tief und fest. Überall waren leere Weinflaschen verstreut.

Der Anführer, ein abscheulicher Kerl mit breitem Gesicht, zotteligem Bart und einem dicken Wanst, hing auf einem steinernen Stuhl mitten auf dem Hof. Er trug einen langen, dreckigen Lederumhang, unter dem mehrere Messer und zwei lange Schwerter blitzten. Seine Wächter, zwei große, kräftige Burschen, hatten es sich zu seinen Füßen auf der Erde bequem gemacht. Die meisten Männer lagen in wirren Haufen entlang der Mauer des Hofes. Einige schliefen ihren Rausch auch auf der verzierten Umrandung oder in den Blumenbeeten aus. Der ganze Hof war mit Waffen übersät: Keulen, Schwerter, Messer und Äxte. An den Wänden standen Säcke, die randvoll mit Diebesbeute gefüllt waren.

Pinnosa scharte die anderen um sich und erklärte im Flüsterton und mit ein paar Gesten ihren Plan. Daraufhin lief sie mit Martha in den Ostflügel, dessen Fenster auf der anderen Seite des Hofes lagen.

Als alle in Position waren, hob Pinnosa das Jagdhorn, das immer um ihren Hals hing, an die Lippen und blies einen kurzen, schrillen Ton.

Sechs Pfeile sausten durch die Luft und trafen allesamt ihr Ziel. Mit einem so bösen Erwachen hatte das mörderische Pack nicht gerechnet. Der Anführer der Bande, seine Wächter und zwei Räuber brüllten vor Schmerzen. Der sechste Getroffene konnte nicht schreien, weil Saulas Pfeil seinen Hals durchbohrt hatte. Seine blutende Kehle und seine gurgelnden Laute fachten die wilde Panik an.

Pinnosas Horn erklang ein zweites Mal. Wieder sausten sechs Pfeile durch die Luft. Die Wächter wurden erneut getroffen und sanken zu Boden. Drei weitere Räuber fingen vor Schmerzen an zu schreien. Es war ein Höllenlärm. Die unversehrten Hiberner krochen wie Wahnsinnige über den Hof. Ein drittes Mal erklang das Horn. Danach gab es nur noch wenige Unverletzte.

«Lasst die Waffen fallen!», schrie Pinnosa. *«Ihr seid umzingelt!»*

Sie wiederholte den Befehl in der Sprache der Räuber. Diese hatte sie als Kind von einigen hibernischen Händlern und Reisenden gelernt, die gelegentlich nach Magnis kamen.

Alle Männer drehten sich zu dem Fenster um, durch das der Befehl gekommen war. Einige von ihnen stießen unflätige Schimpfworte aus und schwenkten wütend ihre Schwerter und Keulen.

Das Horn erklang erneut. Sechs Pfeile sausten durch die Luft. Vier trafen ihr Ziel.

«Lasst die Waffen fallen!», schrie Pinnosa. Waffen fielen klirrend zu Boden.

«Lasst *alle* Waffen fallen!» Ursula schoss noch einen Pfeil ab. Er durchdrang den Arm eines älteren Mannes, der eine Axt hinter seinem Rücken versteckte. Sie fiel mit einem dumpfen Aufschlag auf den gepflasterten Hof. Wieder war das Scheppern der zu Boden fallenden Waffen zu hören.

Pinnosa trat aus dem Haus und lief mutig auf den Hof. Sie hatte Bogen und Schild abgelegt und schwang stattdessen ihr Kurzschwert in der linken Hand und das Langschwert in der rechten. Martha trat ebenfalls auf den Hof, blieb aber im Schatten. Ihr gespannter Bogen war auf die Räuber gerichtet. Ursula und Cordula liefen von der anderen Seite auf den Hof. Saula und Brittola tauchten im Türrahmen auf. Sie hatten alle ihre Bogen gespannt.

«Wer sich bewegen kann, geht dahinten rüber und legt sich vor der Mauer flach auf den Bauch. *Und kein Wort!* Sobald einer was sagt, hat er einen Pfeil in der Kehle.» Pinnosa zeigte mit ihrem langen Schwert auf die Mauer und wiederholte ihren Befehl auf Hibernisch. Die sechs verbliebenen unversehrten Männer und ein paar leicht Verwundete gehorchten. Der Anführer der Bande, der soeben einen Pfeil aus seinem Oberschenkel gezogen hatte, schickte sich an, ihnen zu folgen. «*Ihr nicht!*», brüllte Pinnosa. «Ihr bleibt, wo Ihr seid!»

Sie ging zu einem seiner Wächter, der leichenblass am Boden hockte und mit zitternden Fingern versuchte, sich einen Pfeil aus dem Brustkorb zu ziehen. Pinnosa beugte sich hinab und schlitzte ihm, ohne eine Sekunde zu zögern, mit ihrem Schwert die Kehle auf. «Das ist für Titus.» Dann wandte sie sich an den Anführer.

«Aufheben!» Sie zeigte auf sein langes Schwert, das auf die Erde gefallen war und neben seinen Füßen lag.

«Wir werden Euch keine Schwierigkeiten machen.» Seine Stimme bebte vor Angst.

«Aufheben, hab ich gesagt!»

«Ihr werdet einem Verwundeten doch nichts antun?» Er wimmerte vor Schmerzen, als er sich hinunterbeugte. «Das könnt ihr doch nicht machen!»

«Ruhe!» Pinnosa warf ihr kurzes Schwert auf die Erde, umklammerte das lange mit beiden Händen und umkreiste ihn mit drohender Gebärde. Der Anführer hob sein Schwert auf und bereitete sich auf ihren Angriff vor.

«Ich will Eure widerliche Stimme nicht mehr hören!», knurrte Pinnosa und kratzte mit der Spitze des Schwertes über die Steine. Funken sprühten. «Um genau zu sein …» – sie warf das Schwert von einer Hand in die andere – «… will ich Eure dreckige Visage …» – erneut umklammerte sie das Schwert mit beiden Händen – *«… nie wieder sehen!»*

Jetzt lief sie auf den Mörder zu, der versuchte, den Schlag abzuwehren. Pinnosa gelang jedoch ein kräftiger Hieb gegen die Spitze seiner Klinge. Das Schwert flog ihm aus der Hand und schlitterte klirrend über den Hof. Der Mann ergriff eines seiner Messer, aber Pinnosa war schneller. Sie stieß ihr Schwert tief in seinen dicken Wanst. Seine Augen traten hervor, und aus seiner Kehle drangen dumpfe Würgelaute.

«Das ist für meine Mutter!», schrie sie. «Und das

hier …», sie atmete tief ein und stieß ihm die Klinge so tief in den Leib, dass sie am Rücken wieder austrat, «… ist für meinen Vater!»

Pinnosa machte einen Schritt nach hinten und zog das blutverschmierte Schwert heraus, sodass dem Hiberner die Eingeweide aus dem Unterleib quollen. Der zitternde Körper kippte nach vorn und knallte bäuchlings auf die Erde. Mit weit aufgerissenen Augen blickte der Sterbende Pinnosa hasserfüllt an.

Die Brutalität der römischen Frau ließ die Räuber erstarren. Ursula lief mit Cordula über den Hof und machte sich ein Bild von der Lage. In einem der Blumenbeete lag ein Mann im Sterben. Ein Pfeil steckte in seinem Bauch, er blutete stark und krümmte sich im Todeskampf. Ursula hob das lange Schwert des Anführers auf und stieß es dem Sterbenden in die Kehle. Ein dumpfes Knacken ertönte, dann war er von seinem Leid erlöst.

«Martha», sagte Ursula mit ruhiger Stimme. «Reite zurück nach Magnis und hol Hilfe. Bring für zwanzig oder besser fünfundzwanzig Männer Ketten mit. Und Wagen für die Verwundeten.»

VII

Es war der dritte Tag ihres langen Ritts über die Berge in Richtung Küste. Ursula war erschöpft und ritt Seite an Seite mit Cordula, zwei Pferdelängen hinter Brittola, die wiederum Saula in einem Abstand von zwei Pferdelängen folgte. Martha war zurückgefallen und ritt mit der Nachhut hinter den Wagen her, in denen die Schwerverwundeten lagen. Sie wollte sich von der Bewachung der Gefangenen erholen, die unaufhörlich mit ihren Ketten rasselten. Der Lärm zerrte auch an Ursulas Nerven. «Oh, dieser entsetzliche Krach», stöhnte sie. «Ich höre ihn noch im Schlaf.»

«Schlaf?», fragte Cordula. «Ich weiß gar nicht mehr, was das ist. Wir haben doch seit Tagen kein Auge zugetan.»

«Ich weiß. Den Männern geht es auch nicht besser. Sie sind genauso lange auf den Beinen wie wir, vor allem die aus Glevum. Einer hat vorhin zu mir gesagt …»

«Schau!», unterbrach Cordula ihre Cousine und zeigte auf die Berge vor ihnen.

Etwa dreihundert Ellen entfernt tauchte Pinnosa auf dem Rücken ihres Pferdes hinter einem Felsen neben dem Pfad auf. Seitdem der Treck aufgebrochen war, ritt sie abseits oder folgte in einem gewissen Abstand. Manchmal ließ sie sich über eine Stunde nicht sehen, bis sie hoch oben auf einem Felsen oder unten in einem Tal wieder auftauchte, um kurz darauf erneut zu verschwinden.

«Sie will allein sein», sagte Ursula. «Sie trägt großen Kummer in ihrem Herzen, kann ihre Gefühle aber nicht offenbaren – selbst uns nicht.»

«Wenn ich etwas so Entsetzliches erlebt hätte, würde es mir genauso ergehen», erwiderte Cordula leise. «Ich wünschte, Morgan wäre hier», fügte sie nach einem Moment des Schweigens traurig hinzu. «Mir gehen immer wieder dieselben Fragen durch den Kopf: Wo ist er? Was tut er? Welchen Gefahren ist er ausgesetzt? Geht es ihm gut?»

«Du musst diese Gedanken beiseite schieben, sonst wirst du noch verrückt.»

«Das kann ich nicht.»

«Ich weiß.» Ursula strich ihrer Cousine über den Arm. «Mir gelingt es auch nicht.» Sie schauten sich an und lächelten gequält. Eine ganze Weile ritten sie wortlos nebeneinander her, jede in ihre eigenen Gedanken versunken.

«Pinnosas Seele ist wie in einem Kerker gefangen, nur sie allein kann sich von ihren Qualen befreien», sagte Cordula schließlich.

«Es ist gut, dass wir bei ihr sind. Sonst hätte sie niemanden mehr.» Ursula liefen kalte Schauer über den Rücken, als sie an die Ereignisse in der Villa Flavius vor zweieinhalb Tagen zurückdachte.

Während sie ungeduldig auf Marthas Rückkehr warteten, hatten sie die Hiberner nach versteckten Waffen durchsucht. Ohne ihren Anführer fürchteten sich die Männer so sehr vor den bewaffneten Frauen, besonders vor der furchtlosen Frau mit der roten Mähne, die des Hibernischen mächtig war, dass sie nicht den geringsten Widerstand leisteten. Keiner sprach ein Wort, als die Frauen sie fesselten. Danach versorgte Ursula die Wunden der Verletzten. Pinnosa suchte derweil auf dem Anwesen nach ihrem Bruder Julius.

Zuerst ging sie systematisch vor, doch mit der Zeit wurde sie immer hektischer. Sie rief seinen Namen im Haus, am Fluss und im Wald, wobei ihre Stimme oft wie das gespenstische Wehgeschrei einer Todesfee über den Hof hallte.

Nach fast einer Stunde stürmte sie mit gezogenen Schwertern auf den Hof und brüllte mit heiserer Stimme: «Wo ist er? Was habt ihr Scheißkerle mit ihm gemacht?» Ehe die anderen es sich versahen, warf sie einen der unverletzten Männer zu Boden, schnitt seine Fesseln durch und zwang ihn, die Finger seiner rechten Hand zu spreizen. Dann legte sie die Klinge ihres Schwertes quer über seine Fingerknöchel. «Sagt es mir sofort», knurrte sie, «oder Ihr werdet nicht mehr in der Lage sein, Eure Wunden zu zählen.»

Der Mann brachte vor Angst keinen Laut heraus, und Ursula reagierte nicht schnell genug, um ihm den Verlust dreier Finger zu ersparen.

Ein junger Bursche von vielleicht sechzehn Jahren, der ebenfalls nicht verwundet worden war, kniete sich mutig hin und sagte auf Britannisch: «Verzeiht, sucht Ihr den anderen jungen Römer, der dieses Haus verteidigt hat?»

Pinnosa wirbelte herum und starrte den Rotschopf an. An seinem Hals baumelte zu Ursulas großem Erstaunen ein einfaches Holzkreuz. Jetzt, auf dem Treck, ritt Brittola neben ihm. Sie sprachen über Gott, beteten Psalmen und sangen Hymnen, die sie beide kannten.

Sie sind Todfeinde, dachte Ursula. *Er ist ein hibernischer Räuber und sie die Tochter einer reichen britannisch-römischen Familie. Unter normalen Umständen würde er ihr die Kehle durchschneiden und ihren Besitz stehlen. Stattdessen reiten sie Seite an Seite, preisen denselben Gott und singen dieselben Hymnen. Sie beten sogar zusammen.* «Findest du es nicht seltsam, Cordula? In unseren Augen sind die Hiberner unzivilisierte Primitive, und dabei reitet hier einer mit uns, der die Heilige Schrift kennt. Ich frage mich, wie viele solcher Burschen jenseits der Grenzen des Römischen Reiches leben. Ich frage mich, ob er Gott so wahrnimmt wie wir.»

«Einige dieser Fragen wird Brittola ihm sicherlich stellen. Er scheint ziemlich geschwätzig zu sein.»

Ursula lachte zum ersten Mal seit drei Tagen. Der Hiberner vor ihr war ein gut aussehender, wenn auch einfacher Bursche, zu dessen langer roter Mähne Brittolas schwarze Locken einen hübschen Kontrast bildeten. In diesem Augenblick fiel Ursula auf, dass Brittola noch immer die goldene Haarspange trug, die sie ihr zum großen Fest geborgt hatte. Sie wies Cordula darauf hin. «Bis zum nächsten großen Fest wird viel Zeit verstreichen, ich brauche die Haarspange also vorerst nicht. Außerdem kommt sie in ihrem Haar viel besser zur Geltung. Ich werde sie ihr schenken. Sie passt gut zu ihrem Kreuz …» Ursula packte Cordula am Arm.

«Ein Kreuz!», rief sie. «Jetzt erinnere ich mich wieder … er ist der Bursche, der während des Angriffs unter seine Tunika gegriffen hat. Ich dachte, er wolle eine versteckte Waffe ziehen. Welch ein Glück für ihn, dass mein Schuss danebenging. Dabei wollte er wahrscheinlich nur sein Kreuz umfassen, so wie Brittola es macht, wenn sie Angst hat oder aufgeregt ist.»

«Es ist gefährlich, sein Kreuz unter der Tunika zu verbergen», sagte Cordula. «Da muss der Gegner doch glauben, man greife nach einer Waffe.»

Ursula dachte nach. *Wenn man eine Waffe unter seiner Tunika versteckt, ist es schwierig, sie unbemerkt zu ziehen. Wenn man aber unbedingt heimlich eine Waffe bei sich tragen will, wie ist es dann möglich, sie hervorzuholen, ohne Misstrauen zu erwecken?* «Natürlich …», murmelte sie.

Lautes Plätschern riss sie aus ihren Gedanken. Sie durchquerten gerade einen breiten Fluss, und die Gefangenen standen bis zu den Knien im Wasser. Lux schien das kühle Bad zu genießen. In dem Moment tauchte Pinnosa zu ihrer Linken auf. Sie galoppierte durch einen kleinen Nebenfluss, wobei das Wasser zu allen Seiten hochspritzte.

Ursula musste wieder an die Worte des Jungen denken. «Er ist tot», hatte er gesagt, und Ursula hatte seinen Mut bewundert, denn er lief große Gefahr, Pinnosas Zorn auf sich zu ziehen. «Er wurde wie der andere getötet. Aber anstatt ihn an einem Baum aufzuhängen ...» – er wies mit dem Kopf auf den getöteten Anführer und seine Wächter – «... haben sie ihn in den Fluss geworfen.»

Pinnosa erstarrte. Ursula machte sich auf einen erneuten Wutausbruch gefasst. Doch anstatt zu toben und zu brüllen, senkte ihre Freundin den Kopf und ging langsamen Schrittes in den Westflügel, wo ihre Eltern lagen. Inzwischen war Martha mit viel mehr als nur den Ketten und den Wagen zurückgekehrt. In Magnis hatte sie die Männer aus Viroconium angetroffen, von denen zwanzig sie zur Villa begleitet hatten. Mit ihrer Hilfe legten sie die Unversehrten in Ketten und luden die Verwundeten auf die Wagen. Kurz bevor der Treck nach Magnis aufbrechen wollte, stand Pinnosa plötzlich im Hauseingang.

Ihre Augen waren geschwollen und blutunterlaufen, und sie raufte sich ihr zerzaustes Haar. «Wohin bringt Ihr sie?», schrie sie mit heiserer Stimme.

«In den Kerker nach Magnis», antwortete der Befehlshaber, ein älterer Mann, der schon auf zahlreichen Feldzügen gedient hatte.

«Nein, das werdet Ihr nicht tun!» Pinnosa riss sich ein dickes Büschel Haare aus, warf es auf die Erde und zog ihr Schwert. «Sie sollen dorthin zurückgehen, woher sie gekommen sind. Dorthin, wo sie hingehören. Ich werde erst ruhen, wenn diese Kerle aus unserem Land verschwunden sind.»

«Aber Herrin ...», stammelte der Befehlshaber.

«Aber Pinnosa ...», begann Ursula und machte einen Schritt auf sie zu.

«Oder ...» – sie hob das Schwert – «... oder ich erledige sie hier und jetzt! Ich werde diese heiligen Steine, die durch ihre teuflische Tat befleckt wurden, mit ihrem Blut reinigen!» Pinnosas Augen funkelten wild. Dem Befehlshaber verschlug es die Sprache. «Was ist Euch lieber? Ein Blutbad auf diesen Stufen oder eine Säuberung des Landes?»

«Dazu brauche ich einen ausdrücklichen Befehl.»

«Würdet Ihr dem Befehl von Prinzessin Ursula, der Tochter von König Deonotus, folgen?»

Er nickte.

Pinnosa schaute ihrer Freundin trotzig ins Gesicht. «Also?»

Ursula wusste, dass sich hinter Pinnosas Wut schiere Verzweiflung verbarg. *Wenn ich nicht irgendwie auf ihren verrückten Wunsch eingehe, kann ich sie nicht davor schützen, in den schrecklichen Abgrund zu stürzen, der sich vor ihr auftut.*

Schließlich sagte sie, ohne den Blick von Pinnosa abzuwenden: «Befehlshaber, die Hälfte Eurer Männer bringt diese Gefangenen zurück zu ihren Booten. Die anderen helfen dabei, das Anwesen zu säubern und die anderen Familien im Tal wieder zu ihren Häusern zu bringen. Wir sechs Frauen werden Euch begleiten.»

Der Befehlshaber verneigte sich ein wenig irritiert. «Ja, Eure Hoheit.»

Pinnosa steckte ihr Schwert mit einem tiefen Seufzer

in die Scheide zurück und lief zum Fluss hinunter. Der Offizier erteilte seinen Soldaten Befehle.

Die lange Reise zur Küste verlief anfangs recht schwierig. Einige der leicht Verwundeten schafften es trotz zahlreicher Peitschenhiebe nicht, mit den anderen Schritt zu halten. Am späten Nachmittag fand man auf einem verlassenen Gehöft einen zusätzlichen vierrädrigen Karren und zwei Esel. Die Männer, die am schlechtesten zu Fuß waren, durften auf den Wagen steigen, und von da an ging es schneller voran.

Pinnosa ritt von Anfang an abseits des Trecks. Als das erste Lager in den Bergen aufgeschlagen wurde, war sie nirgendwo zu sehen. Doch mitten in der Nacht wachte Ursula auf, weil Pinnosa neben ihr stand. Trotz allen guten Zuredens schaffte sie es nicht, die Freundin dazu zu bewegen, sich den Kummer von der Seele zu reden oder sich zum Schlafen hinzulegen. Als Ursula vor Erschöpfung die Augen zufielen, ließ sie ihre verzweifelte Freundin allein in der Dunkelheit zurück.

Am zweiten Tag führte sie die Heerstraße über die höchsten Berggipfel, und anschließend begann der lange Abstieg zur Küste. Die zweite Nacht verbrachten sie in einem gut ausgerüsteten Feldlager. Kurz vor Einbruch der Dunkelheit tauchte Pinnosa auf und kümmerte sich um die Pferde. Dann suchte sie sich einen Platz abseits der Gruppe, aß etwas und trank sogar einen halben Krug Wein. Ursula war erleichtert, als sie sah, wie sich Pinnosa zum ersten Mal seit drei Tagen zum Schlafen hinlegte.

Am dritten Tag kam es zum einzigen Zwischenfall ihrer Reise. In der Goldgräberstadt Luentinum zog der Treck die Aufmerksamkeit einer großen Gruppe stämmiger

Goldgräber auf sich, die sich um die Gefangenen drängten und sie verspotteten. Einige von ihnen wurden sogar handgreiflich. Die Situation wurde noch bedrohlicher, als sich die Goldgräber den Frauen aufdringlich näherten. Ursula zog ihr Schwert, doch in dem Moment galoppierte Pinnosa auf die Gruppe zu, schwang drohend ihr Schwert und stieß lautes Kampfgeschrei aus. Sie stürzte direkt auf ein dickes Scheusal zu, das vermutlich der Anführer war. Als sie ihn auf diese Weise zwang zurückzuweichen, stolperte er und fiel hin. Die wiehernde Stute und das Schwert schwingende Weib flößten ihm solche Angst ein, dass er sich aufrappelte und wegrannte. Daraufhin suchten seine Kumpane ebenfalls das Weite, konnten es sich aber nicht verkneifen, die Gefangenen und ihre Eskorte aus der Ferne zu verspotten.

Seit diesem Zwischenfall gesellte sich Pinnosa häufiger zu ihren Freundinnen.

«Sie kommt allmählich wieder zur Besinnung», sagte Ursula zu Cordula. «Vielleicht wird dieser Albtraum bald vorbei sein und …»

Plötzlich ertönten in den vorderen Reihen der Gefangenen laute Rufe. Ursula ritt sofort los und kam gleichzeitig mit dem Befehlshaber bei den Gefangenen an. Die Hiberner erklärten in gebrochenem Britannisch, dass sie die Felsen gesichtet hatten, hinter denen ihre Boote versteckt in einer kleinen Bucht lagen.

VIII «Schaut, dort drüben, Hoheit.» Der Befehlshaber zeigte auf eine Landzunge in der Nähe. «Wenn Ihr zu der Klippe reitet, die aussieht wie ein Bärenkopf, könnt Ihr von oben eine alte Tempelanlage sehen. Einige behaupten, die Druiden hätten sie gebaut. Vor nicht allzu langer Zeit wurde die Anlage von einer Gruppe christlicher Mönche aus Glevum und Viroconium gereinigt und als Zufluchtsort genutzt. Doch als immer mehr Soldaten aus den Grenzlegionen abgezogen wurden, mussten sie ihn verlassen, denn wir konnten uns nicht mehr für ihre Sicherheit verbürgen. Der Tempel müsste noch in gutem Zustand sein. Ihr könntet Euch dort mit Euren Begleiterinnen ausruhen.»

«Danke, das werden wir tun. Ich glaube, hier werden wir nicht mehr gebraucht», erwiderte Ursula. «Wir sollten dort sein, bevor die Nacht hereinbricht.»

«Das ist sehr vernünftig, Eure Hoheit.»

Ursulas Blick wanderte auf der Suche nach Pinnosa über den Rand der Klippen. *Und wenn sie nicht gesehen hat, dass wir von der Straße abgebogen sind?* Sie wandte sich an den Befehlshaber. «Würdet Ihr Pinnosa bitte ausrichten, wo wir unser Lager aufschlagen, wenn sie auftaucht?»

«Natürlich, Hoheit.» Der Befehlshaber trat von einem Bein aufs andere, als hätte er etwas auf dem Herzen. «Hm», begann er zögernd, nachdem er sich vergewissert hatte, dass keiner seiner Soldaten zuhörte, «ich wollte Euch nur sagen, Eure Hoheit, dass Britannien Euch und den anderen mutigen jungen Damen zu großem Dank verpflichtet ist. Ihr habt das Werk von zwanzig Männern vollbracht. Wenn Männer das getan hätten, würde man sie als Helden feiern und mit den größten Ehren überhäufen.»

«Habt Dank, Befehlshaber.» Ursula lächelte. «Das ist aus Eurem Munde ein großes Kompliment.»

«Da wäre noch etwas, Hoheit. Eure Freundin Pinnosa hat einen großen Schock erlitten. Ich habe starke Männer, selbst hochrangige Offiziere gesehen, die nach einer Schlacht Ähnliches durchmachen mussten. Aber sie ist zäh und wird darüber hinwegkommen. Und danach wird sie stärker sein als je zuvor.»

«Wahrscheinlich habt Ihr Recht.» Ursula mochte den alten Offizier, mit dem sie in den letzten Tagen zahlreiche Gespräche geführt hatte. Seine Soldaten hatten alle ein gewisses Alter überschritten. Keiner war jünger als vierzig Jahre, viele sogar über fünfzig. Einige von ihnen überwachten die Hiberner, die ihre flachen Boote aus dem Sand ausgruben. Andere halfen den Verwundeten, von den Wagen zu klettern, und führten sie hinunter zur Bucht. Die restlichen Soldaten schlugen unter einer kleinen Klippe das Lager auf. Über Nacht sollten die Gefangenen angekettet werden, und auch ihre Rückreise in die Heimat würden sie gefesselt antreten müssen. Nur auf diese Weise konnte sichergestellt werden, dass sie zurück nach Hibernien fuhren und keinen zweiten Landungsversuch unternahmen.

Ursula reichte dem Offizier die Hand zum Abschied. «Habt Dank für Eure Hilfe, Befehlshaber. Ich werde Euch und Eure Männer meinem Vater empfehlen, sobald wir wieder in Corinium sind.»

Als die Prinzessin sich umwandte, um zu ihren Freundinnen zurückzukehren, salutierte der Offizier und rief laut: «Im Namen unserer Legion und aller Bewohner dieser Berge verneige ich mich vor Euch, Hoheit, und Euren mutigen Gefährtinnen!»

IX

Inmitten der Tempelanlage lag eine Grotte mit einem von Weinranken überwucherten Brunnen und einem kleinen Teich. Die Schönheit des Ortes beeindruckte die Frauen, und sie beschlossen, die Nacht auf der großen Terrasse hinter dem Teich zu verbringen. Von hier aus konnten sie das Meer sehen und das Plätschern der sanften Wogen hören, die gegen die Felsen schlugen.

In der Mitte der Terrasse hatten die Mönche einen einfachen Altar mit einem Holzkreuz errichtet.

«Ich sehe sie in ihren Kutten und mit ihren blanken Schädeln vor mir», sagte Cordula zu Brittola, die lächelnd nickte.

Nachdem die jungen Frauen gebadet und ein bescheidenes Mahl eingenommen hatten, hörten sie Geräusche in der Grotte. Kurz darauf trat Pinnosa auf die Terrasse und stellte sich vor den Altar. Die Sonne ging allmählich unter und färbte den Himmel hinter ihr blutrot. Cordula musterte sie blinzelnd und fragte sich, was wohl in dem kleinen Beutel war, den ihre Freundin bei sich trug.

«Es ist vorbei», sagte Pinnosa in einem müden, schaurig leblosen Ton.

«Wo warst du?», fragte Ursula. «Wir haben uns Sorgen um dich gemacht.»

Pinnosa schloss ihre Freundinnen nacheinander wortlos in die Arme. *Ob sie wieder zur Besinnung gekommen ist?*, fragte sich Cordula. «Ich habe gewartet, bis ihr die Bucht verlassen hattet, um den Männern … hm, auf meine Art Lebewohl zu sagen», erklärte Pinnosa stockend und mit verzerrter Miene. Cordula spürte, dass irgendetwas nicht stimmte.

«Hier.» Pinnosa reichte Ursula den Beutel.

«Was ist das?», fragte Ursula und nahm ihn widerstrebend entgegen.

Pinnosa stand da wie ein Kind, das bei einer Dummheit ertappt worden war. «Sei unbesorgt, deinen jungen Freund habe ich verschont», sagte sie mit Blick auf Brittola. Zu den anderen gewandt, fuhr sie in trotzigem Ton fort: «Dieses Land wird nie mehr unter ihren Schandtaten leiden. Und ihre hibernischen Kumpane werden es sich zweimal überlegen, bevor sie sich einer Bande von Plünderern anschließen.»

«Was hast du getan, Pinnosa?», rief Saula. «Was in Gottes Namen hast du getan?»

«Mit Hilfe des Befehlshabers habe ich … ihnen die Daumen abgehackt.»

Brittola stieß einen Schrei aus. Die anderen rangen mühsam nach Fassung. Ursula lief wütend zum Rand der Terrasse und warf den Beutel in die Dunkelheit. «Du hast Recht! Es ist vorbei! Und, macht es dich glücklich, Rache geübt zu haben?», schrie sie und starrte Pinnosa mit funkelnden Augen an. Pinnosa versuchte, dem Blick standzuhalten, doch es gelang ihr nicht. Sie senkte den Kopf, um Ursulas zornige Miene nicht sehen zu müssen. *Was wird sie tun?*, fragte sich Cordula. *Wird sie Pinnosa bestrafen?* Schließlich drehte sich Ursula zu den anderen um und brach das Schweigen. «Ich glaube, wir sollten uns nun alle schlafen legen. Morgen reiten wir zurück nach Corinium – zurück in die Zivilisation.»

Ursula trank einen Schluck Wasser aus dem Teich und ging zu dem Platz, an dem sie sich ein Lager bereitet hatte. Wenige Minuten später hatten sich alle in ihre Decken gerollt.

Kurz bevor ihnen vor Erschöpfung die Augen zufielen, stand Brittola noch einmal auf und kniete vor dem Altar nieder. «Großer Herr und gütiger Gott», sagte sie mit klarer Stimme. «In den letzten drei Tagen wurden im Namen der Rache viele schlimme Taten verübt. Jede Sünde brachte eine neue Sünde hervor, und diejenigen, die nach Sühne strebten, wurden selbst zu Sündern, Herr. Dafür, gütiger Gott, bitten wir dich um Vergebung.» Sie hob den Blick gen Himmel. «Amen.»

«Amen», sagten alle im Chor. Pinnosas Stimme war am lautesten. Brittola ging zu ihr hinüber, klopfte ihr auf die Schulter und kehrte zu ihrem Lager zurück. Bald war nur noch das Plätschern der Wellen zu hören.

X

Ursula wurde von den Schreien der Möwen geweckt, die sich auf ihre Beute im flachen Wasser stürzten. Die Prinzessin stand leise von ihrem Lager auf und lief zum Rand der Terrasse.

Es war ein wunderschöner, warmer Sommermorgen. Die ersten Sonnenstrahlen spiegelten sich auf den sanften Wellen, eine milde Brise strich über das Land. Ursula kletterte über die Felsen ans Ufer und ließ sich auf einem großen Stein im Wasser nieder. Der leichte Wind fuhr ihr in die Haare, Gischt besprühte ihre Beine. Eine ganze Weile saß sie reglos da und nahm die friedliche Atmosphäre in sich auf.

Dann bemerkte sie auf einmal, wie sich etwa fünfzig Ellen vom Ufer entfernt inmitten des ansonsten ruhigen Wassers Wellen überschlugen. *Vermutlich ein versteckter Felsen,* dachte sie, *oder ein Strudel.* Die dunkle Angst kehrte zurück und ließ sie frösteln. *Diese versteckten Strömungen sind wie die Ereignisse auf dem Kontinent. Hoffentlich versinkt Constans nicht in dem tückischen Schlamm des Verrats. Wir haben in den letzten Tagen selbst erlebt, wie schnell man in anscheinend friedliche Gewässer gerät und dann …*

«Hältst du nach einem dicken Fisch fürs Frühstück Ausschau?» Pinnosas Stimme riss Ursula aus ihren Gedanken. «Ich habe dich von da oben gesehen, da dachte ich, ich könnte dir Gesellschaft leisten. Oder möchtest du mit Constans allein sein?»

«Nein, nein, mir gehen nur unsere hibernischen ‹Freunde› nicht aus dem Sinn.» Ursula machte Pinnosa Platz und legte einen Arm um sie. «Ich glaube, ich muss mich bei dir entschuldigen.» Pinnosa sah sie fragend an. «Es war richtig, ihnen die Daumen abzuschneiden.»

Pinnosa schaute aufs Wasser. «Ach, ich weiß nicht. Mein ohnmächtiger Zorn trieb mich an.»

«Gott sei Dank hast du dich von deiner Rachgier leiten lassen, denn wir leben in gefährlichen Zeiten. Ich glaube, Konstantin hat übertrieben, als er sagte, unsere Provinz sei problemlos zu verteidigen. Er wollte die Menschen beruhigen. Aber wir haben mit eigenen Augen gesehen, wie schlecht es um unsere Garnisonen bestellt ist. Nur fünfzehn Mann in Magnis. Noch dazu alte. Nur drei Galeeren auf See. Das muss überall in der Provinz so sein.» Sie zeigte aufs Meer. «Jeder kampfbereite Hiberner oder Pikte wird in den kommenden Monaten sein Glück versuchen. Wir können es uns nicht leisten, Gefangene zurückzuschicken, die wiederkommen könnten, um noch mehr Schaden anzurichten.» Sie runzelte die Stirn. «Ich sollte mit Vater sprechen und ihm vorschlagen, keine Gefangenen zu machen, bis unsere Soldaten heimkehren.»

Pinnosa seufzte. «Die Freilassung der Gefangenen birgt noch größere Gefahren als ihre Rückkehr und erneutes Morden und Plündern. Wenn sie in ihrer Heimat ankommen, werden sie über das geschwächte Britannien berichten: über die leeren Heereslager, die spärlichen Patrouillen und die römischen Anwesen, die nur von Frauen und Sklaven verteidigt werden.» Sie starrten beide auf den Horizont, als rechneten sie im Stillen mit einer erneuten feindlichen Invasion. «Alle Hiberner und Pikten werden davon erfahren, und es wird nicht lange dauern, bis sie ein neues Bündnis schließen, um uns gleichzeitig an zwei Fronten anzugreifen. Da wir kein bewegliches britannisches Feldheer haben, das sie aufhalten und zurückdrängen könnte, würden möglicherweise Hunderte, wenn nicht gar Tausende so enden wie meine Familie.»

Ursula musterte ihre Freundin nachdenklich.

«Was ist?», fragte Pinnosa.

«Ich denke über deine Worte nach: ‹Römische Anwesen, die nur von Frauen und Sklaven verteidigt werden›. Wir haben uns doch gut geschlagen, oder? Du mit deinem Jagdhorn und wir mit unseren Pfeilen, die fast alle ins Ziel getroffen haben.»

Sie kicherten wie kleine Mädchen und imitierten die Laute des Jagdhorns und der durch die Luft sausenden Pfeile. «Hui! Hui!», riefen sie ausgelassen.

«Mir fällt gerade etwas ein», sagte Pinnosa, nachdem sie sich ein wenig beruhigt hatten.

«Was denn?»

«Hundert Jägerinnen wie wir würden doch eine Furcht erregende Streitkraft abgeben, oder? Wir könnten entlang der Küste patrouillieren und die Hiberner zum Teufel jagen. Oder wir bewachen den Grenzwall und machen Jagd auf die Pikten. Das würde die Plünderer *und* die alten Wachposten sicher nachdenklich stimmen.»

«Wir wären den Feinden nicht mehr schutzlos ausgeliefert.» Ursula setzte sich kerzengerade hin und schaute Pinnosa an. «Weißt du was? Ich glaube, es könnte gelingen. Eine Streitkraft aus Jägerinnen, die voll bewaffnet sind, patrouilliert entlang der Küste. Und bewacht den Grenzwall, wie du sagst. Warum eigentlich nicht?» Sie drückte Pinnosa an sich. «Die Männer werden noch längere Zeit weg sein. Darum müssen wir eine Möglichkeit finden, wie wir zumindest für den Rest des Sommers unsere Verteidigung stärken … vielleicht sogar noch länger.»

«Stimmt!», rief Pinnosa. «Denk nur an all die guten Jägerinnen, mit denen wir auf die Jagd gegangen sind. Wenn sie richtig bewaffnet sind, können sie es durchaus mit den Horden von Plünderern aufnehmen. Denk an Baetica aus Lindinis. Sie kann genauso gut reiten wie die Männer in Konstantins Heer, sogar besser als die meisten – einschließlich ihres Gemahls, der zu Constans' Vorhut gehört. Und wir kennen viele Frauen, die genauso gut Pfeile abschießen oder Speere werfen können wie Männer.» Sie schlug aufgeregt auf den Felsen. «Wir bekämen mühelos hundert zusammen.»

«Mehr», sagte Ursula. «Erinnerst du dich an die Jagd im letzten Sommer? Allein in Corinium würden wir hundert Jägerinnen finden. Mit den Frauen aus Glevum kämen wir leicht auf zwei- oder dreihundert.» Nachdenklich blickte sie aufs Meer. «Wenn wir die Kunde im gesamten Westen der Provinz verbreiten, können wir gewiss eine Streitkraft von mehreren hundert Frauen aufstellen.»

«Es wäre allerdings ein Problem, genügend Pferde aufzutreiben», gab Pinnosa zu bedenken. «Aber das brauchen wir vielleicht gar nicht. Wir stellen einfach wie in einem normalen mobilen Feldheer eine Fußtruppe und eine Reiterei auf.»

Von der Tempelanlage drangen Geräusche zu ihnen herüber. Die anderen Frauen waren ebenfalls erwacht. Cordula und Saula rollten schon ihre Decken zusammen. «Glaubst du wirklich, es könnte gelingen?», fragte Ursula ihre Freundin.

«Eine richtige bewegliche Streitkraft aus mehreren hundert Frauen zu bilden? Zwei- oder dreihundert Reiterinnen? Wir könnten sie im Grenzland ausbilden, dann wären sie sofort zur Stelle, wenn die hibernischen Plünderer zurückkehren.»

«Es könnte machbar sein», pflichtete Ursula ihr bei.

«Warte mal. Einen Monat würden wir für die Vorbereitungen brauchen, einen weiteren Monat für die Umsetzung. Dann hätten wir Hochsommer. Sobald die Frauen ausgebildet wären, könnten die wenigen übrig gebliebenen Männer die leeren Galeeren bemannen und unsere Streitmacht entlang der hibernischen Küste demonstrieren. Es wäre der Beginn der Erntezeit, in der wir am verwundbarsten sind.»

«Könnten nicht auch die Frauen einige der Galeeren übernehmen?»

Pinnosa schüttelte entschieden den Kopf. «Nein. Es dauert zu lange, bis man den Umgang mit ihnen gelernt hat. Außerdem müssten die Galeeren vermutlich umgebaut werden, sodass drei Kriegerinnen ein Ruder bedienen würden.»

«In der Erntezeit könnten wir mit einem Teil der Frauen im Osten der Provinz und am Grenzwall zu Felde ziehen. Wir könnten in der Heimat der Pikten ein paar Geplänkel ausfechten und sie auf diese Weise davon abhalten, unsere Provinz zu überfallen. Gegen Ende der Erntezeit ziehen wir nach Eburacum, schlagen langsam einen Bogen und kehren im Herbst nach Hause zurück. Die Grenzen wären gesichert, und die Männer hätten etwas, worüber sie während ihrer Abwesenheit nachdenken könnten. Es sollte sie ermutigen, früher heimzukehren, denn sonst haben sie hier eines Tages nichts mehr zu tun.»

«So machen wir es!», rief Ursula. «Wir bilden eine bewegliche Feldtruppe aus Frauen.»

«Eine bewegliche Feldtruppe aus Frauen mit einer Fußtruppe und einer Reiterei», wiederholte Pinnosa langsam. «Eine Streitkraft aus Frauen, wie die Amazonen. Wir kämpfen Seite an Seite mit unseren Männern gegen die Feinde Roms.»

«Nein, nicht gegen die Feinde Roms», erwiderte Ursula ernst. «Gegen die Feinde Britanniens. Die Männer kämpfen gegen die Feinde Roms und wir gegen die Feinde Britanniens. Während die Männer für eine große Sache kämpfen, kämpfen wir Frauen für eine Sache, die uns näher am Herzen liegt und genauso wichtig ist: unsere Heimat. Wir müssen kämpfen, Pinnosa, weil wir – die kampftauglichen Frauen dieser Insel – die einzige Hoffnung sind, die der Provinz geblieben ist.»

Pinnosa umklammerte Ursulas Arm. «Sie werden nur kämpfen, wenn sie ihrer Anführerin vertrauen.»

«Das tun wir bereits.»

Sie lachten beide und schlugen einander auf die Schultern.

«Komm, wir gehen zurück zu den anderen», sagte Ursula, während sie von dem Stein sprang. «Soll ich es ihnen erzählen, oder willst du es tun, *Befehlshaberin*?»

XI

«Ein Frauenheer, hm?», fragte Martha verschmitzt. «Ich bin dabei. Wir werden den Männern schon zeigen, wo's langgeht.» Sie zwinkerte Saula zu, und dann fingen beide an zu kichern.

Cordula machte ein besorgtes Gesicht. «Habt ihr wirklich an alles gedacht? Wir brauchen nicht nur kämpfende Frauen. Was ist mit den Kurieren, dem Proviant und all den anderen Dingen?»

«Dafür bist du zuständig», erwiderte Ursula. «Du übernimmst das Kommando über die Feldzeugtruppe.»

«Und die Kuriere», fügte Pinnosa hinzu.

«Ja, und die Kuriere», bestätigte Ursula.

«Was? Ich soll die Kuriere befehligen?», fragte Cordula erstaunt, konnte sich bei der Aussicht auf eine mögliche

Zusammenarbeit mit ihrem Geliebten aber ein Lächeln nicht verkneifen.

Brittola war die Einzige, die sich von der allgemeinen Heiterkeit nicht anstecken ließ. Sie hatte die ganze Zeit geschwiegen und lief nun hinaus auf die Terrasse.

«Ich kümmere mich um sie», sagte Ursula und eilte ihr hinterher.

Sie fand Brittola vor dem Altar kniend in ein Gebet vertieft vor.

«Was ist los?», fragte sie sanft. «Gefällt dir die Idee eines Frauenheeres nicht?»

Brittola hob den Kopf. In ihren Augen schimmerten Tränen. «Vergießen unsere Männer nicht genug Blut?», schluchzte sie. «Ich finde, wir Frauen sollten nicht auch noch andere Menschen töten und zu Krüppeln machen. Das ist nicht recht.»

Ursula blickte sie nachdenklich an. «Weißt du was, Brittola? Ich stimme dir zu.»

«Ach ja? Wirklich?»

«Ja. Das ist ein sehr wichtiger Gedanke. Ein Frauenheer muss nicht wie ein Männerheer handeln, jedenfalls nicht in jeder Hinsicht. Zum Beispiel …» Zwischen den beiden entspann sich eine angeregte Unterhaltung.

Nach einer Weile führte Ursula Brittola zurück in den Tempelvorraum, wo die anderen ebenfalls in Gespräche vertieft waren.

«Hört mal her.» Ursula klatschte in die Hände. «Brittola hat euch etwas Wichtiges zu sagen.»

Brittola atmete tief ein, warf Ursula einen Blick zu und stieß hervor: «Wir werden niemanden töten!»

«Niemanden töten?», fragte Pinnosa ungläubig.

«Wir werden niemanden töten», wiederholte Brittola langsam. «Wir werden unsere Waffen ausschließlich benutzen, um den Feind außer Gefecht zu setzen. Nur wenn es absolut notwendig ist, um unser eigenes Leben zu retten, werden wir töten. Es ist nicht unsere Aufgabe, dem Leid in der Welt neues Leid hinzuzufügen. Stattdessen werden wir uns darauf konzentrieren, unsere Macht zur Schau zu stellen. Wir werden Angreifer abschrecken. Auf diese Weise werden wir der Welt die wahre Macht und Güte Gottes zeigen. Wir werden in seinem Namen handeln.»

«Sind alle damit einverstanden?», fragte Ursula.

«Ob wir einverstanden sind? Wie könnten wir damit nicht einverstanden sein?» Pinnosa ging mit ausgestreckten Armen auf Brittola zu. «Wenn du mir nicht regelmäßig ins Gewissen reden würdest, Brittola, wäre ich nichts anderes als ein blutrünstiges Weib aus dem Grenzland.»

Pinnosa drückte Brittola stürmisch an sich, und bald lagen sich alle in den Armen.

3. Kapitel
Der Aufruf

Ursula, Pinnosa und ihre Freundinnen waren nicht auf den Empfang vorbereitet, der sie nach ihrer Rückkehr aus den Bergen erwartete. Die Kunde von ihrer Heldentat hatte sich wie ein Lauffeuer verbreitet, und Magnis lieferte ihnen einen ersten Vorgeschmack auf ihren Ruhm. Schon als sie sich vom Fluss her näherten, hörten sie den lauten Jubel von der Brustwehr. Als sie die lange Rampe überquerten und durch das Stadttor ritten, wurden sie von einer Menschenmenge begrüßt.

«Es lebe Pinnosa!»

«Es lebe Prinzessin Ursula!»

«Ihr habt über dreißig von diesen Mördern besiegt!»

«Nein, es waren mindestens sechzig!»

«Was redet Ihr da? Es waren über hundert!»

Die Menschen scharten sich um die sechs jungen Frauen, um sie zu begrüßen, diese furchtlosen Heldinnen, die eine der gefährlichsten hibernischen Mörderhorden besiegt hatten, von denen das wilde Grenzland in den letzten Jahren heimgesucht worden war. Sie wurden mit Blumen und Geschenken überhäuft, sodass sie sich später einen Karren besorgen mussten, um die Lebensmittel, die Kleider und den Wein an Familien zu verteilen, deren Besitz den Hibernern zum Opfer gefallen war.

Am nächsten Tag durchquerten sie Ariconium, die Siedlung der Schmiede. Wieder drängten sich jubelnde Menschen auf den Straßen und priesen aus voller Kehle die Heldentaten der Jungfrauen.

«Wenn Ihr je wieder in den Kampf zieht und gute Rüstungen braucht, denkt an den Namen Balig!», schrie ein dicker Mann.

«Ich mache Euch einen besseren Preis!», brüllte ein anderer. «Merkt Euch den Namen Haleseth!»

«Ich habe drei Töchter. Ihr habt nur Söhne, Haleseth. Ich weiß viel besser, wie man Rüstungen für Frauen anfertigt», erwiderte Balig. Die Menge grölte.

In Glevum wurden sie vor den Stadttoren von einer berittenen Ehrengarde begrüßt, die der ruppige alte Zenturio anführte. Vor sechs Tagen hatte er noch versucht, ihnen ihren Plan auszureden. Er begrüßte die Adelsfrauen förmlich. «Hoheit, Eure unversehrte Rückkehr in unsere Stadt erfüllt uns mit großer Freude und ist für uns ein Grund zum Feiern. Ich muss Euch, Hoheit, und Eure Gefährtinnen demütig um Vergebung bitten. Ich habe Euren Eifer, Euren Mut und Eure Tapferkeit unterschätzt.»

Ursula verneigte sich lächelnd. Die anderen taten es ihr gleich. Nur Pinnosa tätschelte ungerührt Artemis' Hals und strafte den Zenturio mit Verachtung, denn sie gab ihm die Mitschuld am Tod ihrer Lieben.

«Euch, Pinnosa», fuhr er unsicher fort, «möchte ich wegen des schmerzlichen Verlustes Eurer Familie mein tiefstes Mitgefühl aussprechen.»

«Spart Euch die blumigen Worte», unterbrach ihn Pinnosa barsch.

Der Zenturio hüstelte peinlich berührt, verneigte sich und setzte seine einstudierte Willkommensrede fort. «Es ist mir eine große Freude, Euch im Namen der Stadt Glevum als siegreiche Heldinnen willkommen zu heißen!» Er zeigte auf das Stadttor. «Hoheit, Glevum verneigt sich vor Euch und Euren Gefährtinnen!»

Von der Ehrengarde eskortiert, ritten die jungen Frauen an den jubelnden Menschen vorbei durch die Stadt zum Forum, wo eine Abordnung Adeliger in ihren feinsten Roben auf sie wartete. Wieder wurden sie mit Geschenken überhäuft, darunter auch Seidenstoffe und wertvoller Schmuck. Diesmal behielten sie einen Teil der Gaben für sich.

Der überwältigendste Empfang wurde ihnen indes in Corinium bereitet. Als Ursula und ihre Freundinnen den Waldrand erreichten, sahen sie, dass die Straße bereits voller Menschen war. Die Erste, die sie erblickte, war Oleander.

«Herrin! Herrin!» Die alte Dienerin lief mit Freudentränen in den Augen auf Ursula zu. «Gott sei Dank! Endlich seid Ihr heimgekehrt. Welch eine Erleichterung für Euren Vater! Wir waren furchtbar in Sorge. Die Kuriere berichteten zwar, dass Ihr lebt, aber wir wussten nicht, ob die schändlichen Hiberner Euch etwas zuleide getan haben. Seid Ihr unversehrt? Ist irgendeine der jungen Damen verwundet worden?»

«Nein, Oleander, wir haben keinen einzigen Kratzer davongetragen», sagte Pinnosa, ehe Ursula antworten konnte. «Außer ein paar Narben, die niemals heilen werden.»

«Was soll das bedeuten, Herrin?», rief die alte Dienerin ängstlich. «Seid Ihr verletzt oder nicht?»

«Nein, Oleander, uns geht es gut.» Ursula reichte ihr die Hand zum Kuss. «Aber Pinnosas gesamte Familie wurde von der Mörderbande getötet, genau wie siebzehn arme Seelen aus einem kleinen Dorf, das von niemandem gewarnt wurde.»

II

So viele Menschen wollten sie beglückwünschen, segnen oder berühren, dass die Heldinnen für die letzten zwei Meilen ihrer langen Reise über eine Stunde brauchten. Als sie die letzte Wegbiegung hinter sich ließen, erblickten sie vor dem Stadttor König Deonotus, umringt von einem kleinen Teil der königlichen Garde in Paradeuniformen. Ursula erfuhr später, dass die zwölf Männer seine gesamte Leibgarde darstellten – das war nur knapp ein Zehntel der normalen Stärke. Die anderen waren als Konstantins Leibgarde abkommandiert worden, um die Leibwächter zu ersetzen, die mit Constans' Vorhut vorausgeritten waren.

Schon von weitem konnten die Frauen die Wut des Königs spüren, der ihnen mit frostiger Miene entgegenblickte. Als sie vor ihm stehen blieben, stieß er zornig hervor: «Ihr hättet alle getötet werden können!»

«Vater ...»

«Ihr hättet alle getötet werden können! Welcher Teufel hat Euch geritten? Es gegen eine Bande kaltblütiger Hiberner aufzunehmen, die wild entschlossen sind zu morden? Nicht auszudenken, was noch alles hätte passieren können. Was würden Eure Familien nun tun, wenn die Plünderer nicht ihren Rausch ausgeschlafen hätten? Was würden wir tun, wenn sie Euch in der verlassenen Villa überwältigt hätten? Habt Ihr auch nur eine Sekunde darüber nachgedacht, bevor Ihr das Schicksal herausgefordert habt? Hm?» Sein Blick wanderte von einer Frau zur anderen. Nur Ursula und Pinnosa hielten ihm stand, die anderen senkten beschämt die Köpfe.

«Ich war es, die …», begann Pinnosa.

«Vater, wir …», mischte sich Ursula ein.

«Kein Wort mehr.» Der König hob die Hand und gebot Stille. «Gott hielt es in seiner Weisheit für richtig, uns einen Grund zum Feiern zu schenken, anstatt uns mit Trauer und Verzweiflung zu strafen», sagte er in milderem Ton.

Ursula sah ein Blitzen in seinen Augen und wusste, dass er ihnen vergeben hatte.

«Es wäre schon allein ein Segen gewesen, Euch zu Hause willkommen zu heißen. Euch gesund und unversehrt willkommen zu heißen, bedeutet für uns einen zweifachen Segen. Doch das ist nicht alles: Gott hat uns in seiner unendlichen Güte dreifach gesegnet …» Er hob die Stimme. «Wir heißen Euch gesund und unversehrt zu Hause willkommen und noch dazu – gelobt sei Gott – *siegreich.*»

Auf das Zeichen des Königs bliesen hundert Trompeter von den Zinnen eine ohrenbetäubende Fanfare. Sie verkündeten die Rückkehr der Heldinnen und den Beginn ihres Siegeszuges durch die Stadt. Als der König die Frauen mit seiner Garde durch das Stadttor führte, warfen Dutzende vor Freude kreischender Kinder bunte Federn und Blütenblätter von den Stadtmauern auf die Prozession hinab. In das Dröhnen der Trompeten mischte sich der Lärm der Hörner, Flöten, Trommeln, Glocken und Hurrarufe. Es dauerte erneut eine Stunde, bis sie im Forum ankamen, wo ein offizieller Empfang auf sie wartete.

Am Rand des Forums stiegen die Heldinnen aus den Sätteln, um zu Fuß weiterzugehen, doch die begeisterte Menge hob sie auf ihre Schultern und trug sie über den Platz zu einer hölzernen Estrade, die der König eigens auf den Stufen der Basilika hatte errichten lassen. Deonotus erwartete seine Tochter und ihre Gefährtinnen bereits. Er saß in seinem königlichen Gewand und mit der Krone auf dem Haupt auf seinem Streitross, das festlich geschmückt war. «Volk von Corinium!», rief er, als Ursula mit den anderen auf der Estrade Platz genommen hatte. «Gutes Volk von Corinium! Endlich sind sie nach Hause zurückgekehrt!»

Die Schreie der Menschen, die dröhnenden Trommeln und die schrillen Flöten verursachten einen ohrenbetäubenden Lärm. Der König stellte sich in die Steigbügel und schrie seiner Tochter zu: «Sie lassen mich nicht mehr zu Wort kommen, sie wollen dich hören!» Endlich verstummte die Menge, und der König konnte seine Ansprache zu Ende führen. «Im Namen des Volkes von Corinium heiße ich Euch zu Hause willkommen. Wir sind stolz auf Euch, Brittola und Cordula! Wir sind stolz auf Euch, Martha und Saula! Wir sind stolz auf Euch, Pinnosa, und auf dich, Prinzessin Ursula! Brittola, Cordula, Martha, Saula, Pinnosa, Prinzessin Ursula – seid gegrüßt!»

Die stolze Prinzessin und ihre fünf Gefährtinnen hoben die Hände und winkten dem jubelnden Volk zu. Sie hatten ihre Schilde abgelegt, doch die Schwerter hingen noch an ihren Gürteln. Martha und Pinnosa trugen außerdem ihre Bogen und die Köcher mit den Pfeilen bei sich. Auf Brittolas Zeichen stellten sie sich in einer Reihe auf und verneigten sich.

«Ihr habt es den widerwärtigen hibernischen Schweinen gezeigt, Prinzessin Ursula!», rief ein junges Mädchen. «Die Muskelprotze konnten es nicht gegen Euren Verstand aufnehmen!»

«Wann werdet Ihr wieder Plünderer jagen, Pinnosa?», schrie ein alter Mann neben ihr. «Wie viele werdet Ihr beim nächsten Mal töten? Ein Dutzend? Hundert?»

«Volk von Corinium! Euer großartiger Empfang ehrt uns …», begann Ursula, doch die Menschen gaben keine Ruhe. Ihr hilfloser Blick wanderte von ihren Freundinnen zu ihrem Vater. «Hab Geduld», sagte der König mit einem breiten Lächeln.

«Gelobt sei Gott!», schrie ein alter Wächter. «Diese sechs Jungfrauen mussten das Werk von dreißig Männern verrichten und kehrten unversehrt zurück!»

«Wo waren denn die Männer?», brüllte ein dralles Weib aus den vorderen Reihen. Es war die Frau des Müllers. «Es ist nicht recht, dass unsere jungen adeligen Frauen die Arbeit bewaffneter Männer verrichten müssen! Wo waren denn die Wächter von Magnis? Und die Männer aus Glevum?»

«Es sind keine Krieger mehr hier! Konstantin hat gelogen!», rief ein Töpfer mit der Stimme eines Marktschreiers. «Das ganze Heer ist abmarschiert! In Glevum sind nur fünfzig Mann zurückgeblieben, in Deva und Viroconium hundert!»

Ursula spähte ängstlich zu ihrem Vater hinüber, als der stämmige Handwerker fortfuhr, seinem Unmut Luft zu machen. «Wir sind schutzlos, sage ich Euch! Wir haben keine Chance, wenn die Hiberner und Pikten ein neues Bündnis schließen!»

Angst und Wut griffen um sich. Ursula und ihr Vater wollten die Menge beruhigen, doch die Frau des Müllers kam ihnen zuvor: «Ganz genau! Wir sind schutzlos! Wo sind die Krieger, die Reiter und Bogenschützen, die wir brauchen, um die blutrünstigen Hiberner und Pikten zurückzuhalten? Wir können unsere Provinz nicht mit jungen Frauen verteidigen!»

«Da irrt Ihr Euch!» Pinnosa trat mit stolzer Miene vor. «Es gibt genug Frauen, die kämpfen und Eindringlinge abwehren können.»

«Pah!» Das dralle Weib verschränkte ungläubig die Arme. «Unsere besten Krieger sind fort, und nun glauben ein paar zart besaitete Frauen mit Pferden, sie könnten ihre Plätze einnehmen!»

«Zart besaitete Frauen mit Pferden?» Pinnosa stieg die Zornesröte ins Gesicht. «Was glaubt Ihr …»

Martha trat neben Pinnosa und ergriff ihren Arm. «Was hältst du davon, wenn wir den Menschen hier zeigen, was ‹zart besaitete Frauen mit Pferden› alles können?» Sie deutete auf ihren Bogen und ihren Köcher und wies dann mit dem Kopf auf die gegenüberliegende Seite des Forums. Pinnosa sah sie fragend an, doch dann ging ihr auf, was Martha meinte, und sie nickte.

Martha drehte sich schmunzelnd zu der Frau des Müllers um. «Wenn Ihr glaubt, die besten Bogenschützen und Reiter seien fort und hätten uns schutzlos zurückgelassen, dann schaut mal her.»

Die Frau des Müllers und der Töpfer feixten.

«Geht zurück!» Pinnosa zog ihr Schwert schwungvoll aus der Scheide und stieß es in die Luft. Dann ließ sie es langsam sinken und zeigte mit der Spitze auf die Mitte des Forums. «Geht zurück, hab ich gesagt.»

Die Menschen wichen zur Seite. Pinnosa steckte Daumen und Zeigefinger in den Mund und stieß einen lauten Pfiff aus. Artemis wieherte. Die Menge sah, wie sich das stattliche Pferd auf der anderen Seite des Forums aufbäumte. Pinnosa pfiff ein zweites Mal. Jetzt galoppierte die große schwarze Stute über den freien Platz zu ihrer Herrin.

«Es stimmt, dass es in Britannien nicht genug Krieger gibt, um die Hiberner und Pikten zum Teufel zu jagen!», schrie Pinnosa, als Artemis unmittelbar vor der Estrade stehen blieb. «Es gibt nicht genug Männer, die *das* hier können!» Sie steckte das Schwert in die Scheide und sprang auf Artemis' Rücken. Die Menge applaudierte verhalten. «Und es gibt auch nicht genug Männer, die *dies* können!» Sie zog einen Pfeil aus dem Köcher und spannte ihn in den Bogen. Gleich darauf riss sie die Zügel herum, trieb Artemis an und galoppierte über den Platz. In der Mitte des Forums nahm sie ihr Ziel ins Visier und schoss den Pfeil ab. Wie beabsichtigt, durchdrang er eine Lederflasche, die über den Köpfen der Menschen an der Fassade eines Geschäftes hing. Das Wasser spritzte heraus. Die Menge jubelte und rief entzückt ihren Namen. «Und wo sind die Männer, die *das* hier können?» Pinnosa schoss im Galopp einen zweiten Pfeil ab. Er traf die kreisende Flasche mit voller Wucht, sodass der Riemen abriss und die Flasche mit einem lauten Knall zu Boden fiel.

Nach dieser Vorstellung ritt Pinnosa zurück zu ihren

Freundinnen, stellte sich auf den Rücken der Stute und sprang auf die Estrade.

«Wir wissen alle, was Ihr könnt, Pinnosa!», rief die Frau des Müllers, nachdem der Applaus der Zuschauer verebbt war. «Aber Ihr seid etwas Besonderes. Ihr seid auf einem Pferd aufgewachsen!» Sie wandte sich an die Menge. «Es gibt nicht viele Frauen, die wie Pinnosa kämpfen können. Wir brauchen dringend mehr Männer, die uns beschützen.»

«Recht hat sie!», schrie der Töpfer. «Wir sind den Eindringlingen schutzlos ausgeliefert!»

«Das ist *falsch*!», schrie Pinnosa. «Es gibt viele Frauen, die es gegen die Eindringlinge aufnehmen können.»

«Welche Frauen denn, hä?», keifte die Frau des Müllers.

«Jägerinnen.»

«Ja! Allein in Corinium und Glevum gibt es Hunderte von Jägerinnen!», schrie Brittola und stellte sich an Pinnosas Seite. «Sie könnten ein Feldheer bilden und an den Grenzen patrouillieren!»

«Was?», rief König Deonotus.

«Brittola und Pinnosa haben Recht.» Ursula trat vor. «Ihr habt gesehen, was Frauen vollbringen können. Wenn es nicht genug kampftaugliche Männer in der Provinz gibt, die uns gegen Invasoren verteidigen ...» – sie schaute ihrem Vater in die Augen – «müssen die Frauen ausgebildet werden, damit sie diese Arbeit übernehmen können.»

Dann wandte Ursula sich an die Menge. «Wir rufen alle Jägerinnen im Westen der Provinz auf, sich zur Bildung eines einstweiligen Feldheeres zu versammeln!»

«Ein Heer aus Frauen?», riefen der Töpfer und die Frau

des Müllers skeptisch. Ungläubiges Staunen erfasste auch alle anderen im Forum Versammelten.

Pinnosa öffnete den Mund, um etwas darauf zu erwidern, doch Ursula bedeutete ihr zu schweigen, bis sich die Idee in den Köpfen der Menschen festgesetzt hatte. Nachdem ein wenig Ruhe eingekehrt war, gab sie ihren Freundinnen ein Zeichen.

Sie traten an den Rand der Estrade und stellten sich in einer Reihe auf. Ursula legte eine Hand auf ihr Schwert. Dies war eines von vielen stummen Signalen, die sie während ihres Abenteuers einstudiert hatten. Alle zogen gleichzeitig ihre Schwerter und richteten sie auf die Erde. Anschließend stießen sie sie mit der Spitze in die Luft.

Nur Ursulas Schwert blieb auf die Erde gerichtet. Mit gesenktem Blick wartete sie, bis die Verwunderungsrufe der Menge verstummt waren, dann hob sie den Kopf und verkündete kühn: «Aus Liebe zu unserem Land, aus Liebe zu unserem Volk und unserer Heimat! Zur Verteidigung der Provinz und zum Ruhme Gottes!» Jetzt hob auch sie ihr Schwert. Die sechs Klingen funkelten in der Sommersonne wie ein metallener Lichtstrahl.

«Britanniens Frauen werden kämpfen!»

III

«Ich weiß, dass sie erst vor einer Woche aufgebrochen sind, Vater, aber hat es seitdem irgendwelche Neuigkeiten gegeben?», fragte Ursula den König. *Bitte, sag mir etwas über Constans – bitte,* dachte sie, als ihr Vater endlich seinen Platz an der Festtafel einnahm.

«Wir wissen nur, dass der Marsch von Constans' Vorhut und Konstantins Truppe zur Küste ohne Zwischenfälle verlaufen ist», erwiderte der König. «Heute Morgen erstattete ein Kurier aus Rutupiae Bericht, Konstantins Streitkraft habe einen wunderschönen Anblick geboten. Über hundert Galeeren seien bei ruhiger See auf die Nordküste Galliens zugesteuert. Von der anderen Seite des Kanals haben wir noch keine Kunde erhalten.» Er hob seinen Becher. «Auf den Erfolg von Konstantins Feldzug. Mögen sie alle unversehrt heimkehren … und bald.»

«Mögen sie alle unversehrt heimkehren!», riefen die Frauen im Chor.

An dem Fest nahmen drei Kinder teil: Marthas zehnjähriger Bruder Uricalus, Cordulas ebenfalls zehnjährige Schwester Docilina und Saulas sechsjährige Schwester Trifosa.

«Warum sind all die Männer fortgegangen, Eure Majestät?», fragte Docilina.

«Um gegen die germanischen Stämme zu kämpfen, du Dummkopf», sagte Uricalus und stupste seiner Schulkameradin in die Rippen. «Wo wird die erste große Schlacht geschlagen, Eure Majestät? In Treveris? Oder in Mogontiacum?»

«Ah, die Kampfeslust eines Jungen! Was wären wir ohne sie?» Der König lächelte. «Du hast Recht. In gewisser Weise sind sie in die Schlacht gezogen, um gegen die germanischen Stämme zu kämpfen, aber ganz so einfach ist es nicht. Ich will versuchen, es dir zu erklären.»

Er räumte den Tisch frei und legte drei Messer der Länge nach nebeneinander. Auf die eine Seite der Scheidelinie stellte er eine Schale mit Früchten. Auf die andere schüttete er ein paar Wachtelknochen, die von der Vorspeise übrig geblieben waren.

«Denk an das Anwesen deiner Familie und an die Wildnis ringsumher. Ihr habt wunderschöne Gärten: Blumengärten, Küchengärten und sogar Terrassengärten. Alles ist gepflegt, und die Nachbarn beneiden euch darum. Außer den Gärten besitzt ihr Felder, Weideland fürs Vieh, einen Hof für die Hühner und Gänse und den Stall für die Pferde. Mit anderen Worten: Dich umgeben aller Reichtum und alle Freuden, die unsere Mutter Rom zu bieten hat. Kannst du mir folgen?» Der Junge nickte. «Und außerhalb eures Anwesens leben in der Wildnis des Waldes die ungezähmten Tiere. Welche sind das?»

«Bären!», rief Uricalus. «Große Bären und Wölfe.»

«Und Füchse!», rief Docilina.

«Und Gespenster!», kreischte Trifosa. «Drachen und riesige Schlangen!»

«Lassen wir die Gespenster einmal beiseite», sagte der König lächelnd. «Denken wir an die Füchse und Wölfe. Was wollen sie auf eurem Land? Was wollen sie euch wegnehmen?»

«Lämmer!», schrie Uricalus aufgeregt. Cordula, die neben den Kindern saß, ermahnte ihn. Auf ihren Wunsch hin durften die Kinder das Fest besuchen, und sie hatte versprochen, auf ihr gutes Benehmen Acht zu geben.

«Und Kälber und Fohlen», sagte Docilina.

«Und kleine Vögel», fügte Trifosa hinzu. «Und … und sogar große Vögel.»

«Richtig. Die Füchse und Wölfe wollen sich auf euer Anwesen schleichen und schmackhafte Happen stehlen. Und so ist es auch mit Rom. Die römischen Provinzen sind gewissermaßen herrschaftliche Anwesen, und die großen Städte wie Corinium sind die Villen. Die Kreaturen aus der Wildnis sind die barbarischen Stämme jenseits unserer Grenzen.» Der König ließ seinen Blick in die Ferne schweifen. «Sie können sehr gefährlich sein. Beständig lauern sie auf eine Gelegenheit, durch eine Lücke in unserer Verteidigung zu huschen und Beute zu machen. Hier in Britannien sind die Hiberner und die Pikten die Kreaturen aus der Wildnis. In Germanien und Gallien sind es die germanischen Stämme. In Italien und anderswo sind es die Goten ...»

«Die *Goten*!», wiederholte Uricalus albern. Er schnitt eine Grimasse und grinste Docilina böse an. Die Kleine runzelte die Stirn, als wollte sie sagen: «Sei nicht so kindisch!», und kehrte ihm demonstrativ den Rücken zu.

Der König fuhr fort: «Seit einigen Jahren haben wir mit einem großen Problem zu kämpfen: Unsere Grenztruppen werden anderswo gebraucht. Darum gibt es nicht genug Patrouillen an den Grenzen, und die Verteidigung unserer Provinz ist geschwächt. Seitdem ist die Anzahl der Plünderer erheblich gestiegen. Sie versuchen alle gleichzeitig an verschiedenen Stellen in römisches Territorium einzudringen, von Gallien im Westen bis Thrakien im Osten. Dadurch werden unsere bereits geschwächten Verteidigungskräfte weiter geschwächt.»

«Konstantin ist also losgezogen, um sie alle über die Klinge springen zu lassen!», rief Uricalus, der einen Schwertkämpfer nachahmte. «Da, du widerlicher Gote! Da, du gemeiner Germane! Und da und da!»

«Uricalus!», schimpfte Cordula. «Sei still. Dein König spricht. Verzeiht, Eure Majestät!»

«Ich wünschte, es wäre so einfach, Uricalus. Die Plünderer sind keine bloßen Plünderer mehr. Sie begnügen sich nicht damit, sich heimlich in unser Land zu stehlen und sich danach wieder mit ihrer reichen Beute in die Wälder zurückzuziehen wie ein einsamer Fuchs oder ein Wolfsrudel. Sie kommen in großen Horden mit Männern, Frauen, Kindern und Großeltern auf Wagen und Karren. Sogar ihr Vieh bringen sie mit. Ganze Stämme wandern umher. Sie dringen in römisches Territorium ein und wollen sich dort niederlassen. Sie wollen unser Heimatland zu ihrem Heimatland machen.»

«Warum wollen sie uns unsere Heimat wegnehmen?», fragte Docilina. «Weil sie so schön ist?»

«Das ist sicherlich einer der Gründe. In erster Linie geht es ihnen aber um die Sicherheit. Sie wollen im Römischen Reich leben, weil sie sich hier geschützt fühlen. Jenseits der Grenzen leben Stämme, die noch barbarischer sind als sie und die ihnen Angst einflößen – die neuen Ungeheuer aus der Wildnis.»

«Was sind das für Ungeheuer?», fragte Trifosa mit bebender Stimme.

«Nun, niemand weiß es ganz genau. Allerdings wird immer wieder derselbe Name genannt, besonders in den Berichten aus dem Osten. Es soll ein kriegerischer, gottloser Stamm mit großen Köpfen und langen, abscheulichen Gesichtern sein.» Der König beugte sich vor und riss die Augen auf, um dem Gesagten Nachdruck zu verleihen. *«Die Hunnen!»*

Trifosa brach in Tränen aus und begann zu wimmern.

«Es ist genug, Vater!», rief Ursula. Der Name löste auch bei ihr Ängste aus, die ihr fast den Atem nahmen.

«Die *Hunnen!*» Uricalus schnitt wieder eine Grimasse und schielte zu Docilina hinüber.

Die versetzte ihm einen kräftigen Schlag auf den Arm. Uricalus schlug zurück. «Aua!», schrie die Kleine und riss an seinen Haaren. Sekunden später prügelten sich die Streithähne auf dem Boden weiter, bis Cordula und Martha aufsprangen und sie trennten.

«Ein aufgeweckter Bursche», sagte der König anerkennend. «Aus ihm wird einmal ein guter Krieger werden.»

«Aus ihr auch», entgegnete Pinnosa. «Und wie entwickeln sich Eures Erachtens die Dinge auf dem Kontinent, Majestät?»

Der König trank nachdenklich einen Schluck Wein und setzte sich kerzengerade hin. Er schien vor Pinnosa auf der Hut zu sein. «Es wird nicht einfach für Constans werden, genügend Krieger in Germanien und Gallien auszuheben. Der kaiserliche Hof hat Treveris verlassen und dürfte mittlerweile in Arelate im Süden eingetroffen sein. Sie mussten übereilt aufbrechen und haben sich vermutlich von allen einsatzfähigen Einheiten der Reiter- und Fußtruppen aus Germanien und Nordgallien eskortieren lassen. Constans wird nichts anderes übrig bleiben, als die Wachmannschaften der kleineren Städte einzuziehen und die Ruheständler von ihren Besitzungen zu locken. Es müsste ihm gelingen, seinen Vater mit einer einigermaßen stattlichen Streitkraft zu empfangen, wenn sie sich in etwa zehn Tagen in Treveris treffen.»

«Und was ist mit Colonia und Mogontiacum?», fragte Pinnosa. «In beiden Städten gibt es große Garnisonen. Warum haben sie es nicht geschafft, die Grenzen zu sichern und die Invasoren zurückzudrängen?»

«Wie Ihr wisst, wurden die Garnisonen beider Städte stark dezimiert, als sie Stilicho in Italien und in den benachbarten Provinzen gegen die Goten unterstützt haben. Wir erhielten kurz nach der großen Winterinvasion Kunde, dass Mogontiacum zum Beispiel nur noch über eine halbe Legion mit nicht mehr als zehn Zenturien verfügt. Als ich vor zwölf Jahren zuletzt dort war, gab es noch über hundert Zenturien und drei Legionen. Über wie viele Krieger Colonia verfügt, wissen wir nicht. Allerdings haben wir erfahren, dass die Stadt eine beträchtliche Streitkraft schickt, die sich in Treveris mit Konstantin treffen wird. Dazu gehören Reiterschwadronen, die er dringend braucht, wenn er die Stämme in Schach halten will. Sie haben die Grenzen schon durchbrochen und verwüsten Germanien und Gallien.»

«Wann kommt mein Papa wieder?», fragte Trifosa, die dem Gespräch der Erwachsenen aufmerksam lauschte.

«Wir hoffen, bevor der Winter Einzug hält», sagte der König freundlich. «Es könnte aber auch länger dauern, als es ihnen – und uns – gefällt, bis sie ihr Werk vollbracht haben. Vielleicht kann dein Vater erst im nächsten Jahr zurückkehren.»

«Im nächsten Jahr?», rief Trifosa und fing wieder an zu weinen.

«Warum erst im nächsten Jahr?», fragte Cordula.

«Wenn unsere Krieger die Grenze zu Germanien gesichert haben, werden sie möglicherweise in den Süden Galliens marschieren müssen. Erstens könnte es sein, dass sie einige der germanischen Stämme über die Berge nach Hispanien begleiten müssen, wo es mehr Land gibt, auf dem sie sich niederlassen können. Und zweitens ...» Der

König warf seiner Tochter einen aufmunternden Blick zu. Er wusste, wie traurig seine Worte sie stimmten. «Zweitens besteht die Möglichkeit, dass sie nach Italien ziehen müssen, um Kaiser Honorius im Kampf gegen die Goten zu unterstützen.»

«Nach Italien?», knurrte Pinnosa. «Hat Stilicho nicht genügend Krieger?»

Ursula schwieg.

«Ich habe Stilicho vor vielen Jahren in Rom getroffen», sagte der König nachdenklich. «Er ist zweifellos Honorius' einzige Hoffnung im Kampf gegen die Goten. Doch er hatte etwas an sich, was mein Misstrauen weckte. Er ist sehr ehrgeizig …» Der König schüttelte den Kopf und befahl den Dienern, die leeren Platten aufzufüllen. «Pah! Es ist nicht der richtige Zeitpunkt und der richtige Ort, um über diese Dinge zu sprechen. Nur so viel sei gesagt: Es gibt viele Gründe, warum Konstantin und seine Krieger gezwungen sein könnten, die Alpen zu überqueren.»

«Aber Eure Majestät …», begann Cordula.

Der König hob die Hand. «Wir haben lange genug über das gesprochen, was geschehen *könnte*. Genaues wissen wir nicht. Also müssen wir geduldig auf die nächsten Berichte warten. Und jetzt möchte ich von unseren Heldinnen erfahren, was bereits geschehen *ist*. Wir sind alle gespannt auf Eure Abenteuer, nicht wahr?» Die Kinder nickten eifrig. «Und was hat es mit diesem Frauenheer auf sich, über das Ihr gesprochen habt? Wann wollt Ihr den Plan in die Tat umsetzen?»

«Wir fangen morgen an», sagte Pinnosa mit leuchtenden Augen. «Wir schicken einen Aufruf an alle kampftauglichen Frauen im Westen unserer Provinz.»

«An alle kampftauglichen, *christlichen* Frauen», fügte Brittola hinzu.

Pinnosa fuhr lächelnd fort: «Alle kampftauglichen, christlichen Frauen werden aufgefordert, sich bei uns zu melden. Wir bilden ein Feldheer mit einer Reiterei, die während der gefährlichen Sommermonate an den Küsten und am Grenzwall patrouilliert. Die Frauen werden im Grenzland hinter Magnis ausgebildet. Dann, ungefähr zur Erntezeit, beginnt unser Feldzug zum Grenzwall und nach Eburacum. Anschließend schlagen wir einen Bogen und kehren vor Ende Oktober wieder heim.»

«Wie gesagt, wir wollen die ersten Boten morgen losschicken, Vater», fügte Ursula zögernd hinzu.

Die anderen wunderten sich über ihren demütigen Ton.

«Wir haben dich noch nicht gefragt, Vater, aber könnten wir wohl … hm … dein Siegel benutzen?»

«Morgen hast du gesagt?»

«Ja, Vater.»

«Ich wünschte, Rabacie könnte deine Begeisterung sehen, mein Kind. Das hast du von ihr.» Er schaute auf die Wandteppiche mit den Jagdmotiven und kratzte sich am Kinn. «Morgen wollte ich eigentlich mit meiner gesamten Leibgarde auf die Jagd gehen.» Brittola sah enttäuscht in die Runde, doch dann fuhr König Deonotus fort: «Also liegt mein Siegel vom Morgengrauen bis zur Dämmerung unbeaufsichtigt auf meinem Schreibtisch.»

«O Vater!» Ursula ging um den Tisch herum und umarmte ihn. «Danke.»

«Danke, Eure Majestät.» Pinnosa küsste die Hand des Königs.

Die anderen bedankten sich ebenfalls und verneigten sich vor ihm.

Der König befreite sich aus der Umarmung seiner Tochter und leerte seinen Becher. Ein Diener goss sofort Wein nach. «In diesen schweren Zeiten scheint es angebracht zu sein, dass unsere Frauen die Arbeit der Männer machen. Und Ihr seid fähige Kämpferinnen. Jede von Euch ist mehr wert als zehn der alten Männer, die sich derzeit bemühen, unsere umkämpfte Provinz zu beschützen. Ich spüre, dass sich der Wind dreht. Wir müssen uns beugen, wenn wir überleben wollen.» Der König stand auf und hob seinen Becher. «Ich trinke auf dich, meine Tochter, und deine getreuen Freundinnen und auf alle anderen mutigen Frauen Britanniens, die uns helfen werden, die Zukunft unserer Provinz zu sichern, solange die Männer fort sind.»

Er stieß mit Ursula an und sprach den Trinkspruch. «Auf die Zukunft. Und auf all das, was die Zukunft uns bringen wird.»

Sie hoben alle ihre Becher und riefen: *«Auf die Zukunft!»*

IV

«Herrin, wacht auf. Wacht auf!» Oleander rüttelte Ursula an den Schultern. Die alte Dienerin war sichtlich erregt. «Verzeiht die frühe Störung nach dem langen Fest. Der Morgen dämmert kaum, aber Ihr werdet gebraucht. Pinnosa erwartet Euch mit Cordula und Brittola, nach Martha und Saula wird soeben geschickt. Die Straße ist voller Menschen!»

Ursula hörte den Lärm, kleidete sich rasch an und lief ans Fenster. Oleander hatte Recht: Auf der Straße drängten sich Frauen, so weit das Auge reichte.

Die Prinzessin kam gleichzeitig mit Martha und Saula auf dem Hof des Palastes an. Pinnosa hatte bereits alles vorbereitet. Die Frauen betraten den Palast einzeln und wurden von Dienern an einen langen Tisch geführt, wo man sie befragte. Am einen Ende des Tisches saßen Pinnosa, Cordula und Brittola, jede mit einem Schreiber an ihrer Seite. Am anderen Ende befanden sich drei freie Plätze mit jeweils einem Hocker für die Schreiber.

«Da seid ihr ja!», rief Pinnosa über die Schulter. «Steht nicht rum und gähnt. Kommt her und helft uns. Wir haben schon vor der Morgendämmerung begonnen, und es kommen immer mehr. Ist es nicht unglaublich? Die Neuigkeit muss sich wie ein Lauffeuer verbreitet haben.»

«Was sollen wir tun?», fragte Martha.

«Nehmt ihren Namen und ihren Wohnort auf», erwiderte Pinnosa.

«Und ob sie verheiratet sind und Kinder haben», fügte Cordula hinzu.

«Und vergesst nicht, sie zu fragen, ob sie praktizierende Christen sind», warf Brittola ein. «Das ist wichtig.»

«Zum Schluss erkundigt ihr euch, warum sie uns helfen wollen», erklärte Pinnosa. «Bildet euch über jede Bewerberin eine Meinung, verratet sie ihr aber nicht. Ihr könnt euch nach dem Gespräch diskret eine Notiz machen. Die Listen stellen wir später zusammen. Los geht's.»

V«Guten Morgen, Eure Majestät», sagte Martha mit verstellter Stimme und schlurfte wie ein Marktweib auf Ursula zu. «Ich möchte bitte ins Heer eintreten.»

Die anderen fingen an zu lachen. Es war ein langer Tag gewesen. Erst am späten Nachmittag waren sie mit der Befragung aller Bewerberinnen fertig, und noch vor dem Abendläuten hatten sie zehn Kuriere mit dem offiziellen Aufruf des Königs in die Lande geschickt. Von den dreihundert befragten Frauen wurden lediglich siebzig als geeignete Kandidatinnen eingestuft. Und von diesen siebzig erschienen ihnen gerade mal eine Hand voll als wirklich kampftauglich. Nach getaner Arbeit zog sich Ursula mit ihren Gefährtinnen in ihr Gemach zurück. Sie stärkten sich und sprachen über die Ereignisse des Tages.

«Was is los?», setzte Martha ihren Auftritt fort. «Ob ich in andren Umständen bin? Ne, natürlich nich!» Dann tat sie verwirrt. «Ach so, was ham wir denn gerade für ne Jahreszeit?» Sie kratzte sich am Kopf und streckte ihren Bauch vor. «Oje, könnte vielleicht doch sein ...»

Die anderen schrien vor Lachen, und so ging es weiter. Sie ließen ihre Erlebnisse Revue passieren und amüsierten sich köstlich.

«Und die mit den Schweinen!», kreischte Saula. «‹Ich nehme meine Schweine mit! Wenn ich sie nicht mitnehmen kann, komme ich auch nicht mit!›»

«Ich hatte eine ...» – Cordula lachte so laut, dass sie kaum noch Luft bekam – «die nur dabei ist, wenn sie ihren Gatten mitnehmen kann.»

«Und ich hatte eine ...», sagte Saula, «die nur mitkommen will, wenn wir ihr versprechen, dass sie ihren Gatten zu Hause lassen kann. Haha!»

«Von der Sorte gab es mehrere», sagte Pinnosa. «Großer Gott im Himmel! Was für Frauen sich bei uns beworben haben! Es ist unfassbar! Diese alten Weiber. Stellt euch vor, die Älteste war dreiundsechzig! Und diese jungen Küken! Erinnert ihr euch an das Mädchen, das angeblich siebzehn war? Mensch, die war doch höchstens zwölf!»

«Und dann diese dicken Weiber! Habt ihr die Töchter vom Müller gesehen?», fragte Saula kichernd.

Martha zog Saula und Cordula von ihren Stühlen, und dann spielten sie die Szene nach, wie die stämmigen Töchter des Müllers sich durch die Seitentür des Palasttores quetschten und zum Befragungstisch watschelten. Nachdem alle drei auf einer Bank Platz genommen hatten, rutschte eine hinten herunter. Sie setzte sich wieder hin und machte es sich bequem, woraufhin ihre Schwester am anderen Ende von der Bank rutschte. Für die sechs Gefährtinnen hatte es eine wahre Herausforderung bedeutet, während der Befragung nicht in lautes Gelächter auszubrechen. Umso ungenierter prusteten sie nun los. Brittola wälzte sich sogar vor Vergnügen auf dem Boden.

Auch Saula hatte alle Mühe, wieder ernst zu werden. «Ah, das hätte ich fast vergessen», sagte sie, als sie sich endlich beruhigt hatte. «Zu mir kam eine Frau, die unbedingt Imker jagen wollte. Sie wollte einzig und allein in unser Heer eintreten, um Britannien von den Imkern zu befreien. ‹Das ist der Grund allen Übels, wisst Ihr das? Sie sind des Teufels!›»

«Apropos Teufel», sagte Martha nachdenklich. «Habt

ihr die seltsame Frau gesehen, die gegen Ende kam? Die mit dem bösen Blick?»

«Ja», hauchte Brittola ängstlich. «Wer war das?»

«Als Name gab sie Rune an, und Folgendes hat sie mir erzählt.» Marthas Stimme nahm einen drohenden Ton an: «‹Ich würde gerne in Euer Heer eintreten. Mir ist das Schwert nicht unbekannt, das beweisen meine Narben. Seht her! Es gibt Leute, die würden sich für mein Geschick verbürgen, aber das können sie nicht mehr, weil sie schon mit mir aneinander geraten sind. Und wenn ich mit jemandem aneinander gerate …»

«Hört sich an, als hätte sie ein hartes, trauriges Schicksal», unterbrach Ursula Martha, denn sie hatte bemerkt, dass Brittola es mit der Angst zu tun bekam. «Bei mir war eine Frau, die mich wirklich gerührt hat.»

«Welche denn?», fragte Pinnosa interessiert.

«Sie war um die vierzig, würde ich sagen, und wollte in unser Heer eintreten, weil sie hoffte, ihren Gatten auf diese Weise wiederzusehen. Als ich sie fragte, wie sie das meine, sagte sie, er sei tot und erwarte sie im Himmel. Er starb beim letzten Feldzug auf dem Kontinent. Ihre beiden Söhne begleiteten den Vater und gelten seither als vermisst. Sie hat nie eine Nachricht erhalten, ob sie ebenfalls in der Schlacht gefallen sind. Auf jeden Fall sind sie nicht heimgekehrt. Das ist über fünf Jahre her. Auch ihren Vater hat sie sehr früh verloren, und da sie ein Einzelkind war, blieb ihr nur noch die Mutter. Und die starb an derselben Seuche, der auch unsere Mütter zum Opfer fielen.» Sie spähte zu Brittola und Saula hinüber. «Das war vor drei Jahren. Seitdem lebt sie allein. Sie ist schrecklich einsam und hofft noch immer verzweifelt auf die Rückkehr ihrer Söhne. Sie würde sich lieber umbringen, als diese Qual noch länger zu ertragen. Als sie die Nachbarn gestern über unseren Aufruf sprechen hörte, erwachte sie aus ihrem Albtraum. Zum ersten Mal seit Jahren spürte sie, dass es etwas gab, was ihrem Leben wieder Sinn verleihen könnte. Angst vor dem Tod hat sie nicht. ‹Umso besser, wenn ich auf dem Schlachtfeld sterbe›, sagte sie. ‹Genauso ist mein Gatte gestorben, und ich werde es nicht besser machen als er.›»

«Wird sie in unser Heer eintreten?», fragte Brittola.

«Sie könnte in der Feldzeugtruppe arbeiten. Für den Kampf ist sie zu alt. Außerdem ist sie nicht stark und schnell genug. Ihr Körper wirkte so erschöpft wie ihr Geist … Ihr seht übrigens auch erschöpft aus, meine Lieben!»

«Wir sollten schlafen gehen», meinte Pinnosa gähnend. «Wir müssen uns ausruhen. Morgen wird wieder ein harter Tag.»

Kurz darauf verabschiedeten sich alle. Pinnosa drehte sich an der Tür noch einmal zu Ursula um. «Ich erwarte dich im Morgengrauen auf dem Hof. Kommst du?»

«Du mich erwarten? Nein, ich werde dich wecken», entgegnete Ursula neckisch.

Als Ursula die Schritte der Freundinnen nicht mehr hörte, erlosch ihr Lächeln und machte einem grimmigen Ausdruck Platz. Plötzlich sah sie um Jahre gealtert aus. Die Prinzessin stand langsam auf und ging zu einem Tisch am anderen Ende des Gemachs, hob einen Leuchter hoch und schaute in den polierten Bronzespiegel an der Wand.

«Ich bin hier, Constans. Ich bin hier, mein Geliebter, wo immer du auch sein magst.» Ursula starrte in die gelbe, knisternde Flamme und hoffte auf eine Eingebung. «Wo bist du? Was tust du? Welchen Gefahren bist du ausgesetzt?» Sie schloss die Augen. «Denkst du an mich? Ich bin hier. Ich bin hier. Kannst du mich hören?» Jede Faser ihres Körpers sehnte sich nach einer Antwort, doch sie spürte nur eine kalte Leere. «O Gott. Bitte lass ihn nicht sterben. Bitte lass mich nicht das Leben dieser Frau führen, das einst so erfüllt war und nun so leer ist. Lieber Gott, bringe ihn in deiner Güte unversehrt heim zu mir. Ich gebe dir mein Leben und meine Seele. Hab die Gnade, ihn am Leben zu lassen und uns wieder zusammenzuführen. Bitte, Gott, bring ihn heim!»

Als Ursula ein leises Hüsteln vernahm, öffnete sie die Augen.

«Ist alles in Ordnung, Herrin?», fragte Oleander ängstlich.

«Ja.»

«Der Schmied ist hier. Er wartet draußen.»

«Bring den armen Mann herein. Lass ihn nicht warten.»

Oleander führte einen kahlköpfigen, untersetzten alten Mann herein. Er trug eine lederne Arbeitsschürze, die ihm bis zu den Knien reichte. Seine Hände waren schwarz und von unzähligen Narben übersät. Zwei Fingerkuppen fehlten. Er war der Meister des Schmuck- und Metallhandwerks von Corinium. Seit fünf Generationen fertigte seine Familie den königlichen Schmuck und den metallenen Hausrat an. Er roch nach dem Feuer und den Fetten seiner Werkstatt.

«Eure Hoheit», brummte er. «Wie kann ich Euch zu Diensten sein?»

«Hat Oleander Euch erklärt, was ich brauche?»

«Ja, Hoheit. Ein Metall, das aussieht wie Gold und so hart ist wie Eisen. Hier, Eure Hoheit ...» Er wühlte in der Tasche seiner Schürze und zog eine kleine Schmuckdose hervor.

Ursula hielt das Döschen ins Licht und betrachtete es aufmerksam in dem gelben Schimmer der Kerze.

«Es hat ungefähr die richtige Farbe, und es ist schwer. Aber ist es auch hart genug?»

«Ja, Hoheit. Es ist die härteste Metalllegierung, die ich habe und die man auf den ersten Blick mit Gold verwechseln könnte.»

Der Meister legte die Dose in die Mitte des Tisches, dann zog er einen Hammer aus seinem Gürtel und schlug damit auf die Schmuckdose. Ursula begutachtete sie noch einmal. Außer einer kleinen Delle hatte sie keinen Schaden davongetragen.

«Ausgezeichnet. Könnt Ihr daraus eine dünne Klinge fertigen. Eine rasiermesserscharfe, dünne Klinge?»

«Es ist das Gold des armen Mannes, Hoheit», entgegnete der zahnlose alte Mann mit einem Lächeln. «Daraus kann ich alles fertigen, was Euch beliebt.»

«Schön. So soll es aussehen.» Ursula zog ein Pergament mit einer Zeichnung aus einer Lade unter dem Tisch und reichte es dem Meister.

VI

Der mit dem königlichen Siegel versehene Aufruf im Westen der Provinz wurde ein großer Erfolg: Innerhalb einer Woche konnten über tausend Freiwillige angeworben werden. Die Kuriere waren kaum aufgebrochen, da strömten kampftaugliche, unverheiratete Frauen, die sich zum christlichen Glauben bekannten, aus den umliegenden Dörfern herbei. Die meisten kamen zu zweit oder in kleinen Gruppen. Viele waren zu Fuß, doch etliche verfügten auch über kräftige Pferde.

Am Morgen des sechsten Tages erklangen im Südosten schrille Trompetensignale. Ursula, Pinnosa und die anderen liefen zur Brustwehr, wo sich ihnen ein wunderschöner Anblick bot. Eine Kohorte aus über vierhundert gerüsteten Frauen marschierte auf den Palast zu. Cordula erkannte die Standarten als Erste. Es handelte sich um einen Zusammenschluss von Frauen aus Calleva Atrebatum und Venta Belgarum.

Kaum waren sie in die Stadt geströmt, erklangen erneut Trompeten, diesmal im Südwesten. Die Gefährtinnen liefen wieder zur Brustwehr und sahen hundertsechzig bewaffnete und gerüstete Frauen mit der Standarte von Lindinis auf Corinium zureiten.

Am nächsten Tag mussten die Kuriere im ganzen Land verkünden, dass keine Freiwilligen mehr gebraucht wurden. Ursula und ihre Freundinnen hatten siebenhundertdreißig Kriegerinnen und zusätzlich über dreihundert Reiterinnen angeworben. Hinzu kamen zweihundert Frauen, die in Hilfstruppen, und siebzig Frauen, die in der Feldzeugtruppe dienen konnten. Die insgesamt dreizehnhundert Frauen nahmen einen ganzen Flügel der West-Kasernen Coriniums in Beschlag.

Von nun an standen die sechs Gefährtinnen mit den Sklaven vor der Morgendämmerung auf und verbrachten den ganzen Tag auf dem Kasernengelände. An den

Vormittagen wurden die Frauen ihren Einheiten zugeteilt und Befehlshaberinnen sowie Offiziere ernannt. Nachmittags wurden die Kriegerinnen auf dem Kasernenhof gedrillt.

Pinnosa übernahm die Ausbildung in der Kampfführung, der Schlachtaufstellung und der Truppenbewegung. Viel Zeit widmete sie der Reiterei. Die Erprobung im Feld überließ sie jedoch Martha – und Baetica aus Lindinis, die in der Tat eine außergewöhnlich gute Reiterin war. Saula brachte den Kriegerinnen die Selbstverteidigung mit Schild, Schwert und Speer bei und weihte sie in die Bedeutung der akustischen und optischen Signale ein. Brittola erklärte den Rekrutinnen, was in ihr Marschgepäck gehörte, und unternahm mit ihnen Gewaltmärsche durch das Umland. Cordula bildete die Kuriere und die Feldzeugtruppe aus.

Ursula arbeitete größtenteils mit den Offizieren zusammen. Gemeinsam entwickelten sie ein System für die Weitergabe der Befehle und Meldungen, einigten sich auf disziplinarische Verfahren und – am wichtigsten – auf Verhaltensregeln sowohl für den Kampf als auch für den Umgang miteinander.

Kurz vor der Abenddämmerung mussten die Kriegerinnen jeden Tag auf dem Paradeplatz zum Appell antreten. Pinnosa überprüfte Rüstungen, Waffen und Ausrüstung, Ursula überwachte das Verhalten und die Moral der Truppe. Anschließend entwickelten die Befehlshaberinnen, zu denen Ursula, ihre Freundinnen und einige andere Kriegerinnen gehörten, gemeinsam mit dem König Kampfstrategien. Die Besprechungen zogen sich oft bis in die Nacht hinein.

Als der Hochsommer nahte, waren die Vorbereitungen für einen Feldzug des Frauenheeres abgeschlossen. Die Grundausbildung der Kriegerinnen war beendet, und dank der hart arbeitenden Handwerker von Corinium waren alle Kriegerinnen gerüstet und bewaffnet. Zur Sommersonnenwende wurden die Kuriere – die einzigen Männer, die an den Operationen beteiligt waren – in wichtige Städte wie Viroconium, Luguvallium und Eburacum geschickt, um den nahenden Feldzug der Kriegerinnen zu verkünden und das Volk aufzufordern, mit den Vorbereitungen zu beginnen. Kurz darauf brachen Voraustrupps der Feldzeugtruppe in Begleitung von Garden auf.

VII

Es war ein klarer Sommermorgen. Eine leichte Brise wehte aus Westen, und kaum eine Wolke trübte den Himmel. Eine laute Trompetenfanfare hallte von den Zinnen der Stadtmauern, als das Nordtor von Corinium langsam geöffnet wurde. Das Feldheer der Kriegerinnen hatte bereits auf einem großen Feld neben der Glevum-Straße Aufstellung genommen. Es waren zehn Divisionen mit jeweils siebzig Fußsoldatinnen und dreißig Reiterinnen. Die Umhänge und Federbüsche der Fußtruppen waren kobaltblau. Die Reiterei trug ebenfalls kobaltblaue Umhänge und Federbüsche, doch ihre waren – wie die Decken ihrer Pferde – mit einem weißen Rand versehen. Die Menschen, die der Vorhut voraus durchs Stadttor strömten, blieben stehen und bestaunten die disziplinierte Aufstellung des Frauenheeres.

Jetzt begann die feierliche Parade. Allen voran marschierten Trompeter und Trommler mit schrillen Fanfaren und lautem Trommelwirbel durchs Stadttor. Es folgten die Trägerinnen der Standarten mit den neuen Insignien: drei weiße Lilien auf kobaltblauem Grund, gekrönt von einem kleinen goldenen Bären. Dieses Symbol war eigens für die neue Legion entworfen worden. Vor dem Truppenaufmarsch hatte der König den Heerführerinnen die Standarten im Forum nach einer beeindruckenden Rede überreicht. Er hatte der Legion ebenfalls ihren offiziellen Namen verliehen: die Erste Athene.

Der Standarte der Ersten Athene folgten die Standarten von Corinium, Glevum, Calleva Atrebatum, Venta Belgarum und Lindinis. Daran schloss sich die berittene Ehrengarde der Heerführerinnen mit weißen Federbüschen an. Ihre speziell angefertigte, leichte Lederrüstung, die mit Metallstangen verstärkt und poliert worden war, glänzte wie Silber in der frühen Morgensonne. Die Elitereiterei der Vorhut folgte ihnen in funkelnden Rüstungen.

Getreu der britannischen Tradition erschienen die Heerführerinnen zuletzt. Martha, Saula, Brittola und Cordula ritten hintereinander durch das Stadttor. Sie trugen die gleichen Rüstungen wie die Vorhut, die Decken ihrer Rösser waren jedoch weiß. Hinter ihnen ritten Pinnosa und Ursula Seite an Seite. Ihre Umhänge hatten im Gegensatz zu denen der Vorhut einen weiß-goldenen Rand, und ihre Federbüsche waren ebenfalls weiß-golden. Ursulas Federbusch hatte zusätzlich den königlichen purpurroten Streifen.

Als hinter den Heerführerinnen der Legion König Deonotus mit seiner Leibgarde durch das Stadttor ritt und davor Aufstellung nahm, ertönte lauter Jubel. Der König zog sein Schwert und stieß es in die Luft. Drei kurze Trompetenstöße mahnten die erregten Schaulustigen zur Ruhe. Für die Vorhut war dies das Signal anzuhalten. Ursula und Pinnosa zogen die Zügel an und wendeten ihre Pferde, um dem König ins Gesicht zu sehen.

«Geht, Frauen der Ersten Athene!», rief König Deonotus. «Geht und fügt den Annalen Roms ein neues heldenhaftes Kapitel hinzu! Heerführerinnen! Führt die erste und zweite Kohorte der Ersten Athene unseres britannischen Heeres zur Patrouille an den Grenzen!»

Ursula und Pinnosa salutierten, und der König senkte feierlich das Haupt. Anschließend drehten sich die beiden Heerführerinnen zu ihren Truppen um, und Pinnosa erteilte den ersten Befehl.

«Frauen der Ersten Athene! *Vorwärts, marsch!*»

VIII

Das Heer verbrachte einen ganzen Monat in den Bergen an der Küste. Die Grenzpatrouillen wurden aufgenommen und die Ausbildung fortgesetzt. Dank der Unterstützung durch das Frauenheer konnten die wenigen verbliebenen Männer ein paar Galeeren aus Maridunum bemannen und in der hibernischen See ihre Macht demonstrieren. Obwohl es sich nur um fünf Galeeren handelte, war die Operation von Erfolg gekrönt. Keine einzige Horde von Plünderern wurde gesichtet.

Wie Pinnosa vorhergesagt hatte, verliebten sich die Frauen in die Wildnis des bergigen Grenzlandes. Der frische Meereswind brachte oft Gewitterstürme, auf die schönster Sonnenschein folgte. Die herrlichen Regenbogen verzauberten die Kriegerinnen regelrecht. Später sprachen sie noch oft über ihre Patrouillen in den «Regenbogenbergen».

Während ihres Aufenthaltes dort setzten die Kriegerinnen zahlreiche Außenposten sowie viele Heereslager instand. Auf Brittolas Wunsch wurden kleine, christliche Kapellen erbaut und von innen und außen weiß getüncht. Die Ausstattung bestand aus einfachen Altären und Schemeln für die Gebete.

Vor Beginn der Erntezeit kehrten die Männer von ihren Patrouillen entlang der hibernischen Küste zurück. Für die Frauen war das der Anlass, zum Grenzwall im Norden, hinter dem das Land der Pikten lag, aufzubrechen. Ursula teilte die gesamte Streitkraft in drei große Divisionen ein, die in Magnis, wo die Heerstraße nach Norden begann, wieder zusammentreffen sollten.

Fünf Tage später stand der Aufmarsch der gesamten Legion kurz bevor. Ursulas und Marthas Kontingente trafen zuerst in Magnis ein. Am nächsten Morgen marschierten Saula und Cordula mit ihren Kriegerinnen über die Rampe in die befestigte Stadt. Pinnosas und Brittolas Division wurde gegen Mittag erwartet. Kaum läuteten die Glocken, da ertönten die Trompeten, und Brittolas Standarte kam in Sicht. Pinnosas Standarte fehlte hingegen.

«Sie hat uns in der Nähe der Villa Flavius verlassen», erklärte Brittola Ursula. «Obwohl sie nicht lange fortbleiben wollte, bat sie Baetica, die Versorgung der Pferde zu übernehmen.»

Als Ursula die Besprechung mit den Befehlshaberinnen

und Offizieren beendete, in der sie alle Einzelheiten des langen Marsches nach Norden festgelegt und die nötigen Vorbereitungen getroffen hatten, neigte die Sonne sich langsam dem Horizont zu, doch Pinnosa war noch immer nicht eingetroffen.

Ursula lief zur Brustwehr und spähte auf die Luentinum-Straße. *Du weißt, dass du hier sein solltest, Pinnosa. Es wartet wichtige Arbeit auf dich.*

Als die Abendglocken läuteten, zog Ursula ihre Jagdkleider an und befahl, das Tor zu öffnen. Sie führte Lux leise über die Rampe, stieg auf und ritt in vollem Galopp davon. Nur der Dienst habende Wächter und Oleander waren eingeweiht.

Ursula fand Pinnosa im Küchengarten ihres Elternhauses. Sie saß in voller Rüstung neben dem ausgetrockneten Brunnen auf einem steinernen Stuhl. Obwohl die Nacht hereinbrach, konnte Ursula erkennen, dass das Haus gesäubert worden war, als sollte es bald an einen neuen Besitzer übergeben werden. Der einzige Hinweis auf das Drama, das sich hier im Mai abgespielt hatte, war ein riesiger Fleck auf den Steinen in der Mitte des Hofes. An dieser Stelle hatte Pinnosa dem Anführer der hibernischen Mörderbande den Bauch aufgeschlitzt.

Ursula nahm eine Fackel vom Hauseingang und ging zu Pinnosa in den Küchengarten. Das warme Licht verscheuchte die Dämonen der Nacht.

«Ich habe auf dich gewartet», murmelte Pinnosa mit einem gequälten Lächeln.

«Komm. Du hast genug Zeit mit ihnen verbracht. Die anderen brauchen dich. Lass uns aufbrechen. Wenn wir Glück haben, können wir die halbe Strecke bis Magnis reiten, danach müssen wir absteigen und zu Fuß weitergehen.»

«Wir haben uns viel vorgenommen.» Pinnosa stand zögernd auf. Ihre Augen waren vom Weinen gerötet. «Mein Vater wäre stolz auf mich gewesen.»

«Ich bin sicher, dass er über uns wacht. Wenn er sprechen könnte, würde er sagen: ‹Pinnosa, meine geliebte Tochter, lass uns nicht vergebens gelitten haben. Beweise der Welt, dass das Haus Flavius noch immer große Heere befehligen kann. Geh und kämpfe, um andere vor dem Übel, das uns heimgesucht hat, zu bewahren.›»

Pinnosa hörte ihr schweigend zu und starrte in die Ferne. «Titus und Brittola wären ein schönes Paar geworden», sagte sie nach einer Weile mit Tränen in den Augen. In diesem Moment brach sich der unterdrückte Schmerz Bahn, und ein lautes Schluchzen ließ Pinnosas Körper erbeben.

Ursula drückte die Freundin an ihre Brust und wiegte sie sanft in den Armen. Allmählich beruhigte Pinnosa sich wieder. Sie seufzte tief, befreite sich aus der Umarmung und umfasste Ursulas Hände. «Danke, dass du gekommen bist. Es tut mir Leid, wenn ich dir Kummer bereitet habe. Jetzt geht es mir wieder besser.» Sie ließ Ursulas Hände los, nahm ihren Umhang und das Schwert, das neben dem Stuhl lag, und ging auf die Tür zu. «Du hast Recht. Ich werde woanders gebraucht.»

IX

Am Ende des Monats erreichten die Kriegerinnen das Grenzland im Norden, dessen Schönheit sie tief beeindruckte. Dieser Landstrich war zwar nicht so wild und zerklüftet wie die Regenbogenberge, strahlte dafür aber Erhabenheit aus. Es gab noch einen weiteren Unterschied. Wenn man auf dem hohen Steinwall stand, der sich wie eine riesige, schlafende Schlange durchs Land zog, konnte man ins Feindesland blicken. Man sah die bewaldeten Berge und Täler, die Flüsse und Wiesen. Der Feind war zum Greifen nahe und lag nicht versteckt hinter dem Horizont am anderen Ufer eines weiten Meeres.

Ursula und die anderen Befehlshaberinnen spürten, wie sich die unmittelbare Gegenwart des Feindes auf die Moral der Frauen auswirkte. Vor allem am Tage sangen sie nicht mehr so viel wie zuvor, weil sie beständig auf verdächtige Geräusche lauschten, und sie weigerten sich, die Patrouillen in Gruppen von weniger als dreißig Kriegerinnen durchzuführen. «Die Bäume haben Augen», flüsterten sie. Schon bald nannten sogar die Befehlshaberinnen das Gebiet hinter dem Grenzwall «das Land der tausend Augen».

Die Lage entlang des Grenzwalls war ernster, als sie erwartet hatten. Nur die größten Festungsstädte verfügten über Wachmannschaften. Die meisten Männer waren alt und hatten ehemals Hilfstruppen angehört. Die Hauptgarnison in Luguvallium verfügte lediglich über hundert kampftaugliche Legionäre. Der Reiterschwadron gehörten knapp fünfzig Reiter an. Unter normalen Umständen hätte das Kontingent beider Truppenteile ein Zehnfaches betragen müssen. Nur jeder dritte Wachturm am

Grenzwall war bemannt, sodass weite Strecken unbewacht blieben und feindlichen Angriffen ausgesetzt waren. Selbst auf den bemannten Türmen schoben lediglich drei schlecht ausgebildete Männer Wache. In einem der Forts trafen die Frauen auf eine nur fünf Mann starke Reiterei. Die Pferde waren so knapp, dass Kuriere Esel nehmen oder zu Fuß gehen mussten. Die Frauen marschierten zur Hauptfestung in Cilurnum, die etwa in der Mitte des Grenzwalls lag. Hier verrichtete eine kleine Wachmannschaft aus dreißig Hilfskräften Dienst. Sie wurde von einem alten Zenturio befehligt, der vor zwanzig Jahren aus dem Heer ausgeschieden war.

Ursula rief eilig alle Befehlshaberinnen zusammen, und sie beschlossen, dass die Legion auf der Stelle ausschwärmen und mit den Grenzpatrouillen beginnen sollte. Die Streitkraft wurde erneut in drei Divisionen eingeteilt. Pinnosa und Cordula übernahmen den Befehl über die größte Truppe mit dreihundertfünfzig Fußsoldatinnen und hundertfünfzig Reiterinnen. Ohne sich eine Rast zu gönnen, marschierten sie denselben Weg, den sie gekommen waren, zurück, um ihre Macht im ungeschützten Grenzland zu demonstrieren. Die restlichen Kriegerinnen wurden zwei Einheiten gleicher Größe zugeteilt. Ursulas und Saulas Division marschierte nach Segodunum und übernahm die Verantwortung für den östlichen Teil des Grenzwalls. Martha und Brittola überwachten mit ihrer Einheit den westlichen Teil und bezogen in Vercovicium Quartier.

Am Nachmittag des nächsten Tages hatte die Division von Martha und Brittola zum ersten Mal Feindberührung. Die beiden Frauen kümmerten sich gerade um die Unterbringung in den Kasernen, als eine Reiterpatrouille in vollem Galopp von einer Inspektion des Grenzwalls etwa drei Meilen weiter westlich zurückkehrte. Die Reiterinnen berichteten über ein zerstörtes Tor und deutliche Hinweise auf eine Horde von Plünderern.

Jetzt konnten sie ihre vorbereiteten Kampfstrategien anwenden und zeigen, was sie während der wochenlangen Ausbildung gelernt hatten. Martha befehligte eine Schwadron von dreißig Reiterinnen. Brittola hatte das Kommando über fünfzig Fußsoldatinnen.

Während die Truppe vor dem Tor der Festung Aufstellung nahm, fingerte Brittola nervös an ihrer Rüstung herum. Martha ritt zu ihr und flüsterte: «Dies …» Brittola beugte sich vor, und sie beendeten den Satz gemeinsam: «… wird nicht einfach werden!» Sie mussten beide lachen, und Brittolas Ängste verflüchtigten sich. Anschließend kehrten sie zu ihren Einheiten zurück und erteilten die notwendigen Befehle.

Die Streitkraft brach auf: Die Fußsoldatinnen nahmen die breite Heerstraße, die in einiger Entfernung parallel zum Grenzwall verlief; die Reiterinnen näherten sich dem zerstörten Tor auf direktem Wege über die Hügel zwischen der Straße und dem Wall.

Es dauerte nicht lange, bis die Reiterinnen das Tor erreichten. Sie nahmen die Spur auf, die durch das Sperrgebiet zu dem fruchtbaren Ackerland auf britannischer Seite führte. Es waren frische Spuren, die Pikten konnten also noch nicht weit gekommen sein. Tatsächlich holten die Frauen die Eindringlinge eine knappe Meile von der Straße entfernt ein. Es waren etwa zwanzig Mann, die in Dreier- und Vierergruppen auf der Suche nach reicher

Beute zu Fuß durch das Land streiften. Drei Rinder hatten sie bereits gestohlen und mit Stricken aneinander gebunden. Allem Anschein nach steuerten sie auf eine Ansiedlung im Tal zu.

Für die Eindringlinge, die sich auf freiem Feld bewegten, gab es keine Möglichkeit, irgendwo Zuflucht zu suchen. Auf Marthas Signal teilten sich ihre Kriegerinnen in drei Gruppen auf. Die Hörner wurden geblasen, und schon ritten sie in vollem Galopp auf die Feinde zu, umzingelten sie und schnitten ihnen alle Fluchtwege ab. Als die Pikten in der Falle saßen, warteten die Reiterinnen in sicherem Abstand auf die Fußtruppe.

Die Pikten drängten sich mit grimmigen Mienen auf einem Fleck zusammen und benutzten das Vieh als Schutzschilde. Sie spannten ihre Bogen und stießen wildes Kriegsgeschrei und böse Beschimpfungen aus, die die Kriegerinnen zum Glück nicht verstanden. Neben Pfeil und Bogen waren die Eindringlinge mit langen Jagdspeeren bewaffnet, es war jedoch anzunehmen, dass sie unter ihren langen, grauen Wollumhängen außerdem Messer versteckt hatten.

Brittolas Einheit ließ nicht lange auf sich warten. Nach einer schnellen Einschätzung der Lage einigten sich die Befehlshaberinnen auf eine Strategie. Die Reiterinnen sollten Abstand wahren und die Pikten von drei Seiten umzingeln. Auf der vierten Seite würden die Fußsoldatinnen Aufstellung nehmen und in Zehnergruppen auf die Pikten zumarschieren.

Der Vormarsch von Brittolas Kriegerinnen begann. Als sie in Schussweite waren, hagelten Pfeile auf sie nieder. Die Frauen bildeten mit ihren Schilden dichte Schildkrötenpanzer, sodass alle Pfeile abgelenkt wurden. Sie marschierten weiter. Die Pikten beschossen sie erneut mit Pfeilen, die wiederum von den Schilden abgelenkt wurden. Schließlich waren sie in Hörweite. Brittola hob ihren Schild und rief: «Ihr seid umzingelt! Lasst die Waffen fallen! Wir eskortieren Euch zurück zur Grenze! Euch geschieht nichts, weil Ihr bisher keine größeren Verbrechen begangen habt!»

Die Antwort der Pikten waren wilde Beschimpfungen und ein Geschosshagel. Diesmal wurde eine Kriegerin in den Knöchel getroffen. Sie sank nicht zu Boden, musste aber von einer Reiterin vom Kampfplatz gebracht werden. Dieser Zwischenfall fachte die Kampfeslust der feindlichen Krieger an.

Brittola versuchte es ein zweites Mal. «Wenn Ihr Euch ergebt und Eure Waffen fallen lasst, geschieht Euch nichts! Wir eskortieren Euch zur Grenze und lassen Euch laufen! Und jetzt lasst *bitte* die Waffen fallen!»

«Bitte?», murmelte eine Kriegerin ungläubig.

«Pst!» Brittola gab den Befehl, mit gezogenen Schwertern zehn Schritte vorzurücken.

Die gezogenen Schwerter waren das Signal, auf das Martha gewartet hatte. Kaum hatten Brittolas Fußsoldatinnen den ersten Schritt gemacht, griff die Reiterei an. Die Attacke von vier Seiten stiftete größte Verwirrung in den Reihen der Pikten. Marthas Kriegerinnen galoppierten an den Eindringlingen vorbei und schossen Pfeile ab. Keiner der Speere, die die Pikten warfen, traf ins Ziel. Die Männer waren gezwungen, einen wilden Tanz aufzuführen, um den Pfeilen der Frauen zu entkommen, bevor sie sich in die Erde bohrten. Dennoch trugen drei von ihnen Verletzungen davon. Einer wurde ins Knie, ein anderer in die Wade und ein dritter in den Fuß getroffen. Endlich sahen sich die Pikten zum Aufgeben genötigt. Sie ließen die Rinder frei und warfen Bogen und Speere auf die Erde.

«*Alle* Waffen!», schrie Martha. Zuerst schienen sie sie nicht zu verstehen, doch als Martha auf ihr Schwert zeigte, wurden zwanzig Messer unter den Umhängen hervorgezogen. «Zieht die Umhänge aus, damit wir sehen können, was Ihr noch versteckt habt!» Zögernd folgten sie dem Befehl.

Die Frauen staunten nicht schlecht über den Anblick, der sich ihnen bot. Die Pikten waren von Kopf bis Fuß tätowiert. Ihre Körper waren mit blauen und braunen Schlangenlinien sowie kindlichen Zeichnungen von Vögeln und Tieren übersät. Selbst ihre Gesichter waren bemalt.

X

«Ich war vollkommen verblüfft», sagte Brittola. «Erst als wir sie am Grenzwall freiließen und ihnen ihre Wollumhänge zurückgaben, begriff ich, dass sie splitternackt waren.»

Ihre Zuhörerinnen brachen in lautes Gelächter aus.

Drei Wochen später trat die gesamte Legion in Cilurnum zum ersten gemeinsamen Appell an, seitdem die einzelnen Einheiten mit den Patrouillen begonnen hatten. Ursula und ihre Gefährtinnen freuten sich sehr über das Wiedersehen. Ebenso wie Martha und Brittola hatten die beiden anderen Divisionen Feindberührung mit den Pikten gehabt. Einige der Horden hatten nur aus zehn Männern bestanden, Saulas Kriegerinnen hatten es indes mit fünfzig Pikten aufnehmen müssen. Alle drei Divisionen hatten einen Reitertrupp in feindliches Gebiet geschickt und in den Siedlungen der Pikten nach Waffen gesucht, um erneuten Plünderzügen vorzubeugen.

Nach dem Appell versammelten sich die Befehlshaberinnen und einige Offiziere zu einem bescheidenen Festessen in dem prunkvollen Saal des Palastes. Das war ihr Recht, da sie im Dienste von König Deonotus standen und dadurch gleichzeitig im Dienste des kaiserlich-römischen Statthalters von Londinium.

Ihre Entscheidung, ebenfalls die Gemächer zu benutzen, hatte bei den Bediensteten große Bestürzung hervorgerufen. Sie mussten die Räumlichkeiten herrichten, wozu auch gehörte, alles zu verstecken, was nicht für weibliche Augen bestimmt war. Oleander hatte die Prinzessin beiseite genommen und ihr ins Gewissen geredet.

«Herrin, ich war einst verheiratet, aber einige dieser … dieser Vorrichtungen treiben mir die Röte in die Wangen. Ich halte es nicht für angebracht, dass junge, schickliche Damen so etwas sehen. Bitte, Herrin, denkt an die junge Brittola. Ihr müsst warten, bis wir alles in Ordnung gebracht haben», hatte sie voller Ekel vorgebracht.

Nachdem das Gelächter über Brittolas Geschichte abgeklungen war, meldete sich Pinnosa zu Wort.

«Besonders heikel wurde es, als wir in ihren Dörfern ein Haus nach dem anderen durchsuchten», erzählte sie.

«Ein *Haus* nach dem anderen?», fragte Martha. «Du meinst wohl eine Mistgrube nach der anderen. Pah!» Sie trank einen ordentlichen Schluck Wein.

«Wir begriffen schnell, dass die Suchtrupps aus mindestens zehn Frauen bestehen müssen», fuhr Pinnosa fort. «Zuerst arbeiteten wir nur zu fünft. Eine Gruppe betrat versehentlich die Hütte des Stammesoberhauptes. Er erwartete sie mit zwei Männern, die mit riesigen Schwertern bewaffnet waren …»

«Was geschah dann?», fragte eine hochrangige Kriegerin aus Ursulas Einheit und rutschte aufgeregt an den Rand ihres Stuhles.

«Glücklicherweise kamen alle mit dem Leben davon. Drei wurden jedoch schwer verwundet und mussten nach Luguvallium gebracht werden. Ich glaube, eine hat ein Auge verloren.» Pinnosa atmete tief ein. Offenbar gab sie sich die Schuld an dem Vorfall. Dann beugte sie sich vor und hob die Stimme, damit alle gut zuhörten und sich ihre Erfahrungen ebenfalls zu Herzen nahmen. «Es müssen sich immer zehn zusammenschließen. Vier gehen in die Hütte und stellen sich zu beiden Seiten auf. Bei dieser ersten Gruppe haben nur zwei die Hütte betreten. Das reichte nicht aus. Sie waren vollkommen ungeschützt. Wenn ihr zu viert in die Hütte geht, sind eure Seiten gedeckt.»

«Wir haben auch etwas Wichtiges gelernt», sagte Saula. «Vertraut bloß den Kindern nicht, auch wenn sie noch so unschuldig aussehen. Bei unserer ersten Durchsuchung haben Kinder einer von uns schwere Verwundungen mit ihren Messern zugefügt. Die Kriegerin achtete nicht auf die ‹süßen Engel›, die in einer Ecke hockten. Ehe sie sich's versah, hatte sie drei klaffende Wunden am Bein. Zwei ihrer Kameradinnen mussten sie hinaustragen. Sie konnte weder laufen noch reiten, also forderten wir einen Wagen an, damit sie nach Cilurnum gebracht werden konnte.»

«Das Erste, was ich gelernt habe, war, mir die Nase zuzuhalten», erzählte Martha. «Ich habe dafür einen nassen Lappen benutzt. Und was habt ihr gegen den Gestank gemacht?»

«Ich habe mir Fischtran auf die Oberlippe geschmiert», sagte Saula, woraufhin alle laut «Bah!» schrien. «Es hat funktioniert», verteidigte sie sich. «Er riecht faul und treibt einem die Tränen in die Augen, überdeckt aber den ekelhaften Gestank ihrer Mistgruben.»

«Meine Damen!» Ursula stürzte in den Raum. Sie hatte die Zusammenkunft vor einer Weile gemeinsam mit Cordula verlassen, um einen Kurier zu empfangen. «Ich habe wichtige Neuigkeiten für euch.» Das Gelächter verstummte. «Wie ihr wisst, erstatte ich nicht nur meinem Vater in Corinium, sondern auch König Aurelius in Eburacum Bericht.» Die Frauen starrten die Prinzessin erwartungsvoll an.

«Wir haben eine Nachricht von König Aurelius erhalten. Er gratuliert uns herzlich zum Erfolg unseres Feldzuges und teilt uns mit, dass es ihm gelungen ist, eine Streitkraft aus fünfhundert Reitern und siebenhundert Fußsoldaten aufzustellen, die er uns umgehend zur Unterstützung schicken wird.» Die Frauen brachen in lautes Jubelgeschrei aus. Ursula wartete, bis sich der Lärm gelegt hatte. «Sie müssten übermorgen hier eintreffen. Das bedeutet, dass wir uns eine wohlverdiente Ruhepause gönnen und die Gastfreundschaft von Eburacum zwei Wochen früher als erwartet genießen können. Außerdem können wir auf direktem Wege heimkehren!» Diese Ankündigung löste wahre Begeisterungsstürme aus. «Wenn wir in den Westen unserer Provinz zurückkehren, wird der Sommer beinahe vorüber sein. Unsere letzte Aufgabe besteht darin, uns für ein paar Wochen in Glevum und Viroconium zu stationieren und einige Patrouillen durchzuführen. Anschließend können wir die Truppe auflösen. Bisher sieht es so aus, als würden wir unseren Einsatz ohne Verluste und mit nur wenigen Verletzten abschließen.» Ursula hob ihren Becher. «Meine Damen … Glückwunsch! Unser Feldzug scheint von Erfolg gekrönt zu sein. Lasst uns auf die Erste Athene trinken!»

Alle hoben ihre Becher und riefen: «Auf die Erste Athene!»

«Oh, da wäre noch etwas.» Ursula strahlte. «Unser Unterstützungstrupp aus Eburacum besteht von den Kriegern bis zu den Befehlshabern …» – die Prinzessin hielt einen Moment inne, um die Spannung zu erhöhen – «… ausschließlich aus Frauen!»

XI

Die Kriegerinnen aus Eburacum trugen im Gegensatz zu ihren Kameradinnen aus Corinium dunkelrote Umhänge. Ihre Standarte mit den drei weißen Lilien auf rotem Grund und dem kleinen goldenen Bären bezeugte ihren Gehorsam gegenüber der Heerführerin der Ersten Athene.

Die Truppen aus Eburacum wurden offiziell die dritte und vierte Kohorte der Ersten Athene genannt. Ihre Anführerin war Prinzessin Julia, die Tochter von König Aurelius und eine weitläufige Cousine von Ursula. Die beiden kannten sich aus frühen Kindertagen.

Ursula empfing Julia mit ihren Offizieren vor den Toren der Festungsstadt. Die Kohorten beider Regimenter hatten einander gegenüber auf einem abschüssigen Feld Aufstellung genommen. Während sich die Offiziere in der Mitte der freien Fläche begrüßten und Neuigkeiten austauschten, musterten die Kriegerinnen einander von Kopf bis Fuß. In ihren Augen spiegelten sich Bewunderung und Ehrfurcht, aber keine Spur von Rivalität.

Cordula sprach am Fuße des Abhangs mit der Beauftragten der Feldzeugtruppe aus Eburacum. Anschließend ritt sie ein Stück zur Seite und erfreute sich an dem malerischen Bild. Die große Truppenstärke machte ihr Mut. Ursula und ihre Offiziere salutierten und kehrten zu ihren Kohorten zurück. Kurz darauf begannen die kobaltblau gekleideten Frauen ihren Marsch nach Eburacum. Die Vorhut der dritten und vierten Kohorte säumte den Zugang zur Brücke, um die Frauen aus Corinium zu verabschieden. Es war eine so rührende Geste und ein so wundervoller Anblick, dass Cordula vor Freude und Stolz das Herz überging.

Sie trieb ihre Stute an und jagte über das Feld ans Ende der Kolonne zu Ursula und Brittola, die sich anschickten, den Fluss zu überqueren. Die beiden schienen ebenfalls tief ergriffen zu sein. «Ein herrlicher Anblick, nicht wahr?», sagte Cordula.

«In der Tat», erwiderte Brittola. «Ein Anblick, bei dem einem ganz warm ums Herz wird, der die müden Geister belebt und die Erschöpfung vertreibt.»

«Das stimmt», pflichtete Ursula ihr bei. «Dennoch brauchen unsere Frauen eine Ruhepause. Wir haben sie alle bitter nötig. Ich werde jede Minute in Eburacum genießen. Wart ihr schon einmal dort?» Brittola und Cordula schüttelten den Kopf. «In keinem anderen Ort in ganz Britannien kann man sich besser erholen. In Eburacum gibt es einfach alles!»

XII

In Eburacum wurde ihnen ein überwältigender Empfang bereitet. König Aurelius bestand darauf, dass nicht nur die Vorhut, sondern die gesamte erste und zweite Kohorte durch die Stadt marschierten. Das jubelnde Volk drängte sich auf den Straßen. Gaukler und Akrobaten führten atemberaubende Kunststücke vor. Wilde Tiere wurden gezeigt, von denen die meisten Frauen bisher nur gehört hatten. Sogar die Prinzessin war tief beeindruckt.

In einer der großen Kasernen außerhalb der Stadtmauer war alles für die Ankunft des Frauenheeres vorbereitet worden. Reichlich Speisen und saubere Kleidung für alle standen zur Verfügung. Ursula und ihre Gefährtinnen waren Ehrengäste, weshalb sie Quartier im königlichen Palast bezogen. Am ersten Abend fand zu ihren Ehren im großen Saal ein rauschendes Fest statt. Der Spätsommer bot Nahrungsmittel im Überfluss. Wein und Öl waren herrlich frisch.

Die Darbietungen des Abends übertrafen alles, was die jungen Frauen in Corinium je gesehen hatten. Von orientalischen Tänzern über seltsam kostümierte Zauberer bis hin zu Akrobaten und dressierten Tieren wurden unzählige Überraschungen geboten. Besonders Cordula und Brittola waren fasziniert von den exotischen Lebewesen.

«Schaut!», rief Brittola, als ein riesiges Tier mit einem

langen Hals durch den Saal geführt wurde, damit die Gäste es streicheln konnten. «Sie haben einen so langen Hals, weil sie in der Wildnis dicke Schlangen, wie zum Beispiel Pythons, verschlingen, habe ich gehört. Ihr Name bedeutet Schlangenfresser. Wisst ihr, wie sie heißen?»

«Zarafa oder so», erwiderte Cordula. «Mir hat das Tier mit dem Buckel auf dem Rücken gefallen.»

«O ja. Wie hieß es noch gleich? Camelus oder so ähnlich.»

«Sah es nicht furchtbar hässlich aus? Und diese abscheulichen Geräusche, die es die ganze Zeit machte. Wisst Ihr, an wen es mich erinnert hat?»

Die Freundinnen schauten einander an und fingen an zu kichern.

Am nächsten Tag brach der König mit den Befehlshaberinnen der Ersten Athene zu einer dreitägigen Jagd in die wunderschöne Umgebung von Eburacum auf. Nach der Rast am ersten Tag führte er mit Prinzessin Ursula ein Gespräch unter vier Augen.

«Wenn Ihr heimkehrt, Ursula, gebt dies bitte Eurem Vater», sagte er und zog ein versiegeltes Pergament aus seiner Jagdtasche. Der bärtige, rundliche Mann musste einst ein stattlicher Jüngling gewesen sein, doch mittlerweile hatte das Alter seinen Rücken gebeugt. «Unter anderem berichte ich ihm darin, wie stolz wir auf Euch sind. Ihr habt gemeinsam mit Euren Freundinnen Beachtliches vollbracht. Dabei seid Ihr Frauen und zudem noch sehr jung. Durch Eure Erfolge habt Ihr Euch große Achtung erworben. Selbst ein alter Krieger wie ich, der viel gesehen hat und der glaubte, nichts Neues mehr lernen zu können, verneigt sich vor Euch.»

Ursula bedankte sich und nahm die Schriftrolle entgegen.

«Ich schreibe ihm auch über Julia und meine Hoffnung, dass sie sich als Heerführerin der dritten und vierten Kohorte der Ersten Athene würdig erweist.»

«Das wird sie, Eure Majestät», sagte Ursula höflich. «Sie scheint sehr fähig zu sein. Hat sie die Truppe aus Eburacum selbst aufgestellt oder habt Ihr sie unterstützt?»

«Ha! Immer geradeheraus. Das liebe ich an den Frauen.» Der König räusperte sich. «Ich will aufrichtig sein. Als ich von Euren Plänen hörte, schüttelte ich zuerst verzweifelt den Kopf. ‹Ist es so weit mit uns gekommen?›, dachte ich. ‹Haben wir so wenig Männer, dass unsere eigenen Frauen die Arbeit der Männer verrichten müssen?› Ah, aber dann …» Er tippte sich an die Schläfe. «Dann sah ich das Blitzen in Julias Augen, wenn wir über Eure Abenteuer sprachen. Seit ihrem zehnten Lebensjahr begleitet sie mich zur Jagd. Wie Euch und Euren Freundinnen sind ihr das Reiten, das Kartenlesen, der Gebrauch der Waffen, ja, das Töten und Blutvergießen nicht fremd. Ebenso wie Ihr und Pinnosa ist sie in der freien Natur glücklicher als in der erdrückenden Enge der Stadt. Sie hasst nichts mehr als oberflächliches Hofgeschwätz.»

«Ich weiß, Eure Majestät.»

«Als sie hörte, dass Ihr draußen in den Bergen seid, Patrouillen durchführt, Plünderer jagt, marschiert … Oh, da hättet Ihr sie sehen sollen! Sie lief wie ein Löwe im Käfig hin und her und überlegte, wie sie an der Jagd teilnehmen könnte. An dem Tag, an dem ich die Nachricht erhielt, dass die Küste sicher ist und Ihr nach Norden zum Grenzwall marschiert, sagte ich zu ihr: ‹Das ist nicht recht! Unsere Cousinen aus dem Südwesten des Landes kommen hierher, um unsere Arbeit zu tun, nur weil wir nicht genug Männer haben. Was meinst du, was wir tun sollen?› Der König schmunzelte. «Wisst Ihr was? So einen dicken Kuss hatte ich nicht mehr bekommen, seit ich ihre Mutter gefragt habe, ob sie mich heiraten will. Es dauerte keinen Monat, bis Julia alles organisiert hatte. Hier im Palast herrschte helle Aufregung. Kuriere wurden losgeschickt, und Stunden später klopften die ersten Freiwilligen an unser Tor. So etwas hatte ich noch nie gesehen. Rüstungen und Waffen wurden in Auftrag gegeben und angepasst. Pferde mussten ausgesucht und die Frauen gedrillt werden. Überall wimmelte es von Karten. Eine Besprechung der Offiziere folgte auf die andere …»

«Ich weiß, Eure Majestät», unterbrach ihn Ursula höflich. «Ich weiß genau, was Julia alles tun musste.»

XIII

Nach der Rückkehr von der Jagd beschlossen Ursula, Pinnosa, Brittola, Cordula, Martha und Saula, die Freuden von Eburacum zu genießen. Kurz nach dem Morgenläuten verließen sie den Palast und erkundeten die Stadt. Sie bestaunten die prachtvollen öffentlichen Gebäude und liefen durch die belebten Straßen mit den Geschäften und Verkaufsständen, wo Tonwaren, Schmuck, Speisen und Kleider angeboten wurden, die es in Corinium oder Glevum nicht gab.

Als die Mittagsglocken läuteten, saßen sie an einem großen Brunnen in der Nähe des Südtores und ließen sich eine Spezialität dieser Gegend schmecken. Es war eine in Wein gekochte Blutwurst mit einer pikanten Sauce in einem knusprigen Butterteig. Pinnosa und Martha schmeckte es ausgezeichnet, Brittola verzog das Gesicht, und Ursula, Cordula und Saula überlegten, wie man die Speise besser auf den Geschmack der Menschen im Westen der Provinz abstimmen könnte. Plötzlich ertönte das schrille Horn eines Kuriers auf der Londinium-Straße außerhalb der Stadtmauern. Der Klang des Horns war Cordula bestens vertraut. Sie ließ ihre Pastete fallen und rannte zum Tor, das gerade geöffnet wurde. Und tatsächlich galoppierte Morgan auf Hermes in die Stadt.

Er hatte den Kanal überquert und war vor fünf Tagen abends in Rutupiae eingetroffen, wo er den ersten Bericht von Konstantins Feldzug ablieferte. Anschließend folgten der Besuch beim Statthalter von Londinium und der Ritt über die Große Nordstraße nach Lindum und Eburacum. Es zeugte von beachtlicher Ausdauer bei Pferd und Reiter, dass sie die Strecke in nur etwas mehr als vier Tagen zurückgelegt hatten. Jeder andere Kurier hätte mindestens sieben Tage gebraucht. Auf Morgans Route der wichtigsten Städte lagen noch Ratae Corieltauvorum, Corinium und Calleva Attrebatum. Acht Tage, nachdem er auch dort überall Bericht erstattet hatte, würde er den Kanal, mit zahlreichen Nachrichten und Dokumenten versehen, wieder überqueren.

«Morgan!», rief Cordula, als er vom Pferd stieg.

«Cordula! Was machst du denn hier!», rief er erstaunt und klopfte sich den Straßenstaub aus den Haaren und von den Ärmeln. «Und was ist das für ein Wappen auf deinem Umhang?»

«Das ist eine lange Geschichte. Ich könnte sie dir bei einem ausgedehnten Spaziergang im Mondschein erzählen», erwiderte sie lachend, wobei sie ihm stürmisch um den Hals fiel. Sie schauten einander tief in die Augen, und dann küssten sie sich.

Ursula beobachtete die beiden vom Brunnen aus und stellte sich vor, Constans wäre soeben durch das Tor geritten. Constans wäre unversehrt heimgekehrt. Constans wäre aus dem Sattel gesprungen und hätte seine Geliebte umarmt. Sie hatte seine Worte noch im Ohr: *Nur in deinen Augen sehe ich meine Heimat.*

«Hm, hm!» Der Diener des Königs, ein schlaksiger, alter Mann mit mürrischer Miene und einer langen Hakennase, betrat den Kurierhof und räusperte sich ungehalten.

Morgan öffnete die Augen und musterte den arroganten Höfling. Ihm lag schon eine barsche Erwiderung auf der Zunge, als er Prinzessin Ursula erblickte. Da befreite er sich hastig aus der Umarmung. «Eu… – Eure Hoheit», stammelte er und verneigte sich höflich.

«Hm!» Der Höfling drehte sich schwerfällig zu Ursula und ihren Gefährtinnen um und verneigte sich ebenfalls. «Eure Majestät erwartet den Bericht des Kuriers in seinem Privatgemach. Er bittet die Prinzessin und ihre … ihre Offiziere hinzu.»

XIV

«Man wird Euch sofort eine Erfrischung bringen, Morgan. Wir haben keine Eile. Erzählt uns alles, jede kleinste Einzelheit, auch wenn sie Euch noch so unbedeutend erscheint. Und …» – der König zog die Stirn in Falten – «… lasst auf gar keinen Fall etwas aus, was Ihr dem Statthalter von Londinium erzählt habt! Verstanden?»

«Ja, Eure Majestät.»

Ursula konnte sich nicht mehr zurückhalten. «Welch ein Glück», sagte sie zu ihren Gefährtinnen, «dass wir hier sind! Morgan kann uns über Ereignisse berichten, die erst zehn oder zwölf Tage zurückliegen. Wenn wir jetzt in Corinium wären, hätten wir erst nach fünfzehn Tagen davon erfahren!» Die Frauen hatten auf einer langen Bank unter dem Fenster Platz genommen. Links von Ursula saßen Martha, Saula und Pinnosa, zu ihrer Rechten Brittola und Cordula. Der König, der gegenüber von Morgan auf einem steinernen Stuhl saß, genoss den Ausblick aus dem Fenster. *Cordula kann sich glücklich schätzen*, dachte Ursula. *Morgan ist wirklich ein gut aussehender Mann.*

«Seid Ihr bereit, meine Damen?», fragte der König. Ursula nickte. Daraufhin erteilte König Aurelius Morgan das Wort. «Fangt bitte an.»

«Seine Lordschaft, der Oberbefehlshaber der britannischen Streitmacht, Konstantin, schickt Euch seine treuen und herzlichen Grüße und bittet demütig …»

O bitte, mach schneller! Die Förmlichkeiten steigerten Ursulas Ungeduld ins Unerträgliche. Vor nicht allzu langer Zeit hatte sie diese Art höflichen Austausches, die zu den Freuden des zivilisierten Lebens gehörte, geliebt. Heute empfand sie sie als störend und ermüdend. *Wo ist Constans? Ist er unversehrt? Wann kehrt er heim?*

Zum Glück war Morgan sehr geschickt darin, die Formalitäten abzukürzen, ohne unhöflich zu wirken; daher ließ der Bericht nicht lange auf sich warten. In der Tat war

Morgan ein in vielerlei Hinsicht ausgezeichneter Kurier. Er konnte die Ereignisse so anschaulich beschreiben, dass die Zuhörer glaubten, die Szenen selbst miterlebt zu haben. Zudem verfügte er über die unglaubliche Fähigkeit, die persönliche Eigenart derer, über die er sprach, in seine Berichterstattung einfließen zu lassen, ohne sie grob zu imitieren. Auf diese Weise vermittelte er den Zuhörern das Gefühl, die Handelnden selbst würden über ihre Geschicke berichten.

«Die Überquerung des Kanals verlief sowohl für Constans als auch für Konstantin ohne Zwischenfälle. Wie König Deonotus befürchtet hatte, erwies es sich jedoch als schwierig für Constans, in Gallien genügend Krieger anzumustern. Der Bestand an Legionären im Sequana-Tal war geringer als vermutet, und die wenigen kampftauglichen Männer weigerten sich aus Angst vor den Angriffen umherziehender germanischer Stämme, ihre Ansiedlungen und Anwesen zu verlassen. Darum musste Constans weiter nach Süden ziehen, als ursprünglich geplant war: ins Liger-Tal. Dort traf er auf eine weit größere Zahl von Legionären, und die Angst vor den Germanen war nicht so ausgeprägt wie an der Sequana. Constans gelang es, über dreitausend Mann auszuheben, größtenteils Fußsoldaten.

Auch Konstantins Plan, geradewegs nach Treveris zu marschieren, wurde durchkreuzt. In Gesoriacum erhielt er eine Nachricht aus Colonia: Die in der dortigen Garnison verbliebenen Männer waren direkt nach Mogontiacum gezogen, um es gegen eine große Horde von Germanen aufzunehmen, die über den Moenus ins Reich strömten. Dadurch blieb die Grenze zwischen Colonia und Confluentes praktisch unbemannt, und die Schäden der winterlichen Einbrüche wurden nicht behoben. Konstantin marschierte in dieses Gebiet, um die Verteidigung zu verstärken, bevor er nach Treveris aufbrach.

Aufgrund dieser Ereignisse konnten Konstantin und Constans ihre Truppen erst nach Alban Heruin, der Sommersonnenwende, also einen Monat später als geplant, zusammenführen. Es dauerte weitere zwei Wochen, bis sie sich endlich mit den Legionären des Regimentes aus Colonia in Mogontiacum vereinigten. Ich freue mich indes, berichten zu können, dass die Anzahl der vereinten Krieger aus Britannien, Colonia und dem Liger-Tal fast dreiunddreißigtausend Mann betrug …» Die Frauen hielten den Atem an, denn damit hatten sie nicht gerechnet. Mit einer Streitkraft dieser Größe müsste Konstantin jeder Aufgabe gewachsen sein. König Aurelius seufzte erleichtert, als Morgan fortfuhr: «Einschließlich einer Reiterei von über zehntausend.»

Ursula und ihre Freundinnen klatschten erfreut in die Hände.

«Diese Bataver», murmelte der König. «Danken wir Gott für die Liebe der Bataver zu ihren Pferden.»

«Jetzt können sie ihr Werk beginnen», sagte Pinnosa. «Mit dieser Truppenstärke dürfte es für Konstantin kein Problem sein, die Verteidigungsanlagen an den Grenzen wieder aufzubauen und in Mogontiacum Ordnung zu schaffen.»

«Und die germanischen Stämme, die durch Germanien und Gallien ziehen, zu vertreiben», fügte Ursula begeistert hinzu. «Morgan? Was könnt Ihr uns über die derzeitige Lage berichten?»

Über Morgans Gesicht huschte ein dunkler Schatten. «Die Lage auf dem Kontinent ist ernster, als wir dachten. Die Menschen im Sequana-Tal haben sich nicht grundlos in die befestigten Städte zurückgezogen. Constans traf auf einen Stamm, während er dort war …»

Ursula lief ein kalter Schauer über den Rücken. «Bitte, fahrt fort», murmelte sie mit einem gequälten Lächeln.

Alle Augen waren auf den Kurier gerichtet, nur Pinnosa beobachtete ihre Freundin.

«Constans staunte über die riesige Zahl von Menschen. Nach seiner Schätzung mussten es Zehntausende oder sogar Hunderttausende gewesen sein. Männer, Frauen, Kinder, Alte und Säuglinge, die mit ihren gesamten Viehbeständen in Gruppen durchs Land zogen. Obwohl Constans zweihundert Mann bei sich hatte, konnte er sie nicht aufhalten. Er ritt mit seinen Leuten durch ein paar Gruppen am Rande, zog sich aber bald auf einen Hügel zurück, weil sich häufig Horden gefährlicher Krieger unter die Stämme mischen. Um all diese Menschen in das ihnen zugewiesene Land zu führen, würde er seiner Schätzung nach mindestens zweitausend Reiter benötigen. Und zusätzlich zweitausend Fußsoldaten, um die Krieger zu unterwerfen, damit eine ordentliche Deportation überhaupt möglich wäre. Bei meinem letzten Gespräch mit Constans und Konstantin erfuhr ich, dass sie ernsthaft darüber nachdachten, für diese Mission zwei Spezialeinheiten aus fünftausend Mann zu bilden, die jeweils zur Hälfte aus Reitern und Fußsoldaten bestehen sollten.»

«Nur zwei Einheiten!», warf Pinnosa ein. «Es ziehen doch mindestens fünf dieser Stämme umher und verwüsten das Land.»

Morgan blickte sie an und zuckte mit den Schultern. Einen kurzen Moment lang herrschte Schweigen. Der König schüttelte den Kopf. Ursula drehte sich zum Fenster um und starrte in die Ferne.

Schließlich setzte Morgan den Bericht fort. «Ich glaube, es hängt alles davon ab, wie erfolgreich sie die Grenze sichern können. Östlich von Mogontiacum trifft man mitunter auf einem ganzen Tagesmarsch keinen einzigen Wachposten. Es geht nicht nur darum, die Verteidigungsanlagen wieder aufzubauen. Es müssen vollkommen neue Posten errichtet werden, in denen bewegliche Reiterschwadronen sporadisch stationiert werden können. Allein für diese Aufgabe werden sie den Rest des Jahres und einen großen Teil des nächsten Jahres benötigen. Sobald ein neuer Stamm versucht, ins Reich einzudringen, verlieren sie einen Monat.»

«Wisst ihr, was ich in meiner Arglosigkeit geglaubt habe?», sagte Martha leise. «Ich dachte doch tatsächlich, wir Frauen würden dieselbe Arbeit verrichten wie die Männer. Und wie stolz ich auf die Erfolge der Ersten Athene war! Mich erfreute der Gedanke, hier bei uns daheim dieselbe Arbeit zu verrichten wie die Männer in fernen Landen. Ich wollte sie sogar damit necken, wenn sie nach Hause zurückkehren.» Seufzend schüttelte sie den Kopf. «Was ist schon die Jagd auf kleine Gruppen plündernder Pikten oder Hiberner im Vergleich dazu, Zehntausende von Germanen in Schach zu halten und sie in neues Land zu führen? Wie kann man die Instandsetzung eines Tores im Grenzwall oder den Bau einer kleinen Kapelle mit dem Aufbau endlos langer Verteidigungsanlagen vergleichen?»

Cordula musterte ihre Freundinnen. Saula und Brittola schienen ähnlich zu empfinden wie Martha. Auf Pinnosas Gesicht lag ein Ausdruck wilder Entschlossenheit. Ursula starrte aus dem Fenster. *Vermutlich denkt sie an Constans,* dachte Cordula, *und fragt sich, wann und wo sie sich wiedersehen werden.* Plötzlich hob Ursula den Kopf und schaute in den blauen Himmel, über den ein paar weiße Wolken zogen. Cordula folgte ihrem Blick. Ein Falke kreiste hoch über der Stadt. Kurz darauf war er verschwunden. *Arme Ursula. Ich weiß, was du denkst. Du hoffst, du betest für Constans, du sehnst dich nach ihm. Du brennst darauf, mit ihm zusammen zu sein, mit ihm zu Hause zu sein.*

XV

Den Winter 407/408 verbrachte die britannische Streitkraft an der Rhenus-Danubius-Grenze mit dem Bau neuer Verteidigungsanlagen. Im Frühjahr richteten umherziehende Burgundenstämme in Mittel- und Ostgallien und Sueben in Westgallien so große Schäden an, dass Konstantin gezwungen war, sich des Problems anzunehmen. Die Arbeiten an der Grenze konnten nicht vollendet werden.

Er teilte seine Streitkraft in fünf Divisionen ein. Zwei großen beweglichen Einheiten wurden je fünftausend Mann zugeordnet. Eine bestand aus gallischen Legionären und stand unter dem Befehl von Gerontius. Die andere, die aus britannischen und batavischen Männern zusammengesetzt war, wurde von Constans befehligt. Sie sollten die beiden riesigen umherwandernden Suebenstämme, die das größte Problem in Westgallien darstellten, zusammentreiben und über die Berge nach Hispanien führen, wo es mehr freies Land für sie gab. Eine dritte Reiterschwadron, zu der hauptsächlich Legionäre aus den Gebieten an Rhenus und Danubius gehörten, wurde unter dem Befehl britannischer Zenturien an der wieder aufgebauten Verteidigungslinie stationiert. Ein viertes Kontingent hatte die besonders schwierige Aufgabe, die Burgunden – eine Ansammlung kleiner Stämme, die sich ständig gegenseitig bekämpften – am südlicheren Verlauf des Rhenus anzusiedeln. Konstantin begleitete das fünfte Kontingent in den Süden Galliens. Damit entsprach er einer dringenden Bitte des kaiserlichen Hofes, an dem die Befürchtung gehegt wurde, von jenseits der Alpen drohten neue Gefahren.

Zuerst verlief alles nach Plan. Constans und Gerontius gelang es, die kämpferischen Sueben zu unterwerfen und die beiden friedlichen Stämme mit einer Stärke von jeweils fünftausend Menschen Richtung Süden nach Hispanien zu führen. Die Burgunden wurden so weit gezähmt, dass sie ihre Kämpfe untereinander einstellten. Obwohl die neuen Verteidigungsanlagen an Rhenus und Danubius nicht fertig gestellt waren, schienen sie andere germanische Stämme fern zu halten.

Mitte des Jahres 408 wendete sich jedoch das Blatt. Als im Hochsommer die Festlichkeiten für Lugnasadh, das Erntefest, begannen, kam Stilicho, der oberste Befehlshaber des kaiserlichen Heeres, unter mysteriösen Umständen zu Tode. Dadurch entstand ein Machtvakuum in Italien, was besonders für Konstantin gefährlich war, da er sich jenseits der Alpen in Arelate aufhielt.

Vor seinem Tod hatte Stilicho keinen Hehl daraus gemacht, dass er Konstantins Erfolge in Germanien und

Gallien als Bedrohung für seine Oberhoheit über die römischen Streitkräfte in dem Gebiet ansah. Er hatte den Kaiser bewegen können, Maßnahmen zu ergreifen, um Konstantins wachsendem Einfluss dort Einhalt zu gebieten. Auf kaiserliche Anordnung wurden Einheiten aus dem Gebiet von Vindobona, die nicht unter Konstantins Befehl standen, von der nördlichen Grenze abgezogen und woanders eingesetzt. Das hatte eine ernsthafte Schwächung der Verteidigung des Reiches an Konstantins Ostflanke zur Folge, wodurch seine neu gegründeten beweglichen Einheiten über alle Maßen belastet wurden. Fast augenblicklich strömten weitere Stämme der Burgunden, Sueben und Franken herbei, überwanden die ungeschützten Grenzen und verwüsteten die Gebiete, die gerade erst begonnen hatten, sich von früheren Verwüstungen zu erholen.

Konstantins mühsam erworbenes Ansehen wurde schwer beschädigt. Er sah sich gezwungen, das Hauptkontingent seiner Krieger aus Arelate abzuziehen und gegen die neuen Invasoren vorzugehen. Dadurch war er der Gefahr eines Angriffs durch einen möglichen Nachfolger Stilichos ausgesetzt, der auf die Idee kommen könnte, in Gallien einzufallen, um seine Stärke unter Beweis zu stellen.

Währenddessen brachte auch die Umsiedlung der beiden großen Suebenstämme nach Hispanien Probleme mit sich. Constans hatte seinen Stamm über eine Küstenstraße geführt, die über die Berge und dann weit nach Westen führte, in spärlich besiedelte Gebiete. Gerontius hingegen folgte der wichtigsten Handelsstraße nach Süden bis in die mächtige Metropole Caesaraugusta. Der kaiserliche

Hof dort war nicht besonders erfreut, gallische Eindringlinge aufgehalst zu bekommen.

Gerontius' Fähigkeiten in der Diplomatie und der Truppenführung waren dieser Herausforderung nicht gewachsen. Eine spanische Reiterschwadron verband sich mit Männern seiner Truppe und massakrierte eines Nachts blindwütig über fünftausend suebische Frauen und Kinder. Auf diese Weise bloßgestellt, diente der britannische Befehlshaber dem Hof fortan als nützliche Marionette bei seinen Machtspielchen mit den Nachbarprovinzen und dem Kaiser, der sich die hispanische Kooperation stets «verdienen» musste.

Während die Legionen auf dem Kontinent diese ernsthaften Rückschläge erlitten, waren die Feldzüge der Ersten Athene im Sommer 408 von großem Erfolg gekrönt. Die erste und zweite Kohorte hatte bereits mehr als dreißig Horden hibernischer Plünderer in die Flucht geschlagen. Nachdem es der dritten und vierten Kohorte gelungen war, am Grenzwall für Sicherheit vor den Pikten zu sorgen, wurde ein Expeditionskorps aus vierhundert Kriegerinnen nach Norden geschickt, um baufällige Forts und Wachtürme instand zu setzen.

Ende Juli beendeten Ursulas und Pinnosas Einheiten einen besonders anstrengenden Einsatz in den hohen Bergen im Norden des Grenzlandes. Sie wussten nichts von den besorgniserregenden Ereignissen und Entwicklungen auf dem Kontinent, als sie zum Erntefest nach Viroconium Cornoviorum zurückkehrten, um eine wohlverdiente Ruhepause einzulegen. Sie ließen sich gerade in ihren Quartieren nieder, da ertönten im Osten Trompeten. Eine Streitkraft von über fünfzehnhundert dunkelgrün gekleideten Frauen marschierte auf den Kasernenhof.

Die fünfte und sechste Kohorte der Ersten Athene wurde von Prinzessin Faustina, der Stieftochter von König Regulus angeführt, dem Herrscher von Lindum. Dies war nach Eburacum und Corinium die drittgrößte Provinzstadt in Britannien. Somit hatte sich die Truppenstärke fast verdoppelt; die Legion bestand nun aus annähernd viertausend Frauen.

Dank der unerwarteten Erweiterung der Ersten Athene konnte Ursula sich einem Problem zuwenden, das ihr seit zwei Monaten Sorgen bereitete. Die undurchdringlichen Verteidigungsanlagen entlang der Küste hatten die hibernischen Plünderer eine Zeit lang fern gehalten, doch jetzt nahmen einige von ihnen die lange Überfahrt nach Süden in Kauf und landeten an verschiedenen Stellen entlang der ausgedehnten Südwestküste. Ursula kommandierte eine Sondertruppe aus dreihundert ihrer besten Reiterinnen ab, die von Baetica aus Lindinis angeführt wurde. Sie sollten die Plünderer überwältigen und sie und ihre Landsleute davon abhalten, weitere Beutezüge zu unternehmen.

«Durch den Zusammenschluss der Frauen aus Lindum, Eburacum und Corinium», sagte Ursula nach einem Fest anlässlich des erfolgreichen Feldzugs ihres Expeditionskorps, «kann die Lage in der Provinz unter Kontrolle gehalten werden, bis die Männer heimkehren.»

«Findest du es nicht ein wenig seltsam», fragte Pinnosa schmunzelnd, «dass noch keine Truppe aus Lindinium zu uns gestoßen ist? Ich frage mich, warum? Vielleicht finden sie nicht das passende Gelb für ihre Uniformen!»

XVI

«Herein!» König Deonotus war allein in seinem Privatgemach, in dem überall Karten und Pergamente herumlagen. Ursula schloss die Tür hinter sich und begrüßte ihren Vater mit einem liebevollen Lächeln. Er hatte nach ihr geschickt, doch das wäre gar nicht notwendig gewesen. Vater und Tochter hatten sich seit Monaten nicht gesehen, und Ursula wäre ohnehin sofort zu ihm geeilt, sobald es ihr möglich war. Heute trug sie keine Uniform, sondern war, genau wie ihr Vater, in eine dicke, wollene Toga gehüllt. Im Palast war es für die Jahreszeit ungewöhnlich kühl, obwohl der Herbst noch nicht Einzug gehalten hatte. König Deonotus und die Prinzessin waren beide an diesem Tage nach Corinium zurückgekehrt: Ursula musste sich um die Ausrüstung ihres Heeres kümmern, und ihr Vater hatte an einer dringlichen Zusammenkunft der drei Provinzkönige mit dem Statthalter von Londinium teilgenommen. «Setz dich, meine Liebe», sagte der König, nachdem er seine Tochter geküsst und umarmt hatte. «Ich muss dringend mit dir sprechen.»

König Deonotus' Gesicht verdüsterte sich, und er fing an, unruhig auf und ab zu gehen. «Was betrübt dich, Vater», fragte Ursula, die sich neben dem Feuer niederließ.

«Dich und den Statthalter scheinen dieselben Sorgen zu plagen», erwiderte er. «Ihr wartet beide ungeduldig auf die Heimkehr der Krieger.»

Ursula hob schweigend die Augenbrauen. Sie wusste, dass Angelegenheiten, in die der Statthalter verwickelt war, immer einen Haken hatten. Selbst vermeintlich gute Nachrichten entpuppten sich nach eingehender Betrachtung oft als das genaue Gegenteil.

«Doch damit hören eure Gemeinsamkeiten auch schon auf. Eure Gründe für den Wunsch, sie mögen zurückkehren, könnten unterschiedlicher nicht sein.» Der König nahm neben seiner Tochter Platz und streichelte ihre Hände. «Das Gespräch, das ich nun mit dir führe, führt Regulus ebenfalls mit Faustina und Aurelius mit Julia.»

Die zögernde Art des Königs erinnerte Ursula an den Tag, als er ihr schonend beigebracht hatte, dass ihre Mutter verstorben war. Der Gedanke daran ließ sie frösteln.

«Meine Liebe, wir haben ein großes Problem. Britannien kann es sich nicht länger leisten, zwei große Heere zu unterhalten. Du hast von den Aufständen in Londinium und im Süden der Provinz gehört, nicht wahr? Du weißt also, dass sich das Volk gegen die hohen Abgaben auflehnt.» Ursula war darüber im Bilde. Erst vor einer Woche hatte sie vom Statthalter den Befehl erhalten, mit einer Reiterschwadron den Aufstand einiger Bauern bei Durotrigum niederzuschlagen.

Der König atmete tief ein und erhob sich. «Die ganze Provinz ist der Ersten Athene dankbar für alles, was sie getan hat. Die Bürger wissen, dass sie dich und dein Heer brauchen, damit die Invasoren fern gehalten werden, aber …» – er schaute seiner Tochter in die Augen – «… aber sie wollen keinen zu hohen Preis dafür bezahlen.»

«Wünscht der Statthalter die Auflösung des Heeres? Sollen die Grenzen nur noch von den stehenden Wachtruppen beschützt werden?», fragte Ursula. Sie spürte wieder die eisigen Krallen der Angst, die sie besiegt zu haben glaubte.

«Aurelius und ich haben diese Entwicklung kommen

sehen», sagte der König leise. «Wir wussten, dass dieser alte Gauner Regulus sich nicht einfach zurücklehnen und zusehen würde, wie du und Julia seine Tochter in den Schatten stellt. Natürlich ermutigte er sie, es euch gleichzutun. Doch würde irgendwann das Volk von Britannien nicht mehr gewillt sein, für die Feldzüge aufzukommen. Bah!» Er wirbelte herum und trat wütend gegen die glühenden Holzscheite. Funken wirbelten durch die Luft. «Wir haben Regulus gewarnt, er solle nicht mit den Truppen aus Corinium und Eburacum in einen Wettstreit treten. ‹Faustina kann sich mit Julia zusammenschließen›, haben wir gesagt. ‹Lass sie das Rot oder Blau tragen!› – ‹Nein›, erwiderte er, ‹wenn meine Faustina für Britannien kämpft, kämpft sie in Grün.› Dadurch hat sich die Truppenstärke der Ersten Athene verdoppelt. Und es nimmt kein Ende, nicht wahr? Mit den vielen Freiwilligen könnte das Kontingent der Ersten Athene im nächsten Jahr auf achttausend steigen. Und dabei müssen wir auch noch die zwanzigtausend Krieger auf dem Kontinent unterhalten!»

«Welche Entscheidung habt Ihr mit dem Statthalter getroffen?», fragte Ursula. Sie bemühte sich, die Ruhe zu bewahren.

«Es gibt nur drei Möglichkeiten. Eine davon wäre, die Erste Athene aufzulösen …»

Ursula atmete tief ein. *Bitte, löse unsere Streitkraft nicht auf! Es gibt noch so viel zu tun. Wären die Männer doch nur hier! Warum mussten sie uns verlassen? Wo ist mein Constans? Warum ist er nicht hier? Was wird Pinnosa dazu sagen?*

«… aber so wie die Dinge in Gallien und Hispanien liegen, können die Männer in absehbarer Zeit nicht heimkehren. Darum wird die Erste Athene mindestens ein weiteres Jahr gebraucht. Noch ein Marsch in die Regenbogenberge, meine Liebe.»

Der König spähte gespannt zu seiner Tochter hinüber. *Er hat sich für mich eingesetzt,* dachte Ursula und fragte sich, wer sein Widersacher gewesen sein mochte. *Sicherlich nicht Aurelius. Dieser listige Regulus konnte es auch nicht gewesen sein. Dann blieb nur der Statthalter. Aber warum? Gerade ihm musste doch eher daran gelegen sein, Britannien zu beschützen, als anderen Provinzen bei ihrer Verteidigung zu helfen.*

«Eine zweite Möglichkeit wäre gewesen, Gallien die Entlohnung der Krieger zu überlassen, aber der Hof in Arelate muss immer noch für seine Einheiten in Italien aufkommen. Wir erhielten die Antwort des Statthalters von Gallien letzte Woche. Ein entschiedenes Nein. Darum musste ich nach Londinium reisen. Es blieb also nur noch eine Möglichkeit», sagte der König in ernstem Ton. «Konstantin wird seine eigenen Münzen prägen und seine Männer von seinem eigenen Geld bezahlen.»

Ursula hielt den Atem an. «Du meinst …»

«Ja, meine Liebe. Er und Constans werden ihre Häupter mit Lorbeer krönen und das purpurne Gewand anziehen.» König Deonotus nahm eine Pergamentrolle vom Tisch und reichte sie seiner Tochter. «Hier», sagte er matt. «Lies deinen allerersten Brief von einem Kaiser. Und bereite dich darauf vor, bald Kaiserin zu werden.»

XVII

«Ich grüße Euch und Eure Mitoffiziere! Ihr habt hervorragende Arbeit geleistet, um das gute Volk von Britannien zu beschützen. Eure Heldentaten begeistern mich und meine Männer und fachen unsere Sehnsucht nach dem rauen Klima der Regenbogenberge an. Euer Ruhm hat sich schnell verbreitet. Im ganzen Römischen Reich wird über Eure Erfolge gesprochen. Ja, selbst Honorius hat auf seinem hohen Thron in Ravenna von Euch gehört: von der Furcht einflößenden Pinnosa, der Plage der Hiberner; von der furchtlosen Brittola, dem Fluch der Pikten. Demnächst wird er Euch nach Afrika abkommandieren!»

Sie mussten alle lachen. Obwohl Ursulas Freundinnen den Brief bereits ein Dutzend Mal gelesen hatten, erfreuten sie diese Zeilen immer aufs Neue, vor allem, wenn Martha sie laut vorlas.

«Mach mit der Stelle weiter, in der es um die Geldmittel geht», drängte Ursula sie.

Julia, die soeben erst eingetroffen war, sollte ebenfalls erfahren, was in dem Brief stand. Sie war in Begleitung dreier Offiziere aus Viroconium Cornoviorum angekommen, um Ursula, Pinnosa, Martha und Baetica zu unterstützen. Das ermöglichte den Eliteeinheiten der Reiterei aus Corinium, eine wichtige Mission in Lindum durchzuführen, wo Faustinas Kriegerinnen verzweifelt gegen eine Reihe gut aufeinander abgestimmter Landungen ankämpften. Sie hatten es mit einem neuen, offenbar viel gefährlicheren Feind zu tun – den Sachsen.

Es war September, der Tag vor Alban Elued, der Herbst-Tagundnachtgleiche. Die Zusammenkunft der Frauen fand in der alten christlichen Tempelanlage am Meer statt. Hier hatten Ursula und Pinnosa vor eineinhalb Jahren zum ersten Mal über ein Frauenheer gesprochen. Alle Befehlshaberinnen saßen rund um den Teich am Altar, tranken Wein und tauschten Informationen aus.

Martha suchte die entsprechende Stelle und fuhr fort.

«Ich versichere Euch, dass die Erste Athene aufgrund kleinlicher Zänkereien zwischen Statthaltern nicht verkleinert oder aufgelöst wird. Die Legion wird erst aufgelöst, wenn Ihr Eure Standarte nach unserer Rückkehr nach Britannien, die hoffentlich bald erfolgt, an Constans oder mich übergeben habt. Dafür verbürge ich mich. Bis zu diesem Tag ist die Provinz auf Euch und Eure gute Arbeit angewiesen. Verschwendet bis dahin keinen einzigen Gedanken an das liebe Geld, sondern überlasst diese heiklen Themen uns alten Männern. Wir stöbern in unseren Verliesen und wühlen in unseren Schatullen. Uns wird schon etwas einfallen.»

«Er muss geahnt haben, dass es Probleme mit Hispanien geben wird, als er den Brief schrieb», sagte Julia. «Der Statthalter von Hispanien soll, wie man hört, der einzige Statthalter im Westreich sein, dem größere Reserven zur Verfügung stehen. Vater hat vor ein paar Tagen erfahren, dass er sich strikt weigert, Gelder für Konstantins gallisch-britannisches Heer – wie er es nennt – auszugeben, da es seines Erachtens keine hispanischen Interessen vertritt. Der Statthalter weigert sich nicht nur, Konstantins und Constans' Kaiserstatus anzuerkennen. Nein, er hat überdies einen unbedeutenden Edelmann aus Caesaraugusta, Maximus, zum hispanischen Kaiser ernannt und Konstantin dadurch einen Rivalen vor die Nase gesetzt.»

«Pah!», rief Pinnosa. «Das ist genau der Grund, warum ich keine Angst habe, dass die Erste Athene aufgelöst wird, bevor wir unser Werk vollendet haben. Konstantin hat die Kaiserwürde angenommen, weil er die Probleme mit dem

Unterhalt seines Heeres vorhergesehen hat. Er wird auch ohne hispanische Unterstützung genügend Gelder für seine Männer auf dem Kontinent auftreiben. Britannien könnte sich eine Erste Athene leisten, die doppelt so groß ist wie bisher.» Ursula nickte zustimmend.

«Was ist mit unseren Kriegern in Hispanien?», fragte Martha. «Sind sie nicht in einer schwierigen Lage, seit die Provinz einen eigenen Kaiser hat?»

«Dazu komme ich jetzt», sagte Julia und warf Ursula und Pinnosa einen verlegenen Blick zu. Ihnen würde es nicht gefallen, was sie mitzuteilen hatte. «Wie in dem Bericht zu lesen ist, hat Gerontius dem neuen Kaiserhaus in Caesaraugusta einen Treueid geschworen. Als Dank für seine ‹Loyalität› wurde er zum Oberbefehlshaber aller hispanischen Truppen ernannt.»

«Verdammt!», zischte Pinnosa. «Ich hätte diesem Verräter die Kehle durchschneiden sollen, als ich die Gelegenheit dazu hatte.»

«Warte. Da ist noch etwas. Es betrifft Constans», fuhr Julia fort. «In dem Bericht steht, dass er zur Zeit dieser Ereignisse noch immer weit im Westen Hispaniens war … in Merida. Wie wir wissen, erkennt er das neue Regime nicht an. Hingegen wissen wir nicht, wie er reagieren wird. Wir haben keine weiteren Berichte von ihm erhalten. Er scheint vollständig von seinem Vater abgeschnitten und von feindlichen Kräften umzingelt zu sein. Unseres Wissens plagt er sich noch immer mit den Sueben herum. Vermutlich muss er sie vor den Meridanern beschützen, die die Waffen gegen die unerwünschten Siedler erhoben haben.»

«Er wird eine Möglichkeit finden, wie er sich und seine Krieger aus der misslichen Lage befreien kann. Bald werden wir wieder Nachrichten von ihm erhalten», sagte Ursula mit betont ruhiger Stimme. Sie wollte ihre Bestürzung vor den Freundinnen verbergen und wechselte das Thema. «Konstantin hatte vor, seine Position zu stärken, indem er in Italien zu Felde zieht, um Honorius gegen die Goten zu unterstützen, aber im Lichte dieser Entwicklungen wird er davon wohl jetzt Abstand nehmen. Oder was meinst du, Julia?» Ursulas Cousine kannte sich mit den politischen Verhältnissen auf dem Kontinent gut aus. Sie war in Treveris und Rom zur Schule gegangen und hatte in den vergangenen Jahren gemeinsam mit ihrem Vater auch einige westliche Provinzen besucht.

«Es ist ein so herrlicher Abend. Wir sollten den Sonnenuntergang bewundern, während wir unser Gespräch fortsetzen.» Es war Pinnosa, die diesen Vorschlag machte, damit die Aufmerksamkeit von Ursula abgelenkt wurde. Die Frauen stimmten zu. Sie setzten sich nebeneinander auf den Rand der Terrasse und schauten aufs Meer.

«Auf dem Kontinent herrscht großer Aufruhr», nahm Julia den Faden wieder auf. «Das ist die Schuld des Intriganten Stilicho, der lange Zeit Pläne schmiedete, Rom und Constantinopolis zu vereinen. Er misstraute den rivalisierenden Mächten in beiden Hälften des Reiches und wiegelte sie gegeneinander auf. Der einzige andere bedeutende Befehlshaber im Westen war Konstantin. Als Stilicho starb, gingen seine Intrigen leider nicht mit ihm unter. Daher schwebt das Reich – und vor allem der Westen – jetzt in großer Gefahr, buchstäblich zerrissen zu werden.» Sie seufzte. «Stilicho hat die Grenzen bewusst den Invasionen ausgesetzt, weil er Konstantins Einfluss schwächen wollte.

Deshalb verwüsten nun die Germanen Gallien und die Goten Italien. Unsere Streitkräfte sind vollkommen überfordert und der Situation kaum gewachsen. Die Menschen müssen in ihren Städten Zuflucht suchen, so wie es Honorius in Ravenna getan hat. Stilicho hat uns alle zu Eichhörnchen gemacht. Wir sitzen mit unseren Wintervorräten in unseren Nestern und warten auf den Frühling.»

«Und was ist mit Konstantins Feldzug in Italien?», fragte Pinnosa.

«Seit Stilichos Tod ist Konstantin der fähigste Befehlshaber im Westen und Honorius' einzige Hoffnung auf einen Sieg gegen die Goten. Darum sollte er mit dem Hauptteil seiner Truppen nach Italien marschieren. Ich nehme aber an, dass er angesichts der jüngsten Entwicklungen in Hispanien zunächst versuchen wird, seine Position zu stärken, bevor er einen Feldzug in ein unbekanntes Land unternimmt. Er wird in Südgallien bleiben und auf Constans' Rückkehr warten müssen. Er kann nicht nach Italien marschieren und Arelate ungeschützt feindlichen Angriffen aussetzen. Allerdings kann er auch nicht – und das sage ich nur ungern – nach Britannien zurückkehren. Bis Constans und sein Vater ihre Truppen wieder vereint haben, sitzen sie beide gewissermaßen in der Falle.»

Die Frauen schwiegen eine Weile und dachten über die verwickelte Politik auf dem Kontinent nach.

«Großer Gott im Himmel!», rief Saula plötzlich. «Warum konnten die Männer nicht einfach die Verteidigungsanlagen an der Grenze instand setzen, die Germanen und Gallier eskortieren – und dann heimkehren? Wann wird ihr Feldzug beendet sein? Werden sie je heimkehren?» Sie sprang auf und lief unruhig hin und her. «Ich werde in diesem Jahr einundzwanzig, so wie viele von uns. Sollen wir denn für den Rest unseres Lebens die Arbeit der Männer verrichten? Wann fängt unser richtiges Leben endlich an? Wann können wir uns vermählen und Kinder bekommen? Wenn wir vierzig sind? Und mit wem sollen wir uns überhaupt vermählen und Kinder bekommen?», fragte sie ungehalten.

«Saula hat Recht», sagte Baetica zu Pinnosa. «Ich bin etwas älter als die meisten hier und die Einzige, die vermählt ist. Saula spricht vielen Frauen aus der Seele. Sie sagen, dass die Männer niemals heimkehren werden, weil unverheiratete Männer sich dort niederlassen, wo sie entlohnt werden. In Anbetracht der Lage könnte das überall im Westen des Reiches sein, außer in Britannien.»

«‹Ein Heer von Jungfrauen›», fügte Martha hinzu. «Das hat eine meiner Kriegerinnen gesagt. ‹Wir werden diese Arbeit noch machen, wenn wir vierzig sind und keine Kinder mehr bekommen können›, meinte sie.»

«Und wer wird die Arbeit in zwanzig Jahren machen», gab Saula zu bedenken, «wenn die besten Krieger und Kriegerinnen der Provinz keine Kinder bekommen? Wir sollten unsere Männer bald treffen und heiraten, sonst wird Britannien …»

«Diesem alten, friedlichen Ort haftet etwas Besonderes an», unterbrach Ursula sie. «Hier kann ich klarer denken als anderswo.» Sie zeigte auf einen Felsen in der Nähe. «Dort drüben saßen Pinnosa und ich, als unsere Idee geboren wurde, ein Frauenheer zu gründen. Und ich glaube, ich weiß, was wir jetzt machen werden.»

Sie stand auf, und ihr verträumter Blick glitt in die Ferne. «Meine Damen, sofern wir die Bedrohung durch die

Sachsen im Osten in einem Monat erfolgreich abgewehrt haben, können wir unseren zweiten Feldzug beenden. Aufgrund der Entwicklungen auf dem Kontinent müssen wir im nächsten Jahr jedoch mit Sicherheit erneut zu Felde ziehen. Und vielleicht noch ein viertes Mal.» Ursula lief einen Moment schweigend auf und ab. «Das Leben, das wir führen, geht uns allmählich in Fleisch und Blut über. Der Drill und die anstrengenden Märsche sind unser tägliches Brot geworden. Wir haben uns an das einfache Essen in den Feldlagern gewöhnt. Bald werden wir nicht mehr in der Lage sein, einen richtigen Festschmaus zu genießen. Wir schlafen auf einer harten Pritsche schon besser als in einem weichen Bett. Die Grenzpatrouillen sind unser Leben geworden. Ihr stimmt mir sicher zu.» Alle nickten. «Wenn ihr auf Patrouille seid, seid ihr nicht mehr fort von daheim, nein, ihr seid daheim. Und das sind die Männer auch. Daheim und doch so fern von uns.»

«Nein!», rief Cordula. «Es gibt einen großen Unterschied zwischen unserer und ihrer Arbeit. Wir patrouillieren in unserem Heimatland, die Männer aber dienen fern der Heimat, und ich bin sicher, dass sie sie vermissen.»

«Natürlich vermissen sie ihre Heimat», pflichtete Ursula ihr bei. «Andererseits gewöhnen sie sich mit der Zeit an ihr neues Leben. Je länger unsere Männer auf dem Kontinent bleiben und in die Ereignisse dort verwickelt werden, desto vertrauter wird ihnen das Land und desto schwieriger wird es für sie, den Weg zurück zu finden. Die Gefahr, dass sie nie mehr zurückkommen, besteht tatsächlich. Womöglich bewahrheitet sich die Befürchtung der Frauen, für den Rest ihres Lebens die Provinz bewachen zu müssen.»

«Und was können wir tun, damit das nicht geschieht?», fragte Saula verzweifelt.

«Ich hätte da eine Idee», erwiderte Ursula zögernd. «Bevor ich sie euch verrate, möchte ich Baetica eine einfache Frage stellen. Baetica?»

«Ja?»

«Ich nehme an, dein Gatte ist ein pflichtbewusster Legionär, der sich am Ende einer Saison bereits auf den nächsten Feldzug freut. Stimmt das?»

«Ja. Im Grunde bin ich eher seine Geliebte als seine Gattin, falls ihr versteht, was ich meine.»

«Er vermisst dich sicherlich, wenn er von zu Hause weg ist. Aber wenn er unversehrt zurückgekehrt ist, vermisst er das Leben im Heer gewiss noch mehr.»

«Das ist leider wahr. Sobald er zwei Wochen zu Hause ist, steigert sich seine Unruhe ins Unerträgliche, sodass wir zu einer dreitägigen Jagd aufbrechen müssen, sogar mitten im Winter. Der Bär jagt den Bären, nenne ich das immer.»

Ursula wartete, bis das Gelächter verstummte. «Was kann man unter normalen Umständen tun, damit ein Legionär sofort nach einem Feldzug nach Hause zurückkehrt und sich nicht freiwillig für Sondereinsätze meldet?»

«Er muss die Nachricht erhalten, dass er Vater geworden ist», erwiderte Baetica, ohne eine Sekunde zu überlegen. «Vorzugsweise Vater eines strammen Sohnes. Das wird seine Sehnsucht anfachen.»

«Die meisten Männer in Konstantins und Constans' Heer sind doch unverheiratet», gab Cordula zu bedenken.

«Und es herrschen keine normalen Umstände!», rief Saula.

«Ihr habt beide vollkommen Recht», sagte Ursula mit funkelnden Augen. «Deshalb möchte ich euch folgenden Vorschlag machen: Wir vergrößern die Erste Athene auf die Truppenstärke der britannischen Legion, die unter dem Befehl von Konstantin und Constans steht, und dann …»

«Das sind ja über zwanzigtausend!», rief Martha.

«Lass mich bitte ausreden.» Ursula legte eine Hand auf Marthas Schulter. «Wir bilden eine Erste Athene, die der Größe von Konstantins Heer entspricht und zudem vorwiegend aus unverheirateten Frauen besteht. Gleichzeitig stellen wir eine Reservelegion auf, die Zweite Athene, die in etwa der Größe unserer Truppen in diesem Jahr entspricht, also fünftausend. Diese Aufgabe wird ein ganzes Jahr in Anspruch nehmen, daher kann der zweite Teil des Plans erst Ende nächsten Jahres umgesetzt werden. Um Alban Elued, am Ende der Feldzugsaison, aber dann …»

Ursula beobachtete ihre Freundinnen. Pinnosa und Julia grinsten. Die anderen starrten sie sprachlos an. «Wenn wir die Zweite Athene gegründet haben und sie in der Heimat den Schutz Britanniens übernimmt, marschieren wir mit der Ersten Athene auf den Kontinent. Wir holen Konstantins Heer ein und halten große Hochzeit, verheiraten die unverheirateten Männer mit den unverheirateten Frauen.»

«Eine Hochzeit!», rief Cordula aufgeregt und klatschte in die Hände.

«Zwei ganze Heere?», fragte Brittola verstört.

Pinnosa und Julia schwiegen. Sie hatten beide geahnt, was Ursula im Sinn hatte.

«Für jeden Mann eine Frau», sagte Saula.

«Lauter Paare!», murmelte Martha.

Ursula wartete, bis sich die Frauen an den Gedanken gewöhnt und neue Hoffnung geschöpft hatten. Dann fuhr sie fort: «Das ist aber noch nicht alles. Die Frauen bleiben bei den Männern, bis sie in anderen Umständen sind. Anschließend kehren sie in der Gewissheit nach Britannien zurück, dass auch ihre Gatten heimkehren werden.»

Mittlerweile waren alle Frauen aufgestanden und umringten Ursula.

«Das ist ein sehr ehrgeiziger Plan», sagte Pinnosa nachdenklich. «Wir werden gegen zahlreiche Schwierigkeiten anzukämpfen haben.» Als sie ihre Freundin in die Arme schloss, spürte Pinnosa, dass Ursula am ganzen Leib zitterte. «Es ist dennoch eine logische Folge der Aufgabe, die wir übernommen haben, nämlich Britannien zu verteidigen. Ich unterstütze die Idee uneingeschränkt. Allerdings», fügte sie mit verschmitzter Miene hinzu, «weiß ich nicht, wie wir in Form bleiben sollen, wenn wir alle hochschwanger sind.»

«Das ist wohl wahr, liebe Cousine», sagte Julia, als das Gelächter verstummte, das Pinnosas letzte Bemerkung hervorgerufen hatte. «Aber unsere Situation erfordert drastische Maßnahmen. Es gibt meines Erachtens keine andere Lösung. Dieser Plan garantiert nicht nur, dass Britannien in zwanzig Jahren ein neues Heer kräftiger junger Männer zur Verfügung steht, sondern er wird auch viele unserer besten Männer nach Hause locken. Wenn eine richtige Familie auf sie wartet, werden sie heimkehren.»

«Der Plan hat noch einen weiteren Vorteil», verkündete Ursula. «Wenn die Männer aus irgendeinem Grunde nicht zurückkehren sollten, können die Mütter, die Frauen der Ersten Athene, das neue Heer drillen.»

Während sich eine lebhafte Diskussion über die Ausbildung zukünftiger Söhne in der Kriegsführung entwickelte, stand Pinnosa abseits der Gruppe und blickte aufs Meer. Nach einer Weile meldete sie sich noch einmal zu Wort. «Ich würde eine kleine Änderung vorschlagen, Ursula.»

«Und was schwebt dir vor?»

«Du hast deinen Constans, Cordula hat ihren Morgan. Die meisten von uns haben auf einen der hübschen Offiziere, die fern der Heimat dienen, ein Auge geworfen. Ich kann mir hingegen keinen netten, jungen Mann in Gallien oder Hispanien vorstellen, den ich gerne heiraten und zum Vater meines Kindes machen würde.» Pinnosa wandte sich nun an die ganze Gruppe. «Ich schließe mich freiwillig von den Heiratsplänen aus und stelle die Einsatzbereitschaft der Ersten und Zweiten Athene sicher, während ihr die jungen Legionäre großzieht.»

«Ich helfe dir dabei, Pinnosa!», rief Brittola. Sie stand neben dem Altar und umklammerte ihr Kreuz, als wollte sie etwas Teuflisches abwehren. «Ihr redet alle über die Hochzeit, als ginge es darum, Pferde zu züchten. ‹Eine neue Generation von Befehlshabern und Kriegern.› ‹Alle lassen sich gleichzeitig schwängern.› ‹Für den Fortbestand des Heeres sorgen.› Darf ich euch daran erinnern, dass ihr mit der Vermählung in den heiligen Stand der Ehe tretet und Mann und Frau sich vor Gott vereinen? Richtige Ehen gründen auf Liebe und nicht … nicht darauf, neue Krieger heranzuzüchten!»

Sie schüttelte den Kopf und ließ das Kreuz los. Ihr mitleidiger Blick glitt über ihre Freundinnen. «Ich werde euch auf dieser verzweifelten Mission begleiten, weil ich eine von euch bin und euch wie Schwestern liebe. An dieser Massen-Eheschließung, die mich an einen Viehmarkt erinnert, nehme ich hingegen nicht teil.»

Eine kühle Abendbrise strich über die Terrasse. Reglos lauschten die Frauen Brittolas Worten.

«Und da ist noch etwas. Ursula, du hast gesagt, du wüsstest nicht, warum dieser Ort des Friedens dir diese Gedanken eingegeben hat. Ich weiß, warum.» Sie kniete sich vor den Altar und sprach ein Gebet. Die anderen knieten sich ebenfalls nieder.

«Großer Herr und gütiger Gott. Du hast diesen heiligen Ort ausgewählt, um unser Schicksal zu besiegeln. Du hast entschieden, uns durch Ursula deinen Willen zu übermitteln und uns unsere wahre Lebensaufgabe zu enthüllen. Wir werden dem Schicksal, das du für uns bestimmt hast, folgen, Herr. Wir unterwerfen uns deinem Willen. Wir gehorchen deinen Wünschen in Liebe und Ergebenheit, auch wenn wir noch nicht wissen, wohin unsere Mission – deine Mission – uns führt.» Nach einer langen Pause stimmte Brittola das Lied *Gelobt sei der Herr* an.

Kurz darauf sangen alle aus voller Kehle mit.

4. Kapitel
Der Sturm

Obwohl Ursula, Julia und Faustina ihre Väter unablässig bestürmten, konnten sich die drei Könige nur langsam für die Idee eines großen Feldzugs und die Vermählung der Legionen erwärmen. König Deonotus sträubte sich von allen am meisten, die Sache zu unterstützen. Er hatte an drei Feldzügen auf dem Kontinent teilgenommen und wusste aus Erfahrung, wie schnell die Truppen nach der Überquerung des Kanals bei ihren Missionen auf unerwartete Schwierigkeiten stießen. Dennoch willigte er, wenn auch widerstrebend ein, im Frühjahr 409 an einer Besprechung der Provinzkönige bei König Aurelius in Lindum teilzunehmen, um über den Vorschlag der Frauen zu beraten. Das Treffen sollte vor der geplanten Zusammenkunft mit dem Statthalter von Londinium aus Anlass der Frühlings-Tagundnachtgleiche, Alban Eiler, stattfinden.

König Deonotus reiste mit seinem Gefolge durch die wunderschöne Frühlingslandschaft nach Lindum. Kaum jemand in seinem Gefolge ahnte zu diesem Zeitpunkt, dass die neuesten politischen Entwicklungen den großen Feldzug der Frauen schon bald dringend erforderlich machen würden. Die römische Politik und die germanischen

Invasionen bescherten der Provinz eine schicksalhafte Wende und zerstreuten die Bedenken, die König Deonotus gegen den Wunsch der Frauen hegte.

Einige Stunden bevor die beiden anderen Könige in Lindum eintrafen, ereilte Aurelius eine Botschaft von Konstantin mit verdrießlichen Neuigkeiten. Konstantin war gezwungen worden, Honorius in Italien zu unterstützen und sich von seiner gegenwärtigen Aufgabe abzuwenden. Seine Streitkraft war zu klein, um allein mit dem riesigen Heer der Goten fertig zu werden, und es war ihm nicht gelungen, vor Ort Legionäre anzumustern, da ihm nach der Überquerung der Alpen nur Misstrauen und Feindseligkeit entgegengebracht wurden. In Italien erhielt er neue Informationen, die die Verschwörungen des alten Intriganten Stilicho betrafen und die bewiesen, dass die Statthalter von Britannien und Hispanien lange Zeit mit ihm gemeinsame Sache gemacht hatten.

Anstatt am nächsten Tag nur mit ihrer Leibgarde Richtung Süden nach Londinium zu reiten, um den Statthalter zu überzeugen, die Geldmittel für ein größeres Frauenheer bereitzustellen, rückten die Könige mit einer beachtlichen Streitkraft aus, um ihn abzusetzen und zu verhaften. Zu der Streitkraft gehörten auch die königlichen Garden aus Corinium, Eburacum und Lindum sowie die erste, fünfte und sechste Kohorte der Ersten Athene.

Unglücklicherweise kamen sie zu spät. Der Statthalter und sein Hof waren gewarnt worden und hatten die Flucht ergriffen, mitsamt dem Staatsschatz und der kaiserlichen Garde. Als die Könige im kaiserlichen Palast eintrafen, war der Statthalter bereits auf dem Weg nach Hispanien.

Die Könige fanden sich damit ab und zogen eine Verfolgung nicht in Betracht. Da sie den Statthalter schon seit drei Jahren unredlicher Machenschaften verdächtigten, hatten sie ihre Zahlungen an die römische Staatskasse vorsichtshalber auf ein Minimum beschränkt. Deshalb blieben über drei Viertel des Reichtums der britannischen Provinz in den Händen von Corinium, Eburacum und Lindum. Die Bürger von Britannien konnten ihre Gelder fortan nach Gutdünken verwenden, was unter anderem dazu führte, dass die Erste und Zweite Athene großzügig unterstützt wurden.

Die Probleme, mit denen die Provinz zu kämpfen hatte, verlangten die ungeteilte Aufmerksamkeit der Könige, deshalb beschlossen sie, während des gesamten Jahres 409 gemeinsam in Londinium zu bleiben. Für Konstantin war das eine große Hilfe, weil dadurch die Kommunikation zwischen Arelate und Britannien erheblich erleichtert wurde. Konstantin konnte nun seine besten Kuriere einsetzen, um die wichtige Verbindung zu Constans jenseits der Berge im Norden Hispaniens aufrechtzuerhalten. Für diese verantwortungsvolle Aufgabe, bei dem der Kurier auf Schritt und Tritt mit Verrat und zahllosen tödlichen Gefahren konfrontiert wurde, gab es keinen geeigneteren Mann als Morgan.

Durch die verbesserte Verbindung zwischen dem britannischen Kaiser Konstantin und seiner Heimatprovinz fühlte sich die ganze Region sicherer. Das führte dazu, dass die drei Könige dem Vorschlag ihrer Töchter, einen großen Feldzug auf den Kontinent zu unternehmen, weniger skeptisch gegenüberstanden. Im Juni 409, kurz vor der Sommersonnenwende, überstürzten sich die Ereignisse, die das Schicksal der Frauen besiegeln sollten.

Ursula, Pinnosa und Julia hielten sich im kaiserlichen Palast in Londinium auf, als aus Lindum Berichte über erneute Invasionen der Sachsen an der Ostküste eintrafen. Faustinas Truppe kam nicht mehr dagegen an und brauchte dringend Unterstützung. Im vergangenen Jahr hatte die Anzahl der Plünderer kaum die Tausend überschritten, jetzt sah es so aus, als wären bereits zweitausend gelandet, und es wurden immer mehr. Zu allem Unglück wurden die Sachsen diesmal von Reiterschwadronen unterstützt.

Im Jahr zuvor hatten die Kohorten der Ersten Athene mehrere harte Gefechte mit den Sachsen ausgefochten. Große Horden von Eindringlingen mit einer Stärke von bis zu dreihundert Mann waren durch das Gebiet rings um Lindum gezogen, hatten geplündert und sich den schändlichsten Vergnügungen hingegeben. Die hoch gewachsenen Sachsen erwiesen sich als viel schlimmerer Feind als die Hiberner oder Pikten und waren zudem gute Kämpfer. Ihre Anführer hatten in römischen Hilfstruppen gedient und kannten sich in Truppenaufstellungen und Schlachttaktiken gut aus. Trotz der Verstärkung aus Corinium war es für die Frauen eine enorme Herausforderung, sie zu besiegen.

Pinnosa hatte sofort nach ihrer Ankunft in dem Gebiet den Befehl über die Truppen übernommen und eine Strategie ausgearbeitet, die den Sieg über die sächsischen Plünderer herbeiführen sollte. Beim Angriff auf den grimmigen, gut organisierten Feind sollte eine neue Taktik zum Einsatz kommen. Die Kriegerinnen, die mit kurzen Speeren bewaffnet waren, brauchten drei Tage, um die Technik zu erproben und zu perfektionieren. Während dieser drei langen Tage trieben die Sachsen ihr Unwesen und verwüsteten ungehindert das Land.

Vor der Morgendämmerung des fünften Tages hatte eine von Pinnosa und Baetica angeführte Spezialeinheit der Elitereiterei aus Corinium die Jagd auf den Feind begonnen, unterstützt von einem großen Reitertrupp aus Lindum. Den Berichten von Faustinas Spähern zufolge kampierte die erste Horde Sachsen kaum zwei Meilen von der Großen Nordstraße entfernt. Pinnosa blies zum Angriff, den die beiden Befehlshaberinnen selbst anführten, um sich ein Bild von der Stärke des Feindes zu machen und zugleich die neue Taktik auf die Probe zu stellen. Pinnosa und Baetica galoppierten mit jeweils sechzig Reiterinnen aus verschiedenen Richtungen auf den Feind zu. Dadurch wurden die etwa dreihundert Sachsen gezwungen, an zwei verschiedenen Fronten gleichzeitig zu kämpfen. Die Frauen schützten sich mit ihren langen Schilden gegen die unzähligen Geschosse, die auf sie niederprasselten. Kurz bevor sie den Feind erreichten, ließen sie die Schilde sinken, zogen die kurzen Speere, die sie sich auf den Rücken gebunden hatten, hervor und warfen sie in vollem Galopp auf die Eindringlinge.

Erstaunlicherweise wurden nur sechs Frauen und zwölf Pferde verletzt, wohingegen dreißig Feinde getroffen zu Boden sanken. Beim zweiten Sturm griff das gesamte Truppenkontingent an drei Flanken an. Diesmal wurden weitere fünfzig Männer getroffen, woraufhin sich die Sachsen ergaben. Nach vier weiteren ähnlichen Gefechten an den nächsten beiden Tagen wurden alle Sachsen überwältigt und nach Lindum gebracht. Am Ende des Feldzuges waren siebenunddreißig Frauen verwundet, zwei von ihnen erlagen ihren Verletzungen. Außerdem verlor das Frauenheer zwölf Pferde. Die Sachsen hatten allerdings über vierzig Tote zu beklagen, und dreihundert von ihnen trugen Verwundungen davon.

Die Befehlshaberinnen der Ersten Athene hatten sich der Entscheidung des Königs, die Sachsen in Eisenketten zu legen und zurückzuschicken, leidenschaftlich widersetzt. Ihnen wäre es lieber gewesen, man hätte sie in den Kerker geworfen. Schließlich hatte sich Regulus jedoch durchgesetzt. Er glaubte, die Demütigung würde die Invasoren und ihre Stammesgenossen von weiteren Überfällen abhalten.

All das hatte sich im Herbst des vergangenen Jahres zugetragen. Nun, neun Monate später, sah es so aus, als hätte sich der alte König geirrt. In den beunruhigenden Berichten über die erneute Invasion hieß es, die Plünderer forderten «die schwachen, als Frauen verkleideten Männer» zum Kampf heraus. Die schmachvolle Niederlage gegen das Frauenheer schien eher als Provokation denn als Abschreckung gewirkt zu haben. «Es scheint», sagte Prinzessin Ursula in Anwesenheit von König Regulus zu ihrem Vater, nachdem der Kurier seinen Bericht in Londinium abgeliefert hatte, «dass die Reaktionen anderer genauso schwer vorherzusehen sind wie ihre Absichten.»

II

Einen Tagesritt von Londinium entfernt lag inmitten des Flusses Tamesis eine große Insel, der ideale Ort für ein Ausbildungslager der Ersten Athene. Erstens bot sie Platz für über zehntausend Menschen, und zweitens waren die jungen athletischen Frauen hier vor Schaulustigen sicher.

Die Heilige Insel verdankte ihren Namen einem nahe gelegenen See, dem eine heilende Wirkung zugesprochen wurde; die Druiden hatten hier sogar einen kleinen Tempel gebaut. Brittola missbilligte den Ort, weil Heiden aus der ganzen Provinz zu dem See pilgerten. Der hohe Bekanntheitsgrad des Ortes erwies sich für die Frauen indes als weiterer Vorteil, denn Rekrutinnen und Freiwillige aus allen Ecken Britanniens strömten herbei, um in die Legion einzutreten.

Dabei waren es nicht nur die Frauen aus fernen Gegenden, die für einen dramatischen Zuwachs an Kriegerinnen sorgten. Das geschäftige Treiben der Ersten Athene rund um Londinium zog auch die Aufmerksamkeit der Bewohner der Hauptstadt und der umliegenden Ansiedlungen auf sich. Eines Tages Ende April, kurz vor Beltane, riefen die Wachposten auf der Heiligen Insel bei Tagesanbruch die Offiziere herbei, denen sich in der Tat ein erstaunlicher Anblick bot. An beiden Ufern des Tamesis drängten sich, so weit das Auge reichte, Frauen in ihren neuen Uniformen aus Londinium, die nicht – wie Pinnosa spöttisch vorgeschlagen hatte – gelb, sondern leuchtend orange waren. Insgesamt hatten sich fünfeinhalbtausend Frauen versammelt, davon eintausendfünfhundert berittene.

Die Könige hatten ihre endgültige Zustimmung zum großen Feldzug noch nicht erteilt, der Bildung einer Reservetruppe, der Zweiten Athene, aber zugestimmt. Sofort nach dem Entschluss der Könige, das ganze Jahr in Londinium zu verweilen, wurde das Ausbildungslager errichtet. Durch die günstige Lage der Heiligen Insel konnten die Befehle der Könige schnell weitergeleitet werden, woraufhin die Befehlshaberinnen ihre Einheiten umgehend dorthin verlegen konnten, wo sie am dringendsten gebraucht wurden.

Ursulas Frauenheer gewann immer mehr an Bedeutung. Einschließlich derer, die auf der Heiligen Insel gedrillt wurden, hatte die Erste Athene eine Stärke von elftausend erreicht. Die Reservelegion – die Zweite Athene – umfasste viertausend Frauen. Aufgrund des erneuten Vordringens der Sachsen, die eine große Gefahr für die Sicherheit der Provinz darstellten, stimmten die Könige jedoch gemeinsam mit den Heerführerinnen für eine Aufstockung der Reservetruppe auf siebentausend.

III

Zahlreiche neue Rekrutinnen drängten sich nach dem Schwimmtraining am Ufer des Tamesis zusammen und trockneten sich gegenseitig ab. Um sich aufzuwärmen, sangen sie im Chor: *Gelobt sei der Herr.* In diesem Augenblick schoss eine der Übungsgaleeren, begleitet von den lauten Schreien der Ausbilderin und dem Stöhnen der erschöpften Besatzung, an ihnen vorbei und bespritzte sie von oben bis unten. Die Stimmen der Ruderinnen unter Deck hallten wie das verzerrte Dröhnen einer Rohrdommel über den Fluss. Obwohl die Rekrutinnen dieses eigentümliche Geräusch mittlerweile kannten, brachte es sie jedes Mal zum Lachen.

Ursula, Pinnosa und Julia amüsierten sich ebenfalls köstlich, als sie die Szene von einer Böschung aus beobachteten. Sie saßen im Sattel und warteten auf ihre Eskorte, denn Ursulas Stute Lux war so außergewöhnlich schnell, dass nur Pferde wie Artemis mit ihr Schritt halten konnten. Die Befehlshaberinnen hatten den Weg von Londinium bis hierher in einem rasanten Tempo zurückgelegt, weil sie unverzüglich zur Heiligen Insel zurückkehren und den Feldzug nach Lindum vorbereiten mussten. Am Morgen desselben Tages war Faustinas Bericht im kaiserlichen Palast eingetroffen. Die Truppe in Lindum brauchte dringend Verstärkung. Über das genaue Vorgehen musste noch entschieden werden.

Die Frauen standen drei Meilen von der Heiligen Insel entfernt stromabwärts an einer Stelle, wo die Strömung des Flusses stärker wurde und daher für Schwimm- und Ruderübungen auf den Galeeren gut geeignet war. Hier herrschte reges Treiben: Viele Rekrutinnen trainierten im seichten Wasser das Schwimmen, und beide Übungsgaleeren waren im Einsatz. Die jeweils sechzig Frauen Besatzung ruderten hintereinander bis zu den beiden Dämmen, in deren Nähe die Befehlshaberinnen auf ihre Eskorte warteten. Einige Gruppen übten die Flussüberquerung zu Pferde, wobei ein paar Frauen ihre Tiere in tiefes Wasser führten und versuchten, gegen den Strom zu reiten. Gleichzeitig durchquerte eine zweite Gruppe den Fluss vom anderen Ufer aus. Für sie war die Übung aufgrund der für sie günstigen Strömung bedeutend einfacher.

«Ich glaube, ich weiß, wie wir am besten vorgehen», sagte Ursula plötzlich. «Wir verlegen alle gut gedrillten und erfahrenen Frauen, die wir entbehren können, nach Lindum, und zwar so schnell wie möglich.»

«Das ist auch meine Meinung», stimmte Pinnosa zu. «Am besten die erste und dritte Kohorte.»

«Die werden doch in den Regenbogenbergen und am Grenzwall gebraucht», warf Julia ein.

Ursula lächelte. «Wenn wir sie durch die Zweite Athene ablösen, dürfte das kein Problem sein.»

«Ist die Zweite Athene denn schon einsatzbereit?», fragte Julia.

«Sie ist so gut gedrillt, wie wir es vor zwei Jahren waren», erwiderte Pinnosa.

Julia dachte einen Augenblick nach und nickte dann.

«Sobald wir die Heilige Insel erreicht haben, schickst du die Kuriere auf den Weg, Julia», sagte Ursula. «Und du, Pinnosa, trommelst die besten Reiterinnen zusammen und brichst sofort mit ihnen nach Lindum auf. Schon eine kleine Einheit von hundert Frauen ist für Faustina eine große Hilfe.»

«Pass gut auf dich auf, Pinnosa», sagte Julia. «Selbst mit der Reiterei aus Lindum wird die Truppenstärke nicht ausreichen, um es gegen zweitausend kampfwütige Sachsen aufzunehmen.»

«Wegen der großen Zahl von Eindringlingen mache ich mir keine Sorgen», verkündete Pinnosa großspurig. «Sobald sich kleinere Gruppen ablösen, bringen wir sie zur Strecke.»

«Nein!», sagte Ursula warnend. «Bevor Verstärkung eingetroffen ist, finden keine Kämpfe statt. Das ist ein Befehl!» Sie schaute ihre alte Freundin grimmig an. «Deine Aufgabe beschränkt sich vorläufig darauf, den Feind zu beobachten und die Siedlungen, die auf seinem Weg liegen, zu evakuieren. Sinnlose kleine Scharmützel bringen uns nichts als Verluste ein. Du, Faustina, und die gesamte Erste Athene müssen für unseren großen Feldzug voll einsatzfähig bleiben. Du wartest, bis Julia und ich mit Verstärkung eintreffen. Hast du mich verstanden?»

«Zu Befehl!», sagte Pinnosa mit aufgesetzter Unterwürfigkeit und einer schwungvollen Verneigung.

«Mir ist es durchaus ernst damit, Pinnosa. Geh bitte kein Risiko ein.»

Pinnosa, die genau wusste, wie ernst die Lage war, verzichtete auf weitere Scherze. «Keine Sorge. Wir gehen auf Nummer Sicher.»

«Ich begleite die Hälfte der Zweiten Athene in die Regenbogenberge und überwache den Einsatz», fuhr Ursula fort. «Julia führt die andere Hälfte zum Grenzwall und beaufsichtigt den Truppenwechsel. Anschließend führen wir die Erste Athene auf dem schnellsten Wege zu dir.»

Pinnosa und Julia stimmten dem Vorgehen mit einem Nicken zu.

«Und wer von euch kommt zuerst bei mir an?», fragte Pinnosa grinsend.

Weder Ursula noch Julia gingen auf die Frage ein und zuckten nur mit den Schultern. In diesem Augenblick kam die Eskorte in Sicht. Die drei Heerführerinnen trieben ihre Pferde zum Galopp an und ritten zurück ins Lager.

IV

Pinnosa vermied trotz der enormen Kampfeslust der Sachsen jede direkte Konfrontation mit ihnen. Sobald die Eindringlinge eine Einheit der Ersten Athene erblickten, die den Feind lediglich beobachtete, sprangen sie in die Sättel und begannen die Verfolgungsjagd. Sie stießen wildes Kampfgeschrei aus und riefen die Namen der Befehlshaberinnen, vor allem den der verschmähten Anführerin der Reiterei. «Pinnosa Feuerhaar!», brüllten sie in gebrochenem Britannisch. «Wir wollen Pinnosas Blut!»

Die Frauen hatten einen entscheidenden Vorteil gegenüber ihren Gegnern: Ihre Pferde stammten aus besseren Züchtungen und waren folglich größer und kräftiger. So konnten sie den Feind schnell abhängen, sobald er Jagd auf sie machte.

Die Sachsen bewegten sich in drei Gruppen – einer großen und zwei kleinen – durch das Gebiet zwischen der Großen Nordstraße und der Fosse-Straße. Hier lagen Hunderte winziger Weiler, in denen Tonwaren gebrannt und Metall geschmiedet wurde, und es erwies sich als ausgesprochen schwierig, all diese kleinen Ortschaften zu evakuieren. Obwohl Pinnosas Einheiten alles taten, was in ihrer Macht stand, wurden Tag für Tag Dutzende Menschen niedergemetzelt. Die Eindringlinge hinterließen eine entsetzliche Schneise der Verwüstung. Als Ursula mit der Verstärkung aus den Regenbogenbergen eintraf, beschlossen die Befehlshaberinnen, nicht auf Julias und Saulas Kriegerinnen zu warten, die noch zwei Tagesmärsche entfernt waren, sondern unverzüglich anzugreifen.

Um die Mittagszeit des nächsten Tages trafen Ursulas, Pinnosas und Faustinas Einheiten an der Großen Nordstraße aufeinander, etwa einen Stundenritt von der Stadt Lindum entfernt. Die vereinigte Truppe war groß genug, um einen Angriff zu wagen. Von Faustinas Spähern wussten die Heerführerinnen, dass die größte Gruppe der Sachsen gerade eine kleine Stadt namens Causennae plünderte, die in der Nähe lag. Zum Glück war sie am Abend zuvor von Pinnosas Patrouille evakuiert worden.

«Brittola», sagte Ursula bei der Einsatzbesprechung, die neben den Nachschubwagen stattfand, «dies ist dein erstes Gefecht mit den Sachsen. Sie sind weit gefährlicher als die Hiberner oder die Pikten, und die Sicherheit der Frauen steht an erster Stelle. Du weißt, was das bedeutet?»

«Natürlich», sagte Brittola, ohne zu zögern. Sie hatte genug Erfahrungen gesammelt, um zu wissen, wann man von seinen Prinzipien abweichen musste. «Es ist unser Ziel, sie zu töten.»

«Du verstehst das doch, nicht wahr?», fragte Pinnosa voller Mitgefühl für die gläubige Freundin. «Wir können uns keine Verluste erlauben. Alle Kriegerinnen der Ersten Athene werden für den großen Feldzug gebraucht.»

«Hältst du mich für dumm?», erwiderte Brittola empört. «Diese Sachsen sind die gefährlichsten Unholde auf Gottes Erde. Ein Pfeil im Fuß würde sie nicht davon abhalten, einer Frau das Genick zu brechen!»

Pinnosa wandte sich an die ganze Gruppe, der auch Martha und Cordula angehörten. «Leider haben wir ein Problem. Unsere Taktik mit den kurzen Speeren könnte gegen die beiden kleineren Gruppen funktionieren, aber im Kampf gegen die große Horde müssen wir eine andere Strategie anwenden. Der Feind verfügt über etwa dreihundert Reiter, ein Nahkampf ist also ausgeschlossen. Ich gebe es zwar ungern zu, aber wir hätten keine Chance. Sie würden uns mühelos besiegen.»

«Die einzige Möglichkeit sind Pfeil und Bogen», sagte Cordula. «Aber wie sollen wir sie dazu bringen, auf einem freien Feld für uns Aufstellung zu nehmen?»

«Ich weiß, wo wir es machen könnten. Ich bin hier aufgewachsen», erklärte Faustina aufgeregt. «Causennae liegt in der Nähe des Witham-Tales. Dort gibt es inmitten der bewaldeten Hügel eine riesige Lichtung. Wenn wir sie dahin locken, sitzen sie in der Falle. Zwischen den Bäumen können sich ganze Kohorten von Bogenschützen verstecken, ohne gesehen zu werden.»

«Ausgezeichnet!», rief Pinnosa und schlug auf das Rad eines Wagens. «Und ich weiß, wie wir den Köder auslegen ...»

Während die Frauen emsig Pläne schmiedeten, zogen dunkle Wolken auf, und kurz danach fielen die ersten Tropfen vom Himmel. Als sie in die Sättel stiegen, regnete es bereits in Strömen.

Trotz der sintflutartigen Regenfälle verlief anfangs alles nach Plan. Pinnosas «Köderpatrouille» von fünfzig Reiterinnen, zu denen auch Ursula, Brittola, Martha und Cordula gehörten, lockte die Plünderer auf eine Lichtung westlich der Stadt. Als die Sachsen die Frauen erblickten, brüllten sie: «Pinnosa Feuerhaar!», sprangen auf ihre Pferde und nahmen die Verfolgung auf.

Zwei von Faustinas Offizieren und Pinnosa führten die Einheit an. Dreihundert blutrünstige Sachsen galoppierten in einer Entfernung von einer halben Meile laut schreiend hinter ihnen her. Nach einer wilden Verfolgungsjagd durch den dichten Wald überquerten sie einen Bergkamm und ritten in westlicher Richtung durch das Witham-Tal. Wie Faustina gesagt hatte, erstreckte sich jenseits des Waldes eine riesige Lichtung. Trotz des starken Regens sahen die Befehlshaberinnen auf den ersten Blick das Holzkreuz, das anzeigte, dass die Bogenschützen in Position waren.

In diesem Augenblick tauchte zwischen den Bäumen am anderen Ende der Lichtung ein Spähtrupp aus etwa einem Dutzend Sachsen auf. Sie sahen die römischen Frauen, die direkt auf sie zukamen, zogen mit lautem Kampfgeschrei ihre Waffen und stürmten zum Angriff.

Im Bruchteil einer Sekunde erkannte Ursula das Dilemma, in dem sich Faustina befand. Wenn sie den kleinen Spähtrupp mit Pfeilschüssen abwehrte, würde die große Sachsenhorde merken, dass man sie in die Falle gelockt hatte. Es gab keine Möglichkeit, dem Nahkampf mit dem sächsischen Spähtrupp auszuweichen, zumal den Frauen die feindliche Reiterei dicht auf den Fersen war.

Was sich jetzt abspielte, glich einem Albtraum. Als die Späher Pinnosa erkannten, schrien sie: «Pinnosa Feuerhaar!» Die Anführerinnen der Reiterei waren ihrer Truppe etwa dreißig Pferdelängen voraus, nur Brittola befand sich ganz allein zwischen ihnen und den restlichen Kriegerinnen. Ursula ritt in der Gruppe, unmittelbar gefolgt von Martha und Cordula. Die Einheit ritt bereits in vollem Galopp, doch Ursula konnte den Vorsprung ihrer Freundinnen nicht aufholen. Schon stießen die blutrünstigen Sachsen mit den drei ersten Frauen zusammen. Ihr irres Gebrüll hallte durchs Tal.

Faustinas Offiziere wurden beim ersten Feindkontakt niedergestreckt. Ihre Pferde bäumten sich auf und galoppierten davon, sodass Pinnosa vollkommen ungeschützt allein zurückblieb. Sie warf ihren Schild ab, zog beide Schwerter und hieb mit lautem Kampfgeschrei auf ihre Gegner ein. Einem von ihnen gelang es, ihren kreisenden Schwertern auszuweichen und ihr eine lange, klaffende Wunde am Oberschenkel zuzufügen. Pinnosa krümmte sich vor Schmerzen und ließ ihr langes Schwert fallen. Ein zweiter Späher schwang eine breite Axt und versetzte ihr damit einen kräftigen Schlag auf den Rücken, sodass sie vom Pferd fiel und reglos liegen blieb.

Jetzt traf Brittola am Ort des Geschehens ein. Rasend vor Wut sprang sie aus dem Sattel und eilte ihrer Freundin zu Hilfe. Mit ihrem Schild wehrte sie die feindlichen Schläge ab und bemühte sich nach Kräften, Pinnosa vor den sächsischen Klingen zu schützen. Letztlich waren es jedoch die treue Artemis und Brittolas Pferd Formosa, die den beiden das Leben retteten. Hätten die Stuten nicht begonnen, heftig mit ihren Hinterbeinen auszuschlagen, wären Pinnosa und Brittola in diesen schicksalhaften Sekunden getötet worden.

Die Sachsen kannten jedoch kein Erbarmen, und Ursula musste hilflos mit ansehen, wie die feindlichen Hiebe auf Brittolas Schild niederprasselten, während diese in dem strömenden Regen verzweifelt versuchte, Pinnosa zu schützen.

«Martha! Cordula!», rief Ursula über die Schulter. «Holt Artemis und Formosa!» Der größte Teil des sächsischen Spähtrupps war einen Bogen geritten und machte sich zum Angriff bereit, während ihr Anführer noch immer auf Brittola und die beiden herrenlosen Pferde einschlug. «Ihr anderen reitet weiter! Nicht kämpfen – und nicht stehen bleiben.»

Ursula raste auf den Sachsen zu. Er riss die Zügel herum und hob sein Schwert. Ursula tat es ihm nach und schaffte es nur mit knapper Not, einen Schlag auf ihren Kopf abzuwehren. Als sich die Klingen kreuzten, verrenkte sich Ursula den Arm, sodass ihr das Schwert zu entgleiten drohte. Einen zweiten Schlag hätte sie nicht abwehren können. Schon hob der Feind erneut das Schwert und zielte damit auf ihren Oberschenkel.

Lux, die die Gefahr witterte, wieherte laut und grub ihre Zähne tief in den Nacken des sächsischen Pferdes. Aus der Wunde spritzte Blut, das Pferd des Sachsen bäumte sich auf und rannte wie von Sinnen davon.

Ursula sprang genau vor Pinnosa aus dem Sattel, doch die Kriegerinnen gehorchten ihrem Befehl und galoppierten an ihnen vorbei. Das Kampfgebrüll des sächsischen Haupttrupps wurde immer lauter. Pinnosa blutete stark und war einer Ohnmacht nahe.

«Geht», murmelte Pinnosa. «Geht. Ich kann mich nicht bewegen. Du auch», befahl sie ihrer Stute. Artemis rührte sich nicht von der Stelle. «Geh.» Pinnosa fuchtelte mit der Hand durch die Luft. Endlich reagierte das Pferd. «Geht alle weg.»

«Brittola!», schrie Ursula. Ihnen blieben nur noch Sekunden. Die Sachsen waren kaum fünfzig Pferdelängen entfernt. «Steig auf mein Pferd! Beeil dich!»

«Und was wird aus Pinnosa?»

«Tu, was ich dir sage!» Ursula hob Pinnosas Schild auf und legte es auf deren Unterkörper. Den Oberkörper bedeckte sie mit ihrem eigenen Schild, denn Brittolas war nicht mehr zu gebrauchen. «Gleich kommen die Pfeile. Bleib ganz ruhig liegen.»

Ursula sprang hinter Brittola aufs Pferd, ergriff die Zügel und jagte davon.

Die Sachsen waren nur wenige Pferdelängen von Pinnosa entfernt, als Tausende von Pfeilen durch die Luft schossen. Pinnosa brauchte den Schutz der Schilde nicht mehr. Die Erste Athene war so gut gedrillt, dass alle Pfeile ihre Ziele in der feindlichen Horde trafen.

V«Es ist spät geworden», sagte Ursula und legte ein feuchtes Tuch auf Pinnosas Stirn. Noch konnte keiner sagen, ob die klaffende Wunde an ihrem Oberschenkel sie zum Krüppel machen würde, doch zum Glück war es ein sauberer Schnitt, und die Gefahr, das Bein zu verlieren, bestand nicht. Der durchnässte Wollumhang hatte den Schlag der Axt auf ihren Rücken abgefangen und größeren Schaden verhindert. Auf dem Weg nach Lindum hatte Pinnosa indes hohes Fieber bekommen, sodass die Ärzte um ihr Leben fürchteten. Wenn das Fieber nicht bald sank und sie keine Flüssigkeit zu sich nahm, würde sie es nicht schaffen. Ursula wandte sich ihren Freundinnen zu, die auf einer Bank ihr gegenüber saßen. «Geht bitte jetzt. Alle. Ich bleibe vorerst bei ihr.»

«Aber Ursula ...», stammelte Brittola, die am ganzen Leib zitterte. Die Frauen steckten noch immer in ihren nassen Uniformen, weil keine von ihnen von Pinnosas Seite weichen wollte. Nur Ursula trug warme, trockene Kleidung. Oleander hatte ihr sofort nach der Rückkehr in den Palast eine saubere Toga gebracht.

«Das ist ein Befehl, Brittola», sagte Ursula. «Geht! Zieht eure nassen Sachen aus, nehmt ein heißes Bad und legt euch schlafen.» Als sie sich gerade erheben wollten, fügte Ursula hinzu: «Cordula, könntest du mich um Mitternacht ablösen?»

«Natürlich», erwiderte Cordula. «Kommt. Es hilft Pinnosa nicht, wenn wir alle krank werden und uns nicht mehr um sie kümmern können.»

Die Frauen verließen widerstrebend den Raum. Brittola blieb an der Tür noch einmal stehen und flüsterte, den Tränen nahe: «Lass sie nicht sterben. Du wirst sie nicht sterben lassen, nicht wahr?»

Ursula schüttelte den Kopf. «Mach dir keine Sorgen. Ich gebe auf sie Acht. Und jetzt geh.»

Brittola schloss die Tür hinter sich. Als sie auf dem Gang stand, rief sie laut: «Werd wieder gesund, Pinnosa! Gott ist bei dir! Er wird dich nicht sterben lassen! Vor dir liegt eine große Aufgabe!»

Ursula kniff die Lippen zusammen. Die anderen mahnten Brittola zur Ruhe und führten sie weg. Stille legte sich auf das Gemach im zweiten Stock des Palastes. Nur Pinnosas gelegentliches Stöhnen und das Knistern der Öllampen waren zu hören.

Die Prinzessin nahm die Schale mit der Medizin, hob Pinnosas Kopf ein Stückchen an und versuchte, ihr etwas von dem Trunk einzuflößen, doch es gelang ihr nicht. Die Tropfen drangen zwar durch die Lippen in den Mund, sickerten aber sofort wieder durch die Mundwinkel hinaus. Ursula probierte es immer wieder. Beim fünften Versuch stammelte sie: «Trink! Trink! Um Gottes willen, trink!»

Schließlich stellte sie die Schale ab, ergriff Pinnosas Hände und rieb sie kräftig. Es war der verzweifelte Versuch, das Fieber zu senken und ihre Freundin, die am Rande des Abgrunds stand, ins Leben zurückzuholen.

«Pinnosa, ich weiß, du kannst mich hören. Wach auf.» Keine Antwort. Ursula tätschelte sanft das Gesicht der Verwundeten. «In Gottes Namen, *wach auf!* Pinnosa, du musst aufwachen und etwas trinken, sonst ...» Die Prinzessin zog ihre Freundin an den Schultern ein Stückchen hoch und rüttelte sie. «Sonst ... o mein Gott!» Sie ließ Pinnosa wieder auf das Lager sinken, stand auf und starrte sie hilflos an.

Pinnosas Kopf sank zur Seite. Sie atmete schwer.

Ursula lief unruhig hin und her und bat Gott, Pinnosa von ihrem Leid zu erlösen. Als sie sich ein wenig beruhigt hatte, setzte sie sich wieder auf den Hocker neben dem Bett. Sie riss ein Stück von ihrem Schal ab, tränkte es mit der Medizin und stopfte es in Pinnosas Mund. Mit dem feuchten Tuch tupfte sie den Schweiß von der Stirn der Verwundeten.

«Komm schon, alte Freundin. Ich bin es, Ursula. Die anderen sind gegangen. Wir beide sind ganz allein. Ich weiß, dass du mich hören kannst. Du musst dieses Fieber wie einen hibernischen Eindringling besiegen. Du musst es besiegen. Ich bitte dich! Ich bitte dich!» Wie ein Schrei drangen die letzten Worte aus Ursulas Kehle.

Die Verwundete reagierte nicht. Ursula stand wieder auf und lief hin und her. «O mein Gott! Was für ein Leben wir doch führen! Sicher, es birgt große Abenteuer, doch jeder Schritt zum Ruhm führt uns auch einen Schritt von zu Hause fort, weiter von unserer Heimat weg, für die wir eigentlich kämpfen ...»

Ursula atmete tief ein und spähte zu ihrer Freundin hinüber. «Wo ist dein Zuhause, Pinnosa? Du hast kein Zuhause mehr.» Sie wandte den Blick ab. «Und mein Zuhause? Wo ist es, frage ich mich?» Nach einer Weile stellte sich die Prinzessin an das einzige Fenster des Gemachs und schaute auf die dunkle Straße. Es war eine bewölkte, mondlose Nacht. Außer vagen Schatten konnte man nichts erkennen.

«Mein Zuhause ist in Constans' Augen», murmelte sie. «In seinen Augen ... wo immer sie auch sind.»

Ursula lief zurück zum Bett und ergriff die Hand ihrer Freundin. «Nur in deinen Augen sehe ich Hoffnung, Pinnosa. O Pinnosa! Du darfst nicht sterben! Bitte stirb nicht!» Ursula konnte ihre Tränen nicht länger zurückhalten. Sie ließ ihren Kopf auf Pinnosas Schoß sinken und schluchzte jämmerlich. «Ohne dich schaffe ich es nicht, Pinnosa. Du gibst mir Kraft, Pinnosa. Du gibst mir Hoffnung.»

«Bah! Was für ein ekelhafter Geschmack», krächzte Pinnosa und fing an zu husten.

«Pinnosa?» Ursula richtete sich abrupt auf.

«Die Sachsen. Was ist mit den Sachsen geschehen?»

«Vergiss die Sachsen», stammelte Ursula. «Lass das unsere Sorge sein. Du musst dich darauf konzentrieren, wieder zu Kräften zu kommen. Setz dich hin und trink einen Schluck von der Medizin. Sie wird dir gut tun.»

«Bah! Das schmeckt ja ekelhaft. Ich würde lieber mit einem Sachsen kämpfen als dieses Hexengebräu zu trinken.»

VI

Das laute Klicken ihrer Schuhnägel und das Klirren ihrer Waffen und Rüstungen kündigten die Heerführerinnen an, lange bevor sie den Festsaal des kaiserlichen Palastes betraten.

Nur die Befehlshaberinnen königlicher Abstammung waren gerufen worden, also Ursula, Julia, Faustina und auch Cordula, deren Mutter Sorcha die jüngere Schwester von Rabacie gewesen war. Sie waren beide an der Seuche gestorben, die Corinium vor drei Jahren heimgesucht hatte.

Die drei Könige saßen an einem langen, breiten Tisch. Als die vier Befehlshaberinnen eintraten, bat Deonotus sie, ihnen gegenüber Platz zu nehmen. Es war Lugnasadh, der Beginn der Erntezeit, und nach alter britannischer Tradition trugen sie alle Kornkronen, die aus Ähren unreifen Getreides geflochten waren. Selbst Julia, die am ehesten an die römischen Bräuche gewöhnt war, hatte ihr Haupt auf diese Weise geschmückt.

«Wie geht es Pinnosa?», fragte Deonotus, als die Frauen ihre Schwerter ablegten und es sich bequem machten.

«Es geht ihr gut, Vater», erwiderte Ursula. «Sie kann schon wieder allein laufen und ist ganz erpicht darauf, in den Sattel zu steigen.»

«Die Bediensteten dürfen sie keine Sekunde aus den Augen lassen», fügte Cordula hinzu. «Und das nicht etwa, weil sie zu schwach wäre. Im Gegenteil. Sie scheint schon wieder stärker zu sein, als gut für sie ist.» Ein Lächeln glitt über die Gesichter der Anwesenden, nur König Regulus und König Aurelius verzogen keine Miene. Ihr Verhalten mahnte die Heerführerinnen zu höchster Wachsamkeit.

«Stärker, als gut für sie ist?», fragte Deonotus, dessen Lächeln erstarb. «Ich fürchte, das kann von den Athenen ebenfalls behauptet werden.»

«Wie meinst du das, Vater?», fragte Ursula.

Deonotus sah kurz zu den beiden anderen Königen hinüber. Sie ermunterten ihn durch ein Nicken fortzufahren.

«Wir haben eine wichtige Entscheidung getroffen und

Euch aus diesem Grund rufen lassen», sagte Deonotus mit ernster Stimme. Julia, Faustina und Cordula rissen die Augen auf, doch Ursula blickte ihren Vater ungerührt an. Sie zeigte nach außen keinerlei Gefühl, aber in ihrem Innern loderte wieder das Feuer der Angst. *Bitte löst die Legion nicht auf! Es ist meine einzige Hoffnung, die einzige Hoffnung, jemals …*

«Wenn die Heere zu groß sein sollten, könnten wir …», begann Julia.

Der König hob beschwichtigend die Hand. «Nein, nein, sie sind nicht zu groß», beteuerte er. An Ursula gewandt fügte er hinzu: «Und es ist nicht unsere Absicht, sie aufzulösen.»

Ursula atmete erleichtert auf.

«Euer erfolgreicher Feldzug gegen die Sachsen hat Eure Fähigkeit bewiesen, große Militärmanöver gegen einen starken Feind zu organisieren und auszuführen. In dieser Hinsicht kann die Athene niemals zu stark sein. Aber … nun ja …» Deonotus suchte nach den richtigen Worten.

Regulus räusperte sich und war augenscheinlich kurz davor, das Wort zu übernehmen.

Doch Deonotus hatte sich wieder gefangen. «Was ich sagen will, ist Folgendes: Wir glauben, die Lage hier und in Gallien verschlimmert sich von Tag zu Tag … Die Lage in unserer Provinz ist derart angespannt … Natürlich sind die Athenen eine große Hilfe. Keine Frage! Nicht auszudenken, wenn wir sie nicht hätten. Andererseits ist dies gerade einer der Gründe … hm …»

«Lieber Freund, lasst uns nicht lange drum herumreden.» Aurelius legte eine Hand auf Deonotus' Schulter und fuhr fort: «Aus verschiedenen Gründen sind wir zu dem Schluss gekommen, dass Konstantin und Constans nach Britannien zurückkehren sollten.» Deonotus nickte zustimmend. «Aber es wird nicht einfach sein, sie davon zu überzeugen, ihre Mission aufzugeben. Es gibt nur eine Möglichkeit, das zu erreichen. Die Erste Athene muss zu ihrem großen Feldzug aufbrechen.»

«Ihr meint ... wir sollen ...», stammelte Ursula. Ihr Blick glitt über ihre Freundinnen, während sie instinktiv Cordulas Hand ergriff.

«Ja, meine Liebe», erwiderte Deonotus lächelnd. «Es wird Zeit, die Vermählung der Legionen vorzubereiten!»

VII

Trotz Ursulas Drang, recht bald zu dem großen Feldzug aufzubrechen, war dies erst im nächsten Frühjahr möglich, und zwar aus verschiedenen Gründen. Eine neue Woge sächsischer Überfälle verlängerte den Feldzug im Osten. Es dauerte mehrere Wochen, bevor die letzten Plünderer in die Flucht geschlagen werden konnten. Als die Frauen auf die Heilige Insel zurückkehrten, war es zu spät, um einen Feldzug dieser Größenordnung vorzubereiten und auszuführen. Die lang andauernden Kämpfe im Osten hatten sie auch im Hinblick auf die Anwerbung neuer Rekrutinnen und deren Ausbildung weit zurückgeworfen. Am Ende des Sommers fehlten der Zweiten Athene noch rund zweitausend Kriegerinnen. Die Erste Athene bestand aus fünfzehntausend Kriegerinnen, von denen dreitausend ihre Grundausbildung eben erst begonnen hatten. Ein weiterer wichtiger Grund für den Aufschub des großen Feldzugs war Pinnosas Verwundung. Bis zu ihrer vollständigen Genesung musste sie in Lindum bleiben, und es war undenkbar, ohne sie aufzubrechen.

Zu diesen Hindernissen gesellte sich noch ein weiteres hinzu: Auf britannischer Seite gab es nicht genug Galeeren, um die Frauen über den Kanal zu transportieren. Mehrere alte Schiffe, die jahrelang nicht benutzt worden waren, wurden wieder in den Dienst des Heeres gestellt, unter anderem auch eine riesige Galeere mit hundert Rudern, die in Eburacum lag, seit Aurelius denken konnte. Dennoch fehlten fünf Galeeren. Es würde den ganzen Winter dauern, bis dieses Problem behoben war. Die Erste Athene hatte keine andere Wahl, als drei Galeeren aus Maridunum entlang der Küste zum Hafen nach Dubris zu überführen und auf zwei neue Galeeren zu warten, die in Durobrivae fertig gestellt wurden.

Am Abend vor Samhain, dem Fest, das am Ende des Sommers gefeiert wurde, versammelten sich die Heerführerinnen der Ersten und Zweiten Athene auf der Heiligen Insel zu einer letzten Besprechung, bevor die Truppe für dieses Jahr aufgelöst wurde.

Martha war gerade aus Durobrivae zurückgekehrt und erzählte ihren Freundinnen von einem alten Schiffszimmermann, den sie bei der Inspektion der Schiffsrümpfe kennen gelernt hatte. Er war mit der Aufgabe betraut worden, jeder Ruderbank einen dritten Platz hinzuzufügen. Es machte Martha sichtlich Freude, seinen derben, südlichen Akzent nachzuahmen.

«Ich wär nicht im Traum darauf gekommen, dass die Bänke der verdammten Kriegsgaleeren umgebaut werden sollten, damit drei Weiber, 'tschuldigung, Damen die verdammten Ruder bedienen können. Was ist nur aus dieser verdammten Welt geworden? Ehrlich, ich weiß es nicht.» Martha machte nach, wie er sich mit dem Holzhammer auf den Daumen schlug. «Au! Verdammte Sch... – ähm – verdammt! Ich hab mich verletzt, verflixt nochmal.» Martha hüpfte wild umher, als hätte sie sich furchtbar wehgetan. «Verdammt.» Die Heerführerinnen lachten lauthals, während Martha mehrmals: «Verdammt! Verdammt! Verdammt!», rief. «Also ehrlich, Herrin», fuhr sie schließlich fort, «ein Frauenheer mit verdammten Heerführerinnen! Und was kommt danach? Bauen die Frauen demnächst auch die Schiffe selbst? Wisst Ihr was, Herrin? Meine Rachel, die wollte dem verdammten Haufen beitreten. Wie heißt er doch gleich? Die Erste Athletin oder so 'n Quatsch! Ich hab nein gesagt. Du wirst dem verdammten Frauenheer nicht beitreten, verflixt nochmal! Dein Platz ist hier. Du musst dich um deinen armen Vater und deine drei verdammten Brüder kümmern, Himmel, Arsch und Zwirn! Du kannst uns nicht einfach im Stich lassen, nur wegen diesem verflixten Abenteuer. Das kommt überhaupt nicht in Frage!»

Martha machte eine Pause, bevor sie schmunzelnd fortfuhr: «Nachher habe ich ihn gefragt, was seine Rachel denn nun gemacht hat. Und wisst ihr, wie seine Antwort lautete?» Alle Augen waren auf sie gerichtet. «Sie ist dem Heer beigetreten.»

Wie auf Kommando ertönten in diesem Augenblick drei schrille Töne eines Signalhorns, woraufhin alle zum Ausgang des Offizierszeltes rannten. Am gegenüberliegenden Flussufer saß Pinnosa stolz im Sattel. Die untergehende Sonne tauchte sie in rotes Licht. Noch einmal blies sie ins Horn. Jetzt bäumte sich Artemis zur Begrüßung auf. Diese abrupte Bewegung hätte Pinnosa aus dem Sattel geworfen, wenn sie nicht wieder vollkommen gesund gewesen wäre.

«Sieht so aus, als müsste die neue Reiterschwadron den Winter über hart trainieren!», rief Ursula mit fröhlicher Miene.

VIII

Es war ein ungewöhnlich milder Winter. Als Morgan Anfang Februar des Jahres 410, kurz nach Imbolc, in Londinium eintraf, staunte er über die Pracht der Krokusse und Primeln. An den Straßenständen wurden bereits frische statt gepökelter Fische verkauft, und es gab sogar einen Händler, der Lämmer im Angebot hatte, wenn auch zu einem hohen Preis.

Morgans unerwartete Ankunft fiel zufällig mit der ersten Zusammenkunft der Heerführerinnen der Ersten und Zweiten Athene zusammen. Als er den Festsaal des kaiserlichen Palastes betrat, erwartete er, die drei Provinzkönige und einen Teil der Adeligen der Hauptstadt anzutreffen. Stattdessen stand er einer viel größeren Gruppe gegenüber, zu der auch Ursula, Pinnosa, Brittola, Martha, Saula, Julia und Faustina sowie ein paar andere Frauen gehörten, die er nicht kannte. Und natürlich seine geliebte Cordula.

Sie war noch überraschter als er, und das nicht nur, weil sie über alle Kurierdienste informiert sein sollte. Cordula hatte Morgan vor anderthalb Jahren zum letzten Mal gesehen und geglaubt, ihn erst am Ende des Winters wieder zu sehen, wenn alle Bergpässe tief im Süden passierbar waren.

Wie sehr er sich verändert hat, dachte Ursula. Ihr fiel sofort seine von Wind und Wetter gegerbte dunkle Haut auf, als er den Saal betrat. *Vermutlich von der heißen Sonne des Südens geröstet, oder vielleicht abgehärtet durch die grausamen Prüfungen, die er durchleben musste. Mein Gott, nichts erinnert mehr an den Jüngling, der er einst war!* Sie schaute in eine polierte Silberplatte und war schockiert, wie sehr auch sie selbst sich verändert hatte. *Natürlich sind wir alle reifer geworden in den letzten zwei langen, langen Jahren. Wie sehr sich Constans wohl verändert hat? Würde ich ihn überhaupt wieder erkennen? Würde er mich wieder erkennen?*

«Die Vorbereitungen für die große Hochzeit der Legionen sind abgeschlossen.» Morgan wartete, bis der begeisterte Applaus verstummte. «Im Namen Konstantins kann ich die uneingeschränkte Unterstützung für den großen Feldzug zusichern und den Heerführerinnen mitteilen, dass die Männer nicht auf die Erste Athene, sondern auf die Frauen ungeduldig warten. Kuriere reiten in den Osten und Westen des Römischen Reiches und verkünden die Vermählung von Constans Caesar mit seiner wunderschönen, königlichen Braut. Alle Welt soll erfahren, dass das Haus Konstantins III. bald mit Erben gesegnet sein wird!» Der laute Beifall galt der lächelnden Ursula. Sie verbarg ihre Angst, die sie bei dem Gedanken beschlich, wie gewisse düstere Winkel des Kontinents wohl auf die Ankündigung reagieren würden.

«Ich habe Constans die Pläne persönlich überbracht»,

fuhr Morgan fort. «Und ich trage einen Brief für die zukünftige Kaiserin bei mir.» Er zog eine Pergamentrolle aus seiner Tasche und reichte sie Ursula mit einer Verbeugung. Sie bedankte sich artig, konnte ihre Aufregung aber kaum verbergen. «Constans und seine Männer sind begierig darauf, ihre Mission in Hispanien bald zu beenden, damit sie in Arelate auf ihre Frühlingsbräute warten können. ‹Welche Berge würden wir nicht übersteigen›, sagte er, ‹welche Meere nicht überqueren, welche Schlachten nicht ausfechten, um endlich bei unseren heldenhaften, britannischen Frauen sein zu können? Um die warme Umarmung der Heimat zu spüren?›»

Während Morgan Constans' Botschaft verkündete, wanderte sein Blick immer wieder zu Cordula. Ihre Augen füllten sich mit Tränen, und ihre Lippen bebten. Ursula, die ebenso gerührt war, schloss ihre Cousine in die Arme.

IX

«Meine geliebte Braut. Es ist spät, und ich schreibe diesen Brief in aller Eile, denn Morgan drängt zum Aufbruch. Er muss die Dunkelheit der Nacht nutzen, um unseren Verfolgern zu entkommen. Vorsichtshalber teile ich dir keine Einzelheiten über unsere Mission mit, für den Fall, dass dieser Brief in die falschen Hände gelangen sollte. Aus demselben Grund möchte ich an dieser Stelle nicht über unsere Hochzeitsvorbereitungen sprechen. Nur so viel kann ich sagen: Hab keine Angst! Ich werde da sein! Ich bin so stolz auf dich und die glänzende Arbeit, die du mit den tapferen Frauen der Ersten und Zweiten Athene leistest, um die Provinz zu schützen, während uns missliche Missionen zurückhalten. Wie ich die Sachsen

beneide, denen die Ehre zuteil wird, das Frauenheer im Kampf zu erleben! Hab Acht auf dich, meine Liebe, wenn du zu Felde ziehst. Versprich mir, dich niemals in Gefahr zu begeben. Überlasse Pinnosa den Befehl über die Angriffe, denn sie ist eine Furcht erregende Kämpferin. Welcher Feind bekommt keine weichen Knie, wenn sie zum Angriff bläst? Es ist die feste Absicht meiner Männer, die Athenen so schnell wie möglich abzulösen. Dies nicht nur, weil wir zu Hause bei unseren Familien und Freunden sein möchten, sondern auch, weil es uns mit Scham erfüllt, Britannien nicht selbst beschützen zu können. Der Gedanke, wieder bei dir zu sein, meine Liebe, in deine Augen zu schauen und deiner Stimme zu lauschen, ist alles, wofür ich lebe. Jeder Tag, an dem wir getrennt sind, ist ein verlorener Tag.

In Liebe, dein Constans.»

X

Schließlich nahte der Beginn des großen Feldzugs der Ersten Athene. Der Tag der Frühlings-Tagundnachtgleiche stand vor der Tür. Die Legion hatte die erforderliche Truppenstärke erreicht, und alle Frauen waren gut gedrillt, die Vorbereitungen abgeschlossen. Drei Tage zuvor war Morgan aufgebrochen, um die baldige Ankunft der Kriegerinnen an verschiedenen Posten und in den Lagern, die sie benutzen würden, zu verkünden. Ihr Weg führte zuerst zu den Kanalhäfen und anschließend von Gesoriacum quer durch Gallien nach Arelate.

Am Abend zuvor waren anlässlich eines üppigen Mahls im Festsaal des kaiserlichen Palastes die Abschiedsreden gehalten worden. Der erste Redner war König Regulus.

Er zollte den tapferen Frauen von Britannien und ihren heldenhaften Anführerinnen – insbesondere seiner Tochter –, die Licht in die Dunkelheit der Provinz brachten, seinen tiefen Respekt. Er lobte den Mut der Frauen und ihre unglaublichen Heldentaten. Dann beklagte er den jämmerlichen Zustand der Provinz, der den Kampf der Frauen erforderlich machte. Zum Schluss wünschte er seiner Tochter und ihren Gefährtinnen alles erdenklich Gute für ihr Vorhaben.

Während König Regulus' Rede starrte König Aurelius in die Ferne. Nicht einmal seiner Tochter Julia schenkte er einen Blick. Als er das Wort ergriff, war sein Ton düster.

«Während diese tapferen Frauen, unsere Töchter, Schwestern, Cousinen, Freundinnen und Geliebten, ihre Abreise von unserer Küste vorbereiten, tragen wir in unseren Herzen die Hoffnung, ihre Reise möge gesegnet sein und ihnen und uns Glück bringen. Dennoch, liebe Freunde, ist mir nicht zum Jubeln zumute. Großer Kummer quält mein Herz. Während Ihr Hoffnung und Jubel empfindet, empfinde ich nur Trauer. Und während Ihr Euch freut, kann ich nur klagen. Ich klage nicht über unsere wundervollen Frauen. Ich klage nicht über ihren großen Feldzug. Nein, meine Klagen gelten Rom. Ich sage es ungern, meine Freunde, doch unsere Zukunft scheint von Tag zu Tag trostloser zu werden. Rom ist wie ein prachtvoll blühender Obstbaum, der in Gefahr schwebt zu verdorren. Wenn er nicht sorgfältig gepflegt und gehegt wird, weiß ich nicht, was aus uns werden soll. Meine Freunde, in diesen dunklen Zeiten fürchte ich um unser aller Wohl. Und ich fürchte um das Wohl unserer Kinder. Hier in Britannien setzen die Sachsen alles daran, uns von der Landkarte zu streichen. Unsere Verwandten in Gallien und Germanien sind gezwungen, in ihren Städten Zuflucht zu suchen. Im ganzen Westen des Reiches ist es dasselbe – von Britannien bis Thrakien, von Germanien bis Italien, lauter abgeschnittene Gebiete der Zivilisation im weiten Meer der Barbarei ...»

Aurelius hielt inne, von Gefühlen überwältigt. Er wusste, dass er schon zu viel gesagt hatte. König Deonotus erhob sich und half seinem alten Freund, Platz zu nehmen. Dann wandte er sich an die Versammelten, räusperte sich und begann seine Rede.

«Auch ich klage, meine Freunde. Ich klage, weil ich meine Tochter diesmal nicht auf eine vergnügliche Reise durch die westlichen Provinzen begleiten kann.» Sein liebevoller Blick wanderte zu Ursula. «Ich klage, weil wir nicht gemeinsam Früchte und Wein kosten, Lieder lernen, neue Städte bereisen oder interessante Menschen treffen können wie einst den batavischen Spielmann in Lutetia. Erinnerst du dich? Hast du Lust, mit mir zu singen?» Ursula fing an zu kichern und schlug eine Hand vor den Mund. Deonotus trällerte ein den meisten Anwesenden unbekanntes, aber gefälliges Liedchen, das mit einem schwungvollen, ziemlich schwierigen hohen Ton endete. Nachdem das Lachen und der Applaus verstummt waren, sprach er weiter. «Den größten Kummer aber bereitet es mir, meine Freunde, am Tag ihrer Vermählung nicht für meine Tochter, meine einzige, über alles geliebte Tochter da sein zu können.» Alle Augen waren auf Ursula gerichtet. Sie erhob sich, ging um den Tisch herum und küsste die Hand ihres Vaters. Tränen liefen ihr über die Wangen. Deonotus nahm sie in die Arme, wischte mit dem Ärmel seiner Toga ihre Tränen fort und beendete seine Rede. «Zu dir, meine liebe Tochter, spreche ich nun wie zu deinem zukünftigen Gemahl am Tag seiner Abreise: Kehre heim. Kehre unversehrt heim. Kehre bald heim. Und ich füge hinzu: Kehre mit deiner Familie heim.»

XI

Am nächsten Morgen drängten sich auf den Straßen von Londinium Abertausende Schaulustiger. Aus allen Ecken der Provinz waren die Menschen herbeigeeilt, um den Aufmarsch der Ersten Athene zu bewundern. Es war vorgesehen, dass die gesamte Legion durch die Stadt marschierte und die große Brücke vor dem kaiserlichen Palast überquerte. Anschließend würden die Kriegerinnen die Stadt in Richtung Osten verlassen und über die Watling-Straße zum Kanal marschieren, wo über achtzig Galeeren auf sie warteten. Auch auf dem Tamesis drängten sich Schiffe mit Schaulustigen, die sich an dem farbenfrohen Spektakel erfreuten und hofften, einen Blick auf die Heerführerinnen zu erhaschen.

Das Hauptkontingent der Legion wurde von Julia, Faustina und Baetica angeführt. Ursulas und Pinnosas Abreise sollte erst am nächsten Tag gemeinsam mit den Frauen der Vorhut erfolgen. Zwei neue Galeeren für ihre Kanalüberquerung waren soeben aus Durobrivae eingetroffen und an der Brücke vor dem kaiserlichen Palast festgemacht worden. Sie waren vom Bug bis zum Heck mit Fähnchen in den Farben der Legion geschmückt.

Als die Kohorten nacheinander durch die Straßen marschierten, erhob sich im Forum und auf den Straßen ein Heidenlärm. In das Jauchzen der Menge mischten sich die dröhnenden Trommeln und die schrillen Töne der unzähligen Hörner und Flöten. Die Heerführerinnen, die mit der königlichen Gesellschaft auf den Stufen der Basilika standen, hätten einen solchen Missklang niemals für möglich gehalten.

Die Parade zog sich fast den ganzen Vormittag hin. Als Julia und Faustina schließlich mit ihren Standarten in Sicht kamen, schmerzten Ursulas Arme vom Salutieren. Sie vertraute Cordula gerade an, dass sie nicht umhinkönne, sich auf das Ende der Parade zu freuen, als sich ein riesiger Taubenschwarm aus den umliegenden Gebäuden des Forums mit flatternden Schwingen in die Lüfte erhob.

König Aurelius und König Regulus wünschten ihren Töchtern auf diese Weise ein eindrucksvolles Lebewohl. Julia und Faustina ritten in ihren prächtigen Paradeuniformen auf den Platz, salutierten vor der königlichen Gesellschaft und schwenkten ihre Helme. Als sie vom Forum in die schmale Gasse gelangten, die zur großen Brücke führte, stiegen die Anführerinnen der Vorhut und die Mitglieder der königlichen Gesellschaft auf die Pferde und folgten ihnen.

Die königliche Eskorte machte auf der Brücke Halt, und auf ein Zeichen von König Deonotus bliesen hundert Hornisten von den Dächern des kaiserlichen Palastes eine Fanfare zum Abschied der Heerführerinnen. Julia und Faustina salutierten ein letztes Mal und überquerten die Brücke. Aurelius gab das Signal für den letzten Abschiedsgruß. Am Südufer des Tamesis standen dreitausend Jagdhunde, denen genau in diesem Augenblick die Maulkörbe abgenommen wurden, woraufhin ein ohrenbetäubendes Kläffen und Bellen einsetzte. Der Lärm hallte über den Fluss und durch die Straßen der Hauptstadt.

Auch Julia und Faustina hatten sich für ihren Abschied eine Überraschung ausgedacht. Als sie die Biegung der Watling-Straße erreichten, hinter der sie aus dem Blickfeld der Schaulustigen verschwinden würden, flatterten aus eigens angefertigten Verschlägen in der Nähe der Straße unzählige Schwäne, die in den Farben der Ersten Athene gefärbt waren. Nacheinander stiegen ein blauer, ein roter, ein grüner und ein oranger Vogelschwarm in die Höhe.

XII

«Ursula, mein Liebling?» Es war Abend, und die Könige hatten für die noch anwesenden Heerführerinnen ein kleines Fest vorbereitet, das in Kürze beginnen sollte. Die Prinzessin stand allein auf einem Balkon des kaiserlichen Palastes, als ihr Vater sie fand. Sie schaute auf die beiden großen Galeeren unten am Fluss, mit denen sie und ihre Gefährtinnen am Morgen dem Rest der Flotte folgen würden. Das Licht der im Westen untergehenden Sonne warf einen roten Schimmer auf ihre weiße Toga. Die Strähnen ihres langen blonden Haares, das sie ausnahmsweise offen trug, flatterten wie Fähnchen in der frischen Frühlingsbrise. Ursula drehte sich zu ihrem Vater um, und er sah, dass sie weinte. Ohne ihre Uniform wirkte sie wie jede andere junge Frau in der Blüte ihrer Jahre. Die Prinzessin erfreute sich indes einer strahlenden Schönheit, die durch bloße Worte kaum beschrieben werden konnte und die sie von ihrer Mutter geerbt hatte. In der hektischen Zeit der Vorbereitungen hatte es zwischen dem König und der obersten Heerführerin der Ersten Athene zahlreiche Gespräche gegeben, aber dem Vater waren nur wenige wertvolle Augenblicke mit seiner Tochter vergönnt gewesen.

«Was betrübt dich, mein Liebling? Bist du aufgeregt?», fragte er und legte einen Arm um ihre Schultern.

«Nein, Vater, aufgeregt bin ich nicht. Ich habe schreckliche Angst!» Die Prinzessin bemühte sich, ihre Tränen hinunterzuschlucken. «Ich habe Angst vor dem, was uns auf dem Kontinent erwartet, dass unser Vorhaben misslingen könnte. Doch am meisten, Vater, fürchte ich mich davor, dich niemals wieder zu sehen und niemals nach Hause zurückzukehren.» Sie umklammerte den Arm des Königs. «Und wenn der Fluch all der anderen britannischen Heere, die die Sicherheit unserer geliebten Insel verließen und niemals zurückkehrten, auch auf uns lastet?»

Der König antwortete seiner Tochter nicht, sondern drückte sie fest an seine Brust. Er konnte die Tränen kaum zurückhalten. Schließlich trat er einen Schritt zurück und musterte sie.

«Wir waren beide nicht ganz ehrlich, nicht wahr? Wir haben niemals über den wahren Grund gesprochen, warum du all das auf dich nimmst. Du bist nicht Pinnosa. Du bist nicht die Plage aller Barbaren. Und tief in deinem Innern weißt du, dass du den großen Feldzug nicht zum Wohle Britanniens unternimmst.» Er verstummte und legte einen Finger unter ihr Kinn, sodass sich ihre Blicke trafen. «Dir geht es einfach darum, bei Constans zu sein.»

Ursula presste ihre bebenden Lippen aufeinander und nickte.

«Der Kummer, den du in den letzten drei Jahren erlitten, und die Heldentaten, die du vollbracht hast – all das hatte nur den einen Grund: Du sehnst dich nach seiner zärtlichen Umarmung.»

«O Vater! Warum konnte ich nicht einfach frohgemut hier auf seine Heimkehr warten, wie Mutter es getan hat, wenn du fort warst? Warum konnte ich mich nicht damit zufrieden geben, zu Hause zu warten und zu hoffen?»

«Aber du *bist* wie deine Mutter, mein Liebling. Genau wie sie. Auch sie drehte am Rad ihres Schicksals und wartete nicht tatenlos auf das, was geschehen würde. Natürlich hat sie auf mich gewartet. Aber gleichzeitig arbeitete sie mit Konstantin und den anderen daran, das Königreich zu beschützen, damit ich in eine sichere Heimat zurückkehrte. Und du? Du bist genauso. Nur die Umstände sind anders. Sie hat gekämpft, um ihre Familie und ihre Heimat zu behalten. Du kämpfst, um eine Familie und eine Heimat zu bekommen.»

«Vater, meine Heimat ist hier bei dir!»

«Nein, mein Liebling. Deine Heimat ist tief im Süden, irgendwo in Gallien oder Hispanien. Wenn du morgen aufbrichst, verlässt du deine Heimat nicht, sondern nimmst Kurs auf sie.»

«O Vater!», rief Ursula und schmiegte sich wieder an die Brust ihres Vaters.

«Komm, mein Liebling. Die anderen warten auf uns.» Der König führte seine Tochter in den Palast. «Wie steht es übrigens mit deinem Latein? Hast du die Stunden bei Bischof Patroclus genommen?»

Ursula lachte. «Ja, aber trotzdem weiß ich nicht, wie mir das ‹*Voluntatem Dei iudicare Diaboli est*› – ‹Es ist der Teufel, der über Gottes Willen richtet› – dabei helfen soll, sicher nach Arelate zu kommen.»

Als sie den Balkon Arm in Arm verließen, wehte eine steife Brise. Die zusammengerollten Segel schlugen gegen die Masten der vertäuten Galeeren, und die Fähnchen der Ersten Athene flatterten vergnügt im Wind.

XIII

Die Vorbereitungen für die Abreise begannen im Morgengrauen. Die Pferde wurden aus den Ställen hinter dem kaiserlichen Palast geholt und zu den Schiffen geführt. Am Heck einer jeden Galeere befanden sich unter dem Hauptdeck Ställe, in denen bis zu dreißig Pferde sicher untergebracht werden konnten. Artemis, die noch nie auf einem Schiff gewesen war, wurde als Erste über die Rampe an Deck gebracht. Die unbekannten Geräusche und Gerüche und das sanfte Schaukeln der Galeere machten sie scheu. Als sie auf die Verladeplattform geführt wurde, legte sie die Ohren an, blähte die Nüstern und schlug mit den Hufen aus. Lux, die genau hinter ihr stand, rieb mit den Nüstern über ihren Rücken, woraufhin Artemis sich beruhigte und die Verladeplattform heruntergelassen werden konnte.

Jetzt gingen die ersten Rudermannschaften an Bord und nahmen ihre Plätze ein. Die Unteroffiziere, die ihnen folgten, überprüften ein letztes Mal Vorräte, Material und Ausrüstung der Schiffe. Jede Galeere verfügte über fünfzig Ruder – fünfundzwanzig auf jeder Seite –, die von jeweils drei Frauen bedient wurden. Eine Rudermannschaft bestand folglich aus einhundertfünfzig Frauen. Jede Galeere verfügte über zwei Mannschaften, die sich stündlich abwechselten.

Am Fluss wimmelte es von Schaulustigen, die die Abfahrt der Vorhut auf ihren neuen, prächtig geschmückten Galeeren verfolgen wollten. An beiden Ufern und auf der großen Brücke drängten sich so viele Menschen, dass einige von ihnen ins Wasser fielen. Auch auf dem Fluss herrschte reger Betrieb. Angefangen von den prächtigen Barkassen der Adeligen bis hin zu den einfachen Ruderbooten der Fischer tummelten sich Schiffe unterschiedlichster Bauweise auf dem Wasser.

Nachdem die Mannschaft ihre Plätze eingenommen hatte, verließ der Rest der Vorhut, vom Jubel der Menge begleitet, in Paradeuniformen das Wachhaus. Als die Kriegerinnen an Deck Aufstellung nahmen, glitzerten ihre Rüstungen und Waffen in der frühen Morgensonne. Die dröhnenden Trommeln und schrillen Flöten übertönten die Schreie der Menge.

Vom Dach des kaiserlichen Palastes erklang eine feierliche Fanfare der Trompeter und Hornisten und verkündete den Aufbruch der Heerführerinnen. Eine Abordnung der königlichen Garde ritt aus dem Wachhaus und hielt die Menge in Schach. Zuerst erschien Ursula in ihrer Paradeuniform an der Seite von Deonotus, der seine offizielle königliche Robe trug. Beim Anblick der Prinzessin geriet die Menge außer Rand und Band.

Anschließend schritt Pinnosa auf die zweite Galeere zu, die unter ihrem Befehl stand. Sie zog ihr langes Schwert, stieß es in die Luft und ließ es mehrmals kreisen.

Cordula und Brittola, die zu Ursulas Mannschaft gehörten, wurden von Regulus und Aurelius eskortiert. Brittola schüchterte die Begeisterung der Zuschauer sichtlich ein, aber sie tat es Cordula gleich und hob die Hand, um ihnen zuzuwinken. Die Menschen brüllten mit kreischenden Stimmen die Namen der Heerführerinnen. Schließlich tauchten auch Martha und Saula auf.

Bevor die beiden Freundinnen Pinnosas Galeere bestiegen, blieben sie am Ende der Rampe stehen. Saula zog einen kleinen Dudelsack unter ihrem Umhang hervor und begleitete Martha zu einer kurzen Gigue. Diesen Tanz führten die Seeleute vor ihren Reisen auf, um das Schicksal zu beschwören. Anschließend verneigten sich die Frauen und gingen Seite an Seite an Bord.

Ebenso wie bei der Abreise des Haupttrupps der Legion wurden keine offiziellen Reden gehalten. Diesmal hatte auch niemand Überraschungen zum Abschied vorbereitet. Die Offiziere auf Ursulas Galeere wünschten den Königen Lebewohl, woraufhin diese ans Ufer zurückkehrten.

Deonotus umfasste ein letztes Mal die Hände seiner Tochter und küsste sie auf beide Wangen. «Gott sei mit dir, meine Liebe. Ich werde jeden Tag zu Gott beten, er möge für deine Sicherheit und deine baldige Rückkehr Sorge tragen.»

Die Prinzessin drückte die Hände ihres Vaters und küsste ihn auf beide Wangen. «Was auch immer meine persönlichen Gründe für diese Mission sein mögen, vergiss nicht, Vater, dass wir, die Erste Athene, dies für dich und ganz Britannien tun. Wenn du betest, bete für uns alle und schließ auch dich in das Gebet mit ein.» Er lächelte, ließ ihre Hände los und schritt langsam über die Rampe ans Ufer. In Ursulas Seele regte sich wieder das Feuer der

Angst. Sie fing an zu zittern und musste an der Reling Halt suchen, um das Gleichgewicht nicht zu verlieren. Ehe sie sich zu ihren Offizieren und der Mannschaft umdrehte, schloss sie kurz die Augen und atmete mehrmals tief ein. Als sie bemerkte, dass Cordula und Brittola sie erwartungsvoll ansahen, fasste sie sich wieder.

Ursula und Pinnosa gaben den Befehl, die Rampen zu entfernen. Die großen grünen Segel wurden gehisst und die Vertäuungen gelöst. Schließlich fuhren die beiden riesigen Galeeren in ihrer bunten Pracht auf den Fluss hinaus. Die Freudenschreie der Menge waren so laut, dass die Ruderinnen unter Deck die Befehle kaum verstehen konnten. Trommeln gaben den Takt der Ruderschläge an. Die Frauen stöhnten und keuchten vor Anstrengung. Die Ruder knarrten, und die Galeeren gewannen an Fahrt. An Deck nahmen die Offiziere, die Befehlshaberinnen und die Garde Haltung an. Sie salutieren, bis die große Stadt Londinium allmählich in der Ferne verblasste.

XIV

Mit vollem Wind in den Segeln ging die Fahrt zügig voran. Am Nachmittag hatten sie bereits das tiefere Wasser der Flussmündung erreicht. Gerade war der siebte Wechsel der Mannschaften erfolgt, als ein Beobachtungsposten Alarm schlug. Ursula und Cordula liefen zum Bug und machten sich blitzschnell ein Bild von der Situation. Vom Marschland des Nordufers kamen Piraten auf sie zu.

Seitdem Konstantin mit dem Heer auf dem Kontinent zu Felde zog und die regelmäßigen Seepatrouillen eingestellt worden waren, hatte sich die Anzahl der Piraten auf Britanniens Handelswegen, besonders an der Mündung des Tamesis, drastisch erhöht. Am Nordufer der Flussmündung lagen unzählige seichte Buchten, die den Piratenbanden ideale Verstecke boten. Sie benutzten flache Boote mit zwanzig Rudern, die sehr schnell waren und über vierzig Piraten Platz boten. Außerdem waren diese Skiffe groß genug, um das Diebesgut, das die Piraten von den Handelsgaleeren und Barkassen erbeuteten, aufzunehmen.

Normalerweise gingen die Piraten erst viel später im Jahr auf Beutezüge, wenn die Schiffe nach der Erntesaison mit reicher Fracht beladen waren. Daher traf Ursula der Überfall vollkommen unvorbereitet. «Vielleicht wollen sie erproben, ob die Erste Athene ihren guten Ruf wirklich verdient hat», sagte sie zu Cordula, als das Signalhorn geblasen wurde. Hinter einer langen Sandbank tauchten zehn Skiffe auf. Bei genauerer Betrachtung der Boote machte Ursula eine Besorgnis erregende Entdeckung. «Siehst du die dünnen Rauchsäulen am Bug der ersten drei Skiffe, Cordula?»

«Ja. Ich frage mich, was das zu bedeuten hat.» Cordula kniff die Augen zusammen und starrte auf die Piratenboote.

«Vermutlich Bottiche mit heißem Teer. Sie tauchen ihre Pfeile hinein und schießen sie auf ihre Beute, um an Bord Panik auszulösen und die Galeeren zum Anhalten zu zwingen.» Ursula wirbelte herum und erteilte lautstark Befehle. «Segel einholen! Alles Brennbare unter Deck!» Sie lief zum Heck, wo Brittola Wache schob, um zu sehen, was Pinnosa machte.

Etwa fünfhundert Ellen von ihnen entfernt holte Pinnosas Mannschaft gerade die Segel ein, räumte das Deck frei und begann mit dem Manöver. Die Verständigung zwischen den beiden Galeeren erfolgte per Winkerflaggen.

«Sie bittet uns, den Kurs beizubehalten», erklärte Brittola. «Wir sollen das Tempo ein wenig drosseln, aber unsere Fahnen nicht einholen, damit wir die Aufmerksamkeit auf uns lenken. Sie will versuchen, steuerbords an uns vorbeizufahren, um an unserem Bug frontal mit den Piraten zusammenzutreffen.»

«Sag ihr, dass ich einverstanden bin.»

«Warte. Saula hat noch eine Nachricht. Sie sagt: ‹Dies – wird – nicht – einfach – werden›», entschlüsselte Brittola lächelnd.

Ursula runzelte die Stirn. «Saula soll sich auf die Botschaften beschränken, die ihr aufgetragen werden! Richte ihr das aus!»

«Aber sie hat doch nur …»

«Kein aber, Brittola», knurrte Ursula. «Wir stehen kurz vor einer Schlacht. Die einzigen Botschaften, die übermittelt werden, sind die, die unser Überleben und unseren Sieg sichern.»

Brittola war schockiert von Ursulas harschem Ton. Sie hatte Ursula noch nie so aufgebracht erlebt.

«Tu, was ich dir sage. Das ist ein Befehl!»

XV

Pinnosa hatte ihre Galeere gerade erst in Position gebracht, als auch schon das erste Piratenboot Ursulas Galeere erreichte. Wie Ursula vorhergesehen hatte, wurde ihr Schiff mit brennenden Pfeilen beschossen. Die meisten von ihnen landeten zischend im Wasser, drei bohrten sich jedoch in die Seitenwand des Schiffsrumpfs, und einer landete an Deck. Sofort eilten die Frauen herbei, um die Flammen zu löschen. Lederne Kübel, die an dicken Seilen hingen, wurden zum Füllen ins Wasser geworfen und wieder hochgezogen. Die zweite Salve zielte auf das Ruderdeck. Sieben der knisternden Geschosse sausten durch die Ruderhalterungen. Unter Deck brach Panik aus; einige Frauen schrien so laut, dass die Offiziere keine Befehle mehr erteilen konnten. Ursula musste sich einen Augenblick vom Feind abwenden und ihre Mannschaft beruhigen, doch sie kehrte rechtzeitig zum Bug zurück, um Zeugin von Pinnosas Gegenangriff zu werden.

Um das Überraschungsmoment zu steigern, fuhr Pinnosa so dicht am Bug von Ursulas Galeere vorbei, dass drei ihrer Ruder zerbrachen. Gleich darauf steuerte sie in voller Fahrt auf die Piratenskiffe zu. Ihr Bug rammte das erste Boot, auf dessen Deck einer der dampfenden Bottiche stand, genau in der Mitte. Bei dem Zusammenstoß wurde es buchstäblich aus dem Wasser gehoben. Die Männer taumelten, und der kochende Teer floss übers Deck, dann brach das Boot entzwei.

Einer Hand voll Männer gelang es, sich an die Ruder der Galeere zu klammern, doch eine von Martha angeführte Einheit Bogenschützen sorgte dafür, dass keiner an Deck klettern konnte. Währenddessen tauchte ein zweites Skiff hinter den Rudern steuerbords auf und näherte sich dem Heck der Galeere. Eine Salve brennender Pfeile landete auf dem Deck, zwei Enterhaken gruben sich in die Planken.

Pinnosa rannte zum Heck und schlug das Tau der Enterhaken mit ihrem Schwert entzwei. Gleichzeitig schützte sie sich mit ihrem langen Schild vor den brennenden Pfeilen, die auf sie niederprasselten. Schon näherte sich ein weiteres Skiff dem Heck der Galeere und mischte sich in das Kampfgeschehen ein. Der Beschuss der Piraten wurde immer erbarmungsloser. Ein dritter Enterhaken grub sich ins Deck. Es konnte sich nur noch um Sekunden handeln, bis die ersten Piraten die Galeere enterten.

«Bogenschützen!», schrie Pinnosa über die Schulter und suchte Deckung vor einer neuen Geschosssalve. Dabei flog ihr der Helm vom Kopf. «Bogenschützen! Verdammt, ihr müsst mich decken!»

Marthas Frauen rannten ans Heck der Galeere, gingen in Position und nahmen die Piraten unter Beschuss. Pinnosa nutzte den günstigen Augenblick und stieg über die Reling. Mit erhobenem Schild und Schwert sprang sie auf den Bug des Piratenbootes, wobei sie wie der Furcht erregende Geist eines Kriegers ferner Zeiten für den Bruchteil einer Sekunde in der Luft schwebte. Ihr Umhang blähte sich, und ihre leuchtend rote Mähne flatterte im Wind. Sie landete unmittelbar hinter dem Bottich mit dem dampfenden Teer. Ehe die Piraten es sich versahen, trat sie kräftig dagegen, sodass er umstürzte und der Teer ausfloss. Lodernde Flammen jagten über das Boot, und die Piraten mussten ins Wasser springen, um ihnen zu entkommen. Minuten später brannte das unbemannte Skiff lichterloh.

Pinnosa sprang auf das nächste Piratenboot, das dicht an das erste herangefahren war. Dort stand kein Bottich mit Teer, aber zum Glück bot der schmale Bug immer nur einem Angreifer Platz. Marthas Bogenschützen hielten die Piraten mit ihren Pfeilen in Schach, doch zwischen den Salven stürzte jeweils einer der Unholde mit einem Kriegsschrei auf den Lippen auf Pinnosa zu, bewaffnet mit einer riesigen, doppelschneidigen Axt oder einem langen Schwert. Die gut trainierte Pinnosa machte die Brutalität des Gegners durch ihre Disziplin und Geschicklichkeit wett. Als sie vier Piraten erledigt hatte, war der Sieg errungen.

Gleich darauf zerschnitt sie den dritten Enterhaken. Als das Tau riss, sauste die Galeere davon, und Pinnosa flog ins Wasser. Erst nach einer Ewigkeit tauchte sie wieder auf und konnte von Martha und drei Bogenschützen an Bord ihrer Galeere gezogen werden.

XVI

«Du hattest kein Recht, dich in Lebensgefahr zu begeben!» Ursula lief auf dem langen Holzsteg am Südufer der Flussmündung hin und her, an dem sonst Salzbarkassen festmachten und den die beiden Galeeren als Liegeplatz für die Nacht nutzten. Ursula und Pinnosa waren allein. Martha und Brittola überwachten das Aufschlagen des Lagers im Landesinneren ein Stück von der Küste entfernt. Cordula und Saula hatten die erste Wache auf ihrer jeweiligen Galeere übernommen. Die Sonne war soeben untergegangen, und der Horizont schimmerte in allen erdenklichen Farbtönen. Die Umhänge der beiden Heerführerinnen flatterten im kräftigen Südwind, ein Segel schlug gegen den Mast. «Unter normalen Umständen wäre dein unverantwortliches Verhalten Grund genug, dich aus der Legion auszuschließen!», schrie Ursula wütend. «Was in Gottes Namen hast du dir dabei gedacht?»

«*Unter normalen Umständen?* Unter normalen Umständen würden wir beide zu Hause an einem warmen Feuer sitzen, Fasan essen und Winterwein trinken, statt zwanzigtausend junge Frauen auf den Kontinent zu führen, damit sie heiraten und geschwängert werden können.»

«Du hast Recht. Es sind keine normalen Umstände. Aber das ist nun mal unsere momentane Situation. Wir sind die Befehlshaberinnen eines großen Heeres und in erster Linie für das Leben unserer Frauen verantwortlich. Dein Verhalten da draußen hat den gesamten Feldzug gefährdet, und alles nur wegen deiner idiotischen, selbstmörderischen Jagd nach Ruhm!»

Pinnosa antwortete in leisem, bedächtigem Ton. «Obwohl wir mit voller Geschwindigkeit fuhren, haben sie es geschafft, sich uns zu nähern und Enterhaken zu werfen. Wir schwebten in großer Gefahr. Wenn die Mannschaft auch nur eines einzigen Skiffs an Bord gekommen wäre, hätten wir schwere Verluste erlitten. Und das wäre erst der Anfang gewesen. Sobald es zu einem Nahkampf gekommen wäre und wir unser Tempo gedrosselt hätten, wären sie wie die Aasgeier über uns hergefallen. Als sich die ersten Enterhaken ins Deck gruben, fürchtete ich um das Leben meiner gesamten Mannschaft.» Sie verstummte. Nachdem sie die Piraten erfolgreich abgewehrt hatten und diese sich damit abmühten, ihre Kameraden aus dem Wasser zu fischen, hatte Pinnosa überrascht festgestellt, dass sie unter Schock stand. Sie hatte sich allein ans Heck gestellt und nach Fassung gerungen. Der Gedanke an das kurze Gefecht ließ sie noch jetzt frösteln. «Ich hatte keine andere Wahl. Es ging alles so schnell, ich musste das Risiko eingehen ... Und es hat geklappt.»

Die Freundinnen funkelten sich wütend an. Der Dämon der Angst stand zwischen ihnen. Pinnosa durchlebte die Geschehnisse des Tages, und Ursula spürte wieder das Feuer der Angst in ihrer Seele. In diesem Moment war keine Verständigung zwischen ihnen möglich. Zum ersten Mal wurde ihre Freundschaft auf eine harte Probe gestellt.

«Du bist ganz besessen von dem Wunsch, in die Fußstapfen deines Vaters zu treten!», schrie Ursula mit geröteten Wangen.

«Und du bist von dem Wunsch besessen, deinem Constans zu folgen!», konterte Pinnosa. «Obendrein versetzt dich der Gedanke, wohin du die Frauen auf diesem Weg womöglich führen musst, in Angst und Schrecken!»

Ursula wandte sich zornig ab. Eine ganze Weile herrschte Schweigen, während beide Frauen mit den grausamen Worten der anderen rangen. Pinnosa starrte reglos auf Ursulas Rücken. Nach einer Weile stand sie auf und stellte sich neben ihre Freundin. Sie blickten auf das kühle graue Wasser. Ursula seufzte tief, und allmählich verrauchte ihre Wut.

«Du musst mir versprechen, niemals wieder eine so große Gefahr einzugehen», bat sie leise. «Der Feldzug müsste abgebrochen werden, wenn du die Reiterei nicht anführen könntest.»

«Ich verspreche es», erwiderte Pinnosa in beinahe unterwürfigem Ton. «Und du musst mir versprechen, meinen Vater nie mehr ins Spiel zu bringen. Das trifft mich sehr, vor allem aus deinem Mund.»

«Es ... es tut mir Leid. Nicht nur die Reiterdivisionen brauchen dich, weißt du?»

«Ja, ich weiß.»

Schließlich blickte Ursula ihre Freundin an, und dann schlossen die beiden Frauen einander in die Arme. Obwohl ihre Umhänge im Weg waren und die Federbüsche sich verhedderten, blieben sie eine Ewigkeit eng umschlungen auf dem Steg stehen.

«Wie bist du auf die Idee gekommen, den Sprung auf das Piratenboot zu wagen?» fragte Ursula, als sie schließlich Seite an Seite zu den Galeeren zurückkehrten. «Ich hätte schwören können, du landest im Wasser.»

«Am Ende bin ich ja auch im Wasser gelandet. Jetzt weiß ich, warum Neptun niemals eine Rüstung trug. Sie ist im Wasser zehnmal so schwer, vor allem in *kaltem.*»

Die Frauen kehrten dem Horizont den Rücken zu, daher sahen sie die riesige dunkle Wolkenwand nicht, die die letzten rötlichen Schimmer des Sonnenuntergangs verdeckte.

XVII

Drei Tage später, am Vortag von Alban Eiler, der Frühlings-Tagundnachtgleiche, sollte die große Flotte den Kanal überqueren. Als Treffpunkt war ein Platz zu Füßen der beiden großen Leuchttürme von Dubris, die hoch oben auf den weißen Klippen standen, vereinbart worden. Dort sollte die Hauptflotte auf Ursulas und Pinnosas Galeeren warten, die aus Rutupiae im Norden kamen.

Ursula und Pinnosa trafen am Tag zuvor in Rutupiae

ein. So blieb genug Zeit, um die Ruder zu ersetzen, die im Gefecht mit den Piraten zerbrochen waren. Auch eine beschädigte Ruderhalterung an Pinnosas Galeere wurde in aller Eile repariert. Kurz nach Sonnenaufgang am Tag vor Alban Eiler fuhren sie los.

Der Himmel war wolkenlos. Die ruhige See und die milde Brise aus Südwest versprachen ideale Bedingungen für die Überfahrt. Kaum hatten sie die letzte Landzunge auf dem Weg nach Dubris umschifft, da erblickte der Wachposten die grünen Segel der Hauptflotte. Allerdings befanden sie sich viel weiter nördlich als vereinbart, und die anderen Befehlshaberinnen der Vorhut waren zuerst ein wenig irritiert, denn die Fahrt nach Gesoriacum würde von hier aus erheblich länger dauern. Doch als sie aufs offene Meer zusteuerten, begriffen sie, warum die Hauptflotte nicht weiter südlich wartete. Der Wind hatte sich gedreht, und eine starke Brise aus Südost trieb ihre eigenen Galeeren nun ebenfalls nach Norden.

Die große Flotte bot mit ihren fünfzig stattlichen Kriegsgaleeren und den dreißig kleineren Nachschubgaleeren einen eindrucksvollen Anblick. Selbst Ursula staunte über die Pracht ihrer Streitkraft. Als sie näher kamen, hatten sie den Eindruck, auf dem Kanal wimmele es nur so von Schiffen. Auf allen Galeeren wehten stolz die Fahnen der Ersten Athene. Die zweiten Rudermannschaften nahmen in ihren Paradeuniformen an Deck Aufstellung, um die Oberbefehlshaberin der Flotte feierlich zu begrüßen.

Ursula und Pinnosa fuhren zwischen den Booten hindurch und nahmen ihre Positionen an der Spitze der Flotte neben Julia und Faustina ein. Als sie die Galeeren passierten, jubelten die Kriegerinnen und schwenkten ihre Helme mit den bunten Federbüschen; ihre polierten Rüstungen und Waffen glitzerten in der Frühlingssonne. Ursula stand allein am Bug und winkte. Die Loyalität ihrer Kriegerinnen rührte sie so sehr, dass sie ihre Mannschaft aufforderte, den Gruß zu erwidern. Auch Pinnosas Frauen hinter ihnen winkten und jubelten.

Julias riesige Galeere mit den hundert Rudern, die alle anderen Schiffe überragte, thronte wie eine Henne inmitten ihrer Brut. Als Ursula nahte, hallten die Jubelschreie der dreihundert Frauen in den roten Umhängen übers Meer. Endlich war die gesamte Flotte vereint, und der große Feldzug konnte beginnen.

Während der langen Wintermonate in Londinium hatten die Befehlshaberinnen der Ersten Athene viele Stunden mit zwei ehemaligen Admiralen verbracht und unter deren Anleitung alle Einzelheiten der Schifffahrt und der Flottenformation studiert. Nun bedurfte es nur eines kurzen Austausches mittels Winkerflaggen, um festzulegen, in welcher Formation die Überquerung des Kanals erfolgen sollte. Sie würden sich in vier Flottillen aufteilen, wobei Ursula die Galeeren aus Corinium anführen und die südliche Flanke übernehmen würde. Pinnosa oblag in der Mitte der Flotte die Führung der Schiffe aus Londinium, zu denen die größte Anzahl an Kriegsgaleeren gehörte. Faustina sollte die Führung der kleineren Flottille aus Lindum an der nördlichen Flanke übernehmen. Julia hatte den Befehl über die Frauen aus Eburacum und die meisten Nachschubschiffe, die im Gegensatz zu den langen Reihen der anderen Flottillen in einem engen Verband folgen sollten.

Zur Vorbereitung der Formation mussten zuerst Faustinas Galeeren nach Norden ausscheren, woraufhin Ursulas Galeeren Richtung Süden fuhren. Dieses Manöver dauerte insgesamt etwas mehr als eine Stunde. Die Galeeren aus Londinium von den Nachschubschiffen zu trennen war komplizierter, denn einige der großen Kriegsgaleeren mussten weite Bogen schlagen, damit die langsameren Schiffe genug Platz für ihre Wendemanöver hatten. Das nahm viel Zeit in Anspruch. Als die Eburacum-Flottille auf die britannische Küste zusteuerte, um den Galeeren aus Londinium Platz zu machen, schlug das Wetter um.

Der Wind frischte auf und drehte, sodass er nun direkt aus Süden kam. Da die Segel unter diesen Bedingungen eher hinderlich waren, gab Ursula den Befehl, alle Segel ihrer Flottille einzuholen, und forderte auch den Rest der Flotte dazu auf. Ihre Galeere hatte sich bereits zu weit von den anderen Flottillen entfernt, um ihnen direkte Signale senden zu können, daher wurden die Signale von Galeere zu Galeere weitergegeben.

Als die Flottenformation abgeschlossen war, zogen dunkle Wolken über den südlichen Horizont. Noch bedrohlicher war der Wind, der immer stärker wurde.

«Sollten wir nicht zurück in die Rutupiae-Bucht fahren und dort Schutz suchen?», fragte Cordula, die mit Brittola hinter Ursula stand. Die beiden Frauen waren sichtlich beunruhigt.

Ursula starrte auf die fernen Wolken, als wolle sie sie beschwören, und dachte nach.

«Die Rutupiae-Bucht ist nur …», begann Brittola.

«Wir haben den ganzen Vormittag damit zugebracht, uns auf die Überfahrt nach Gesoriacum vorzubereiten», unterbrach Ursula sie, ohne sich umzudrehen. Sie spähte auf eine helle Lücke in der Wolkendecke. «Es ist jetzt kurz nach Mittag. Wir könnten vor Sonnenuntergang ankommen, wenn der Wind nicht noch stärker auffrischt. Allein für das Wendemanöver würden wir eine Stunde brauchen, und die Rutupiae-Bucht ist über drei Stunden von hier entfernt.» Sie schaute aufs Wasser. «Es sieht nicht so aus, als würde der Seegang stärker werden. Möglicherweise handelt es sich nur um einzelne Windböen, und die dunklen Wolken kündigen keinen Sturm, sondern einen harmlosen Regenguss an.»

«Ich finde, wir sollten das Risiko nicht eingehen», sagte Cordula ängstlich. «Schau dir die Wolken an. Sie kommen schnell näher. Nach meiner Einschätzung haben wir die Schlechtwetterfront in einer Stunde erreicht. Wir wären also mitten auf dem Kanal, wenn sich zeigt, ob die Wolken harmlosen Regen oder einen heftigen Sturm bringen. Ein Unwetter mitten auf dem Kanal wäre eine Katastrophe. Ich schlage vor, dass wir umkehren.»

«Ich auch», stimmte Brittola kühn zu. «Ich glaube, die Wolken deuten auf einen Sturm hin. Und sie bringen eine Botschaft. Es ist eine Warnung Gottes. Er will uns sagen, dass wir diesen Weg heute nicht einschlagen sollen.»

«Mit Gottes Botschaften ist es so eine Sache», entgegnete Ursula nachdenklich.

«Wir könnten in östlicher Richtung aufs Nordufer Galliens zusteuern», schlug Cordula vor. «In vier Stunden wären wir da.»

Ein Unteroffizier kam auf sie zu und salutierte. «Es ist eine Nachricht von Pinnosa eingetroffen, Hoheit.»

«Wie lautet sie?», fragte Ursula, ohne den Blick vom Meer abzuwenden.

«Die Nachricht konnte aufgrund des Seegangs nicht vollständig entziffert werden. Wir haben nur eine Botschaft aufgefangen: ‹Warum auf den Wind warten?›»

«Danke. Das wird alles gewesen sein.» Schließlich drehte sich Ursula zu Cordula und Brittola um. Auf ihrem Gesicht spiegelte sich wilde Entschlossenheit. «Ihr wisst beide ganz genau, was es für uns bedeutet, endlich diesen Punkt erreicht zu haben.» Sie wies mit dem Kopf aufs Meer. «Das Volk von Britannien betet für den Erfolg unserer Mission. Wir sind die letzte Hoffnung, die der Provinz geblieben ist. Ich werde sie nicht enttäuschen, indem ich den großen Feldzug wegen des Wetters verschiebe.» Ursulas Blick wanderte zurück zu den dunklen Wolken. «Unser Plan sieht vor, dass wir nach Gesoriacum fahren und nicht ans Nordufer Galliens. In Gesoriacum warten Kasernen und Ställe auf uns. Während einer zweitägigen Rast dort können wir uns von den Strapazen erholen und dann den langen Marsch nach Süden beginnen. Wenn wir hingegen ein Gebiet durchqueren müssten, das nicht auf unsere Ankunft vorbereitet ist, bestünde die Gefahr eines feindseligen Empfangs. Wir müssten den Frauen sogar ihre verdiente Rast verweigern. Ich weiß, was Pinnosa sagen wollte. ‹Wir wissen, wohin wir fahren wollen. Warum sollen wir auf den Wind warten, bevor wir einen Entschluss fassen?› Meine Entscheidung steht fest. Lasst uns beten, dass die Wolken nur Regen und kein Unwetter bringen. Wir halten an unserem Plan fest. Gib die Botschaft weiter. Und sag ihnen, sie sollen sich richtig ins Zeug legen.»

«Ja», erwiderte Brittola in besorgtem Ton.

«Und Brittola», sagte Ursula lächelnd, «füge am Ende hinzu: ‹Es wird nicht einfach werden.›»

XVIII

In den ersten zwei Stunden kam die Flotte gut voran, und die weißen Klippen verblassten allmählich in der Ferne. Am späten Nachmittag wurde der Wind immer stärker, der Himmel verdunkelte sich, und die ersten Regenschauer prasselten auf sie nieder. Die Galeeren schaukelten auf den hohen Wellen hin und her. Ursula befahl, alles festzubinden und den Befehl an die anderen Galeeren weiterzugeben. Dies sollte die letzte Anweisung sein, die Faustinas Flottille erreichte, denn sie war zu weit Richtung Norden abgetrieben worden.

Eine knappe Stunde später befanden sie sich mitten in einem heftigen Sturm. Der Wind war so stark, dass sich die Frauen festhalten mussten, um nicht von Bord gefegt zu werden. Es schüttete wie aus Eimern, und man konnte nicht weiter sehen als bis zur nächsten Galeere. Riesige Wellen türmten sich zu allen Seiten auf und krachten auf die Boote nieder wie ein wütender Rachegott.

Kurz nachdem eine gewaltige Woge Ursulas Galeere überspült hatte, kämpfte sich Brittola zum Bug zurück. Sie hatte den Befehl: «Kurs halten!» weitergeben sollen und war vollkommen durchnässt. Die Haarsträhnen klebten wie Seetang auf ihrem Gesicht.

«Wir konnten die Nachricht nicht senden!», schrie sie aus voller Kehle. «Aber bevor der Sturm richtig einsetzte, erhielten wir von Pinnosa eine Nachricht.»

«Wie lautete sie?»

«Kurs halten!»

Sie mussten lachen, doch in dem Augenblick versank der Bug in einem tiefen Wellental. Cordula wurde gegen die Reling geschleudert, und Ursula, die sich als Einzige festgehalten hatte, sank auf die Knie. Brittola landete mit gespreizten Armen und Beinen bäuchlings auf dem Deck. Der harte Aufprall nahm ihr den Atem, und sie konnte sich nicht mehr bewegen. Als Ursula die Hand nach ihr ausstreckte, überspülte die nächste Flutwelle das Deck.

XIX

Ursulas Kehle brannte von dem Seewasser, das sie geschluckt hatte, und sie musste mehrmals husten, ehe sie einen Ton herausbrachte.

«Hilfe!», schrie sie mit krächzender Stimme. *«Hilfe!»* Ursula hing halb über dem Schiffsrand, wobei ihr rechter Arm und das rechte Bein um einen Pfosten der Reling geschlungen waren. Mit der linken Hand umklammerte sie Brittolas Unterschenkel und verhinderte so, dass ihre Freundin in die tosende See fiel. Durch das starke Rollen und Schlingern der Galeere wurde Brittola immer wieder in die Luft geworfen, woraufhin sie unsanft auf dem Deck landete.

«Bleib ganz ruhig!», rief Ursula ihr zu. *«Beweg dich nicht!»*

Cordula tauchte neben Ursula auf, kroch unter der Reling hindurch und beugte sich weit hinaus, bekam Brittolas Bein jedoch nicht zu fassen.

«Hol einen Enterhaken! Ich kann sie nicht mehr halten.»

Cordula verschwand. Obwohl Ursula sich nach Kräften bemühte, Brittola festzuhalten, war das Schlingern des Schiffes zu stark. Sie bemerkte voller Entsetzen, dass sich ihr Griff lockerte.

Als Brittolas Bein drohte, Ursulas Umklammerung zu entgleiten, tauchte Cordula endlich wieder auf. Sie kroch erneut unter der Reling hindurch, beugte sich mit dem ganzen Körper hinaus und schaffte es nun, den Knöchel ihrer Freundin zu packen. Die beiden Unteroffiziere, die Cordulas Beine festgehalten hatten, zogen sie und Brittola zurück auf die Galeere.

Zwei weitere Frauen eilten Ursula zu Hilfe, und kurz darauf lagen alle drei Befehlshaberinnen an Deck, blutüberströmt. Ursula und Cordula richteten sich mit schmerzverzerrten Gesichtern auf und lehnten sich gegen die Reling. Brittola blieb bewusstlos liegen. Ursula wollte sich soeben um ihre jüngere Freundin kümmern, als der Wachposten der Rudermannschaft gegen eine Flutwelle ankämpfend über das Deck auf sie zugetaumelt kam. Ihre Augen waren vor Schreck weit aufgerissen.

«Kommt schnell!», brüllte sie. *«Schnell! Ein Notfall!»*

«Was ist los?», krächzte Ursula.

«Die Wellen zerbrechen die Ruder und die Halterungen!», schrie sie, wobei sie wild mit den Armen gestikulierte. «Wir haben schon die Hälfte der Ruder verloren, und wir können die Halterungen nicht abdecken. Das Wasser strömt ins Schiff.»

Zweiter Teil

Der Kontinent

5. Kapitel
Colonia

I«*Bericht an Augustus Konstantin III., Kaiser des Westens und Oberbefehlshaber all seiner Heere, von Prinzessin Ursula, Tochter von König Deonotus von Corinium und Oberbefehlshaberin der Legionen der Ersten und Zweiten Athene. Noviomagus am Rhenus Fluvius. Seid gegrüßt, Konstantin!* Spero fore, ut magni mensis Martis venti spirent tibi omina fausta bonamque fortunam in vitae viam, et ut dulcedo Aprilis animos leonis commoveat ad relinquendum denique cubile hibernum. – Ich hoffe, die starken Märzwinde sind ein gutes Omen und wehen Glück auf Euren Weg. Möge die warme Aprilsonne den Geist des Löwen locken, seine Winterhöhle endlich zu verlassen. *Ich bedauere, Euch mitteilen zu müssen, dass der große Feldzug der Ersten Athene sich mindestens um einen Monat verzögern wird.*

Ein gewaltiger Orkan überraschte uns mitten auf dem Kanal und verstreute unsere Flotte in alle vier Winde. Die meisten Galeeren scheinen nach Osten und an die Küste Nordgalliens getrieben worden zu sein, größtenteils in batavische Gewässer, wie wir vermuten. Durch Gottes Gnade blieb meiner Galeere das Schlimmste erspart, und sie ist nach wie vor seetüchtig …

II

Ursula öffnete langsam ihre schmerzenden Augen und sah in ein gelbes Licht. Sie war völlig benommen. Das Licht war nicht nur gelb, sondern schien von goldenen, silbernen und rötlichen Streifen durchzogen zu sein, die sich unaufhaltsam bewegten. Die Prinzessin hatte das Gefühl, von den wirbelnden Farben verschlungen zu werden. Schwindel und Übelkeit zwangen sie, die Augen zu schließen und den Kopf zu senken. Dann hob sie erneut den Kopf, um dem Grund ihrer Qual auf die Spur zu kommen. Es war der Schimmer eines fernen Sonnenaufgangs.

Aus allen Richtungen drangen seltsame Laute an ihr Ohr. Erst nach einer Weile aufmerksamen Lauschens konnte sie sie den Wasservögeln ringsumher zuordnen. Austernfischer, Enten, Haubentaucher versuchten offenbar, sich gegenseitig zu übertönen. Hinzu kam das müde Flügelschlagen eines Gänseschwarms aus dem Süden, der plätschernd auf dem Wasser landete. Auf einer Sandbank in der Nähe der Galeere begann ein Wächter des Wattenmeeres, ein Rotschenkel, ohrenbetäubend zu kreischen.

Abgesehen von einem gelegentlichen Knarren herrschte auf der Galeere selbst schaurige Stille. Ursula entdeckte zwei Wachposten an Deck, eine vorne, die andere hinten. Sie waren beide in dicke Decken gehüllt und schliefen fest.

Eine leichte Brise strich über Ursulas Gesicht und vertrieb die letzten Spuren des Schlafes. Gleichzeitig krochen Kälte und Feuchtigkeit in ihren Körper und ließen sie frösteln. *Der Sturm!* Sie riss die Augen auf. *Das gewaltige Unwetter!*

Sie wunderte sich, dass es ihr gelungen war zu schlafen, obwohl sie mit gekreuzten Beinen auf dem Deck saß, den

Rücken gegen die Reling gelehnt. Brittolas Kopf lag auf ihrem Schoß, mit verschränkten Armen, als wäre sie tot. Ursula musterte das blutüberströmte Gesicht ihrer Freundin. Es war auf einer Seite stark geschwollen und von klebrigen Strähnen bedeckt. *O mein Gott! Wie sie aussieht!* Ursula legte ihr eine Hand auf die Stirn. Sie war warm. *Mach dir keine Sorgen, Brittola. Der Sturm ist vorüber. Wir fahren bald heim.*

Ursula und ihre Mannschaft waren erst vor ein paar Stunden eingeschlafen, denn der Sturm hatte bis tief in die Nacht gewütet. Allerdings war der Himmel so schwarz gewesen, dass man kaum hatte erkennen können, wann der Tag zu Ende ging und die Nacht begann. Es war ihnen fast so vorgekommen, als hätten sie die Hölle betreten und wären verdammt, bis in alle Ewigkeit gegen die teuflischen Mächte zu kämpfen, die ihnen mit unbarmherziger Grausamkeit zusetzten.

Der größte Teil der Mannschaft hatte eine Kette gebildet und das Wasser aus dem Schiff geschöpft, während die wenigen Ruderinnen, die noch über intakte Ruder samt Halterungen verfügten, gegen die hohen Wellen ankämpften. Einige Frauen bemühten sich um die in Panik geratenen Pferde, die versuchten, aus ihren Ställen auszubrechen. Als die meisten Frauen kurz vor dem Zusammenbruch standen, ließ der Sturm endlich nach, und die See beruhigte sich.

Da Ursula befürchtet hatte, das Schiff könne in der Dunkelheit an Felsen zerschellen, hatten sie und Cordula ein paar Frauen zusammengetrommelt und die Anker gesetzt. Kaum waren die beiden Anker am Bug und achtern ins Wasser geworfen, als die Leinen auch schon spannten.

Mit einem Mal spürte Ursula, wie durstig sie war, und öffnete den Mund, um Oleander zu rufen, aber ihre Stimme versagte ihr den Dienst. Nur ein leises Krächzen drang aus ihrer Kehle. Behutsam hob sie Brittolas Kopf an und legte ihn auf eine Decke, die sie zu einem Kissen zusammengefaltete hatte. Nach diesem Kraftakt spürte sie ihre geschundenen Glieder, dennoch umklammerte sie die Reling und zog sich stöhnend hoch. Als sie die Reling für einen Moment losließ, stiegen Schwindel und Übelkeit in ihr auf.

Bruchstückhafte Erinnerungen an das Drama der vergangenen Nacht kehrten zurück. Oleander hatte ihnen Decken und Wasser gebracht, und tatsächlich lag eine der ledernen Flaschen neben ihren Füßen. Ursula sank auf die Knie, öffnete die Flasche und trank langsam ein paar Schlucke. Das kalte Wasser war eine Wohltat für ihre aufgerissenen Lippen und ihre trockene Kehle und belebte ihren erschöpften Körper. Nachdem sie ihren Durst gelöscht hatte, hielt sie die Flasche an Brittolas geschwollene Lippen. Die junge Frau wimmerte vor Schmerzen, ohne zu erwachen. Kurz entschlossen befeuchtete Ursula eine Ecke der Decke unter Brittolas Kopf mit Wasser und drückte ihr ein paar Tropfen in den Mund. Als Brittola mit der Zunge über ihre Lippen strich, atmete Ursula erleichtert auf.

«Du wirst wieder gesund, Brittola», flüsterte sie. «Ein paar Tage Ruhe, ein schönes Bad, und schon sitzt du wieder im Sattel.» Ursula hob den Kopf und ließ den Blick schweifen. Die aufgehende Sonne tauchte die Galeere in ihr kaltes gelbes Licht. «Bald bist du wieder zu Hause, Brittola. Constans und ich werden dich hinbringen.»

Ursula legte die Flasche neben Brittola und erhob sich mühsam. Mit wackeligen Beinen ging sie auf die Treppe zu, die nach unten führte. Oben an der Treppe lag Cordula in eine Decke gewickelt in der Nische für den wachhabenden Offizier und schlief.

Ursula blickte aufs Meer und suchte den Horizont im Westen mit den Augen ab. «Die anderen können nicht weit sein», murmelte sie. «Sobald die Sonne hoch am Himmel steht, sehen wir sie bestimmt.» Unsicheren Schrittes stieg sie die Treppe hinunter.

Sanfte Wellen plätscherten gegen den Schiffsrumpf. Am Bug schlug irgendetwas unaufhörlich von außen gegen die Schiffswand. Wie die hämischen Schritte eines Eindringlings hallte das dumpfe Dröhnen durch die Galeere. Als Ursula die letzte Stufe erreichte, versank ihr Fuß im Wasser, im eisigen Frühlingswasser des Kanals. Die Kälte kroch in ihren Körper. Schauer liefen ihr über den Rücken.

Das Ruderdeck lag im Dunkeln. Nur durch die Ruderhalterungen drang spärliches Licht herein. Als Ursula sich an die Dunkelheit gewöhnt hatte, taumelte sie entsetzt zurück. Ihren Augen bot sich ein Bild des Grauens. Auf allen Ruderbänken lagen reglose, in Decken gehüllte Gestalten. Es sah aus wie im Totenreich. Die aschfahlen Gesichter starrten sie mit blinden Augen an. Zwei Frauen in ihrer Nähe hatten den Mund geöffnet, als wären sie inmitten eines Gebets gestorben. Ursula riss vor Schreck die Augen auf, doch dann bemerkte sie eine Bewegung. Die Frauen atmeten – sie waren nicht tot, sondern schliefen nur.

Warum seid ihr hier in dieser Hölle? Das ist kein Ort für junge Frauen wie euch. Wie alt seid ihr? Sechzehn? Vielleicht achtzehn? Warum seid ihr nicht zu Hause bei euren Familien? Übelkeit und Schwindel zwangen Ursula, einen Moment die Augen zu schließen. *Wer seid ihr und warum seid ihr überhaupt hier?*

Ein leises Wiehern drang aus den Ställen hinten am Heck. Ursula lief wie in Trance auf das Geräusch zu und stieg die Rampe zu der Plattform hoch. Sie hörte Stroh rascheln, dann spürte sie es an ihren Füßen. Im ersten Stall stand Brittolas Stute Formosa, die sich augenscheinlich über die Nähe eines vertrauten Menschen freute.

Wo ist Lux?, dachte Ursula und blieb stehen. *Ach ja, stimmt. Sie ist bei den anderen.* Ursula machte noch einen Schritt auf Formosa zu und streckte zögernd die Arme aus. *Wo sind eigentlich die anderen?* Sie schüttelte den Kopf. *Hoffentlich geht es Lux gut. Hoffentlich geht es allen anderen gut.*

Ursula schlang die Arme um Formosas Hals und drückte sie an sich. Das Pferd grub seine Nüstern zärtlich in ihren Nacken. Im trüben Licht konnte Ursula längliche Abschürfungen an den Flanken der Stute sehen; sie musste gegen die Stallwände geprallt sein. «Das war ein ziemlich ungemütlicher Ritt, nicht wahr?», flüsterte Ursula. «Arme Formosa.»

«Arme *Formosa*?»

Ursula drehte sich um. Sie hatte Oleander nicht kommen hören.

«Mit Verlaub, Herrin, aber was ist mit der armen Ersten Athene?»

II

Als es auf dem Ruderdeck allmählich heller wurde, regten sich die Frauen und streckten ihre steifen Glieder wie Geister, die aus ihren Gräbern auferstehen. Wie durch ein Wunder war bei dem Unwetter keine Frau über Bord gespült worden; Brittola hatte es von allen am schlimmsten erwischt. Viele waren während des Orkans gestürzt oder von Rudern, die die stürmische See ihnen aus den Händen gerissen hatte, getroffen worden und hatten Schnittwunden und Prellungen davongetragen. Zum Glück hatte sich niemand etwas gebrochen, und es mussten keine Amputationen vorgenommen werden.

Ursula, die noch immer unter Schock stand, hüllte sich in ihre Decke und lief zum Bug, wo sie fast den ganzen Tag reglos stehen blieb. Mit ihren nassen, zerzausten Haaren sah sie aus wie eine der verrückten Frauen, die zu Hause im Forum bettelten. Sie starrte ununterbrochen auf den Horizont im Süden und Westen, nur ab und zu trank sie einen Schluck aus der Wasserflasche. Jeder, der sich ihr näherte – selbst Cordula und Oleander –, wurde barsch zurückgewiesen.

Lediglich eine Hand voll Frauen war in der Lage, Dienst zu tun, und auch sie fühlten sich sehr schwach. Nachdem Oleander ein paar Verletzte mit kleineren Wunden versorgt hatte, konnten zwei Mannschaften aus je zwanzig Frauen gebildet werden. Anschließend kümmerte sich Oleander um Brittola, die bis zum Mittag bewusstlos blieb. Als die Dienerin ihr das Haar wusch, kam sie kurzfristig zu sich, trank ein paar Schlucke Wasser und sank sofort darauf wieder in einen tiefen Schlaf.

Cordula blieb nichts anderes übrig, als das Kommando an Bord zu übernehmen. Auch sie war arg zugerichtet und brauchte Oleanders Hilfe, ehe sie sich ohne allzu große Schmerzen bewegen konnte. Zuerst wurden die schwer Verwundeten, unter ihnen einige Dienerinnen, zum Heck getragen und auf Decken gelegt. Die Frauen, die keine schweren Verletzungen erlitten hatten, aber aufgrund ihrer Erschöpfung oder des Schocks keinen Dienst verrichten konnten, mussten Wasser schöpfen. Vom Ruderdeck bis zur Reling auf dem Oberdeck wurden lange Ketten gebildet, und den ganzen Vormittag wanderten die Lederkübel hin und her.

Die noch einsatzfähigen Dienerinnen mussten auf der Galeere Ordnung schaffen. Einige von ihnen versorgten die Wunden der Pferde und richteten die Ställe her, andere räumten unter Cordulas Aufsicht die Trümmer auf dem Ruderdeck weg. Am späten Vormittag war klar, dass lediglich neunzehn Ruder noch brauchbar waren – zehn backbords und neun steuerbords. Die beschädigten Ruderhalterungen stellten jedoch das Hauptproblem dar.

Die Aufräumarbeiten wurden durch Oleanders weise Voraussicht am Tag zuvor erheblich erleichtert. Als der Sturm nahte, hatte sie sich an etwas erinnert, was sie vor vielen Jahren von ihrem Mann gelernt hatte. Mit Unterstützung der anderen Dienerinnen hatte sie alle verderblichen und trockenen Gegenstände, die sie finden konnte, zu Bündeln zusammengebunden und an die Decke des Ruderdecks gehängt, sodass die Frauen nun über trockene Kleidung und genießbare Nahrungsmittel verfügten.

Am Nachmittag war der größte Teil der Arbeit getan. Die Frauen setzten sich erschöpft aufs Deck, wickelten sich in Umhänge oder Decken und versuchten, ein wenig zu schlafen. Doch die Ruhepause war nur von kurzer Dauer, denn das Segel musste zum Trocknen gesetzt werden. Das nasse Tuch war entsetzlich schwer, und so gelang es den Frauen nur unter großen Mühen, das Segel hochzuziehen. Sie mussten mehrmals heftig an den nassen Tauen zerren, bis sich der schwere Stoff endlich entfaltete. Die ganze Mannschaft jubelte, als die Brise das große Segel aufblähte und sich zeigte, dass der Sturm ihm keinen Schaden zugefügt hatte.

Währenddessen stand Ursula immer noch einsam am Bug und suchte den Horizont nach anderen Galeeren ab. Die Geschehnisse an Bord schien sie überhaupt nicht zu bemerken.

Den Frauen entging Ursulas seltsames Verhalten nicht, und einige fingen leise an zu tuscheln.

«Sie spielt nur die Oberbefehlshaberin, wenn sie Lust dazu hat», flüsterte eine junge Frau ihrer Freundin zu. «Wenn sie Ruhm ernten kann.»

«Ganz genau», stimmte die Freundin zu. «Wenn es um die Drecksarbeit geht, ist sie nur eine arme, kleine Prinzessin.»

«Jetzt reicht es aber!», schimpfte Cordula. Obwohl sie in der Nähe der beiden Frauen stand, hob sie die Stimme, damit alle sie hören konnten. «Für diese Unverschämtheit löst ihr die Dienerinnen ab und striegelt die Pferde. Sollte mir so etwas noch einmal zu Ohren kommen, werde ich euch persönlich auspeitschen. Geht jetzt.»

Die beiden Übeltäterinnen schlurften beschämt davon. Oleander war der Zwischenfall nicht entgangen. Sie näherte sich Cordula und flüsterte ihr ins Ohr: «Verzeiht. Ich glaube, ich weiß, wie wir Prinzessin Ursula aus ihrer Erstarrung reißen können.»

IV «Die Frauen sind zum Appell angetreten», meldete Cordula. Aus einem Horn erklang eine kurze Fanfare.

Ursula ließ die Reling los und drehte sich zögernd um. Vor ihr standen Cordula und zwei Unteroffiziere in Paradeuniform und salutierten. Hinter ihnen hatten auf beiden Seiten des Decks alle Frauen Aufstellung genommen, auch die Verwundeten. Sie trugen die blauen Umhänge der Kriegerinnen aus Corinium. Helme und Federbüsche hatten sie unter den rechten Arm geklemmt, mit der linken Hand berührten sie den Griff ihres Schwertes.

Cordula reichte Ursula mit ernster Miene ihren ordentlich gefalteten Umhang, auf dem ihr Helm und ihr Schwert lagen.

Ursula starrte ihre Cousine fragend an, ehe ihr Blick über die Galeere glitt. «Warum ist das Segel gehisst? Bereiten wir unsere Abfahrt vor?»

«Es muss trocknen», erwiderte Cordula leise, aber in einem Ton, der keinen Widerspruch duldete. «Zieh nun bitte die Uniform an. Die Frauen warten.»

Ursula beugte sich hinunter, stellte die Wasserflasche ab und ließ die Decke von ihren Schultern zu Boden gleiten. Sie schloss die Augen, atmete tief ein und richtete sich wieder auf. Dann ergriff sie zögernd das Schwert und befestigte es umständlich an ihrer ledernen Tunika. Als sie sich den Umhang überwarf und mit einer Spange verschloss, schien sie langsam aus der Erstarrung zu erwachen. Zu guter Letzt nahm sie den Helm entgegen, hob den Blick und flüsterte: «Danke.»

Während des Appells achtete die Prinzessin mehr auf die Verletzungen ihrer Mannschaft als auf ihre Uniformen. Sie schenkte jeder Frau ein Lächeln, und ausnahmslos alle Frauen lächelten zurück.

Als Ursula an der Nische neben der Treppe vorbeikam, in der Brittola lag, beugte sie sich hinunter.

«Wie geht es dir, meine Liebe?», fragte sie und reichte Brittola eine Hand.

«Ich hoffe, ich sehe nicht so schlecht aus wie du», antwortete Brittola mit schwacher Stimme. Sie versuchte zu lächeln, aber ihr geschwollenes Gesicht ließ es nicht zu.

Ursula sah, dass in Brittolas Augen schon wieder das alte Feuer brannte. Die jüngste Befehlshaberin der Legion war auf dem Weg der Besserung.

Nach dem Appell stellte sich Ursula neben Cordula an den Mast. Cordula drückte ihr das Ende eines Seiles in die Hand und gab das Zeichen für eine weitere Fanfare.

Im ersten Augenblick wusste Ursula nicht, was von ihr erwartet wurde. Schließlich zog sie an dem Seil. Daraufhin entrollten sich oben am Mast zwei lange, bunte Fähnchen: das blaue der Kohorten aus Corinium und das weißgold-rote der königlichen Heerführerin.

V

«Du siehst müde aus», sagte Ursula zu Cordula. Sie standen abseits der anderen am Bug, nur Oleander saß in ihrer Nähe. «Ruh dich aus. Ich übernehme jetzt.»

Es war spät am Nachmittag. Der Himmel war grau verhangen, und die Dämmerung setzte bereits ein. Cordula hatte Ursula über den Zustand der Galeere, der Mannschaft und der Pferde ins Bild gesetzt, und gemeinsam hatten sie überlegt, an welcher Stelle der gallischen Küste sie wohl sein mochten.

«Ja», erwiderte Cordula erschöpft. «Das werde ich tun.»

«Noch etwas.» Ursula legte eine Hand auf Cordulas Arm. «Ich möchte mich bei dir bedanken. Ohne deine Hilfe hätten Brittola und ich nicht überlebt. Danke für alles.»

Als Cordula davonging, wandte sich Ursula mit einem schelmischen Lächeln an ihre Dienerin. «Mach dich nützlich, Oleander. Siehst du nicht, dass ich beinahe verhungere? Die Mannschaft ist sicher auch begierig auf ein frisches, warmes Mahl. Ich lasse das kleine Boot herunter und gehe dort drüben im flachen Wasser auf Jagd. Währenddessen entzündest du das Feuer und bereitest alles vor.»

Die Frauen ließen sich das köstliche Essen schmecken, und nachdem sie ihren Hunger gestillt hatten, fingen sie an zu singen. Als die Sonne allmählich unterging, stimmten sie traurige Lieder über verlorene Lieben und die ferne Heimat an.

Plötzlich schrie der Wachposten am Heck: *«Boot ahoi!»*

Ursula rannte mit den anderen nach hinten. Selbst Brittola folgte ihnen, von Oleander gestützt. Aus nördlicher Richtung steuerte ein kleines Ruderboot auf sie zu. Als es näher kam, brachen alle Frauen in Jubel aus. Die Frauen an Bord trugen die blaue Uniform aus Corinium.

VI

«Ich kann nicht an Bord kommen. Wir müssen umkehren, bevor die Nacht hereinbricht», schrie eine Kriegerin aus dem Ruderboot ihnen zu. Ursula erkannte Viventia aus Calleva Atrebatum auf den ersten Blick. Sie gehörte zu den besten Offizieren der zweiten Kohorte. «Wir brauchen eure Hilfe. Wir haben unsere Befehlshaberin, Lollia Similina, verloren. Wir sind auf einer Sandbank etwa fünf Meilen nordöstlich von hier gestrandet.»

«Das sind schlimme Nachrichten!», rief Ursula hinunter. «Was ist mit dem Rest der Mannschaft? Ist die Galeere stark beschädigt?»

«Unser Mast ist gebrochen. Als er umstürzte, wurde die Befehlshaberin erschlagen. Sonst wurde niemand getötet, aber es gibt zahlreiche Verletzte. Und wir haben viele Ruder und Ruderhalterungen verloren. Die Galeere ist noch seetüchtig, doch zuerst müssen wir sie von der Sandbank ziehen. Bei der nächsten Flut könnte es gelingen.»

«Wir kommen morgen früh zu euch.»

«Danke. Die anderen werden sich freuen – besonders, weil ihr es seid», sagte Viventia lächelnd. «Wir hätten euch niemals gefunden, wenn auf eurer Galeere nicht das Feuer gebrannt hätte.»

Cordula ließ den Blick über den Horizont schweifen. «Warum können wir den Rauch von eurem Feuer nicht sehen?»

«Wir konnten keins machen, es ist alles durchnässt. Die Mannschaft lagert auf der Sandbank. Wir versuchen die Ausrüstung zu trocknen, aber ohne Feuer ist das sehr schwierig.»

«Habt ihr Schwerverletzte?», fragte Ursula.

«Nein. Gottlob keine Amputationen. Nur drei Frauen können nicht laufen. Unser größtes Problem ist die Kälte.»

«Wartet einen Moment.» Ursula wandte sich an Cordula. «Traust du dir das zu?»

Cordula schaute auf die zitternden Frauen in dem Ruderboot hinunter und antwortete mit einem entschlossenen Ja.

«Gut. Nimm die fünf kräftigsten Frauen mit und folge ihnen. Beim ersten Morgengrauen kehrst du zurück. Wir brauchen das Boot. Es muss uns zwischen den Sandbänken und Untiefen hindurchlotsen.»

Cordula salutierte und stellte ihre Mannschaft zusammen.

«Und du lädst alle trockenen Kleidungsstücke, Decken und Nahrungsmittel, die wir entbehren können, in die beiden Boote», befahl Ursula ihrer Dienerin.

«Sie ist wieder die Alte, dem Himmel sei Dank!», murmelte Oleander und machte sich unverzüglich an die Arbeit.

Ursula überhörte die Bemerkung geflissentlich. «Eines unserer Boote wird euch begleiten!», rief sie Viventia zu. «Wir geben euch ein paar Vorräte mit!»

«Danke, aber wir müssen uns beeilen. Es wird bald dunkel!»

«Keine Sorge, es dauert nicht lange. Habt ihr noch andere Galeeren gesichtet?»

«Einer unserer Wachposten glaubte, eine dünne Rauchsäule weiter nördlich zu erkennen, aber wir sind uns nicht sicher.»

«Und das Landesinnere? Habt ihr irgendetwas gesehen, was auf menschliche Siedlungen schließen lässt?»

«Nein. Noch nicht einmal ein Schaf.»

Cordula tauchte mit ihrer Truppe auf, und sie kletterten in das Ruderboot. Oleander und einige Hilfskräfte ließen gebratene Vögel, trockene Kleidung und Decken an Gurten hinunter. Dann fuhren die beiden Boote los. Die Frauen holten das Letzte aus sich heraus, um vor Einbruch der Nacht ihr Ziel zu erreichen.

Nachdem die Dämmerung sie verschluckt hatte, tippte Brittola Ursula auf die Schulter. «Weißt du was?», flüsterte sie. «Wenn sich alle Galeeren jeweils fünf Meilen voneinander entfernt haben, könnte die Erste Athene über eine Strecke von vierhundert Meilen verstreut sein.»

«Du vergisst, dass unsere Flottille am weitesten südlich fuhr. Uns hat der Sturm am ärgsten zugesetzt. Ich vermute, Pinnosa konnte die anderen Galeeren sammeln. Gewiss haben sie alle gemeinsam irgendwo an der Küste festgemacht. Es würde mich nicht wundern, wenn wir sie morgen im Laufe des Tages sichten», erwiderte Ursula, in dem vergeblichen Bemühen, zuversichtlich zu klingen.

VII

Am nächsten Tag war fast die gesamte Mannschaft wieder auf den Beinen, nur Brittola und eine Hand voll anderer Frauen erwies sich als zu schwach, um Arbeiten an Bord der Galeere zu übernehmen.

Als Cordula kurz nach Sonnenaufgang zurückkehrte, herrschte bereits reges Treiben. Die Rudermannschaft unter Deck sang *Gelobt sei der Herr.* Es dauerte fast den ganzen Morgen, bis sie die gestrandete Galeere erreichten, denn sie mussten äußerste Vorsicht walten lassen, um nicht selbst auf Grund zu laufen. Dreimal warnten die Lotsenboote sie vor verborgenen Sandbänken, die sie umfahren mussten, wobei der letzte Umweg ihre Geduld auf eine harte Probe stellte. Sie waren vielleicht eine halbe Meile von den anderen Frauen entfernt, als das Lot auf Grund traf. Schnell zeigte sich, dass dies die Verlängerung der Sandbank war, auf der die gestrandete Galeere lag. Sie schien kein Ende zu nehmen, und Cordula brauchte fast eine Stunde, um einen geeigneten Kanal für Ursulas Schiff zu finden.

Als sie endlich freie Fahrt hatten, ruderten sie, so schnell sie konnten, zu ihren Kameradinnen, die sie mit lauten Freudenrufen begrüßten.

Die Galeere war mit dem Bug auf die Sandbank aufgefahren und senkte sich wegen des schlammigen Untergrunds dramatisch nach unten, wobei das Heck vollständig im Wasser lag.

Da die Flut bereits auf dem höchsten Stand war, wurde die Rettungsaktion umgehend vorbereitet. Ursula brachte ihre Galeere in Position, sodass die Hecks einander gegenüberstanden. Cordula und Viventia, die in den kleinen Ruderbooten saßen, verbanden die beiden Galeeren auf der Steuer- und Backbordseite mit zwei dicken Tauen. Als sie fertig waren, gab Cordula das vereinbarte Signal.

Ursula wies die Frauen auf der Sandbank an, mit ihren Rudern in das kalte Wasser zu laufen, um die Bergungsarbeiten zu unterstützen. Als sie in Position waren, erklangen drei kurze Hornstöße.

Ursulas Rudermannschaft legte sich mächtig ins Zeug, während die Frauen im Wasser nach Kräften mit ihren Rudern schoben und drückten. Als die beiden Taue anspannten, blieb Ursulas Galeere abrupt stehen. Die Pferde in ihren Ställen gerieten in Panik und fingen an zu wiehern. Die Frauen im Wasser jubelten. Durch Cordulas Signale erfuhr Ursula, dass sich die gestrandete Galeere fast um eine Elle bewegt hatte.

Die zweite Rudermannschaft übernahm und fuhr vorsichtig an das Heck der gestrandeten Galeere heran. Als sich die beiden Schiffe berührten, hob Ursula die Hand, woraufhin erneut drei Hornstöße erklangen.

Die zweite Rudermannschaft wollte die erste unbedingt übertreffen, was ihr tatsächlich gelang. Eines der Taue hielt der Spannung indes nicht stand und riss mit einem lauten Knall. Die durchtrennten Enden peitschten durch die Luft und hätten beinahe ein paar Frauen im Wasser erschlagen, doch zum Glück reagierten sie blitzschnell und tauchten ihre Köpfe rechtzeitig ins eisige Wasser.

Da die beiden Schiffe nur noch durch ein Seil verbunden waren, driftete Ursulas Galeere nach einer Seite ab. Die Mannschaft rannte zum Schiffsrand und blickte hinunter. Die gestrandete Galeere schien sich selbständig zu machen; sie neigte sich zuerst langsam und dann immer schneller zur Seite. Die Frauen im Wasser schrien, als Sand und Matsch unter ihnen in Bewegung gerieten. Der Sog der Strömung zog ihnen buchstäblich den Boden unter den Füßen weg. Ursula sah mit ihrer Mannschaft hilflos zu, wie einige Frauen versuchten, nicht zu versinken. Wie durch ein Wunder konnten sich jedoch alle retten.

Ächzend und knarrend drehte sich die riesige Galeere wie von Geisterhand um fast neunzig Grad und glitt schließlich in den tiefen Kanal, wo sie stehen blieb. Das Wiehern der Pferde in den Ställen am Heck hallte wie das verzweifelte Wehklagen einer gequälten Sirene durch die plötzlich eingetretene Stille.

VIII

«Es hat keinen Zweck!», schrie Cordula, die im Lotsenboot saß. «Du musst scharf nach Backbord drehen!»

Ursula schlug wütend auf die Reling. «Ich bin sicher, dass wir diesen Kanal schon erforscht haben. Ich erkenne die Sandband wieder», sagte sie zu Brittola, die neben ihr am Bug stand.

«Und warum bist du dir so sicher? Für mich sehen sie alle gleich aus», erwiderte Brittola, die sich mittlerweile von ihren Verletzungen erholt hatte. Die Schürfwunden im Gesicht waren fast verheilt, die Schwellungen abgeklungen.

Es ging auf den Abend zu. Die beiden Galeeren hatten sich am Tag zuvor auf den Weg gemacht und kamen nur schleppend voran. Cordula und Viventia fuhren in den Lotsenbooten voraus. Sie hatten schon ein gewisses Geschick für ihre neue Aufgabe entwickelt, doch die unzähligen Kanäle, Sandbänke und Landzungen mit den trügerischen Strömungen und Untiefen erwiesen sich als wahrer Albtraum. Das völlige Fehlen von Seezeichen machte die Navigation fast unmöglich.

Bald lernten sie, sich an den Wasservögeln zu orientieren, um Untiefen zu erkennen. Jetzt waren sie auf allen Seiten von kreischenden Vogelschwärmen umringt; nirgendwo schien das Fahrwasser für die Galeeren tief genug zu sein. Der unaufhörliche Lärm der Vögel trieb viele Frauen, einschließlich Ursula, zur Verzweiflung.

Das Jagen und Fischen brachte ihnen jedoch ein wenig Zerstreuung, und das gute Wetter hellte ihre Stimmung etwas auf. Die Wolken hatten sich verzogen, der Himmel war strahlend blau.

«Wenn wir nur Land sehen könnten», murmelte Ursula

und lief wütend auf und ab. «Wenigstens ein Schaf oder eine Ziege …»

«Boot ahoi!», schrie der Wachposten in diesem Augenblick.

Ursula und Brittola rannten zum Heck. Die Mannschaft jauchzte entzückt, als sie das kleine weiße Segel erblickte. Das Boot war etwa drei Meilen entfernt und kam rasch auf sie zu.

«Zieht eure Paradeuniformen an!», befahl Ursula. «Gebt den Befehl an die andere Galeere weiter. Cordula und Viventia sollen vorsichtshalber an Bord kommen.»

Kurz darauf lief Cordula aufgeregt zu Ursula und Brittola ans Heck. Alle Blicke waren auf das eigentümliche Boot mit dem großen Segel in der Mitte und einem kleineren auf dem Vordeck gerichtet, das sich im Zickzackkurs den Weg durch das tückische Wasser bahnte. Ursula vermutete, dass es sich um Bataver handelte, von denen es hieß, sie würden sich in solchen Gewässern gut auskennen und spezielle Boote bauen. Ein Boot dieser Bauart könnten sie in den Sumpfgebieten hinter Lindum gut gebrauchen, sagte Ursula zu Cordula und Brittola.

Als sich das Boot näherte, erkannten sie drei Personen an Bord, einen Mann mit zwei halbwüchsigen Jungen, vermutlich seine Söhne. Ihre Geschwindigkeit war in der Tat beeindruckend. Sie trugen weiße Umhänge, die von länglichen Spangen zusammengehalten wurden und die kürzer waren als die der Britannier. Auf ihren Köpfen saßen eigentümliche Kappen mit Pelzbesatz und Ohrenklappen. Die Tracht bestätigte Ursulas Vermutung, dass es sich um Bataver und nicht um Gallier handelte.

«*Salvete, amici!* Seid gegrüßt, Freunde!», rief Ursula, als das Schiff längsseits heranfuhr. «*Pacis amantes sumus!* Wir kommen in friedlicher Absicht!»

Der fremde Mann erwiderte etwas mit lauter, dröhnender Stimme, aber sie verstanden seine Sprache nicht.

«*Salvete, amici!*», wiederholte Ursula, wobei sie jede Silbe betonte. «Wir kommen in friedlicher Absicht! Wir stammen aus Britannien.»

Der Mann wiederholte seine Antwort ebenfalls, fügte aber einen Satz hinzu, in dem das Wort «Britannien» vorzukommen schien. Dann griff er nach ihrer Strickleiter.

«Wachen!», befahl Ursula.

Der Aufmarsch dreier bewaffneter Frauen oben an der Leiter hielt den Fremden zurück. Er stieß sich mit einem Ruder vom Rand der Galeere ab und brüllte ihnen etwas zu. Diesmal wirkte er ein wenig ungehalten.

«Wir kommen in friedlicher Absicht», rief Ursula erneut auf Lateinisch. «Trotzdem erlauben wir unbekannten oder unbefugten Personen keinen Zutritt! Dieses Kriegsschiff ist in militärischer Mission unterwegs!»

«Es hat keinen Zweck», wandte sich Ursula enttäuscht an Cordula. «Er ist des Lateinischen nicht mächtig. Gibt es an Bord keine Frauen, die Batavisch sprechen?»

«Nein, ganz sicher nicht.»

«Schick Viventia eine Nachricht und frag sie. Ich werde versuchen, ihn aufzuhalten.»

Während Cordula zum Heck lief, versuchte Ursula es erneut. «Wir kommen in friedlicher Absicht! Seid Ihr Bataver?»

Der Fremde antwortete nicht, und sein Verhalten ließ darauf schließen, dass er des Wortwechsels überdrüssig war.

«Wir wollen nach Gesoriacum! Ich wiederhole: Gesoriacum! Könnt Ihr uns helfen, diese ... oje!» Ursula drehte sich zu Brittola um. «Wie heißt das lateinische Wort für Untiefen?»

«Das spielt jetzt keine Rolle mehr», erklärte ihr Brittola. «Sie fahren weg.»

Tatsächlich wendeten die beiden Jungen mit Hilfe kleiner Paddel, während der Mann sein Hauptsegel neu ausrichtete, um die leichte Südwestbrise einzufangen.

«Wartet! Bitte bleibt! Wir suchen jemanden, der Batavisch spricht!», rief Ursula, aber es war zu spät.

Das Boot hatte gedreht und fuhr davon. Doch dann wandte sich der Mann noch einmal zu den Frauen um und bedeutete ihnen per Handzeichen, dort zu bleiben, wo sie waren, und auf seine Rückkehr zu warten.

Ursula nahm Brittola in die Arme und fing an zu lachen. «Er kommt zurück. Ich weiß es. Er holt jemanden, der die lateinische Sprache spricht.»

IX

«Wir können nicht länger warten», sagte Cordula. «Unser Trinkwasser geht zur Neige. Wir müssen die Suche nach dem Festland fortsetzen, sonst verdursten wir noch.»

Es war kurz vor Mittag, und die beiden Galeeren ankerten immer noch an der Stelle, wo sie den «Bataver» am Tag zuvor getroffen hatten. Der Himmel war blau, aber aus Südwesten blies ein starker Wind, der die Kriegerinnen und die Pferde unruhig werden ließ. Ursula stand seit dem Morgengrauen am Heck und starrte auf den Punkt am Horizont, an dem sie den Fremden aus den Augen verloren hatte. Sie ließ sich nicht beirren. «Wie oft soll ich es dir noch sagen, Cordula?» Ursulas Stimme war ebenso gereizt wie die ihrer Cousine. «Du hast es ja nicht gesehen. Er hat uns eindeutig zu verstehen gegeben, dass wir hier warten sollen.»

«Könntest du mir seine ‹Bleibt-hier-Geste› mal vormachen?», spottete Cordula. «Wahrscheinlich hat er gemeint: ‹Bleibt hier und verreckt!›»

«Nein», mischte sich Brittola ein. «Die Geste war eindeutig und bedeutete: ‹Ich komme zurück›.» Sie schaute die beiden Streithähne an. «Was haltet ihr davon, wenn wir bis zum Mittag warten?»

«Gut», stimmte Ursula seufzend zu. «Wenn es dann noch kein Zeichen von ihm gibt, lichten wir die Anker und fahren in die Richtung, aus der das Boot gestern gekommen ist.» Sie zeigte über ihre Schulter auf den Horizont. «Und wenn wir …» Ursula verstummte, als Cordulas besorgte Miene sich plötzlich aufhellte, und drehte sich um.

In der Ferne tauchte ein kleines weißes Segel auf.

X *«… Die guten Menschen des kleinen Fischerdorfes Veere haben uns vor den tückischen Sandbänken entlang der batavischen Küste gerettet. Ihr Vorsteher Udo hat uns gefunden und mit Hilfe des Dorfpfarrers Maxian an den unzähligen Untiefen vorbei in ihren Hafen geführt. Die Bataver hatten bereits einige unserer Galeeren, die zum Teil noch seetüchtig waren, in dem seichten Wasser gesichtet. Nun wurden den anderen*

Mannschaften mit Unterstützung der leichten batavischen Boote Botschaften überbracht. Wir werden alle Schiffe in den Hafen von Noviomagus lotsen, denn hier ist es möglich, die beschädigten Galeeren zu reparieren, unsere Frauen unterzubringen und unsere Verwundeten zu versorgen.

Noviomagus ist der erste größere Militärstützpunkt hinter der verzweigten Flussmündung des Rhenus und ein vortrefflicher Sammelpunkt. Die anderen können ihn nicht verfehlen. Als wir gestern Nachmittag hier ankamen, warteten schon sechs unserer Galeeren im Hafen auf uns. Durch die zahlreichen Berichte wissen wir mittlerweile über den Verbleib von siebenunddreißig Galeeren, mehr als achttausend Frauen und ungefähr achthundert Pferden Bescheid.

Bisher haben wir den Verlust von siebenunddreißig Frauen und beinahe zweihundert Pferden zu beklagen. Unter den Todesopfern sind Lollia Similina, die Tochter von Titinius Similina aus Deva, und Magunna aus Luguvallium. Dreihundert Frauen sind schwer verwundet und werden im Krankenhaus von Noviomagus versorgt. Bislang mussten nur sieben Amputationen vorgenommen werden. Die anderen Verwundeten sollten voraussichtlich in zwei Wochen wieder diensttauglich sein.

Cordula, Brittola und Viventia Martius, eine sehr fähige Kriegerin aus Calleva Atrebatum, sind hier bei mir und wohlauf. Von Julia, Faustina, Pinnosa, Martha und Saula gibt es noch keine Nachrichten, von Baetica wissen wir hingegen, dass sie unversehrt ist. Ihre Galeere ist auf einer Sandbank gestrandet, die sich einen halben Tagesmarsch von hier entfernt befindet und mit dem Festland verbunden ist. Da Baetica wertvollen Nachschub bei sich führt, wird sie ihre Galeere erst verlassen, wenn eine Ablösung bei ihr eingetroffen ist. Cordula und Viventia werden diese Aufgabe in Kürze übernehmen.

Außerdem sende ich ein Boot nach Britannien, das weitere Galeeren suchen soll. Vielleicht hat der Sturm einige Schiffe an die Küste unserer Heimat zurückgetrieben. Berittene Kuriere sind nach Gesoriacum unterwegs, um die Obrigkeiten dort über unsere Lage aufzuklären. Es sieht so aus, als müssten wir keine weiteren Kuriere einsetzen, da die Bataver über ein sehr gutes Nachrichtensystem verfügen!

In Noviomagus wurden wir bereits erwartet, und die Städte Colonia, Mogontiacum und Treveris hat man über unsere Ankunft und die missliche Lage der Ersten Athene unterrichtet. Colonia hat sogar bereits geantwortet. Vor mir liegt eine kurze Nachricht von einem gewissen Rusticus, der behauptet, ein guter Freund von Euch zu sein. Er schreibt, die «hoch geschätzten» Kriegerinnen aus Britannien dürften sich auf einen überaus herzlichen Empfang in Colonia freuen, falls ihnen die Aussicht auf den langen, beschwerlichen Marsch nach Arelate nicht gefalle. Er scheint ein ungehobelter Bursche zu sein, und es wird mir nicht Leid tun, sein Angebot auszuschlagen.

Vermutlich brauchen wir noch drei Wochen, bis die Erste Athene sich in Noviomagus gesammelt hat und ihren großen Feldzug fortsetzen kann. Die Bataver haben uns Ersatz für unsere ertrunkenen Pferde versprochen. Sie verfügen über riesige Ställe mit unzähligen Tieren (und sie behaupten, ihre Ställe in Noviomagus seien im Vergleich zu denen in Colonia klein!).

Wenn Ihr meine Nachricht an Constans weiterleitet, fügt bitte hinzu, dass der Sturm unsere Entschlusskraft gestärkt hat. Sobald der große Feldzug fortgesetzt werden kann, wird uns nichts mehr daran hindern, unsere Aufgabe zu erfüllen.

Ich schließe Euch beide in all meine Gebete ein,

Ursula.»

XI

Endlich erstrahlte die Galeere wieder in altem Glanz. Die Heerführerinnen der gesammten Flotte hatten sich an Deck versammelt und erfreuten sich am Anblick des wolkenlosen, blauen Himmels. Ein warmer Sommerwind blähte die Segel auf und trieb die Galeere durch das kristallklare Wasser des Flusses, der sie heimführte. Vergnügt verspeisten sie einen Fasan.

Oleander fachte das Feuer für den nächsten Braten an und sang eine gefällige Sommerweise. Martha und Saula begleiteten sie auf ihren Seemannsflöten.

Auf, auf,
Wir segeln übers Meer!
Auf, auf,
Wir segeln übers Meer!

Nehmt Pflaumen und Trauben
Und viele schöne Sachen,
Wir wollen eine Reise machen.

Auf, auf,
Wir segeln übers Meer!
Auf, auf,
Wir segeln übers Meer!

Nehmt gepökeltes Fleisch
Und den besten Wein
Und würzt ihn fein.

Auf, auf, …

Plötzlich erblickte Pinnosa einen einsamen Hirsch auf einem Hügel ganz in der Nähe. «Kommt, wir gehen jagen!», rief sie.

Oleander trällerte noch immer ihr Liedchen. Die anderen stimmten mit ein, als sie ihre Pferde durchs Wasser trieben. Sie ritten den Hügel hinauf und begannen die wilde Jagd auf das majestätische Tier.

Seltsam, dachte Ursula. *Warum führt Oleander die Jagd an?*

Auf, auf,
Zur fröhlichen Jagd!
Auf, auf,
Zur fröhlichen Jagd!

Nehmt Pfeile und Dolche
Und eure scharfen Klingen,
Und dann lasst uns singen.

Auf, auf,
Zur fröhlichen Jagd!
Auf, auf,
Zur fröhlichen Jagd!

Wir reiten durch Berg und Tal,
Lasst euch nicht entdecken,
Dürft das Wild nicht verschrecken.

Auf, auf …

Als sie die Stelle erreichten, an der sie den Hirsch gesehen hatten, blieb Ursula stehen und ließ die anderen vorbeireiten. Ihr Gesang vermischte sich mit dem Dröhnen der Hufe und verhallte allmählich in der Ferne. Ursula genoss den herrlichen Blick auf die grünen Berge und die saftigen Auen. Hier und da spannten sich bunte Regenbogen über rauschende Wasserfälle, durch ein kleines Tal floss ein plätschernder Bach.

Aus den Bäumen drang fröhliches Vogelgezwitscher. Sie lauschte, und plötzlich ertönte von sehr weit oben am Himmel der grelle Schrei eines Falken.

XII

«Meine geliebte Tochter, ich war überaus erleichtert, als ich deinen Bericht erhielt. Bitte schicke einen weiteren Bericht, sobald es Nachrichten von Julia und Faustina gibt, damit Aurelius und Regulus nicht zu lange warten müssen.

Wir erfuhren durch einen Kurier aus Gesoriacum von dem verheerenden Sturm. Er berichtete uns, kein Schiff des großen Feldzugs sei dort angekommen oder auch nur gesichtet worden. Aurelius, Regulus und ich ritten sofort nach Rutupiae, um die Suche nach Galeeren aufzunehmen, aber es war vergebens: Auf dieser Seite des Kanals wurde kein Schiff deiner Flotte gesichtet. Regulus, der viele Jahre Patrouillenfahrten in batavischen Gewässern unternommen hat und die Bedingungen gut kennt, glaubt, einige Galeeren könnten bis an die Küste nördlich der Mündung des Rhenus getrieben worden sein.

Du hast in deinem Bericht nicht über das genaue Ausmaß der Schäden gesprochen. Wir nehmen an, dass es sich vor allem um verlorene Ruder und zerbrochene Masten handelt. Sollte das der Fall sein, beschränke die Reparaturen nur auf die Ruder. Bitte die

Schiffswerften in Noviomagus nicht, Masten zu ersetzen oder beschädigte Rümpfe zu reparieren. Das wäre zu kostspielig und zeitaufwendig. Auf eurer Seite des Kanals liegen genügend Schiffe, die die Erste Athene sicher nach Hause zurückbringen können.

Ich habe eine gute Nachricht, die dich erfreuen wird. Vor zwei Tagen erhielten wir Kunde von der dritten und vierten Kohorte der Zweiten Athene, die unter dem Befehl der fähigen Anführerin Claudia Marcia steht. Sie konnten fünfzig Boote der hibernischen Eindringlinge an der Westküste erfolgreich abwehren. Über hundert dieser blutrünstigen Scheusale fielen ihren Schwertern zum Opfer, die anderen wurden in Eisenketten und – auf deinen Rat hin – mit abgeschlagenen Daumen zurückgeschickt. Zwölf Fußsoldatinnen und drei Reiterinnen wurden getötet und weniger als dreißig Frauen verletzt. Wie du siehst, wurde die Zweite Athene von dir und deinen Gefährtinnen erfolgreich gedrillt.

Das ist im Augenblick alles, meine Liebe. Ich hoffe, die Suche nach den anderen Galeeren und den vermissten Befehlshaberinnen verläuft erfolgreich. Meine Gedanken sind immer bei dir. Das Volk von Britannien betet für die siegreiche Fortsetzung des großen Feldzugs.

Dein dich liebender Vater,

Deonotus.»

XIII

Was hat es mit diesem Ort auf sich?, fragte sie sich. *Ich war noch nie hier, und doch habe ich das untrügliche Gefühl, zu Hause zu sein.*

«Du bist zu Hause.»

Als Ursula Pinnosas vertraute Stimme hörte, wirbelte

sie herum. Pinnosa stand so dicht vor ihr, dass sie ihren warmen Atem spürte.

«Erinnerst du dich? Nur in deinen Augen sehe ich meine Heimat», sagte jemand hinter ihr. «Nur deine Stimme ist mir Familie.»

Sie drehte sich erneut um und schaute diesmal in Constans' lächelndes Gesicht mit den braunen Augen und den strahlend weißen Zähnen.

«O Constans!» Sie beugte sich vor, um seine weichen Lippen zu küssen.

«Dazu ist jetzt keine Zeit!», brüllte Konstantin. «Kommt! Wir müssen die Stadt vor dem großen schwarzen Bären retten!»

Ursula lief sofort los, denn sie wusste, dass der große, schwarze Bär die gefährlichste Bestie auf Gottes Erde war und die Menschen vor ihm beschützt werden mussten. Sie umklammerte Constans' Hand. Obwohl sie ungeheuer schnell rannten, waren Pinnosa und Konstantin ihnen immer ein Stück voraus.

Als Ursula sich umblickte, sah sie, dass Martha, Saula, Julia, Faustina und Brittola ihnen folgten. Cordula fehlte seltsamerweise. Sie liefen immer schneller, sprangen über Felsbrocken und herabgefallene Äste, von denen manche kreuzförmig übereinander lagen, als stellten sie Zeichen dar. Hinter den Frauen sah sie ihren Vater und die anderen Könige in ihren festlichen Roben. Alle rannten schnell wie der Wind. Sie sah sogar ihre Mutter, die mit dem schwerfälligen Bischof Patroclus das Schlusslicht bildete.

XIV *«Von Augustus Konstantin III., Kaiser des Westens und Oberbefehlshaber all seiner Heere, an Prinzessin Ursula, Oberbefehlshaberin der Legionen der Ersten und Zweiten Athene. Arelate. Seid gegrüßt, große Prinzessin und Heerführerin!* Aestatis tepores augeant tibi animum repleantque libertate! – Mögen die warmen Winde des Frühsommers Euer Gemüt erwärmen und Euch ein Gefühl von Freiheit schenken! *Ich hoffe, die Erste Athene ist wieder vereint und hat sich von ihrem großen Abenteuer auf See erholt. Der Kanal kann erstaunlich unberechenbar sein für so ein schmales Gewässer.*

Vor allem aber hoffe ich, dieser Brief erreicht Euch vor dem langen Marsch nach Süden, denn ich muss euch leider befehlen, den großen Feldzug zu verschieben. Ihr wart nicht die Einzigen, die in den letzten Wochen Rückschläge erlitten haben. Während die tückischen Kräfte aus der Tiefe gegen Euch kämpften, hat ein ruchloses Bündnis aus hispanischen Heeren und einer großen Horde Sueben die Berge überquert und belagert nun Arelate. Offenbar stehen sie unter der Führung unseres alten ‹Freundes› Gerontius und eines gewissen Maximus, der sich mit dem Titel eines Kaisers schmückt. Doch sie sind nur Marionetten, die Fäden ziehen andere. Statthalter, ehemalige Statthalter und wahrscheinlich sogar Kaiser haben ihre Hände im Spiel. Normalerweise könnte ich diesen Pöbel mit einem einzigen Schlag vernichten, unglücklicherweise musste ich jedoch kürzlich zwölftausend meiner besten Krieger an den Rhenus verlegen, weil ganze Horden von Burgunden das Land überschwemmen. Sie scheinen die Absicht zu haben, Ostgallien zu verwüsten. Kuriere sind unterwegs, um die Krieger umgehend zurückzurufen. Sie sollten bald hier eintreffen. Vielleicht eilt mir auch Constans zu Hilfe. Er hatte sich zur ‹Hochzeit der Legionen› auf den Weg gemacht und müsste meine Kunde, die ich ihm durch den getreuen Morgan geschickt habe, vor ein paar Tagen erhalten haben. Ich warte voller Zuversicht auf ihn.

Einstweilen muss ich Euch und der gesamten Ersten Athene widerstrebend den Befehl erteilen, dort zu bleiben, wo Ihr seid. Ich kenne Noviomagus gut. Die Menschen sind freundlich und warmherzig, und der Ort ist weit genug von den Unruheherden in Germanien, Nordgallien und an der Grenze entfernt. Ich schicke dem Stadtoberhaupt Dagvalda, den ich seit vielen Jahren kenne, eine Nachricht und bitte ihn, für Euch, Eure Offiziere und die Kriegerinnen das Notwendige zu veranlassen. Er ist ein treuer Freund und wird für Euer Wohlergehen sorgen.

Ihr habt also Nachricht von diesem Schlingel Rusticus. Fürchtet Euch nicht vor ihm, es sei denn, Ihr fürchtet Euch vor Gastfreundschaft. Ich werde nicht versuchen, ihn zu beschreiben, denn das ist unmöglich. Es genügt, wenn ich sage, dass er zu den seltenen Geschöpfen gehört, die ein willkommenes Gegengewicht zu dieser Welt mit all ihren Problemen darstellen.

In seinem Brief spricht er allerdings einen sehr ernsten, wichtigen Punkt an. Es gibt jenseits der Alpen Streitmächte, die mich als Feind betrachten und die Euch und die Erste Athene ebenfalls als Bedrohung ansehen werden. Aus diesem Grund befehle ich Euch zu Eurer eigenen Sicherheit und zur Sicherheit der Ersten Athene, unter gar keinen Umständen nach Colonia zu marschieren. Von Noviomagus aus ist Colonia der erste Schritt in Richtung Rom, und je näher Ihr Rom kommt, desto größer wird die Gefahr für Euer Leben und für die politische Lage.

Von Eurem derzeitigen Standort aus gibt es nur zwei Möglichkeiten für Euch. Entweder Ihr marschiert auf direkten Weg mitten durch Gallien in Richtung Süden nach Arelate. Oder Ihr kehrt nach Britannien um. Alles andere, vor allem der Marsch nach Rom, wäre ein Weg ins Verderben.

Macht Euch auch nicht persönlich auf den Weg nach Colonia und schickt keine Späher dorthin, noch nicht einmal einen Kurier. Es ist zu gefährlich. Die gesamte Erste Athene muss vorläufig im sicheren Noviomagus bleiben. Sammelt Eure Truppen, versorgt die Verwundeten, setzt das Training fort und genießt die batavische Gastfreundschaft.

Ich werde Euch rufen, wenn die Zeit gekommen ist, wahrscheinlich schon bald. Meine Nachricht und mein Befehl sind sicherlich eine herbe Enttäuschung für Euch, aber Ihr habt drei lange Jahre ausgeharrt, und ich bin sicher, Ihr bringt die Disziplin und die Geduld auf, ein paar weitere Wochen zu warten. Inzwischen werden Constans und ich alles daransetzen, Gerontius das Handwerk zu legen.

Bis dahin erfreut Euch an dem angenehmen Gedanken: In Arelate ist der Hochsommer die schönste Zeit, ideal für Hochzeiten und frisch vermählte Paare!

Gott sei mit Euch,

Konstantin.»

XV

Ursula hörte auf zu rennen, als sie merkte, dass sie sich in der riesigen, dunklen Höhle des schwarzen Bären befanden. Ihre Schritte hallten durch das Gewölbe. Es dauerte einen Moment, bis sich Ursulas Augen an die Dunkelheit gewöhnt hatten. Plötzlich spürte sie, wie sich der Griff von Constans' Hand lockerte. Die Angst, ihn zu verlieren, war schlimmer als alles, was sie jemals erlebt hatte. Sie fing an zu schreien.

Auf einmal drang ein schwaches Stimmengewirr aus

der Dunkelheit an ihr Ohr. Sie verstummte und drehte sich langsam um. Vor ihr stand die Erste Athene, zwanzigtausend durchnässte, zitternde Kriegerinnen, die in graue Decken gehüllt waren und mit ausgestreckten Zeigefingern auf Ursula deuteten.

Brittola war ihre Anführerin. «Da ist er», schrie sie, «der schwarze Bär! Da ist das Ungeheuer, das uns alle töten will!»

Die Frauen schritten mit finsteren Mienen auf Ursula zu. Es gab nur eine Möglichkeit, wie sie ihrer Rache entgehen konnte: Sie musste eine von ihnen werden. Doch das ging nur, wenn sie sich zu ihnen gesellte und den Finger auf die richtete, die jetzt hinter ihr standen: Constans und Konstantin.

«Ich will nicht!», schrie sie. «Ich kann nicht!»

Aus ihrem Inneren ertönte eine leise Stimme: *Du musst! Du hast keine andere Wahl! Sie haben dich ebenso verraten, wie du die Erste Athene verraten hast.* Es war ihre eigene Stimme und zugleich die von Pinnosa.

«Nein!»

Ursula wirbelte so ungestüm herum, dass ihr übel wurde.

Und dann streckte sie den Finger aus.

Nun war sie eine der unzähligen Frauen, die lautstark Vergeltung forderten. Ein Gefühl der Erleichterung stieg in ihr auf.

Als die Frauen auf die beiden Männer zuschritten, duckte Constans sich. Diese Geste erregte Ursulas Entrüstung und Scham. «Nein! Ich war es nicht!», wimmerte er wie ein kleiner Junge, ehe er zu Füßen seines Vaters zusammensackte.

Konstantin stand in trotziger Haltung da, den Umhang über die Schulter geworfen und die Hand am Griff seines Schwertes. Mit einer schwungvollen Geste zog er es aus der Scheide und schrie: *«Bleibt stehen!»*

Die Frauen hielten inne, aber es war schwierig für sie stehen zu bleiben, denn der große Schwung ihrer Bewegung trieb sie vorwärts. Sie wussten alle, dass sie weitergehen mussten.

«Ich bin nicht der große schwarze Bär, den Ihr sucht!», rief Konstantin, auf dessen Miene sich nun Sorge breit machte. «Ich habe geschworen, Euch vor ihm zu beschützen! Bleibt zurück!»

Die Frauen rückten weiter vor, wobei die hinteren Reihen die vorderen antrieben. Eine Furcht erregende Kraft entfaltete sich, eine Kraft, die man nicht verleugnen konnte. Ursula spürte einen immensen Druck, der gleichzeitig von außen und von innen zu kommen schien.

«Ihr sollt zurückbleiben, habe ich gesagt! Ihr dürft den großen schwarzen Bären nicht suchen, denn wenn Ihr ihn sucht, wird er Euch auch suchen. Er wird Euch suchen und töten. Denkt an meine Worte: *Er wird Euch alle töten!*»

Die wogende See der Frauen rückte näher. Ihre Hände griffen nach seinen Waffen, seinem Körper, seinem Gesicht.

Er versuchte, in Deckung zu gehen und die Frauen abzuwehren, um nicht von ihnen verschlungen zu werden. «Kommt nicht näher!», schrie er verzweifelt. «Hinter mir liegt der große schwarze Bär!»

Als die unbezähmbare Masse der Frauen drohte, ihn zu erdrücken, drehte sich Konstantin plötzlich um und wies mit dem Schwert in die Tiefen der Höhle.

Da das letzte Hindernis überwunden war, ließ der schreckliche Druck nach. Die Frauen stürzten sich reihenweise in die Dunkelheit, ohne zu wissen, was sie erwartete.

Ursula hatte keine Angst, während sie fiel. Sie vertraute auf die unbesiegbare Kraft der Frauen, die nichts aufhalten konnte. Es war eine unsichtbare Kraft, wie die des Frühlings. Inmitten der unzähligen Frauen konnte die Dunkelheit ihr keine Angst einflößen. Sie fühlte sich frei.

Als sie anfing, den Flug durch die Dunkelheit zu genießen, ertönte auf einmal ein scheußliches Gebrüll, das ihr in den Ohren wehtat. Dann verwandelte es sich in eine tiefe, dröhnende Stimme, die in ein gehässiges, bedrohliches Gelächter ausbrach. Ursula litt tausend Qualen.

«Ist das der große schwarze Bär?», rief Brittola neben ihr.

«Ja. Und ich glaube, der große schwarze Bär ist in Wahrheit der Kaiser.»

«Das glaube ich nicht!», rief Pinnosa auf Ursulas anderer Seite. «Ich glaube, er ist Gott!»

Jetzt flackerte inmitten der Dunkelheit ein schwaches silbernes Licht auf, das immer heller wurde. Ursula spürte freudige Erregung. Sie stand kurz davor, die Antwort zu finden. Das Lachen wurde leiser, und das strahlende Licht überschwemmte die riesige Höhle. Sie konnte fliegen, wohin sie wollte.

Jemand zerrte an ihrem Umhang und behinderte ihren Flug.

«Lass mich los!», schrie sie. «Wir sind kurz davor, die Wahrheit zu finden. Wir werden den Grund für all unser Leid erfahren.»

Ursula blickte über ihre Schulter nach hinten. Überall am Himmel sah sie Kriegerinnen der Ersten Athene – Abertausende Frauen in langen weißen Gewändern auf wunderschönen weißen Pferden, die im Galopp auf das verlockende silberne Licht zuritten.

XVI

«Die weißen Reiterinnen!», rief Ursula und sprang so ungestüm vom Stuhl, dass sie Oleander umwarf. Die alte Dienerin hatte sanft am Umhang ihrer Herrin gezogen, um sie zu wecken.

Die beiden Frauen befanden sich allein in dem Gemach, das man der Prinzessin im Haus der Offiziere zur Verfügung gestellt hatte. Cordula und Viventia waren auf der Suche nach den vermissten Galeeren, und Brittola inspizierte am Hafen die Flotte.

Oleander rappelte sich mit besorgter Miene auf. «Habt Ihr häufiger diese Albträume, Herrin?», fragte sie.

Ursula wischte sich den Schweiß von der Stirn. Sie wusste, was ihre Dienerin dachte. *Vielleicht kann meine Herrin ihre Aufgaben nicht mehr wahrnehmen. Vielleicht ist ihr Urteilsvermögen getrübt.* In letzter Zeit fühlte sich Ursula beim Erwachen häufig müder als zuvor. Deshalb sank ihr ruheloser, gequälter Geist immer wieder in einen Dämmerschlaf, sobald sie allein war.

«Ihr solltet wirklich nicht am Tage dösen, Herrin, wenn Ihr mir die Bemerkung erlaubt. Das ist für einen jungen Menschen nicht gesund. Ihr müsst Eure Müdigkeit für die Nacht aufsparen.»

Oleander beugte sich hinab und hob die Pergamentrolle auf, die von Ursulas Schoß geglitten war und die ihr große Sorgen bereitete. Es war Konstantins Befehl, auf unbestimmte Zeit in Noviomagus auszuharren.

«Die Abendglocken läuten bald. Ihr solltet Brittola bei der Inspektion der Galeeren unterstützen. Sicher wartet sie schon.»

«Ja, gewiss.» Ursula strich zerstreut über ihren Umhang und schloss die Spange. Nachdem Oleander die Zöpfe ihrer Herrin geflochten hatte, band Ursula sich das Schwert um, nahm den Helm und schickte sich an, den Raum zu verlassen.

Als sie die Tür geöffnet hatte, blieb sie jedoch stehen und starrte geistesabwesend ins Leere. Oleander kannte diesen Blick ihrer Herrin aus deren Kindheit; es war der verlorene, bestürzte Gesichtsausdruck der kleinen Ursula, die von ihren Eltern allein gelassen wurde.

Wie ein trauriger Welpe, dachte Oleander, ging zu ihr und nahm sie an die Hand, wie sie es vor all den Jahren gemacht hatte. «Die anderen Befehlshaberinnen sind bestimmt unversehrt. Martha, Saula und vor allem Pinnosa. Bald werdet Ihr auch den Befehl erhalten, den großen Feldzug fortzusetzen.»

Ursula erwachte aus ihrer Erstarrung. Sie hob lächelnd den Kopf, drückte Oleanders Hand und machte sich auf den Weg.

XVII

Von zehn Schiffen – sechs Nachschubschiffen und vier Kriegsgaleeren, zu denen auch die von Pinnosa und Faustina gehörten – fehlte jede Spur.

Julias riesige Galeere war zwar prächtig gewesen, aber auch sehr alt, und so war sie entzweigebrochen, als sie westlich des Rhenus-Deltas auf eine Sandbank lief. Wie durch ein Wunder starben nur drei Frauen, doch alle Pferde ertranken, als das Heck im kalten Wasser des Kanals versank. Die anderen Frauen mussten drei lange Tage in dem Schiffswrack ausharren, bevor ein batavisches Skiff sie entdeckte und zwei kleinere Galeeren aus der Lindum-Flottille zu ihnen lotste. Julia stand ebenso wie ihre Offiziere und ihre gesamte Mannschaft noch immer unter Schock, als sie in Noviomagus eintrafen. Das lag mittlerweile sieben Tage zurück, dennoch hatte Ursula Julia bisher nicht dazu bewegen können, über ihre Qualen zu sprechen.

Der mörderische Sturm hatte zu diesem Zeitpunkt fast vierhundert Opfer gefordert. Allein hundertsechzig Frauen waren beim Untergang von zwei alten Nachschubschiffen zu Tode gekommen, was für die Schiffe gleichen Typs, die noch vermisst wurden, nichts Gutes ahnen ließ.

Über den Verbleib von eintausendsiebenhundert Kriegerinnen der Ersten Athene und von über vierhundert Pferden wusste bis jetzt niemand etwas. Dreiundvierzig Galeeren hatten Schiffbruch erlitten, viele von ihnen waren auf Sandbänke aufgelaufen und manche entzweigebrochen, wie die von Julia. Einige der alten Galeeren waren leckgeschlagen und im seichten Wasser gesunken, sodass die Mannschaften gezwungen waren, ans Ufer zu schwimmen und die Pferde ihrem Schicksal zu überlassen. Nur sechsundzwanzig Schiffe, unter ihnen siebzehn Kriegsgaleeren, hatten den Sturm vergleichsweise unbeschadet überstanden und waren nun im Hafen von Noviomagus sicher festgemacht. Wachtürme und schwimmende Baumstämme schützten sie vor fremden Schiffen.

Wie von Deonotus vorgeschlagen, hatte Ursula bei den Schiffswerften nur die Reparatur der Ruder und Ruderhalterungen in Auftrag gegeben. Nachdem sie mit Brittola die Instandsetzung der siebzehnten Galeere inspiziert hatte, drang eine vertraute Stimme an ihr Ohr.

«Ahoi! Fährt eine der Galeeren nach Gesoriacum? Ich habe eine wichtige Verabredung einzuhalten.»

«Pinnosa! Es ist Pinnosa!», rief Brittola aufgeregt. «Pinnosa, du lebst!»

«Warum nur muss mein christliches Gewissen immer das Offensichtliche in Worte fassen?», neckte Pinnosa sie.

Brittola und Ursula liefen die Rampe hinunter und umarmten die Freundin stürmisch. Die drei Frauen hielten sich eng umschlungen, bis ein unbeholfenes Schlurfen hinter ihnen sie an die Wächter erinnerte.

«Wo sind Martha und Saula?», fragte Ursula. «Sind sie unversehrt? Sind sie auch hier?»

«Es geht ihnen gut, aber sie kommen erst morgen gegen Abend hier an. Sie und Faustina führen die drei Mannschaften ihrer Galeeren aus dem Norden hierher. Ich bin vorausgeritten, damit ihr euch nicht länger Sorgen um uns machen müsst.»

«Faustina ist auch unversehrt?» Brittola strich Pinnosa unwillkürlich übers Gesicht, als wollte sie sich vergewissern, dass die Freundin tatsächlich leibhaftig vor ihr stand.

«Du musst glauben, was du siehst, Brittola.» Pinnosa zerzauste der Jüngeren liebevoll das Haar und drehte sich zu Ursula um. «Ach, das hätte ich fast vergessen. Ich habe noch jemanden mitgebracht. Du wirst dich sicher freuen, sie zu sehen.» Sie stieß einen lauten Pfiff aus. Hinter einer Handwerkshütte ertönte das Wiehern zweier Pferde, und kurz darauf kamen eine schwarze und eine graue Stute ins Blickfeld.

«Artemis und Lux!», rief Brittola.

«Du tust es schon wieder!» Diesmal stupste Pinnosa Brittola zärtlich in die Rippen.

Während sich die beiden Freundinnen neckisch rauften, trat Ursula über den Holzsteg aufs Dock und musterte die beiden kräftigen Pferde, die die Tortur gut überstanden zu haben schienen. Sie verharrten einen Moment reglos, dann wieherte Lux ein zweites Mal, tänzelte und galoppierte auf ihre Herrin zu. Ursula umarmte sie stürmisch, und die Stute schnaubte und stieß ihr die Nüstern liebevoll in den Nacken.

Artemis näherte sich Ursula leise von hinten, biss in ihren Umhang und zog fest daran; die drei Frauen amüsierten sich köstlich über den Übermut der schwarzen Stute.

«Kommt, ihr zwei», sagte Ursula nach der Begrüßung. «Wir kehren ins Haus der Offiziere zurück und nehmen ein einfaches Mahl zu uns. Wenn die anderen morgen hier eintreffen, feiern wir ein großes Fest.»

«Einfach, ja », sagte Pinnosa, «aber bitte mit einem saftigen Stück Fleisch. Ich habe bis ans Ende meiner Tage genug Seevögel verspeist.»

XVIII

Während des Essens erzählten die Frauen einander von den Abenteuern, die sie während des Unwetters erlebt hatten.

Nachdem der Sturm den Mast von Pinnosas Galeere zerbrochen hatte und zahlreiche Ruder verloren gegangen waren, trieb das Schiff drei Tage lang im Wasser, bevor endlich Land in Sicht kam. Als die Frauen das Ufer schließlich erreicht hatten, schlugen sie ein Lager auf und schickten Spähtrupps aus, die nach der Besatzung anderer Schiffe suchen sollten. Zwei Tage später hörte Marthas Trupp Signalhörner, und kurz darauf tauchten ein paar Reiterinnen von Faustinas Galeere hinter einer Landzunge auf.

In beiden Mannschaften gab es zahlreiche, zum Teil schwer Verletzte. Da die Masten zerstört waren und Geräte zum Bergen fehlten, mussten die Rümpfe der beiden gestrandeten Galeeren aufgebrochen werden, um die Pferde zu befreien. Es dauerte eine Woche, bevor sich Pinnosas und Faustinas Mannschaften zusammenschließen konnten. Anschließend machten sich die sechshundert Kriegerinnen gemeinsam auf die Suche nach dem Rest der Ersten Athene.

Da sie annahmen, an der Küste Nordgalliens gestrandet zu sein, marschierten sie nach Norden, wo sie den Rhenus vermuteten. Eine Woche später begegneten sie einer Gruppe Germanen, die mit Seehundfellen handelten und ihnen in gebrochenem Latein erklärten, dass sie in die falsche Richtung unterwegs waren. Der Sturm hatte sie viel weiter nach Norden getrieben, als sie dachten, nämlich an die Küste nördlich des Rhenus, weshalb sie sich nun von dem Fluss und der Zivilisation entfernten und immer tiefer in das Gebiet der wilden Germanen, das Land der gefährlichen und unberechenbaren Friesen eindrangen.

Sie kehrten auf der Stelle um, kamen aber erst nach einer Woche wieder an ihren Schiffswracks vorbei. Ein paar Tage später trafen sie einen Spähtrupp von einer dritten Galeere und begleiteten ihn zurück zu seinem Schiff, wo sie von dreihundert Frauen aus Lindum herzlich begrüßt wurden.

Auch diese Galeere hatte fast alle Ruder verloren, der Mast und die Winde waren hingegen nicht beschädigt worden, sodass die Pferde mühelos entladen werden konnten. Die Galeere war zwar auf Grund gelaufen, konnte aber im Gegensatz zu Pinnosas und Faustinas Schiffen allem Anschein nach wieder flottgemacht werden. Saula bot an, das Boot bis zur Bergung mit einer Sondertruppe zu bewachen, doch Faustina war dagegen, denn sie befanden sich auf feindlichem Territorium, und ihrer Meinung nach stand die Sicherheit der Frauen an erster Stelle. Nach einer langen Diskussion mit Pinnosa und den anderen Heerführerinnen gab Faustina widerstrebend den Befehl, das Schiff zu versenken.

Es wurde in tiefes Wasser gezogen, anschließend wurden die Bodenstopfen entfernt. Für die Kriegerinnen aus Lindum war es ein erschütternder Anblick, als die stolze Galeere von den Wellen verschlungen wurde. Pinnosa sprach ein Gebet, in dem sie Gott bat, er möge der großen Flotte der Ersten Athene ein solches Schicksal in Zukunft ersparen.

Drei Tage später traf Marthas Spähtrupp eine Gruppe batavischer Händler, die sich auf dem Weg nach Norden befanden. Die Männer erklärten ihnen den Weg nach Noviomagus und unterrichteten sie, dass die «schönste Heerführerin des gesamten römischen Heeres» dort auf die Kriegerinnen der Ersten Athene wartete.

Kurz darauf fanden die Frauen die Straße, die von der Küste ins Landesinnere führte, und marschierten auf Noviomagus zu. Pinnosa ritt voraus, damit sich Ursula nicht länger sorgte, aber auch damit Vorbereitungen für die Unterbringung neunhundert erschöpfter Frauen, ihrer Pferde und Dienerinnen getroffen werden konnten.

«Wir müssen sie am anderen Ufer des Flusses abholen und übersetzen», sagte Pinnosa, legte ihre Wildkeule aus der Hand und trank einen Schluck Wein. Anschließend lehnte sie sich zurück und rundete ihr einfaches Mahl mit ein paar saftigen blauen Trauben ab. «Sie brauchen dringend ein heißes Bad, gute Speisen und eine wohl verdiente Ruhepause.»

XIX

«Guten Abend, meine Damen! Eure Hoheit! Erlaubt mir, dass ich mich vorstelle. Mein Name ist Decimius Rusticus Amorius Pantheus Maximus. Meine Freunde – und ich bin sicher, auch wir werden bald sehr gute Freunde sein – nennen mich einfach Rusticus. Ich komme aus der größten Stadt nördlich der Alpen, der herrlichen Stadt Colonia. Unser treuer Freund, Kaiser Konstantin III., ernannte mich zum dortigen Prätorianerpräfekten, zudem bin ich aber auch einer der bekanntesten und – wenn ich so sagen darf – beliebtesten Bewohner dieser Stadt.»

Ein herzhaftes, dröhnendes Lachen drang aus Rusticus' Kehle. Er zupfte am Ärmel seiner leuchtend roten Toga, reckte sich und warf sich in Positur. «Wie Ihr hört, spreche ich das Britannische so gut wie jeder Britannier. Dafür gibt es eine einfache Erklärung: Meine Familie ist sehr groß, und eine meiner zahlreichen Tanten, meine geliebte Tante Phoebe, stammte aus Britannien. Ich habe sie sehr geliebt, und sie lehrte mich ihre Sprache.»

Der voluminöse Gast aus Colonia schleppte sich ein paar Schritte weiter in den Versammlungssaal der Befehlshaberinnen hinein. Mit schelmisch funkelnden Augen und einem breiten Grinsen, das seine weißen Zähne hinter dem dunklen Bart entblößte, bemühte er sich um eine graziöse Verneigung, die jedoch nicht so recht gelang. Er erinnerte eher an eine Eiche, der der Wind zu schaffen machte. Sein Blick wanderte über die Versammelten und blieb an Brittola haften, die genau vor ihm stand. Sie errötete.

«Ihr seid also die starken britannischen Frauen, die ein großes Heer gebildet haben. Ihr habt die mörderischen Hiberner besiegt und die schändlichen Pikten in Schach gehalten, sogar starke sächsische Heere wurden von Euch abgewehrt. Jetzt habt Ihr einem wütenden Sturm getrotzt und seid hier in Noviomagus gestrandet. Das entspricht vielleicht nicht ganz Euren Plänen, aber im Grunde seid Ihr auf dem richtigen Weg zu Eurem Treffen mit Konstantins Kriegern in Arelate, das hoffentlich noch vor Lugnasadh stattfindet. Allerdings muss sich seine Streitkraft zuvor mit der seines Sohnes Constans vereinen und den Teufel Gerontius vernichten. Habe ich Recht?»

«Hm ... ja», erwiderte Brittola, die wie alle anderen von der imposanten Statur des Mannes überwältigt war.

«Ihr seid bemerkenswert gut informiert, Rusticus», sagte Ursula.

Gemächlich drehte er sich zu ihr um. «Und Ihr, Eure Hoheit … Ich spreche doch mit Prinzessin Ursula, der Tochter von König Deonotus aus Corinium, nicht wahr?» Sie nickte. «Einst zog ich mit Eurem Vater zu Felde, einem Mann, dem meine größte Hochachtung gebührt. Ihr seid genauso schön wie Eure arme Mutter, Königin Rabacie, wenn Ihr mir die Bemerkung erlaubt, Eure Hoheit.»

Pinnosa schmunzelte. «Mit einem netten Kompliment wickelt man jede Frau um den Finger, stimmt's, Rusticus? Und wer bin ich, wenn Ihr so gut unterrichtet seid?»

Rusticus wandte ihr sein rundes Gesicht zu und grinste breit. «Diese Furcht erregende Frau mit dem leuchtend roten Haar muss die berühmte Pinnosa sein, die beste Reiterin aller Zeiten und der Albtraum der Feinde Britanniens. Habe ich Recht?» Pinnosa nickte. «Ah, noch etwas! Es heißt, ein Mann, der Euch zähmen kann, müsse auf dem Olymp gesucht werden.»

«Und Ihr …» – er schaute wieder die junge Frau an, die vor ihm stand. «Ihr müsst die bezaubernde Brittola sein, die Jüngste der Truppe.»

Brittola umklammerte mit beiden Händen instinktiv ihr Kreuz und verneigte sich wortlos.

Rusticus verneigte sich ebenfalls. «Und die anderen reizenden Damen … müssen sich leider selbst vorstellen.»

«Das hat Zeit, Rusticus», sagte Ursula höflich, aber bestimmt. «Zuerst würden wir alle gern erfahren, was Euch zu uns führt.»

Wie vom Schlag getroffen, taumelte Rusticus einen Schritt zurück und legte einen Handrücken an seine Stirn.

«Oh, aber Eure Hoheit, ich hatte eine anstrengende Reise. Wollt Ihr einem bescheidenen Gast eine Erfrischung verweigern, bevor er seinen müden Geist mit schwierigen Fragen belastet? Ich habe ein paar Amphoren eines ausgezeichneten Weines aus den Kellern des kaiserlichen Palastes in Colonia mitgebracht. Dürfte ich vorschlagen, zuerst zu speisen und uns ein wenig besser kennen zu lernen, bevor wir … hm … über ernste Themen sprechen?»

Ursula tauschte sich kurz mit den anderen Befehlshaberinnen der Ersten Athene aus. Pinnosa, Julia und Faustina waren einverstanden.

«Gut. Bitte verzeiht, Rusticus, wenn wir aus Vorsicht unsere Pflichten einem Ehrengast gegenüber versäumen.» Ein Lächeln huschte über ihr Gesicht, und sie fügte scherzhaft hinzu: «Auch wenn er ungeladen und ohne Ankündigung erscheint.»

Rusticus verneigte sich erneut. Diesmal glaubte Ursula eine gewisse Bescheidenheit an ihm zu erkennen.

«Glaubt bitte nicht, den Offizieren der Ersten Athene mangele es an Höflichkeit.» Rusticus öffnete den Mund zu einer Erwiderung, doch Ursula ließ ihn nicht zu Wort kommen. «Wenn Ihr mich nun bitte entschuldigen würdet. Ich muss mich um dringende Angelegenheiten kümmern.» Sie wandte sich an ihre Kriegerinnen. «Meine Damen! Stellt euch bitte unserem neuen Freund vor, dem ehrenwerten Rusticus aus Colonia. Unterhaltet ihn, bis das Festmahl zubereitet ist, und vergesst nicht, dass unser Kaiser ihn als großartigen Gastgeber lobt. Zeigt ihm, was wahre britannische Gastfreundschaft ist.»

«Eure Hoheit!», rief Rusticus Ursula hinterher, die sich anschickte, den Saal zu verlassen. «Mit den Offizieren der

Ersten Athene speisen zu dürfen hat für mich nichts mit einfacher Gastfreundschaft zu tun. Es bedeutet für mich den Genuss paradiesischer Freuden.»

XX

Eine knappe Stunde später waren die Vorbereitungen für das Festmahl beendet, und die Offiziere zogen sich zurück, um ihren Festtagsstaat anzulegen. Inzwischen wurde der Versammlungsraum der Heerführerinnen hergerichtet. Als sie zurückkehrten, waren die Tische gedeckt und die Bänke aufgestellt worden, nur die Hauptgerichte fehlten noch.

Am Tag zuvor hatte Baetica die Mannschaft der letzten vermissten Galeere der Londinium-Flottille gerettet, sodass die Offiziere der Ersten Athene jetzt wieder vollzählig versammelt waren, zum ersten Mal seit ihrem Aufbruch von Londinium.

Die Köchinnen hatten den ganzen Tag damit zugebracht, die köstlichsten kalten und warmen Speisen zuzubereiten: große Mengen an dampfendem Gemüse, Früchte, Fisch und Schalentiere, alles auf riesigen silbernen und bronzenen Platten angerichtet. In Dutzenden kleineren Schüsseln wurden Saucen und andere Leckerbissen serviert.

Als die Frauen und Rusticus ihre Plätze einnahmen, brachte ein endloser Strom von Dienern das Fleisch aus den Küchen: Schwein, Wild, Hammel und Kalb, Bär und Hirsch. Die Tiere waren stundenlang an Bratspießen geröstet worden, und jetzt liefen die Diener mit den riesigen Spießen an den Tischen entlang, sodass sich jeder so viel abschneiden konnte, wie er wollte. Darüber hinaus wurde eine große Zahl von Wasservögeln gereicht, die gefüllt und in köstlichen Saucen gebraten worden waren. Für die Frauen, die diese Vögel in den letzten Wochen einfach gerupft, ausgenommen und am Lagerfeuer geröstet hatten, war das ein besonderer Genuss.

Schon allein die Fülle der herrlichen Düfte regte die Geschmacksnerven an, doch der schwere, aromatische Wein aus Colonia entzückte den Gaumen zusätzlich und verwandelte den Appetit in einen Bärenhunger.

Ursula und die anderen Befehlshaberinnen konnten nicht umhin, Rusticus mit einer Mischung aus Abscheu und Verwunderung beim Essen zu beobachten. Dabei ging es nicht in erster Linie um die Mengen, die er verschlang, sondern um die Art, wie er es tat. Der einzige andere fettleibige Mann, mit dem Ursula je gespeist hatte, war Bischof Patroclus. Wie fast alle britannischen Männer aß er entweder, oder er sprach oder sang, und zwar immer hübsch der Reihe nach. Rusticus hingegen nagte während des Sprechens oder Singens zerstreut einen Knochen ab, oder er schob sich mitten im Satz einen Leckerbissen in den Mund. Während er sich unterhielt, kaute er unablässig und fuchtelte mit Knochen in der Luft herum, um seine Worte zu unterstreichen. Einmal hielt er ein halb abgenagtes Stück Wildbret in der Hand, während er drei Unterhaltungen gleichzeitig führte und zwischendurch ein Lied sang. Dazu trank er Unmengen Wein. Ursula glaubte schon, Bacchus persönlich sei ihr Gast.

Rusticus war ganz offensichtlich in seinem Element. Seine Schlagfertigkeit brachte die Frauen zum Lachen, und als er erfuhr, dass alle Anwesenden Jungfrauen waren, konnte er sich ein paar Witzeleien über Frauen und die Ehe nicht verkneifen. Einmal beugte er sich zu Ursula hinüber, die neben ihm saß, und kniff sie in den Arm.

«Au!», rief sie nur halb im Scherz. «Was soll das?»

«So fühlt sich der erste Schritt in die Ehe an. Einfach, nicht wahr? Nur ein kleines Zwicken, und schon seid Ihr keine Jungfrau mehr, sondern eine Frau.» Er blinzelte ihr keck zu. «Und hoffentlich eine vermählte! Haha!»

Lange nachdem die Frauen aufgehört hatten zu essen, war auch Rusticus' Appetit endlich gestillt. Er lehnte sich zurück und schlürfte genüsslich seinen geliebten Wein aus Colonia. Schließlich hielt Ursula den Zeitpunkt für gekommen, ihm ein paar Fragen zu stellen. «Rusticus», begann sie, «ich finde, Ihr solltet uns jetzt den wahren Grund für Euren Besuch verraten.»

«Nun gut, Eure Hoheit.» Rusticus runzelte die Stirn. «Leider besteht das Leben nicht nur aus Vergnügungen.» Er blickte in die Runde und fuhr mit lauter Stimme fort. «Meine Damen! Es tut mir Leid, aber mir fällt die verdrießliche Aufgabe zu, unerfreuliche Nachrichten zu überbringen.» Die erwartungsvollen Blicke der Frauen waren auf ihn gerichtet, doch ehe Rusticus weitersprach, stürzte er einen ganzen Becher Wein hinunter.

«Vor drei Wochen zog ein neuer großer Stamm Burgunden den Moenus hinunter und durchbrach die Grenze unterhalb von Mogontiacum. Sie wollen nach Süden marschieren und sich mit ihren Stammesgenossen vereinen, die Konstantin so große Probleme bereiten. Achttausend Krieger aus der Garnison in Colonia, davon dreitausend Reiter, machten sich auf den Weg und schlossen sich den wenigen in Mogontiacum verbliebenen Legionären an, um die Germanen abzuwehren. Nachdem sie aufgebrochen waren, ereilte uns die Kunde, dass sich ein weiterer Stamm, vermutlich Franken, an den Verteidigungsanlagen jenseits des Taunus versammelt hat. Sie scheinen die Absicht zu haben, nach Colonia zu marschieren, und können jeden Tag dort eintreffen. Dabei sind in der Garnison kaum mehr als tausend Krieger mit ein paar hundert Pferden zu unserem Schutz zurückgeblieben.»

Rusticus trank schnell einen Schluck Wein. «Ich bin heute hierher gekommen, Eure Hoheit, um die Erste Athene, das einzige große Heer in diesem Gebiet, zu bitten, der Stadt Colonia in einer ihrer schrecklichsten, dunkelsten Stunden zu Hilfe zu eilen.»

Ursulas Blick wanderte zwischen ihrem Gast und den besorgten Mienen der anderen Befehlshaberinnen hin und her. Einige der Frauen schüttelten den Kopf.

«Ich fürchte, dieser Bitte können wir nicht nachkommen», erklärte Ursula. «Wir haben den Befehl erhalten, hier in Noviomagus zu warten, bis wir unseren Marsch nach Süden gefahrlos fortsetzen können.»

«Mit Verlaub, Eure Majestät, aber dieser Befehl wurde vor über einem Monat erteilt! Seitdem überstürzen sich die Ereignisse. Wenn Konstantin hier wäre und sich selbst von der hoffnungslosen Lage der Stadt überzeugen könnte, würde er dem Aufmarsch der Ersten Athene gewiss sofort zustimmen.»

Pinnosa meldete sich zu Wort. «Es ist reiner Zufall, dass wir in der Nähe sind, Rusticus. Was würde Colonia denn ohne die Erste Athene machen?»

«Die Stadttore schließen und beten», entgegnete er seufzend.

«Die große Stadt Colonia kann doch unmöglich vollkommen ohne Schutz sein. Dann müssen eben die Legionäre, die keinen Heeresdienst mehr leisten, eingezogen werden und die Invasoren abschrecken. Könnt Ihr noch nicht einmal zweitausend Reiter auftreiben, die die Franken in die Flucht schlagen?»

«Vergesst nicht, dass die Bewohner von Colonia ebenso wie die von Mogontiacum und Treveris sehr erfahren im Umgang mit germanischen Stämmen sind. Die meisten von uns stammen selbst von den Germanen ab. Wir wissen, wie sie denken und wie schwierig es ist, sie aufzuhalten. Um die Franken in Schach zu halten und zurückzudrängen, bräuchten wir mindestens achttausend Mann mit dreitausendfünfhundert Reitern. Trotz der bedauerlichen Verluste, die die Erste Athene kürzlich erleiden musste, ist ihre Truppenstärke doppelt so groß.» Rusticus wandte sich wieder Ursula zu, die den Wortwechsel mit ernster Miene verfolgte. «Der Feldzug würde nur einen Monat dauern. Ihr könntet trotzdem vor Lugnasadh in Arelate sein.»

Eine Weile herrschte Schweigen, während Ursula über die Bitte des Gastes nachdachte.

«Es stimmt, was Ihr sagt, Rusticus», antwortete sie schließlich. «Die Erste Athene ist auf einen Feldzug vorbereitet und verfügt über die erforderliche Truppenstärke für einen solchen Einsatz. Doch auch Pinnosa hat Recht. Wir sind per Zufall hier gelandet, sozusagen aufgrund widriger Umstände. Es ist nicht unsere Aufgabe, die Grenze am Rhenus zu verstärken. Unsere Mission besteht darin, nach Arelate zu marschieren und später nach Britannien zurückzukehren. Unsere Provinz braucht uns dringend in ihrem Kampf gegen unerwünschte Eindringlinge. Außerdem werde ich unter gar keinen Umständen den Befehl unseres Kaisers missachten.»

«Kaiser? Pah! Er trägt doch nur das purpurne Gewand, weil er die Münzen kontrollieren muss!» Rusticus trank verärgert einen Schluck Wein. «Pah!»

Ursula und Pinnosa wechselten einen Blick.

«Es tut mir Leid, Eure Hoheit. Ich wollte Euch nicht kränken», sagte er reumütig. Dann beugte er sich vor, um den Ernst der Lage zu betonen. «Britannien steht bald ganz allein da, wenn die Grenzen einbrechen, das weiß Konstantin besser als jeder andere. Wenn die Grenzen durchbrochen werden, gehen Germanien und Gallien unter. Wenn Germanien und Gallien untergehen, geht auch Hispanien unter. Und wenn Hispanien untergeht, ist Britannien auf allen Seiten von feindlichen Stämmen umzingelt. Wie lange glaubt Ihr, kann Eure Inselprovinz einem Angriff standhalten, wenn sich Germanen, Hiberner und Pikten zusammenschließen? Ein Jahr? Vielleicht zwei?»

Ursula musterte ihren betrunkenen Gast mitleidig. Das ernste Gespräch, das zu führen er gezwungen war, gefiel Rusticus ganz und gar nicht. Eine fröhliche, unbeschwerte Unterhaltung hätte er bei weitem vorgezogen.

Unversehens erhellte sich sein Gesicht, und seine Augen funkelten schelmisch. Allem Anschein nach war ihm etwas eingefallen. «Eure Hoheit, ich muss Euch um Verzeihung bitten. Ich habe eine wichtige Pflicht versäumt. Meine Mission, über die wir soeben sprachen, nahm mich so sehr gefangen, dass ich eine andere Angelegenheit vollkommen vergaß. Prinz Jovinus von Colonia bat mich, den königlichen Besuchern, den Prinzessinnen Ursula, Julia und Faustina, seine herzlichsten Grüße auszurichten. Zudem bat er mich, Euch seine persönliche Einladung in sein Lager am Rhenus zu überbringen. Gegenwärtig ist die beste Zeit zum Jagen, und der Prinz möchte sich auf diese Weise für die Gastfreundschaft bedanken, die ihm und seinem Vater vor einigen Jahren in Britannien zuteil wurde.»

Die drei Prinzessinnen waren angenehm überrascht. Rusticus hatte die königlichen Grüße und die Einladung so überzeugend überbracht, dass sie für einen Augenblick ihre Position als Heerführerinnen der Ersten Athene vergaßen und sich einfach freuten.

Ursula holte die anderen jedoch schnell in die Wirklichkeit zurück. «Wir danken Prinz Jovinus herzlich für die großzügige Einladung. Unter normalen Umständen würden wir sie liebend gern annehmen, aber leider ...»

«Einen Moment», unterbrach Pinnosa sie. «Dürfte ich kurz mit dir sprechen? Und mit Julia und Faustina?»

Die vier Frauen begaben sich in einen Nebenraum. Pinnosa drängte alle in eine Ecke und flüsterte: «Wir sollten diese Einladung annehmen.»

«Was?», riefen Ursula und Julia ungläubig.

«Pst! Nicht so laut!», mahnte Pinnosa.

«Du weißt, wie Konstantins Befehl lautet?», zischte Faustina.

«Ja, aber denkt doch mal nach.» Pinnosa trat noch näher an die anderen heran, damit niemand etwas hören konnte. «Wir haben keinerlei Kenntnisse über die Verteidigungsanlagen am Rhenus. Es wäre eine gute Gelegenheit für euch, die Gegend zu erkunden und euch mit ihr vertraut zu machen. Ihr könntet selbst einschätzen, wie es um die Truppenstärke bestellt ist.»

«Wir können uns doch auf die Angaben der Bataver und anderer stützen», warf Faustina ein.

Doch Ursula und Julia nickten. Es sah so aus, als hätte Pinnosa sie beinahe überzeugt.

«Der Meinung bin ich nicht», widersprach Pinnosa. «Ich glaube, wir sollten uns auf niemanden verlassen. Unser so genannter Freund da drinnen hat dies heute Abend durch seine ‹Loyalität› Konstantin gegenüber zweifellos bewiesen. Ich würde ihm nicht weiter trauen als einer schwangeren Piktin. Die einzigen Angaben, die wir je von Rusticus bekommen würden, sind solche, die er für wichtig erachtet – und deren Weitergabe ihm als Mittel zum Zweck dienen kann.» Sie holte tief Luft. «Wir haben alle schmerzlich erfahren müssen, was es heißt, sich in einem völlig unbekannten Gebiet wieder zu finden. Mir wäre bedeutend wohler zumute, wenn wir eigene verlässliche Angaben über die Befestigungsanlagen am Rhenus weiter stromaufwärts und an möglichen Grenzübergängen hätten. Oder über Colonia selbst, seine Verteidigungsanlagen und das Umland. Ihr solltet die Einladung zur Jagd annehmen und euch das Grenzland am anderen Ufer des Flusses ansehen. Dann könnten wir selbst einschätzen, wie schnell die germanischen Stämme vorrücken.» Sie räusperte sich. «Je länger ich darüber nachdenke, desto besser gefällt mir die Idee. Ich würde euch gern begleiten, aber eine von uns muss hier bleiben. Ich finde, ihr solltet der Einladung als Prinzessinnen ohne militärische Eskorte folgen. Lasst eure Uniformen und Waffen hier. Nehmt nur die Jagdausrüstungen mit.»

«Und wenn Konstantin inzwischen einen neuen Befehl schickt?», fragte Ursula, die nicht mehr über den Besuch an sich, sondern bereits über mögliche Konsequenzen nachzudenken schien.

«Du weißt so gut wie ich, dass wir erst im nächsten Monat wieder etwas von Konstantin hören werden. Und wenn ein Befehl käme? Na und! Colonia ist nicht weit entfernt. Ihr werdet wieder hier sein, lange bevor die Vorbereitungen für den großen Feldzug beendet sind.»

Kurz darauf kehrten die Frauen in den Versammlungsraum zurück. Ehe alle Platz genommen hatten, gab Ursula die Ergebnisse der Beratung bekannt. «Rusticus! Julia, Faustina und ich haben beschlossen, die freundliche Einladung von Prinz Jovinus anzunehmen. Wir brechen morgen früh mit Euch auf.»

XXI

«*Pro iucundissima omnium in orbe urbium!* Auf die aufregendste Stadt der Welt! Möge sie lange das größte Juwel in der römischen Krone nördlich der Alpen bleiben!» Ursula hob ihren Becher, um mit den anderen anzustoßen.

Es war der dritte Tag ihres Jagdausflugs. Sie amüsierten sich köstlich und hatten alle Sorgen der Welt hinter sich gelassen. Ursula war von dem besten Wein, den sie je getrunken hatte, ein wenig berauscht. Die frische Luft in den Hügeln des Taunus tat ein Übriges, und so fühlte sich die Prinzessin wunderbar leicht und übermütig.

Die kleine Jagdgesellschaft bestand aus den drei Prinzessinnen, Rusticus, Bischof Clematius und natürlich dem Gastgeber, Prinz Jovinus. Dreißig Männer aus der Garnison dienten als Gehilfen, und so behinderte nichts die Jagd in den Wäldern, die Wild im Überfluss bargen.

Als Ursula wenige Tage zuvor zum ersten Mal in ihrem Leben die große Stadt Colonia gesehen hatte, war sie überaus beeindruckt gewesen. Faustina, die Britannien ebenfalls noch nie verlassen hatte, erging es ebenso. Die Stadt war etwa so groß wie Londinium, aufgrund ihrer strategischen Lage an der Grenze des Römischen Reiches verfügte sie indes über riesige Militäranlagen, die man mit denen von Eburacum vergleichen konnte. «Londinium und Eburacum in einem», lautete Faustinas treffende Beschreibung.

Ursula faszinierte vor allem der krasse Gegensatz zwischen den militärischen Gebieten und den Wohnvierteln. Als die königliche Gesellschaft durch die Außenbezirke ritt, bestand Rusticus darauf, ihnen die riesigen Kasernen an beiden Ufern des Rhenus zu zeigen. Der trostlose Anblick der leeren, verlassenen Gebäude und Ställe vermittelte anschaulich, wie schwach und schutzlos die Stadt war.

Kaum hatten sie Colonia durch eines der großen Tore betreten, war davon nichts mehr zu spüren. Die geisterhafte Stille der Militäranlagen wich dem hektischen Treiben einer Großstadt. Zwar fiel auf, dass sich kaum Legionäre unter die Zivilbevölkerung mischten, wie es normalerweise der Fall war, dennoch war die Stadt derart mit Menschen, Gütern und Tieren aus allen Winkeln des Reiches voll gestopft, dass sich dem naiven, provinziellen Betrachter der Vergleich mit Rom hätte aufdrängen können. Die

Prinzessinnen, die unzählige fremde Sprachen hörten, errieten nur mit Müh und Not, welchen germanischen Dialekt die Menschen in Colonia eigentlich sprachen.

Ursula und Faustina waren während ihres Rittes durch die belebten Straßen voll des Staunens. Sie beobachteten eine Horde dressierter Affen, von denen sie schon gehört, die sie aber noch nie gesehen hatten. Die eigentümlich gekleideten Tiere führten lustige Kunststücke vor. Ihre Besitzer stammten aus der Provinz Afrika und trugen exotische, bunte Gewänder. Während die Affen ihre Kunststücke vorführten, sangen die dunkelhäutigen Männer seltsame Weisen.

Später entdeckten die Frauen eine große Maschine, die von einem Esel mit einer Tretmühle angetrieben wurde und die Musik spielte. Ein Mann, der ein eigenartiges Latein sprach, näherte sich der königlichen Gesellschaft und erklärte ihnen in allen Einzelheiten, wie die Maschine funktionierte. Ein kompliziertes Gebläse blies Luft durch die in Reihen angeordneten Rohre, wodurch ein ohrenbetäubender Lärm erzeugt wurde. Ein ebenfalls kompliziertes System aus Rädern, Hebeln und Rollen trieb die Stöcke an, die auf die Trommeln und Schellen schlugen, woraus der Apparat hauptsächlich bestand. Nach einer Weile ritten sie weiter, und als die Missklänge in der Ferne verstummten, sagte Julia zu Ursula und Faustina, dass wohl eher die Maschine und nicht die unerträgliche Musik die eigentliche Attraktion sei.

Wohin sie auch kamen, wurden Dinge feilgeboten, die ihnen unbekannt waren. Besonders interessierten sie die exquisiten Glaswaren, für die Colonia unter anderem berühmt war. Die drei Prinzessinnen stiegen aus den Sätteln, um die exotischen Dinge aus der Nähe zu betrachten, und schlenderten in Begleitung ihrer Eskorte, die die Menge in Schach hielt, zum großen kaiserlichen Palast im Herzen der Stadt, wo sie von Prinz Jovinus offiziell empfangen werden sollten.

Jovinus war ein Junge von zwölf Jahren gewesen, als Ursula ihn in Britannien kennen gelernt hatte. Sie erinnerte sich nur schwach an ihn, denn sie selbst war damals gerade mal acht gewesen. Als er an der Seite von Bischof Clematius hinter einer Säule hervortrat, war sie angenehm überrascht, denn vor ihr stand ein gut aussehender, hoch gewachsener Mann mit rotem Haar. Seine Miene verriet, dass er sich sehr freute, die drei Prinzessinnen – und besonders Ursula – zu begrüßen.

All das war vor drei Tagen geschehen. Jetzt antwortete Jovinus in elegantem Latein auf Ursulas Trinkspruch. «Lasst uns nun auf Britannien anstoßen. Möge die Provinz weiterhin so bemerkenswerte Frauen hervorbringen.»

Die Erwähnung ihrer Heimat rüttelte Ursula auf, und ihre fröhliche Stimmung schwand abrupt. Ihre Gedanken wanderten zur Ersten Athene und zu ihrem Zuhause. Sie trank den Wein aus und stand auf. «Ich sehe mal nach Lux», sagte sie leise, ehe sie auf den Bach im Wald zusteuerte, wo die Pferde grasten.

«Ich begleite Euch», bot Jovinus an. «Ihr solltet nicht allein gehen. Hier bei uns gibt es Bären.»

Bevor Ursula ablehnen konnte, hatte er schon ihren Arm genommen und führte sie auf die Bäume zu. Nach ein paar Schritten warf Ursula einen Blick zurück auf ihre grinsenden Freundinnen. Sie streckte ihnen die Zunge heraus, was lautes Kichern zur Folge hatte.

«Wann wird die Erste Athene ihren langen Marsch nach Süden beginnen?», fragte der Prinz bemüht beiläufig.

«Hm?», murmelte Ursula geistesabwesend. Sie hatte den kurzen Spaziergang Seite an Seite mit dem Prinzen durch die schöne Natur genossen. Ein paar Sonnenstrahlen schimmerten durchs Geäst und warfen helle Lichttupfer auf den Weg.

«Gut, dann frage ich Euch ohne Umschweife.» Der Prinz blieb stehen. «Wann wollt Ihr aufbrechen?»

«Ich ... ich weiß es nicht. Wir müssen so schnell wie möglich nach Noviomagus zurückkehren.»

«Ihr könntet doch Julia und Faustina allein nach Noviomagus zurückschicken und noch eine Weile bleiben.» Jovinus umfasste ihre Schultern und trat näher an sie heran.

Ursula wollte zurückweichen, aber unmittelbar hinter ihr stand ein Baum, sodass sie nun eingekeilt war. «Es geht nicht», stammelte sie, denn allmählich begriff sie, was er im Sinn hatte.

«Warum nicht?» Der Prinz legte eine Hand unter ihr Kinn und hob ihren Kopf. «Ihr wollt es, und ich will es auch.»

Ursula versuchte, seinem Mund auszuweichen, aber es gelang ihr nicht. Hilflos presste sie sich mit dem Rücken gegen den Baumstamm.

«Ich möchte, dass Ihr in Colonia bleibt und ...»

Seine Lippen waren nur noch Zentimeter von ihrem Mund entfernt. Sie spürte seinen heißen Atem.

«Hört auf! Sagt nichts mehr!», rief sie.

Jovinus schaute sich unsicher um.

«Bitte, lasst mich gehen», stieß Ursula hervor.

Der Prinz sah ihr grimmiges Gesicht und ließ von ihr ab.

«Danke. Ich sehe jetzt nach den Pferden. Ihr geht am besten zurück zu den anderen. Bittet sie, unseren Aufbruch vorzubereiten, und sagt ihnen, dass wir zu dieser Anhöhe reiten, von der Ihr uns erzählt habt. Einverstanden?»

Er öffnete den Mund.

«Einverstanden?», fragte sie.

Der Prinz nickte, drehte sich um und ging verlegen davon.

Ursula schloss die Augen und fing an zu zittern.

XXII

«Was für eine herrliche Aussicht!», rief Faustina entzückt.

Die Jagdgesellschaft hatte etwa eine Stunde gebraucht, bis sie die höchste Anhöhe im Osten des Taunus erreicht hatte. Auf dem gerodeten Berggipfel stand ein Wachturm, der eine außergewöhnlich gute Sicht auf das Umland erlaubte. Ein kräftiger Nordwind fegte über die Plattform. Sie warfen einen Blick in das Land der wilden Germanen.

Rusticus zeigte auf das Moenus-Tal in der Ferne. Von hier aus konnten sie sogar den Limes ausmachen – die Befestigungsanlagen, die die Grenze bildeten und sich von Confluentes am Rhenus zweihundertfünfzig Meilen in südöstliche Richtung bis Castra Regina am Danubius erstreckten.

Rusticus gab gerade eine lustige Geschichte über seinen letzten Besuch in der Festungsstadt zum Besten, da rief Ursula plötzlich: «Seht mal!» Sie deutete auf ein Gebiet direkt unterhalb von ihnen. «Was kann das sein?»

Es sah so aus, als wäre der ganze Wald zwischen ihnen und dem Limes, der fünf Meilen weiter nördlich verlief, in Bewegung geraten. Aus den Bäumen flatterten Vögel in die Höhe, und über die Lichtungen im Wald rannte aufgescheuchtes Wild.

Und dann entdeckten sie sie. Die Germanen.

Faustina zeigte auf eine Lichtung etwa eine Meile von dem Berg entfernt, auf dem sie standen. Dort wimmelte es von Menschen mit Karren. Ihnen folgte eine kleine Viehherde, die von drei Reitern angetrieben wurde. Die ganze Horde bewegte sich langsam auf die königliche Jagdgesellschaft zu.

Ursula erspähte eine andere Lichtung ein Stück weiter entfernt, durch die ein kleiner Bach floss. Auch dort herrschte reges Treiben. Ein paar Kinder spielten im Wasser.

Großer Gott, dachte Ursula. *Wenn die Germanen all diesen Tumult dort unten auslösen, müssen es Zehntausende sein, wenn nicht mehr.* Ihr Blick glitt über den Horizont. *Sie haben die Grenze bereits überwunden und sind auf dem Weg nach Colonia. Die Stadt ist in Gefahr!*

Sie erinnerte sich an den abenteuerlichen Ritt nach Magnis. An die weit aufgerissenen Augen eines gebrechlichen, alten Mannes, in denen sich nacktes Entsetzen spiegelte. An Pinnosas Angst, ihre Familie könne ermordet worden sein. *Es bedurfte nur einer Hand voll Frauen, um den Frieden wieder herzustellen und den schutzlosen Menschen die Sicherheit und Hoffnung zu geben, nach der sie sich sehnten.*

«Das sind Franken!», schrie Jovinus. «Wir müssen sofort aufbrechen! Ihre Spähtrupps bestehen oft aus mehr als hundert Mann, und sie steuern immer auf die Berge zu.»

«Vor unserem Aufbruch möchte ich etwas bekannt geben.» Ursula stand auf der obersten Stufe der Wachturmtreppe und versperrte den anderen den Weg hinunter zu den Pferden. «Sobald wir zurückgekehrt sind, gebe ich der Ersten Athene den Befehl, nach Colonia zu marschieren, um die Franken in die Flucht zu schlagen.»

Sogar Rusticus hielt den Atem an.

«Noch etwas ...» Sie schaute Jovinus an. «Nachdem wir die Wonnen und die Zerstreuungen der größten Stadt nördlich der Alpen kennen gelernt haben, wird es das Beste sein, die Frauen in den Kasernen unterzubringen.» Ursulas Blick wanderte zu Julia und Faustina. «Einschließlich der Offiziere», fügte sie auf Britannisch hinzu.

Kapitel 6
Mundzuk

Späher aus den Garnisonen von Mogontiacum und Colonia, die als Waldbewohner verkleidet waren, beobachteten das Vorrücken der Franken durch den Taunus in Richtung Colonia.

Aus ihren Berichten erfuhren die Heerführerinnen der Ersten Athene, dass der Germanenstamm von fünf großen Gruppen bewaffneter Krieger bewacht wurde. Vier dieser Gruppen schienen aus jeweils etwa tausend untrainierten, undisziplinierten jungen Burschen zu bestehen, die von einer kleinen Gruppe berittener Männer angeführt wurden. Inmitten des Stammes machten die Späher indes einen fünften Wachtrupp aus, der besser organisiert zu sein schien und die königliche Gesellschaft beschützte. Es handelte sich um eine ziemlich große Einheit gut trainierter, schwer bewaffneter Reiter, die durch eine aus dreihundert Männern bestehende Elitereiterei der königlichen Garde verstärkt wurde.

Die Erste Athene stellte den Franken in einem hügeligen Gebiet, das zu dem Hochplateau im Osten gehörte, wo der Rhenus auf seinem Weg von Mogontiacum nach Confluentes durch eine lang gezogene, verwinkelte Schlucht floss, eine Falle. Rusticus hatte geraten, für die Operation den frühen Morgen zu wählen, wenn die meisten Stammesangehörigen und vor allem die Jüngeren noch nüchtern waren. Es sei dann einfacher, sie zu überwältigen, meinte er, als wenn der Alkohol ihren Mut ins Unermessliche gesteigert hätte.

Am dritten Tag in diesem Gebiet gab Ursula kurz nach Sonnenaufgang den Befehl, mit der Operation zu beginnen. Von Saula, Brittola, Faustina und Viventia angeführte Reiterschwadronen, die als Lockvögel dienten, drangen an vier verschiedenen Punkten in das verzweigte Lager ein, um die großen Horden untrainierter junger Männer abzuziehen.

Die fränkischen Anführer ließen sich erfolgreich an der Nase herumführen und galoppierten hinter den Störenfrieden her, bis diese sie auf Lichtungen führten, wo sie sich von Bogenschützen und einer großen Reiterei umringt sahen. Als ihre Krieger zu Fuß folgten, waren die Anführer bereits entwaffnet und gefangen genommen worden. Die führerlose fränkische Horde gab sich geschlagen und händigte ihre Waffen aus, wozu auch die gefürchteten Streitäxte gehörten.

Nur eine kleine Gruppe aus etwa fünfzig jungen Burschen, die von dem Zechgelage der letzten Nacht noch berauscht waren, leistete Widerstand und machte Jagd auf Viventias Truppe. Als sie begriffen, dass sie es mit der berühmten Ersten Athene zu tun hatten, stürmten sie auf die römischen Bogenschützen zu und schwangen ihre großen, mörderischen Streitäxte, bevor eine gezielte Geschosssalve einen nach dem anderen niederstreckte. Einige Frauen der Ersten Athene wurden verwundet, vier getötet.

Zur selben Zeit ritten Martha und Baetica mit ihrer

Lockvogel-Reiterei aus einer kleinen Schlucht in das enge Tal hinunter, in dem der fränkische König sein Lager aufgeschlagen hatte. Die königliche Gesellschaft badete samt Kindern und Alten in dem Bach, der durch die Lichtung floss, als Martha zum Angriff blasen ließ.

Ehe die fränkische Garde ihre Waffen ziehen oder auf die Pferde springen konnte, stürmte die von Martha und Baetica angeführte Reiterei aus dem Wald auf sie zu. Wie sie es von Pinnosa gelernt hatten, griffen sie mit kurzen Speeren an, wobei sie einige Franken verletzten, und galoppierten anschließend durch das Tal auf den Rhenus zu. Martha warf einen Blick über die Schulter und sah erfreut, dass der Plan aufging. Die gesamte königliche Garde nahm die Verfolgung auf, vom König persönlich angeführt.

Als die Sommersonne über die Berggipfel im Osten kroch, traten Ursula, Pinnosa, Julia und Rusticus mit der Hauptdivision in Aktion und stürmten aus ihren Verstecken in den Felsspalten oberhalb der Schlucht, wo sie die Nacht verbracht hatten. Eine Kohorte Krieger aus der Garnison von Colonia begleitete sie, als sie über den Jagdpfad auf die königliche Gesellschaft der Franken zugaloppierten. Mit Ursula und Pinnosa an der Spitze sausten sie in vollem Galopp durch den dichten Wald ins Tal hinunter. Jede Sekunde zählte, nachdem Martha und Baetica die Operation mit ihrem Manöver vorbereitet hatten.

Auf der Lichtung herrschte nach Marthas und Baeticas Angriff ein heilloses Durcheinander. Ursula und Pinnosa galoppierten mit ihren Einheiten zwischen den Franken hindurch und töteten bei diesem Überraschungsangriff mehrere von ihnen. Dann nahmen sie neben der Standarte der Ersten Athene am Waldrand Aufstellung.

Da den fränkischen Fußtruppen die Unterstützung der Reiterei fehlte, ergaben sie sich und ließen sich von den Kriegern der Garnison aus Colonia widerstandslos entwaffnen. Als die Gefangenen gerade gefesselt wurden, ertönte das Dröhnen von Hufen. Der König und seine königliche Garde kehrten von ihrer erfolglosen Jagd auf Marthas und Baeticas Kriegerinnen zurück. Kaum waren die königlichen Reiter auf die Lichtung geritten und hatten Ursulas Reiterei erblickt, da stieg unbändiger Zorn in ihnen auf. Dem König gelang es, den größten Teil seiner Männer am anderen Ende der Lichtung zu sammeln, einige galoppierten jedoch wütend auf die römischen Ränge zu, schwangen ihre Äxte und beschossen den Feind mit Pfeilen.

Pinnosa, die unnötiges Blutvergießen vermeiden wollte, sprang aus dem Sattel und packte eine alte Frau aus der königlichen Gesellschaft, die große Ähnlichkeit mit dem fränkischen König aufwies. Die Alte protestierte lautstark, als Pinnosa sie zu einem Karren zerrte, der zwischen den beiden feindlichen Heeren stand. Sie zwang die Frau, ihre Hand gespreizt an die Rückwand des Karrens zu legen, dann hob sie ihr Schwert, ließ es niedersausen und hackte ihr den kleinen Finger ab.

«Aaah!», brüllte die Alte.

«Sagt ihm, dass seine Fußtruppen entwaffnet worden sind und seine Familie von der ersten Kohorte der Ersten Athene gefangen gehalten wird!», rief Ursula Rusticus zu. «Sagt ihm, dass ich bis drei zähle. Wenn er und seine Männer bis dahin ihre Waffen nicht niedergelegt haben, gebe ich den Befehl, ihr die Kehle durchzuschneiden.»

Während der Vorbereitungen für die Operation hatte Rusticus der Ersten Athene vorgeschlagen, die Frauen der fränkischen Anführer in ihre Gewalt zu bringen und sie dann mit den Geiseln unter Druck zu setzen, um die Verluste auf beiden Seiten so gering wie möglich zu halten. Rusticus war für die Durchführung der Mission auch deshalb eine unschätzbare Hilfe, weil er fließend Fränkisch sprach. «Eine meiner vielen Tanten, Tante Aiga, war Fränkin», hatte er im Haus der Offiziere mit einem melancholischen Blick in seinen Weinbecher zu Ursula gesagt. «Ich habe sie sehr geliebt, und sie lehrte mich ihre Sprache.»

Rusticus salutierte vor Ursula, ritt aus den römischen Reihen hervor auf die Lichtung und verkündete laut die Botschaft der Prinzessin. Die fränkische Reiterei hatte Mühe, ihre Pferde zu bändigen. Einige Franken stießen Kriegsschreie aus und brüllten: «Pinnosa Feuerhaar! Wir wollen Pinnosas Blut!»

Der beleibte fränkische König, dessen Rüstung aus Leder und Ketten bestand und um dessen Leib Streitäxte befestigt waren, hob die Hand und gebot seinen Kriegern Schweigen. Er ritt langsam auf Pinnosa zu. Als er etwa zwanzig Ellen von ihr entfernt war, blieb er stehen und starrte sie an. Pinnosa, die ihr Schwert gezogen hatte, hielt dem Blick trotzig stand. Nach einer ganzen Weile sah der König auf die arme alte Frau hinunter, die vor Schmerzen auf die Knie gesunken war, und verkündete seine Antwort. Rusticus übersetzte. «Er hatte gehört, die römischen Frauen aus Britannien seien mutig und kämpften wie Männer. Doch jetzt sieht er, dass sie nur feige, hinterhältige Weiber sind, die verdient haben, wie scheußliches Ungeziefer zertrampelt zu werden!»

«Fang an zu zählen!», rief Pinnosa, die ihren Widersacher nicht aus den Augen ließ.

«Eins!», rief Ursula.

Der König schickte sich an, seine Streitaxt zu ziehen.

Pinnosa griff der alten Frau ins Haar und riss ihren Kopf nach hinten.

Die Hand des Königs erstarrte.

«Zähl weiter!», rief Pinnosa, ohne sich umzudrehen

«Zwei!», schrie Ursula.

Pinnosa hob ihr Schwert. «Rusticus, sagt ihm noch einmal, er soll seinen Männern befehlen, die Waffen abzulegen!»

Rusticus wiederholte das Ultimatum.

Der fränkische König wirkte ungerührt.

«Sagt ihm, dass die Kinder als Nächstes drankommen», zischte Pinnosa.

Rusticus zögerte.

«*Sagt es ihm!* Sagt ihm, dass er seine Vergangenheit *und* seine Zukunft verlieren wird.»

Rusticus übersetzte, wobei seine Stimme beinahe einen schrillen Ton annahm. Die kalten Augen des Königs glitten über die Kriegerinnen der Ersten Athene. Er sah seine Familie in den Händen des Feindes. Dann drehte er sich zu seiner Fußtruppe um, die neben den Verwundeten kniete. Sie hatten die Hände erhoben und wurden von den römischen Reiterinnen bewacht. Schließlich blickte er auf seine eigene Reiterei, die ihre Streitäxte gezogen hatte und bereit zum Angriff war.

«Zähl weiter!», rief Pinnosa.

«Drei!», schrie Ursula.

Pinnosa führte die Klinge an den Hals der alten Frau.

Der König brüllte einen Befehl. Seine Krieger starrten einander an und ließen ihre Äxte sinken.

«*Und* ihre Schwerter ... *und* seine eigenen Waffen!», schrie Ursula.

Rusticus übersetzte fieberhaft die Worte.

Einer nach dem anderen folgte widerwillig dem Befehl.

II

Sunno erklärte zu Beginn der Zusammenkunft, sein Stamm ziehe nach Colonia, weil er auf römischem Territorium Zuflucht suche. Die Menschen seien gezwungen, ihre Heimat im Osten zu verlassen, weil sie von einer riesigen Horde verschiedener Völker aus noch weiter östlich gelegenen Gebieten verdrängt würden. Diese wiederum flöhen vor den gefährlichen Hunnen. Die verschiedenen Stämme aus dem Osten seien früher Gegner gewesen, hätten sich nun aber zu einem losen Bündnis, den Alemannen, zusammengeschlossen, um den mörderischen Hunnen und ihren Plünderungen zu entkommen.

Sunno hielt die Hunnen für die Wurzel allen Übels, das sein Volk heimgesucht hatte. Von einigen fränkischen Händlern hatte er gehört, sie seien keine menschlichen Wesen, sondern scheußliche Kreaturen, die aussähen, als wären sie der Unterwelt entsprungen. Sie hätten große, eckige Köpfe mit langen, spitzen Gesichtern. Sunnos Wahrsagern zufolge hatten teuflische Mächte, die sich nach Leid sehnten und die durch Hass und Krieg erblühten, die Hunnen in die Welt geschickt, damit sie dort ihr Unwesen trieben.

Der fränkische König verstummte voller Abscheu. «Ich

habe erfahren, wie ihr Anführer heißt», übersetzte Rusticus.

Ursula bekam eine Gänsehaut. Sie wusste, was er sagen würde.

«Mundzuk.»

Kaum hatte Sunno den Namen ausgesprochen, brach Ursula der kalte Schweiß aus. Da sie eine Ohnmacht fürchtete, griff sie hastig nach der Weinflasche, die immer in Rusticus' Nähe stand, und trank einen Schluck.

Während sie sich bemühte, die Fassung wiederzuerlangen, fuhr Sunno fort: «Viele, wenn nicht gar alle alemannischen Stämme folgen uns. Sie suchen ebenfalls Schutz auf römischem Territorium. Nur Rom ist stark genug, um uns vor den Hunnen zu beschützen.»

«Wann, glaubt Ihr, werden die Alemannen hier eintreffen?», fragte Ursula durch Rusticus.

«Sie werden den Moenus überqueren und die schwachen Verteidigungsanlagen, die Ihr den Limes nennt, durchbrechen, bevor der Vollmond ein zweites Mal am Himmel steht.»

Ursula bedankte sich höflich bei Sunno für die Auskünfte. Nach einem leisen Wortwechsel mit Rusticus verkündete sie feierlich, dass sie den König nun über den Status aufklären werde, den die römischen Obrigkeiten ihm zuerkennen würden.

Rusticus reichte Ursula den kaiserlichen Erlass. Ursula las ihn laut und deutlich in lateinischer Sprache vor, wobei sie nach jedem Abschnitt eine Pause machte, damit Rusticus ihn ins Fränkische übersetzen konnte.

«Dieser Erlass stammt von Augustus Konstantin III. und von Prinz Jovinus von Colonia. Ich, Prinzessin Ursula, oberste Heerführerin der Ersten Athene, und Decimius Rusticus Amorius Pantheus Maximus, Prätorianerpräfekt von Colonia, sind ermächtigt, in allen Angelegenheiten als kaiserliche Stellvertreter zu handeln und zu Gewalt zu greifen, falls Ihr oder ein anderes Stammesoberhaupt sich nicht fügen sollte.

Laut Befehl von Augustus Konstantin III. wird Euch, den Franken, die Erlaubnis verweigert, den Rhenus zu überqueren. Es wird Euch indes angeboten, den Bündnisstatus des Römischen Reiches anzunehmen, wenn Ihr und Euer Volk einwilligt, Euch in dem Grenzland zwischen Rhenus, Moenus und Limes niederzulassen. In diesem Fall müsst Ihr Rom einen Treueid schwören. Als erste Pflicht Rom gegenüber werdet Ihr die Verteidigung des Limes zwischen Confluentes und dem Moenus übernehmen. In Erfüllung dieser Aufgabe willigt Ihr ein, Euch den Obrigkeiten von Mogontiacum und der Garnison in Colonia zu unterwerfen. Vorausgesetzt, Ihr haltet Euch an diese Bedingungen, wird Euren Kriegern als Verbündete des Römischen Reiches erlaubt, Waffen und Streitäxte zu tragen. Ihr werdet von den Garnisonen in Mogontiacum und Colonia gedrillt und unterstützt.»

Nachdem Rusticus den letzten Satz übersetzt hatte, warteten alle gebannt auf Sunnos Antwort. Pinnosa saß schweigend neben Ursula.

Der fränkische König zeigte zunächst keinerlei Reaktion, sondern schaute Ursula nur reglos an. Dann senkte er den Blick, lächelte und nickte. Plötzlich erhob er sich.

Ursula, Pinnosa und Julia sprangen auf und zogen ihre Schwerter.

Sunno brach in kriegerisches Gelächter aus. «Haltet

Ihr mich für *verrückt*?», rief er. «Seht Euch doch an! Ein ‹römisches Frauenheer›! Ein kaiserlicher Stellvertreter, in dessen Adern mehr Wein als Blut fließt!» Er grinste höhnisch. «Ist das die ‹Erhabenheit und Macht› Roms, an der wir nun per Erlass teilhaben dürfen? Euer ‹Kaiser› Konstantin, Euer ‹Prinz› Jovinus, oder wer auch immer diesen ‹Erlass› *wirklich* geschrieben hat, kann so viele Blätter beschreiben, wie er will.»

Er räusperte sich laut und spuckte neben Ursulas Füßen ins Gras. «Römische Spucke, was anderes ist das nicht! Und Ihr und Eure phantastische Erste Athene …» – er zeigte mit herablassender Miene auf die Kriegerinnen – «Ihr schreckt Stämme vom Schlage der Alemannen nicht ab. Und die Hunnen, die ihnen folgen, schon gar nicht. Die Burgunden haben bewiesen, wie schwach die Römer geworden sind, genau wie die Sueben und die Goten, die ans Tor des Römischen Reiches klopfen – so wie die Sachsen ans Tor Londiniums klopfen.»

«Ihr weist das Angebot des Kaisers demnach zurück», stellte Ursula nüchtern fest. Während ihre Worte übersetzt wurden, spürte sie, wie schwer es ihr fiel, ihre Ängste zu verbergen. Tief in ihrem Innern wusste sie, dass Sunno Recht hatte.

Rusticus fühlte sich offensichtlich unwohl in seiner Haut, denn er übersetzte die flegelhafte Antwort des fränkischen Königs mit leiser Stimme. «Nehmt zur Kenntnis, hübsches Kind, dass die Franken und ihre germanischen Brüder handeln werden, wie es ihnen beliebt. Ihr oder Euresgleichen können uns nicht aufhalten. Wir tappen nicht noch einmal in Eure Falle und lassen uns von Euren Klingen die Finger abschneiden.»

Ursula und Pinnosa schickten sich an zu antworten, doch Sunno hob die Hand und wandte sich an seinen Sohn. «Clothar, wir haben die Wahl. Entweder wir verbünden uns mit den Alemannen und nagen die Knochen von dem Festmahl ab, das Rom einst war.» Er drehte sich wieder zu Ursula um. «Oder wir arbeiten mit diesem römischen ... ‹Heer› zusammen, um das, was von dem zerfallenden Reich übrig geblieben ist, gegen die Alemannen zu verteidigen. Wen wirst du wohl eher besiegen, mein Sohn, die grimmigen Stämme der Alemannen oder diese Frauen, die behaupten ... Au!»

Sunno war so damit beschäftigt, Ursula und Pinnosa zu beleidigen, dass er Julia nicht bemerkt hatte, die sich von hinten an ihn herangeschlichen hatte. Als er sich zur Betonung seiner spöttischen Rede vorbeugte, umklammerte Julia seine Hoden und drückte zu. Der Schmerz trieb Sunno die Tränen in die Augen. Es gelang ihm nicht, seine Angreiferin zu packen, denn Julia drückte immer fester zu. Sunno schrie auf. Jede Bewegung verstärkte den unerträglichen Schmerz.

Sein Sohn wollte ihm zu Hilfe eilen, doch Pinnosa warf ihn zu Boden und drückte die Spitze ihres Schwertes an seine Kehle. «Keine Bewegung!», zischte sie zornig.

«Sagt unserem geschätzten Besucher», bat Ursula Rusticus, «dass er anscheinend etwas vergessen hat. Nein, wartet. Fragt ihn, *ob* er etwas vergessen hat.»

Rusticus wischte sich den Schweiß von der Stirn und übersetzte. Sunno nickte.

«Gut. Und nun fragt ihn, *was* er vergessen hat.»

Sunno knurrte wütend, antwortete aber nicht.

Ursula gab Julia ein Zeichen, woraufhin diese noch fester zudrückte. Der fränkische König fing an zu würgen. «Fragt ihn, ob wir ihn daran erinnern sollen.»

Rusticus hatte die Übersetzung kaum beendet, da nickte Sunno bereits.

«Weist ihn bitte darauf hin, dass dieses bescheidene römische Frauenheer seinen Stamm und seine Anführer in der Zange hat. In einem Punkt hat er Recht: Sie haben in der Tat zwei Möglichkeiten. Entweder sie bleiben Barbaren, dann werden sie nicht durch das römische Gesetz geschützt und uns hält nichts davon ab, sie hier und jetzt zu töten. Oder sie werden Verbündete Roms, die durch das römische Gesetz beschützt und denen bis zu einem gewissen Grade römische Bürgerrechte garantiert werden, wenn sie ihren Aufgaben, wie sie im kaiserlichen Erlass skizziert sind, nachkommen. Ach, Rusticus ...»

«Ja?»

«Wenn Ihr alles übersetzt habt, stellt ihm noch eine einfache Frage.»

«Und die wäre?»

«Wird er die Bedingungen des Kaisers annehmen – ja oder nein?»

III

« Von Augustus Konstantin III., Kaiser des Westens und Oberbefehlshaber all seiner Heere, an Prinzessin Ursula, Oberbefehlshaberin der Legionen der Ersten und Zweiten Athene. Seid gegrüßt, große Prinzessin und Heerführerin! Utinam fortis aestatis sol illuminet te et calefaciat omnia quae vis. *Möge die Sonne des Hochsommers all Eure Pläne mit Licht und Wärme bestrahlen.*

Euer Bericht über die Lage am Limes betrübt mich sehr und trägt zu meiner Bürde bei. Es sieht fast so aus, als wäre unsere harte Arbeit der drei vergangenen Jahre vergebens gewesen. Der Limes scheint die germanischen Stämme eher anzuziehen als abzuschrecken. Und wie wir gesehen haben, hält er sie nicht auf. Als Erstes erkläre ich die Befehle, die ich der Ersten Athene erteilt habe, rückwirkend für unwirksam. Ich habe ebenfalls von Rusticus und Jovinus Berichte erhalten, und es steht nun fest, dass die Franken eine große Gefahr für Colonia darstellten. Ohne Eure Hilfe hätte die Stadt nicht standgehalten. Es war ein Irrglaube meinerseits, wir könnten es uns erlauben, auf neunzehntausend erfahrene Kriegerinnen einschließlich einiger der besten Reitereien der römischen Heere in dieser Sache zu verzichten. Ihr und Eure Kriegerinnen verdienen den größten Respekt. Ihr habt eine außerordentliche Leistung vollbracht. Wir Männer hätten kaum erreicht, was Euch Frauen mit so geringen Verlusten gelungen ist. Rusticus schrieb mir: ‹Diese unglaublichen Kriegerinnen erinnern uns alle daran, dass zu einem erfolgreichen Kampf mehr gehört als scharfe Klingen und Geschosse!› Zweitens befehle ich Euch nun, mit der Ersten Athene nach Mogontiacum zu marschieren. Dafür gibt es zwei Gründe. Erstens müsst Ihr unseren neuen ‹Freund› Sunno im Auge behalten. Dieser Bursche ist nicht vertrauenswürdig und könnte anderen seine Treue – falls er überhaupt weiß, was das ist – schenken (dazu später mehr). Überdies stellen die sich nähernden Horden von Alemannen eine ernste Gefahr dar. Wenn sie in Germanien und Gallien einfallen, ist der Westen verloren!

Aus diesem Grunde sollt Ihr Eure Truppen in Mogontiacum stationieren. Von dort aus könnt Ihr besser beobachten, wie sich die Dinge entwickeln. Die Heerführerinnen der Ersten Athene müssen gemeinsam mit Rusticus (ich habe erfreut von der guten Zusammenarbeit gehört) sorgfältig über eine Taktik im Kampf gegen die Alemannen nachdenken. Die Strategie, derer Ihr Euch erfolgreich gegen die Franken bedient habt, dürfte ihnen inzwischen bekannt sein. Dagegen werden sie geeignete Maßnahmen ergreifen, indem sie etwa die Frauen der königlichen Familie als Bauernweiber verkleiden und durch andere ersetzen.

Euer größtes Problem wird die hohe Anzahl bewaffneter Männer sein, vor allem die großen Reiterschwadronen einiger Stämme aus weiter entfernten östlichen Gebieten. Ich schlage vor, dass Ihr eine Gelegenheit findet, sie durch einen Aufmarsch Eurer Streitkräfte einzuschüchtern. Das dürfte nach meiner Erfahrung die einzige Möglichkeit sein, sie aufzuhalten. Wenn Eure Reiterei das Vierfache ihrer Stärke aufweisen würde, wäre das sicher kein Problem.

Meine dritte und letzte Botschaft enthält eine Warnung. Da Ihr nun in die Geschehnisse auf dem Kontinent verwickelt seid, müsst Ihr äußerste Vorsicht walten lassen. Vertraut niemandem! Die Franken und Euer ‹Freund› Sunno sind ein gutes Beispiel. Es ist nicht auszuschließen, dass sie sich mit einem Kaiser aus dem Hause Theodosius zusammengetan haben. Honorius verkriecht sich noch immer in Ravenna. Ein entfernter Neffe von ihm, Theodosius II., ist nach einem kurzen Feldzug in Persien nach Constantinopolis zurückgekehrt. Einer von ihnen könnte Sunno überreden, sich gegen Euch zu wenden, wie es so viele römische Verbündete unlängst getan haben.

Wir wissen zum Beispiel, dass viele Burgunden – der Fluch Ostgalliens –, die den größten Teil meiner Krieger in Atem halten, von einem von Theodosius' Freunden ‹ermutigt› worden sind, wahrscheinlich sogar von beiden! Außerdem habe ich jetzt eindeutige Beweise, dass das Haus Theodosius hinter dem hispanischen Aufruhr steckt, dem wir unsere fortwährende Belagerung durch Gerontius und Maximus zu verdanken haben.

Besonders ernst sind die Probleme von Constans, die ihm der Verrat vieler seiner suebischen Hilfstruppen bereitet. Ihre wahre Treue scheint jemandem jenseits der Alpen zu gelten. Constans war so sehr damit beschäftigt, die rebellierenden Einheiten zu bezwingen, dass er die Berge noch nicht überwunden hat, um mir zu Hilfe zu eilen. Ich erwarte ihn jedoch jeden Tag.

Sogar die Hunnen, die jenseits der Grenzen des Römischen Reiches furchtbare Verwüstungen anrichten, arbeiten vermutlich für Theodosius II. Es liegt in seinem Interesse, dass der Westen zunehmend geschwächt wird. Inzwischen wissen wir auch, dass dieses Ungeheuer Mundzuk den Hauptteil seiner Streitkräfte vor mehr als zwei Jahren am Nordufer des Schwarzen Meeres zusammengezogen hat. Und das ist nicht allzu weit von Constantinopolis entfernt.

Erliegt übrigens nicht der Hysterie und der wilden Panik, die den Hunnen vorauseilt, denn das ist ihre schärfste Waffe. Sie haben zwar eine grauenhafte Erscheinung – offenbar klemmen sie die Köpfe ihrer Kinder während des Wachstums in Zwingen, deshalb ihr abscheuliches Aussehen –, davon abgesehen sind sie aber nicht Furcht erregender als andere barbarische Stämme und ebenso verletzbar, wenn sie von einem disziplinierten römischen Heer angegriffen werden.

Hoffentlich können wir uns von all diesen Plagen, die uns im Moment zu schaffen machen, bald befreien, damit Ihr Euren großen Feldzug fortsetzen könnt. Arelate ist im Herbst so schön wie im Sommer. Da die Feldzugsaison dann bald vorüber sein wird, kann das ‹Heer der frisch Vermählten› den Winter gemeinsam verbringen und sich gegenseitig wärmen. Bis dahin möge Gott bei Euch sein.

Konstantin.»

IV

«Ich schlage vor, dass Ihr eine Gelegenheit findet, sie durch einen Aufmarsch Eurer Streitkräfte einzuschüchtern. Das dürfte nach meiner Erfahrung die einzige Möglichkeit sein, sie aufzuhalten. Wenn Eure Reiterei das Vierfache ihrer Stärke aufweisen würde, wäre das sicher kein Problem.»

Ursula gingen Konstantins Worte nicht mehr aus dem Sinn. Sie saß allein im Raum der Heerführerinnen in Colonia, beugte sich über Karten und Berichte und dachte darüber nach, mit welcher Strategie sie die Alemannen würden bezwingen können. Es hieß, die ersten Stämme befänden sich nur noch fünf Tagesmärsche vom Limes entfernt, doch zum Glück rückten sie sehr langsam vor. Die Erste Athene hatte also noch ein wenig Zeit, einen Plan auszuarbeiten und in dic Tat umzusetzen.

Vertraute Schritte rissen Ursula aus ihren Gedanken. Sie hob lächelnd den Kopf.

«Seid gegrüßt, Eure Hoheit!», rief Rusticus, der pünktlich zur täglichen Besprechung erschien. «Heute ist ausgezeichnetes Wetter für die Jagd. Ihr solltet da draußen sein und Wild jagen, anstatt Euch hier mit den Karten einzusperren und Euer hübsches Köpfchen mit allzu vielen Grübeleien zu belasten.» Er reichte Oleander seinen roten Umhang und den blauen Hut mit der langen Feder.

«Seid gegrüßt, Rusticus.» Ursula musste sich das Lachen verkneifen, als ihr Besucher den breiten Gürtel lockerte, der seinen dicken Wanst einzwängte. «Ich möchte Euch etwas fragen.»

Rusticus seufzte erleichtert, als er endlich wieder ungehindert atmen konnte.

«Ja?»

«Wie groß ist die Streitkraft der Ersten Athene?»

Rusticus nahm ein Stück Brot und etwas Käse aus einer Schale und griff nach der Flasche Wein. «Was für eine seltsame Frage aus Eurem Mund.» Er spähte zu ihr hinüber und füllte seinen Becher. «Ihr könntet mich genauso gut fragen, wie viele Engel es im Himmel gibt.»

«Ich bin gespannt auf Eure Antwort. Wie viele Kriegerinnen gehören Eures Erachtens insgesamt zur Ersten Athene? Fußtruppen und Reiterschwadronen zusammen?»

Rusticus kam mit seinem Mundvorrat an den Tisch und nahm Platz. «Ihr meint es ernst, nicht wahr?»

Ursula nickte. «Habe ich jemals gescherzt?»

«Lasst mich überlegen …» Rusticus trank einen Schluck Wein und schaute an die Decke. Während er nachdachte, strich er mit den Fingern über seinen Schnurrbart. «Ich schätze, es sind fünfzehntausend Fußsoldatinnen …» Er blinzelte sie fragend an.

Ursula wartete ungerührt auf den Rest seiner Antwort.

«Und dreitausend Reiterinnen?»

«Wie viele Menschen in Colonia teilen diese Einschätzung, was meint Ihr?»

«Abgesehen von mir? Natürlich der Befehlshaber der Garnison, Jovinus, dann der Feldzeugoffizier der Kasernen, obwohl Ihr Eure Vorräte ja selbst beschafft …» Sonst schien ihm niemand einzufallen. «Vielleicht Bischof Clematius, falls alle Kriegerinnen der Ersten Athene gute Christinnen sind und zur Beichte gehen.» Um sich die Qual des Nachdenkens zu erleichtern, nippte er mehrmals an seinem Weinbecher. «Ach, ich weiß es nicht. Das ist schwer zu schätzen. Die Kasernen und Ställe sind nach außen so gut abgeriegelt.»

Ursula schlug mit der flachen Hand auf den Tisch. *«Genau!»* Rusticus erschrak so sehr, dass er ein paar Tropfen Wein verschüttete.

«Und was ist mit Mogontiacum? Wie viele Kriegerinnen der Ersten Athene erwartet man dort?» Ursula stemmte beide Hände auf den Tisch und beugte sich zu ihm hinüber.

«Ich … ich weiß es nicht.» Rusticus zuckte mit den Schultern. «Die Kasernen und Ställe in Mogontiacum befinden sich gegenüber der Stadt, am anderen Ufer des Flusses, und sind noch größer und noch leerer als unsere. Die Tatsache, dass wir Euch problemlos unterbringen konnten, wird ihnen für ihre Vorbereitungen reichen. Um auf Eure Frage zurückzukommen: Vermutlich erwarten sie nicht weniger als zehntausend und nicht mehr als dreißigtausend Kriegerinnen.»

«Ha! Ausgezeichnet!» Ursula hämmerte aufgeregt mit den Fäusten auf den Tisch. «Eine letzte Frage, Rusticus. Die wichtigste: Wie sieht es mit den Alemannen aus?»

«Über welche Truppenstärke die Erste Athene ihrer Einschätzung nach verfügt?»

«Ja.»

«Nun, sie wissen, dass Eure Streitkraft groß genug ist, um die Franken und Sachsen zu besiegen. Falls sie überhaupt eine Zahl im Kopf haben, wird sie noch vager sein als die der Menschen in Mogontiacum.»

«Richtig, Rusticus!» Ursula lief um den Tisch herum und schlang die Arme um seine Schultern, sodass er erneut etwas von seinem Wein verschüttete. «Ich weiß, wie wir die Alemannen aufhalten können!»

«Wie bitte?», rief Rusticus, dem das Rätselraten allmählich auf die Nerven ging. «Was? Wie denn?»

«Indem wir sie glauben machen, die Erste Athene sei viel größer, als sie in Wahrheit ist.»

Rusticus ergriff lachend seinen Becher. «Übrigens», fragte er betont beiläufig, «wie groß ist die Erste Athene denn nun wirklich?»

Ursula kniff übermütig in seine Knollennase. «Wie viele Engel gibt es im Himmel?»

Eine Woche später war die Erste Athene bereit zum Marsch nach Mogontiacum. Für das Gelingen von Ursulas Plan brauchten sie dringend mehr Pferde, also beschlagnahmten sie mit Rusticus' Hilfe innerhalb von vier Tagen alle verbleibenden Pferde aus den Ställen in Noviomagus und Colonia.

Unterdessen drillten die Befehlshaberinnen der Reiterei unter Pinnosas Aufsicht dreitausend Fußsoldatinnen im Umgang mit den Tieren. Sie mussten zumindest sicher im Sattel sitzen und den Fußtruppen als Eskorte dienen können. Nach der flüchtigen Ausbildung der Reiterinnen standen zusätzlich dreitausend Pferde zur Verfügung.

Diesmal würde es keine große Parade durch die Stadt geben wie in Londinium. Stattdessen ließ Ursula die aus dreitausend Reiterinnen bestehende Reiterei und die dreitausend für das Täuschungsmanöver ausgebildeten Reiterinnen in sechs aus jeweils tausend Reiterinnen bestehenden Einheiten im Laufe des Tages die Stadt Colonia verlassen. Im Schutz der Dunkelheit kehrten sie allesamt am anderen Flussufer in die Kasernen zurück. Am nächsten Tag brachen sie erneut auf. Dadurch wurde der

Eindruck erweckt, die Reiterei der Ersten Athene verfüge über eine Stärke von zwölftausend Reiterinnen. Nachdem sich die Legion zwanzig Meilen südlich von Colonia zusammengezogen hatte, begann der Marsch über die breite Heerstraße in Richtung Süden nach Mogontiacum.

Drei Tage später ragten die blauen Umrisse des Taunus vor ihnen in die Höhe. Sie markierten das Ende des Römischen Reiches, die Grenze des römischen Herrschaftsgebietes. Dahinter begann die endlose Weite der Barbarei.

Die Abendglocken läuteten, als sie den letzten Hügel erklommen hatten und die größte und mächtigste Festung nördlich der Alpen vor ihnen lag. Das Licht der untergehenden Sonne warf einen zarten Schimmer auf den steinernen, gelb-roten Schutzwall.

Die Heerführerinnen verweilten auf der Anhöhe und betrachteten voller Ehrfurcht die beeindruckenden Befestigungsanlagen der Garnisonsstadt. Mogontiacum lag am Südufer des Rhenus, gegenüber der Mündung des Moenus, dort wo der breite Fluss eine weite Biegung beschrieb und Richtung Westen nach Colonia floss. Die Stadt schmiegte sich unterhalb eines langen Hügelkamms ans Flussufer, wobei die hervorgehobenen Felsen die Grundmauer der imposanten Brustwehr bildeten, die Mogontiacum wie ein gigantischer Wächter von allen Seiten einschloss.

Die Festung war nach Norden ausgerichtet, um die germanischen Invasoren abzuhalten. Ursula hatte das Gefühl, die Warnungen an die Eindringlinge hören zu können. «Halt! Hier beginnt römisches Territorium. Ohne die Genehmigung der römischen Obrigkeiten dürft Ihr dieses Gebiet nicht betreten. Ihr dürft Euren Marsch nur fortsetzen, wenn Ihr die römischen Gesetze und Befehle befolgt.»

Die Erste Athene zog nicht in die Festung ein, sondern marschierte am Wasser um die Stadtmauern herum und überquerte die große Brücke über den Rhenus, die zu den Militäranlagen am rechten Flussufer führte.

Ursula bediente sich desselben Tricks wie in Colonia und ließ beide Reiterschwadronen zweimal aufmarschieren. Angesichts des imposanten Bollwerks der Festung schien diesem Manöver indes kaum eine Bedeutung zuzukommen.

Die Erste Athene konnte zwischen den zahlreichen leeren Kasernen und Ställen der Garnison, in der hunderttausend Legionäre Platz fanden, eine freie Auswahl treffen.

Auf die Heerführerinnen warteten nach ihrer Ankunft verschiedene Berichte. Erstens wurden sie über das Vorrücken der alemannischen Stämme unterrichtet, die den Limes in acht bis zehn Tagen erreichen würden. Einem neueren Bericht war zu entnehmen, dass römische Patrouillen bereits mehrere Spähtrupps der Alemannen weniger als einen Tagesritt von der Grenze entfernt gesichtet hatten.

In enger Abstimmung mit dem Prätorianerpräfekten von Mogontiacum teilten Ursula, Pinnosa und Martha die örtlichen Waldbewohner umgehend in Spähtrupps ein, um so viele Informationen wie möglich über die drohende Gefahr zu sammeln. Gleichzeitig wurden aus der Elitevorhut der Ersten Athene sechs Aufklärungstrupps gebildet, die jeweils dem Befehl einer Heerführerin unterstanden. Sie marschierten mit heimischen Führern über die Berge des Taunus in das wilde Land hinter dem Limes und erkundeten das Gebiet, in dem die Operation stattfinden sollte.

Die Aufklärungstrupps hatten soeben Bericht erstattet, als Rusticus, dem wieder die Rolle des Übersetzers zufiel, mit dem Schiff aus Colonia eintraf. Obwohl die alemannischen Stämme zahlreiche verschiedene Dialekte sprachen, wurden bei den Besprechungen der Stammesoberhäupter nur zwei benutzt, und zufällig sprach Rusticus sie beide fließend. «Meine Tanten Uta und Gorda gehörten alemannischen Stämmen an», hatte er zu vorgerückter Stunde über ein Glas Wein gebeugt verkündet, nachdem sie in Colonia ihr Vorgehen geplant hatten. «Ich habe sie sehr geliebt, und sie lehrten mich ihre Sprache.» Dann hatte er eine Träne von seiner Wange gewischt und sich in seine Toga geschnäuzt.

Am nächsten Tag wurde mit den Vorbereitungen für das große Täuschungsmanöver begonnen, mit Hilfe dessen den Alemannen weisgemacht werden sollte, dass die Truppenstärke der Ersten Athene ein Zweifaches und die der Reiterschwadronen ein Vierfaches ihrer tatsächlichen Größe betrügen. Es dauerte zwei Tage, bis die Kriegerinnen in Position waren. Währenddessen schlugen die ersten alemannischen Stämme unmittelbar hinter dem Limes ihre Lager auf.

Am Morgen des nächsten Tages entsandte Ursula offizielle Delegationen in alle Lager. Die Stammesoberhäupter wurden begrüßt und darüber in Kenntnis gesetzt, dass die Oberbefehlshaberin der Ersten Athene, Prinzessin Ursula aus Britannien, die offizielle Vertreterin von Kaiser Augustus Konstantin III., ein Treffen einberufen wolle, um über ihren Vormarsch auf römisches Territorium zu sprechen. Die Zusammenkunft solle zwei Tage später nördlich des Limes, wo drei Flüsse zusammenflossen, stattfinden. Die Stammesoberhäupter stimmten dem Vorschlag zu, und die Delegationen kehrten unversehrt zurück.

Und dann begann das große Täuschungsmanöver.

Als die Stammesvertreter mit ihren bewaffneten Eskorten durch die drei Täler zum Treffpunkt marschierten, erblickte jede Delegation Reitereinheiten der Ersten Athene, die sie von den Hügeln aus beobachteten. Nachdem die Alemannen die Lichtung erreicht hatten, auf der die Versammlung abgehalten werden sollte, und auf die kaiserliche Abordnung warteten, tauschten die Stammesoberhäupter eifrig ihre Berichte aus. Ihren Beobachtungen zufolge wurde jedes Tal von vier Reiterdivisionen überwacht, die blaue, rote, grüne und orangefarbene Rüstungen trugen. Jede Einheit schien aus etwa tausend Reiterinnen zu bestehen, die Erste Athene musste also über mindestens zehntausend, wenn nicht gar mehr Reiterinnen verfügen. Für die Alemannen konnte das nur eines bedeuten: Der Bericht der Franken, demzufolge Mogontiacum und Colonia – abgesehen von ein paar ehrgeizigen Frauen – schutzlos waren und zu Plünderzügen einluden, musste falsch sein.

Nach Ankunft der Heerführerinnen und der kaiserlichen Abordnung wurden die Stammesoberhäupter feierlich begrüßt und Geschenke ausgetauscht. Anschließend leitete Ursula mit Hilfe von Rusticus die Verhandlungen ein und erläuterte die Bedingungen des kaiserlichen Erlasses. Den Alemannen wurden der Verbündetenstatus sowie besondere Rechte und Anreize angeboten, sofern sie sich im Taunus hinter dem Limes niederließen, sich den römischen Garnisonen in Colonia und Mogontiacum unterordneten und weitere Eindringlinge fern hielten. Die Stammesoberhäupter leisteten zuerst Widerstand, doch – wie Ursula schnell erkannte – war dieser nur vorgetäuscht. Nach einigen kleinen Streitereien nahmen alle Alemannen das kaiserliche Angebot einstimmig und ohne Bedingungen zu stellen an.

Bis hierher schien das Täuschungsmanöver der Ersten Athene von Erfolg gekrönt zu sein, doch der Ärger begann, als Ursula und die kaiserliche Delegation sich verabschieden wollten. Eines der Stammesoberhäupter, ein großer Mann namens Luethari, äußerte den Wunsch, einige der berühmten Glanzleistungen der Kriegerinnen bewundern zu dürfen.

«Auf welche Weise könnte unser neues Bündnis mit Rom besser anschaulich gemacht und gefestigt werden», verkündete er begeistert, «als durch einen freundschaftlichen Wettstreit zwischen den besten jungen Amazonen und unseren besten Kriegern!»

Ursula lächelte höflich und flüsterte Rusticus hastig auf Britannisch zu: «Wir können unmöglich zustimmen. Was sollen wir nur tun? Was in Gottes Namen sollen wir tun?»

«Lächelt und täuscht Heiterkeit vor.» Rusticus ging mit gutem Beispiel voran und lachte aus voller Kehle, als erfreute ihn die Idee eines Wettkampfes über alle Maßen.

«Je länger wir bleiben», mischte sich Julia mit einem breiten Grinsen und in bemüht unbeschwertem Ton ein, «desto größer ist das Risiko, dass die Wahrheit ans Licht kommt … haha … Wir sollten auf der Stelle aufbrechen.»

«Haha ...» Rusticus' vorgetäuschte Heiterkeit kam einer schauspielerischen Glanzleistung gleich. «Wir können nicht ablehnen. Das wäre eine schwere Beleidigung. Es würde nicht nur unser Bündnis, sondern auch unser aller Leben gefährden ... Haha.»

«Haha.» Ursula stimmte in das geheuchelte Gelächter ein. «Gut, Rusticus. Wir nehmen die Herausforderung an», sagte sie. «Und Ihr tut Euer Bestes, damit die ganze Sache rasch ein Ende nimmt und ihre Männer unseren Frauen nicht allzu nahe kommen.»

Nachdem Ursula lächelnd ihre Einwilligung gegeben hatte, begannen die Vorbereitungen. Die Ehrengarden zogen sich aus der Mitte der großen Lichtung zurück, auf der der Wettstreit ausgetragen werden sollte. Die Zuschauer der beiden gegnerischen Lager saßen sich gegenüber. Die eine Seite war von Vorfreude erfüllt, wohingegen die andere ihre Angst kaum verbergen konnte. Ursula führte die beiden Delegationen an den Rand des Kampfplatzes.

Viventia, Baetica und Pinnosa leiteten den Wettstreit mit verschiedenen Reitvorführungen ein. Als Erste bewies Viventia ihre Geschicklichkeit. Sie schoss in vollem Galopp Pfeile auf verschiedene Ziele ab, während sie auf dem Rücken ihres Pferdes stand oder im Damensitz ritt. Baetica setzte sich rückwärts in den Sattel und zeigte ähnliche Kunststücke. Beide wurden mit lautem Applaus belohnt.

Pinnosa, deren Reitkünste denen der anderen in nichts nachstanden, führte vor, wie gut römische Pferde dressiert waren. Sie betrat die Arena zu Fuß. In den Händen hielt sie ein paar Vogeleier, die sie in der Nähe gefunden hatte. Als sie einen schrillen Pfiff ausstieß, tauchte Artemis ungezäumt am Rand der Lichtung auf. Nach dem zweiten Pfiff bäumte sich das Pferd auf. Nach dem dritten Pfiff lief es um die Arena herum, und beim nächsten Pfiff umrundete es sie in vollem Galopp. Nach dem letzten schrillen Pfiff galoppierte die große schwarze Stute auf ihre Herrin zu.

Die jubelnden Alemannen schlugen wild mit den Schwertern auf ihre Schilde und knallten mit ihren Peitschen durch die Luft.

Unterdessen legte Pinnosa die Vogeleier vorsichtig in Artemis' Maul. Anschließend sprang sie auf ihren Rücken und ritt auf die alemannischen Stammesoberhäupter zu. Unterwegs flüsterte sie Artemis, der sie durch den Druck ihrer Beine den richtigen Weg wies, leise Befehle ins Ohr. Tatsächlich legte die intelligente Stute jedem Stammesoberhaupt ein unbeschädigtes Ei in die ausgestreckte Hand. Nach der Darbietung lief Artemis rückwärts an den Rand der Arena, bäumte sich mehrmals auf und schlug wild mit den Hufen durch die Luft. Die Alemannen brachen in lautes Jubelgeschrei aus. Artemis' würdevoller Abgang beendete die Reitervorführungen der Ersten Athene.

Jetzt waren die Alemannen an der Reihe. Sie schickten eine Gruppe Reiter in die Arena, die ihr Kampfgeschick beweisen sollten. Zuerst warfen sich die Krieger gegenseitig aus den Sätteln und vollführten eindrucksvolle Zweikämpfe. Als Nächstes beugten sie sich in vollem Galopp seitlich von ihren Rössern, um den Geschossen der Feinde zu entgehen. Rusticus, der laut klatschte, sagte auf Britannisch, die Vorführungen der Ersten Athene seien viel sensationeller gewesen als die der Alemannen.

Nach den Darbietungen der Reiter begann der richtige Wettkampf. Die erste Runde galt der Schießkunst. Während die Vorbereitungen für den Wettstreit mit Pfeilen und Speeren getroffen wurden, beugte sich Rusticus, noch immer Heiterkeit vortäuschend, zu Ursula, Julia und Pinnosa hinüber.

Mit einem fröhlichen Lachen sagte er: «Ich hoffe, ihr wisst, in welch großer Gefahr wir uns befinden!» Er wies verstohlen auf ein grimmig wirkendes Stammesoberhaupt, das die nervöse Brittola lüstern anstarrte.

Pinnosa kicherte laut. «Ja, ich weiß. Einer ihrer Wachposten kann jeden Augenblick so nah an unsere Patrouillen herankommen, dass er sieht, wie sie gekleidet sind.» Die Frauen trugen zweifarbige, wendbare Umhänge. «Aus der Ferne konnten wir die Alemannen täuschen, aber aus der Nähe wird das nicht gelingen.»

«Nicht nur das», fügte Rusticus hinzu, dessen Gelächter von Minute zu Minute aufgesetzter wirkte. «Gleich beginnt der Zweikampf zwischen den Männern und Frauen.».

«Wir weigern uns einfach, daran teilzunehmen!», stieß Julia wütend hervor.

Rusticus lachte laut, um das angespannte Schweigen zu überspielen, das auf Julias Bemerkung folgte. «So einfach ist das nicht. Das wäre eine Beleidigung für sie und würde das Bündnis gefährden.»

«Wenn wir mitmachen, gerät das Bündnis ebenfalls in Gefahr», murmelte Ursula mit einem nachsichtigen Lächeln. «Seht euch die Kerle doch an. Die sind selbst unseren stärksten, geschicktesten Frauen überlegen. Ein Sieg bei den Zweikämpfen wäre für sie der Beweis, dass sie die Erste Athene besiegen können.»

«Es kommt darauf an, welche Art von Zweikampf sie vorschlagen», sagte Pinnosa.

«Es hat keinen Zweck, darüber nachzudenken», zischte Ursula, deren Grinsen mittlerweile erstarrt war. «Wir müssen uns irgendwie aus der Affäre ziehen, ohne sie zu beleidigen. Eine andere Möglichkeit gibt es nicht.»

«Aber ... haha ... wie?», kicherte Rusticus und zupfte nervös am Kragen seiner Toga.

Während des Wettstreits im Schießen zermarterten sich die Heerführerinnen das Gehirn, wie sie die Wettkämpfe beenden könnten, ohne das Gesicht zu verlieren. Die beiden Mannschaften standen einander in nichts nach; Alemannen und die Frauen erreichten unter dem Jubel der Menge die gleichen Trefferquoten. Als das Ende der Schießvorführungen nahte, wurden die Heerführerinnen der Ersten Athene immer unruhiger.

Während die letzten Bogenschützen in Position gingen, kam ein starker Westwind auf. Unheilvolle schwarze Wolken zogen auf, und kurze Zeit später fielen die ersten dicken Regentropfen vom Himmel. Einige Alemannen gingen unbeeindruckt aufs Spielfeld, um ihre Kunst im Peitschenschwingen vorzuführen. Ein Alemanne hatte soeben begonnen, Steine von kurzen Pfählen zu schlagen, als ein kräftiger Schauer einsetzte.

Der Platzregen verhinderte die Fortsetzung der Wettkämpfe. Endlich konnten Ursula und die anderen aufbrechen, ohne dass ihre Würde oder das neue Bündnis Schaden genommen hätten oder ihr Täuschungsmanöver aufgedeckt worden wäre.

VI

Nach ihrer Rückkehr nach Mogontiacum ordnete Ursula für die gesamte Erste Athene einen Tag Ruhepause an. Auf Rusticus' Vorschlag begab sich die Legion in ein weitläufiges Bad unter freiem Himmel, das Aquae Matticae, das unweit der Kasernen zu Füßen des Taunus lag. In der Mitte der Grotte, die für die Offiziere reserviert war, befand sich ein riesiges, mit dunkelblauen, roten und goldenen Mosaiken verziertes Schwimmbecken. Dahinter ertreckten sich die *laconica* und *caldaria*, die heißen und warmen Becken. Unter dem dichten, dunklen Blätterdach bildeten sich dicke Dampfschwaden. Zwischen zwei großen Eichen sprudelte das rostrote Wasser einer heißen Quelle aus einem Felsspalt. Der Dunst zog über die Bäume hinweg durch das Schwimmbad zu den kalten Wasserbecken, den *frigidaria*, die von kristallklarem Bergwasser gespeist wurden.

Neben dem Schwimmbad lagen der Massagebereich, der Durchgang zu den Ställen sowie der Pfad, der auf die große Straße nach Mogontiacum führte. Hierhin zogen sich Ursula und Brittola zurück, während die anderen mit Rusticus im Pool spielten. Er war ganz in seinem Element, genoss das nackte Bad, trank seinen geliebten Wein und erfreute sich an den Streichen seiner Gefährtinnen – zwanzig heiratsfähigen Jungfrauen.

Brittola und Ursula lagen nebeneinander auf Holztischen. Ihre Dienerinnen massierten ihnen Nacken, Rücken und Schultern mit warmen, aromatischen Kräuterölen. Das Kichern von Martha, Saula und Cordula drang aus dem Wasserbecken zu ihnen herüber. Ab und zu brach Pinnosa in herzhaftes Lachen aus, wobei sie ausgelassen im Wasser planschte.

«Dieser Ort wäre vollkommen», sagte Brittola, «wenn es nur eine Kapelle gäbe.»

«Er wäre vollkommen, wenn er in unserer Heimat läge», erwiderte Ursula schläfrig.

«Herrin?», sagte Oleander mit einem eigentümlichen Unterton.

«Was ist?»

«Ihr solltet Euch hinsetzen, Herrin. Es ist jemand gekommen, der Euch sprechen möchte.» Das Unbehagen und die Sorge der alten Dienerin übertrugen sich augenblicklich auf Ursula und Brittola. Sie richteten sich schweigend auf und folgten beunruhigt Oleanders Blick.

Als Ursula die vertraute Person erkannte, erstarrte sie. Am Durchgang stand Morgan, dessen langer Schatten in die Grotte fiel. Er verharrte kurz, um sich an das düstere Licht zu gewöhnen. Seine Gesichtszüge waren angespannt. Gewiss brachte er keine guten Nachrichten.

Ursula spürte wieder die kalten Krallen der Angst, die jede Faser ihres Körpers durchdrang und eisige Schauer über ihren Rücken jagte. Benommen schlüpfte sie in ihre Robe und empfing den Kurier. Ihre Aufmerksamkeit galt allein Morgan, deshalb hörte sie nicht, dass Brittola den Dienern befahl, die anderen zu holen und Cordula auf den Besucher vorzubereiten.

Morgan ging einen Schritt auf Ursula zu. Die Prinzessin begriff jäh, was er ihr zu sagen hatte. Es war so, als hallten seine Gegenwart und die Nachricht, die er überbrachte, endlos durch die Ewigkeit. Die Ausführung seines Auftrags war nur noch ein Ritual.

Morgan verneigte sich stumm, richtete sich wieder auf und schaute sie betrübt an. Sein trauriger Blick sagte mehr als alle Worte. Ursula würde diese kummervolle Miene nie wieder vergessen. Zögernd streckte er den Arm aus und drückte ihr behutsam einen kleinen Gegenstand in die Hand.

Ursula brauchte nicht hinzusehen, um zu wissen, was es war.

Während die Menge über Konstantins Scherz lachte, schritt Ursula mutig zu Constans, nahm sein Gesicht in beide Hände und küsste ihn auf die Lippen. «Mehr! Mehr!», brüllte die Menge. Die Prinzessin ließ sich nicht länger bitten und küsste ihn erneut. Diesmal schlang Constans die Arme um seine Braut und drückte sie an sich. Ungeachtet der Proteste aus der Menge löste sich Ursula aus der Umarmung und reichte ihm das kleine Schmuckstück, das sie für ihn angefertigt hatte.

«Was ist das?», fragte er.

«Ein winziges Bild von mir. Brittola hat es gemalt, und ich habe es in einen Silberrahmen gefasst und verziert. Es soll dich immer an mich erinnern.» Sie hängte es ihm um den Hals. Es wirkte ein wenig drollig, wie es an der schwarzen Schnur auf seinem Brustpanzer baumelte, deshalb schob Ursula es unter die Rüstung auf seine Brust.

«Ich werde es niemals ablegen, auch nicht beim Baden.» Constans umklammerte ihre Schultern und schaute ihr tief in die Augen. «Vergiss niemals: Nur deine Stimme ist mir Familie. Nur in deinen Augen sehe ich meine Heimat.»

«Es wurde eine große Schlacht geschlagen, Eure Hoheit.» Morgans Stimme durchbrach das eisige Schweigen, das noch bedrückender geworden war, als die anderen sich um sie gedrängt hatten. «Constans verfügte nur noch über zweitausend Mann: seine Vorhut und eine Einheit treuer batavischer Reiter. Die anderen hatten ihn verlassen, weil sie den Gerüchten glaubten, Konstantin solle vertrieben werden. Es hieß, eine riesige Streitkraft komme aus Italien, die möglicherweise von Honorius persönlich angeführt werde oder in seinem Namen zu Felde ziehe. Nur diejenigen, die dem Hause Theodosius ihre Treue schenkten, sollten verschont oder sogar belohnt werden.

Constans wollte seinem Vater zu Hilfe eilen und sich mit ihm verbünden, um Gerontius' Heer zu vernichten. Unglücklicherweise kannten die Abtrünnigen zu viele seiner Geheimnisse: die Bergpfade, die Höhlen und Lager. Deshalb konnte Gerontius ihnen eine Falle stellen. Als Constans versuchte, dem Feind mit seinen Kriegern auszuweichen, stand er plötzlich auf einem schmalen Pass sechstausend feindlichen Kriegern gegenüber. Weitere viertausend krochen aus ihren Verstecken. Obwohl …»

«*Nein!* Das *kann* nicht sein!», schrie eine der jüngeren Frauen. Einige fingen an zu weinen.

Morgan fuhr fort. «Obwohl die Streitkraft der Feinde fünfmal größer war als die von Constans und alle Vorteile auf ihrer Seite hatte, verlor sie die Hälfte ihrer Krieger, bevor der Kampf zu Ende ging.

Constans gehörte zu den Letzten, die in der Schlacht fielen. Sein Leichnam wurde kniend inmitten von Sueben gefunden, die durch sein Schwert ums Leben gekommen waren. Die Standarte der Ersten Reiterei klemmte unter seinem rechten Arm; offenbar hatte er sie als Krücke benutzt, nachdem er seine erste Verletzung erlitten hatte. Seine linke Hand umklammerte diesen Gegenstand …» – er wies mit dem Kopf auf das Schmuckstück in Ursulas Hand – «so fest, dass man ihn ihm nur mit Gewalt entreißen konnte.»

«Gibt es …» – Ursula schluckte – «gibt es eine letzte Botschaft von ihm?»

Morgan schüttelte den Kopf und zeigte auf ihre Hand, als wollte er sagen: «Dort ist sie.»

Dann wandte er sich den anderen Frauen zu und sagte mit lauter Stimme: «Als bärge diese Tragödie nicht genug des Leids, muss ich noch schlimmere Nachrichten überbringen, die nicht nur uns, sondern die ganze Welt betreffen.»

Pinnosa stellte sich neben Ursula und legte einen Arm um ihre Schultern.

«Als ich in Mogontiacum ankam und die Heerführerinnen der Ersten Athene suchte, erreichte die Stadt eine furchtbare Eilmeldung von jenseits der Alpen.» Morgan atmete tief ein, um Kraft für die Überbringung der Schreckensbotschaft zu sammeln. «Die Ewige Stadt wurde von Alarich und seinen Westgoten, diesem Fluch des Westens, gestürmt und geplündert.»

Blankes Entsetzen machte sich breit.

«Ist das wahr?», stammelte Rusticus.

«Ja, Rom wurde dem Erdboden gleichgemacht. Die Trümmer glimmen noch immer wie ein riesiger Scheiterhaufen.»

VII

Ursula lief in der kleinen weißen Kapelle, die Brittola hinter dem Haus der Offiziere in Colonia hatte bauen lassen, rastlos auf und ab. Seitdem Morgan vor Monaten die Nachricht von Constans' Tod überbracht hatte, suchte sie die Einsamkeit und hatte auch an diesem Tag den strikten Befehl erteilt, man möge sie nicht stören. Nach einer Weile kniete sie sich auf den Boden und starrte mit ausdruckslosem Blick auf den Altar. Sie strich mit fahriger Hand durch ihr Haar und beschwor laut den Himmel. «Lieber Gott. Lieber, gütiger Gott! Wo bist Du? Wo ist Dein Licht? Bitte leuchte mir, damit ich Dich sehe. Ich gehe in der Dunkelheit zugrunde. Ich versinke im Schattenreich. Jetzt erkenne ich meine größte Sünde, die Selbstsucht, Herr. Alles, was ich getan habe, habe ich um meinetwillen getan. Ich habe die Erste Athene ins Leben gerufen und zwanzigtausend britannische Frauen aus ihren Familien gerissen, ihnen ein normales Leben versagt. Ich habe sie auf diese verfluchte Mission geführt, weil ich mir eine Heimat und eine Familie sichern wollte. Du hast entschieden, Herr, mich für meine Sünden zu bestrafen und mir das zu verweigern, was ich suchte. Ich bitte Dich, o Herr, bestrafe nur mich allein. Bestrafe mich und verschone die anderen.»

«Amen!» Ursula erschrak, als Brittolas Stimme an ihr Ohr drang.

Ihre Freundin stand unschlüssig im Türrahmen.

Ursula rührte sich nicht. «Warum störst du mich? Was willst du?»

Brittola lächelte gezwungen, während sie zögernd auf den kleinen Altar zuging und sich neben Ursula kniete. «Darf ich mit dir beten?»

Ursula nickte und widmete sich wieder ihrer – nun stummen – Zwiesprache mit Gott. Brittola zog ihr Kreuz unter dem Umhang hervor, schloss die Augen und fing laut an zu beten. «Lieber Gott, Prinzessin Ursula aus Corinium, die pflichtbewusste Tochter von König Deonotus und oberste Heerführerin der Ersten und Zweiten Athene, glaubt, es sei ihr Wille gewesen, das Frauenheer aufzustellen und auf die Mission zu führen. Bitte gib ihr in Deiner Güte zu verstehen, Herr, dass alles, was sie getan hat, nach Deinem Willen geschah. Es war Dein Wille, Herr, der uns aus unserer Heimat und aus unseren Familien gerissen hat. Es war Dein Wille, der uns auf diese Mission geführt hat. Gib ihr vor allem zu verstehen, Herr, dass die Erste Athene ohne sie an der Spitze – ohne sie als Dein Werkzeug – den großen Feldzug, den die Menschen in Britannien und im gesamten Römischen Reich mehr denn je herbeisehnen, nicht fortsetzen kann.» Brittola öffnete die Augen und spähte zu Ursula hinüber, die reglos auf den Altar starrte. «Amen.»

Jetzt drehte sich die Prinzessin zur Seite und warf ihrer Freundin einen irritierten Blick zu.

Brittola schmunzelte. «Du siehst mich wieder so an.»

«Wie denn?»

«Wie früher, wenn du wolltest, dass ich den Mund halte. Erinnerst du dich?»

Ursula zuckte unmerklich mit den Schultern.

«Ich konnte als Kind ziemlich laut werden, nicht wahr?», fuhr Brittola fort. «Wenn ich nicht bekam, was ich wollte, fing ich an zu jammern …»

«Zu jammern? Wohl eher zu kreischen!» Ursula stand auf und trat an das kleine Fenster hinter dem Altar. Sie schien das Interesse an dem Gespräch verloren zu haben.

«Du hast ja Recht», sagte Brittola mit Bedacht. «Eigentlich wollte ich etwas anderes sagen. Immer wenn du dich mit etwas intensiv beschäftigt hast, egal wie unbedeutend es war, durfte dich niemand stören. Du hast es *gehasst*, gestört zu werden. Erinnerst du dich an den Tag, als du mit Bischof Patroclus über einen Brief sprachst, den er von dem alten Fuchs Pelagius erhalten hatte? Es ging um die Pflichten des Menschen und die Pflichten Gottes. Erinnerst du dich? Du wolltest jeden einzelnen Punkt ausführlich mit ihm erörtern. Ich bat dich, mir bei den Vorbereitungen für das Fest meines Vaters zu helfen, aber du …»

«Ich wollte nicht gestört werden?», sagte Ursula geistesabwesend.

«Du lieber Himmel! Wenn jemand wagte, dich zu stören oder abzulenken, war das in deinen Augen fast eine Todsünde, und dann hast du …»

Ursula drehte sich um. «Brittola, du warst mir eine große Hilfe! Ich bin in der Tat nichts anderes als Gottes Werkzeug. Und *ich* bin diejenige, die die größte aller Sünden begangen hat: Ich habe mich ablenken lassen.»

Brittola erkannte an dem entschlossenen Blick der Prinzessin, dass sie in das Reich der Lebenden zurückgekehrt war.

«Jetzt weiß ich, was Gott von mir erwartet. Und ich werde mich nie wieder ablenken lassen.»

Ursula starrte erneut aus dem Fenster und suchte am Abendhimmel den Polarstern, der sie zum Kleinen Bären führen würde. «Constans war und ist meine einzig wahre Liebe. Ich hätte ihm und unserer gemeinsamen Zukunft mein Leben gewidmet. Doch Gott hat in seiner unendlichen Weisheit beschlossen, mir meinen Lebenstraum zu versagen.»

Ursulas Miene erhellte sich, als sie den Kleinen Bären

entdeckte. «Jetzt erkenne ich die wahre Mission, für die Gott mich auserwählt hat. Ich werde die Erste Athene anführen und versuchen, alle Aufgaben, die Gott uns stellt, erfolgreich zu erfüllen.» Sie senkte die Stimme, als richtete sie die folgenden Worte an eine abwesende Person. «Ich dachte, der Sturm und unsere Verwicklung in die Geschehnisse in Germanien hätten mich von unserer Aufgabe, dem großen Feldzug, abgelenkt. Doch damit hatte ich Unrecht. Unsere wahre Aufgabe bestand darin, in dieses wilde Land zu kommen und das zu tun, wofür die Erste Athene ursprünglich gegründet wurde – Grenzpatrouillen durchzuführen. Der große Feldzug könnte also in Wirklichkeit das sein, was uns von unserer wahren Aufgabe ablenkt.»

Ursula drehte sich zu Brittola um, die lächelte, weil sie in den Augen der Freundin wieder das alte Feuer brennen sah. Dann kniete sie sich vor Brittola nieder und umfasste ihre Hände. «Du hast es immer gesagt, liebe Freundin. Unsere wahre Aufgabe ist es, die Arbeit zu tun, die Gott uns anvertraut, nicht mehr und nicht weniger. Jetzt habe ich meine Pflicht erkannt. Ich werde ihm dienen, indem ich die Erste Athene bei all ihren Aufgaben anführe. Ich werde ihm nach bestem Wissen und Gewissen dienen. Und nur ihm … ausschließlich.»

Ursula schaute gen Himmel. «Ich werde mich nie wieder von meinem Dienst an Gott und an der Ersten Athene ablenken lassen. Der einzige Mann, der eine solche Ablenkung gerechtfertigt hätte, ist tot. Es gibt nur einen Weg, um zu vermeiden, dass mich ein anderer Mann in seine Fänge kriegt. Es gibt nur einen Weg, um der Meute der Prinzen und angehenden Kaiser zu entwischen.»

Sie erhob sich und legte eine Hand auf Brittolas Schulter. «Ich muss das weiße Gewand anziehen.»

Brittola hielt den Atem an.

«Ich werde mich nie wieder von meiner Mission ablenken lassen. Morgen gehe ich zu Bischof Clematius und bitte ihn, mir das Keuschheitsgelübde abzunehmen.»

«Ich möchte das Gelübde gemeinsam mit dir ablegen», sagte Brittola, ohne zu zögern. «Wenn du nichts dagegen hast.»

Ursula betrachtete ihre Freundin nachdenklich, dann lächelte sie und nickte.

«Ich nehme an, einige der anderen werden uns begleiten wollen. Nur ...» – Brittola sah verlegen aus – «eine wird nicht dabei sein können.»

Ursula schaute sie fragend an.

Brittola stellte sich vor den Altar. «Es gibt da etwas, das du wissen musst. Ich habe es auch eben erst erfahren. Ich bin gekommen, um es dir zu sagen.»

«Was denn?»

«Cordula möchte Bischof Clematius morgen ebenfalls aufsuchen. Sie möchte ihn um Vergebung und Gnade bitten.»

«Warum?»

«Sie ist schwanger.»

VIII

«Von Augustus Konstantin III., Kaiser des Westens und Oberbefehlshaber all seiner Heere, an Prinzessin Ursula, Befehlshaberin der Legionen der Ersten und Zweiten Athene. Seid gegrüßt,

große Prinzessin und Heerführerin! Utinam magni Martis venti spirent tibi omina fausta bonamque fortunam in vitae viam – *Mögen die starken Märzwinde ein gutes Omen sein und Euch Glück bringen.*

Verzeiht mir, dass ich nicht früher geschrieben habe. Ich nehme davon Abstand, meinem Schmerz über Constans' Tod Ausdruck zu verleihen, denn sein Verlust ist für uns beide gleichermaßen schwer zu ertragen. Die Zeit, da wir beieinander sein und uns gegenseitig Trost spenden können, wird hoffentlich bald kommen.

Zu allem Unglück haben wir nicht nur seinen Tod zu beklagen, sondern auch seine Niederlage, die für uns einen gewaltigen Rückschlag im Kampf gegen Gerontius und seine Horde (dieser wilde Haufen kann unmöglich als Heer bezeichnet werden) bedeutet. Wie Ihr Morgans Bericht entnehmen konntet, habe ich die Wintermonate genutzt, um Arelate unbemerkt zu verlassen und mir persönlich ein Bild von unseren Widersachern, den Burgunden, zu machen. Fünfzehn Stämme wandern auf getrennten Wegen durch die Gebiete am unteren Rhenus und durch die Täler des Rhodanus und halten den Großteil meines Heeres in Atem. Ich bin gerade zurückgekehrt und treffe Vorbereitungen für die nächste Feldzugsaison, vor der ich mich offen gestanden fürchte.

Die Lage hier in Südgallien spitzt sich immer mehr zu. Als ich von meiner Reise zur Beobachtung der Burgunden zurückkehrte, entdeckte ich, dass weitere fünfhundert Krieger meiner Garde desertiert sind und sich Gerontius' Horde angeschlossen haben. Vermutlich hoffen sie auf bessere Entlohnung. Durch den Verlust von Constans' gesamter Division und die beständigen Auseinandersetzungen meiner Hauptstreitkraft mit den Burgunden kann ich nur noch auf zwölftausend treue Krieger zählen, von denen weniger als fünftausend beritten sind.

Meine größte Furcht gilt dem, was über die Alpen zu uns kom-

men könnte. Nach dem Sieg in Rom benehmen sich die Goten nun wie wahre Eroberer und erwägen möglicherweise eine Invasion gallischer Gebiete. Noch mehr beunruhigt mich Honorius' Verhalten. Anstatt seine Streitkraft mit der meinen zu vereinen, um Italien von dieser Pest zu befreien – was er eigentlich tun sollte –, erwartet er eine Verstärkung aus Constantinopolis, die er gegen mich einsetzen könnte.

Oh, die Tragödie Roms und die Verrücktheiten, die unsere Gier nach Macht hervorbringt! Wann werden wir begreifen, dass unsere römischen Kameraden letzten Endes mehr sind als unsere größten Rivalen? Sie sind auch unsere stärksten Verbündeten.

Kommen wir nun auf Euch und die Erste Athene zu sprechen. Ich habe während meiner Erkundungsreise entdeckt, dass das große Täuschungsmanöver, dessen Ihr Euch so erfolgreich gegen die Alemannen bedient habt, sich jetzt gegen Euch wenden könnte. Wie ich erfuhr, sind die Burgunden überzeugt, dass ein großes Heer von über dreißigtausend Kriegerinnen den Limes überwacht. Aus Italien habe ich Berichte mit ähnlichen Mutmaßungen erhalten. Seid auf der Hut! Honorius und Theodosius II. verfolgen Eure Einsätze im Grenzland mit Sicherheit sehr genau. Wenn sie bemerken, dass Eure beachtliche Streitkraft mir treu ergeben ist, werden sie alles daransetzen, Euch zu Fall zu bringen.

Die größte Bedrohung, gegen die Ihr Euch wappnen müsst, ist Mundzuk mit seiner stetig wachsenden Horde, die an den Ufern des Danubius westlich von Vindobona überwintert. Theodosius hat sie dort postiert, damit Honorius' Streitkräfte geteilt bleiben. Da sich die Goten nun in Italien ausbreiten und Honorius in Atem halten, gehören die Hunnen nicht länger zu Theodosius' großem Plan. Mundzuk und seine Kriegsherren könnten unruhig werden und sich nach einem Kampf sehnen. Die Aussicht, es gegen ein großes römisches Frauenheer aufzunehmen, könnte verlockend sein!

Damit komme ich zu der schwierigen Frage, ob die Erste Athene den Kontinent verlassen sollte oder nicht. In Bezug auf den großen Feldzug bin ich eher pessimistisch. Ich halte es zum gegenwärtigen Zeitpunkt, da Gefahren durch feindliche Mächte wie Mundzuks Horde lauern, nicht für klug, dass die Erste Athene ihre Streitkräfte noch länger am Rhenus oder an anderen Orten auf dem Kontinent belässt. Ich befehle Euch in dieser Nachricht nicht, nach Britannien zurückzukehren, bitte Euch jedoch um eine Stellungnahme, damit ich vor Beginn der nächsten Feldzugsaison eine endgültige Entscheidung treffen kann.

Abschließend möchte ich Euch meine persönliche Meinung zu Eurer Entscheidung, das Keuschheitsgelübde abzulegen, kundtun. Ich muss zugeben, dass ich im Geiste eine fröhliche, hoffnungsvolle und glückliche junge Frau vor mir sehe, wenn ich an Euch denke. Es ist noch nicht allzu lange her, da habt Ihr auf unseren Festen mit Euren Freundinnen gescherzt und gelacht. Manchmal fällt es mir schwer, dieses Bild von Euch mit der klugen, geachteten Oberbefehlshaberin der Legionen in Einklang zu bringen. Doch dann erinnere ich mich wieder an die standhafte Neunzehnjährige, die sich mir zwei Abende vor unserem Aufbruch hinter dem Haus der Offiziere in Corinium widersetzte. Und am Morgen des übernächsten Tages tratet Ihr voller Würde und Anmut vor Euren geliebten Verlobten Constans, um ihm Lebewohl zu sagen. Ihr habt die Warmherzigkeit Eures Vaters und den starken Willen Eurer verstorbenen Mutter geerbt (gerade diese Eigenschaften habe ich begrüßt, als die Wahl meines Sohnes auf Euch fiel). Jetzt begreife ich, dass Gott Euch etwas Besonderes mitgegeben hat, um Euch für die großen Herausforderungen zu rüsten, denen Ihr Euch stellen müsst. Was das genau ist, vermag ich nicht zu ergründen, denn so etwas ist mir bisher bei keiner anderen Frau begegnet.

Als Euer Befehlshaber erkenne ich Eure Entscheidung an. In meinen Augen wird das Keuschheitsgelübde Eure Leistungen als Offizier in keiner Weise beeinträchtigen. Im Gegenteil, vielleicht kommt sie ihnen sogar noch zugute. Als Vater von Constans möchte ich sagen, dass Eure Liebe im Himmel geboren wurde, und ich glaube, er hat Eure Seele mit dorthin genommen, als er starb. Ohne Eure Seele kann eine neue Verbindung keine Bedeutung für Euch haben. Daher verstehe ich Euren Entschluss, anderen Männern das zu verweigern, was Ihr in Eurem irdischen Leben zu geben vermögt. Ich bin sicher, Constans heißt Eure Entscheidung gut und wird immer bei Euch sein. Er ist der Einzige, der richtig würdigen kann, was es für Euch bedeutet.

Möge Gott Euch beistehen,

Augustus Konstantin III.

PS. Brittolas Entscheidung, das Keuschheitsgelübde mit Euch abzulegen, hat mich nicht überrascht. Interessieren würde mich hingegen, warum Martha das Gelübde abgelegt und warum Saula es nicht getan hat. Machen diese zwei nicht immer alles gemeinsam?»

IX «*Bericht an Augustus Konstantin III., Kaiser des Westens und Oberbefehlshaber all seiner Heere, von Prinzessin Ursula, Tochter von König Deonotus von Corinium und Oberbefehlshaberin der Legionen der Ersten und Zweiten Athene. Seid gegrüßt, Konstantin!* Spero fore, ut magni mensis Martis venti spirent tibi omina fausta bonamque fortunam in vitae viam, et ut dulcedo Aprilis animos leonis commoveat ad relinquendum denique cubile hibernum. – *Ich hoffe, die starken Märzwinde waren gute Vorboten und haben Glück auf Euren Weg geweht. Möge die warme Aprilsonne den Geist des Löwen locken, seine Winterhöhle endlich zu verlassen.*

Ich danke Euch für die lieben Worte über Euren Sohn. Auch ich sehne den Tag herbei, da wir seinen Tod gemeinsam betrauern können. Aus diesem Grunde erfüllte mich Euer Vorschlag, mit der Ersten Athene die Gebiete am Rhenus zu verlassen und nach Britannien zurückzukehren, mit großer Traurigkeit. Ich teile Euren Pessimismus in Bezug auf unsere und Eure Lage und die Fortsetzung des großen Feldzuges nicht. Selbst wenn Ihr nur noch über zwölftausend Krieger verfügt, die Burgunden Euch ohne Unterlass in die Angelegenheiten Galliens verwickeln und Gerontius hartnäckiger ist, als wir alle vermuteten, bin ich sicher, dass sich das Blatt bald zu unseren Gunsten wenden wird. Erlaubt mir, Eure Erinnerung bezüglich der hoffnungsvollen Seiten unserer Lage ein wenig aufzufrischen: Erstens ist die Grenze am Rhenus gesichert, und die Alemannen und Franken erweisen sich als zuverlässige Verbündete im Kampf gegen weitere Eindringlinge. Zweitens konnten Bischof Clematius, Rusticus und ich Jovinus dazu bewegen, die neue Sicherheit entlang der Grenze zu nutzen und mehrere Städte in Nordgallien dazu zu bringen, ihre stehenden Garden aufzulösen, damit sie nach Süden marschieren und Euch unterstützen können. Es müsste ihm gelingen, mindestens siebentausend Krieger, einschließlich dreitausend Reitern, zu sammeln, bis er im Juli aufbricht. Drittens ist allen Berichten, die wir hier aus Italien erhalten, zu entnehmen, dass die Goten und Honorius sich gegenseitig so sehr in Atem halten, dass es keiner der beiden Parteien gelingen dürfte, die Alpen zu überqueren, um Euch anzugreifen – schon gar nicht, bevor Jovinus mit der Verstärkung eintrifft. Da keine weiteren Stämme die Grenze durchbrechen, könnten sich die Burgunden in dem Land, das Ihr ihnen am Rhenus und in den Tälern des Rhodanus zugewie-

sen habt, niederlassen. Sobald Jovinus nach Süden marschiert, wäre Eure Hauptstreitkraft frei, gegen Gerontius' Belagerung vorzugehen.

Ich bin so hoffnungsvoll, weil die Erste Athene – dank der gut ausgebauten Heerstraßen, die Ihr vor vier Jahren angelegt habt – mit Fußtruppen und Reiterschwadronen Patrouillen durchführen und dadurch glaubwürdig die römische Macht demonstrieren kann. Das hält die Franken und Alemannen in Schach.

Nun möchte ich Euch unsere Vorschläge für den Einsatz der Legionen unterbreiten, die wir hier ausführlich besprochen haben. Da Ihr nur noch über zwölftausend Krieger verfügt, die für die ‹Hochzeit der Legionen› bereitstehen, halten wir die Anwesenheit aller Kriegerinnen der Ersten Athene auf dem Kontinent nicht länger für notwendig. Wir empfehlen also die Rückkehr von sechstausend Fußsoldatinnen und fünfhundert Reiterinnen zur Unterstützung der Zweiten Athene nach Britannien. Die anstehenden Probleme könnten die Legion in diesem Jahr überfordern, falls die Gerüchte über ein großes Bündnis zwischen Hibernern, Pikten und Sachsen der Wahrheit entsprechen. Julia hat sich bereit erklärt, die Einheit anzuführen, und ich schlage vor, dass wir ihr die Aufgabe anvertrauen und sie zur Oberbefehlshaberin beider Heere ernennen. Ihre Erfahrungen und Führungsqualitäten werden für die Zweite Athene von großem Nutzen sein. Baetica würde ich gerne als Befehlshaberin der Reiterei nach Britannien zurückschicken. Neben Pinnosa sind sie und Viventia die Einzigen, denen die Zweite Athene den nötigen Respekt zollt.

Auch aus einem anderen Grunde halten wir die Rückkehr einiger Frauen in die Heimat für angeraten. Etwa ein Drittel der Kriegerinnen empfinden ihre Aufgabe hier als schwierig und unerfreulich. Wenn wir ihnen erlaubten, nach Britannien zurückzukehren, würde das die Moral der zwei Drittel, die bleiben – und die nach wie vor fest entschlossen sind, den großen Feldzug zu unternehmen – deutlich heben.

Meine zweite Empfehlung betrifft die Aufgaben der elftausend verbleibenden Kriegerinnen der Ersten Athene. Ich schlage vor, die Patrouillen am Limes mit zweitausend Reiterinnen fortzusetzen, um unsere Macht zu demonstrieren. Zusätzlich würde ich jeden Monat zwei kleinere Einheiten, bestehend aus tausend Fußsoldatinnen und fünfhundert Reiterinnen, nach Nordgallien schicken, um die Städte und Ortschaften unseres Schutzes zu versichern. Wenn wir keine gegenteiligen Befehle erhalten, werden wir diese Pläne in zwanzig Tagen in die Tat umsetzen.

Ich danke Euch für Eure freundlichen Worte zu meiner ‹neuen Uniform›. Sie passt ausgezeichnet, und ich fühle mich bedeutend wohler. Es ist sehr schade, dass Ihr diese Wahl nicht treffen könnt, ich würde sie Euch sonst wärmstens empfehlen.

Der Gattin Eures Kuriers geht es übrigens gut. Die Geburt wird im Juli erwartet. Obwohl Morgan sie inständig gebeten hat, nach Britannien zurückzukehren, weigert sich Cordula, sich von ihren Freundinnen zu trennen. Wir haben ihr ein Heim auf dem Kurierhof eingerichtet, von wo aus sie die Feldzeugtruppe überwacht. Einige von Rusticus' zahlreichen Tanten besuchen sie dort regelmäßig und umsorgen sie mütterlich.

Zu guter Letzt füge ich noch eine Erklärung hinzu, um die Ihr gebeten habt – wobei wir verwundert waren, dass dieser Umstand einem viel beschäftigten Kaiser überhaupt aufgefallen ist. Marthas Freund, Blussus von Glevum, starb mit Constans auf dem Schlachtfeld, wohingegen Saulas Freund, Lucius Brigionis, nach wie vor in Eurer kaiserlichen Garde dient.

Ich schließe Euch in all meine Gebete ein,

Eure getreue Ursula.»

X Die Heerführerinnen der Ersten Athene hielten in Mogontiacum regelmäßig Besprechungen mit den alemannischen Stammesoberhäuptern ab. Trotz der zahlreichen leer stehenden Räume in den Offiziersgebäuden der Garnison fanden diese Besprechungen immer im Augustus-Saal mit den imposanten Säulen und dem riesigen runden Eichentisch statt. Die Berichte über die Schandtaten von Mundzuk und seiner nahenden Hunnenhorde wurden jedes Mal grausamer. «Den Anführern soll es Spaß machen, ihren Opfern bei lebendigem Leibe die Haut abzuziehen und sie anschließend zu verbrennen», erzählte bei einer dieser Besprechungen ein gewisser Gundericus, das Oberhaupt der Vandalen, bei denen es sich um ein besonders unstetes, kriegerisches Volk handelte, dessen Treueid Rom gegenüber fast genauso unerschütterlich war wie ihre Neigung, das Reich anzugreifen. Doch derzeit hofften sie ebenso wie die Alemannen auf die Unterstützung Roms gegen die grausamen Hunnen. Gundericus fuhr in finsterem Ton fort. «Während die unglücklichen Seelen noch atmen, reißen sie ihnen mit bloßen Händen die Eingeweide heraus und essen sie dann auf.»

Nach dieser Schilderung musste sich ein jüngerer alemannischer Prinz zurückziehen. Kaum hatte er den Saal verlassen, hörte man ihn würgen.

«Was mich besonders beunruhigt, ist die Größe von Mundzuks Horde», sagte der stattliche Luethari. «Sie marschieren und kämpfen in einer riesigen Einheit von über dreißigtausend Mann, statt sich wie die germanischen Stämme in kleinere Einheiten aufzuspalten. Wenn sie angreifen, kann niemand sie aufhalten.»

Ursula und Rusticus suchten vergeblich nach Worten, mit denen sie die düstere Stimmung im Augustus-Saal, aufhellen konnten. Diesmal blieb sogar die unerschrockene Pinnosa stumm.

Stattdessen meldete sich Gundericus wieder zu Wort. «Wie Ihr alle wisst, überwachen unsere Späher den Limes ...» Pinnosa unterbrach ihn mit einem spöttischen «Haha!». Jeder hier wusste, was das zu bedeuten hatte: *Ihr meint wohl, Ihr haltet nach günstigen Gelegenheiten zum Plündern Ausschau!* Gundericus warf einen unsicheren Blick in die Runde, ehe er seine Ausführungen fortsetzte. «Wir wissen, dass die verlassenen Befestigungsanlagen und der breite, gerodete Streifen entlang dem Limes die Hunnen auf direktem Weg an den Rhenus führen.» Er schaute Ursula herausfordernd an. «Wie man hört, werden sie angelockt von der Aussicht auf eine Schlacht gegen die berühmten Kriegerinnen.»

Ursula fühlte sich ausgesprochen unbehaglich. Die Alemannen waren heute besonders nervös und feindselig, und nun war es auch noch an ihr, Bericht zu erstatten. Die Stammesoberhäupter starrten sie angriffslustig an. Von dem Respekt, den sie ihr sonst entgegenbrachten, war nichts mehr zu spüren.

Sie hatte vorgehabt, über die Rückkehr eines Kontingents der Ersten Athene in die Heimat zum Zwecke der Verstärkung der britannischen Verteidigung zu berichten. Überdies sollte sie die Alemannen darüber informieren, dass die verbliebenden Legionäre aus den Garnisonen von Colonia und Mogontiacum in Kürze nach Arelate marschieren und erst im Herbst zurückkehren würden.

«Liebe Freunde, Verbündete und verehrte Gäste ...»

Dazu ist jetzt nicht der richtige Zeitpunkt, dachte sie, als sie ihre Gesichter sah. *Ich fasse mich besser kurz.* «Ich möchte Euch heute mitteilen, dass einige unserer Patrouillen am Limes vorübergehend eingeschränkt und Einheiten der Ersten Athene und der Garnison von Colonia andernorts eingesetzt werden.» Die alemannischen Stammesoberhäupter fingen erregt an zu tuscheln. Pinnosa mahnte sie zur Ruhe.

«Daher müsst Ihr Alemannen in den Sommermonaten gemeinsam mit den Franken eine größere Verantwortung an der Grenze übernehmen. Dazu gehören auch Grenzpatrouillen, die …»

«… die vermutlich als Erste mit Mundzuk zusammenstoßen werden!», rief eines der Stammesoberhäupter namens Botilin. Der kräftige Mann mit dem dichten Bart und einem Gesicht, das an einen knorrigen Baumstamm erinnerte, stand auf und schlug mit seiner Peitsche auf den Tisch der römischen Delegation. «Wir, die Alemannen, sind die besten Kämpfer der Welt! Aber wir kämpfen in kleinen, beweglichen Einheiten von tausend Mann.» Er spähte zu Ursula, Pinnosa, Saula und Viventia hinüber. «Wie könnt Ihr, unsere geschätzten römischen Kriegerinnen, glauben, wir seien in der Lage, das mörderische Ungeheuer mit den dreißigtausend Köpfen aufzuhalten, wo es doch sogar die grimmigsten Kämpfer zermalmt wie ein Bär eine lästige Mücke?»

Pinnosa murmelte Ursula ins Ohr, man müsse einen Aufstand im Keim ersticken, sprang auf und zog ihr Schwert. «Es reicht!», rief sie, wobei sie die Schnur von Botilins Peitsche blitzschnell durchschlug. Die Alemannen brachen in lautstarken Protest aus. «Ruhe!» Pinnosas schriller Schrei ließ die aufgebrachten Männer verstummen. Keiner hielt ihrem wütenden Blick stand.

«Ihr greift nicht ein Ungeheuer mit dreißigtausend Köpfen an», fuhr sie in ruhigem Ton fort. «Ihr beobachtet es genau … erforscht seine Gewohnheiten. Auf diese Weise entdeckt Ihr seine Schwachpunkte und findet heraus, wie Ihr es besiegen könnt.»

Die Stammesoberhäupter wechselten amüsierte Blicke und kommentierten Pinnosas Vorschlag mit spöttischen Bemerkungen.

Doch die Heerführerin war noch nicht fertig. Sie trat vor Botilin hin und drehte ihr Schwert um, sodass sie die Spitze der Klinge in der Hand hielt. Anschließend kniete sie vor ihm nieder und reichte ihm den Griff. Dabei sagte sie in beinahe ehrerbietigem Ton: «Wir, die Kriegerinnen der Ersten Athene, werden Euch dabei unterstützen, Mundzuks Horde auszuforschen. Wir werden gemeinsam mit Euch einen Plan entwerfen, mit dessen Hilfe wir die Hunnen besiegen und Mundzuk gefangen nehmen oder töten können!» Nachdem sie geendet hatte, drückte sie Botilin den Griff des Schwertes in die Hand und bot ihm auf diese Weise Frieden an.

Das Stammesoberhaupt warf einen unsicheren Blick in die Runde und nahm das Geschenk mit einer huldvoll gemeinten Verneigung an.

Von da an verlief die Besprechung einigermaßen sachlich.

Als die römischen Delegierten später zur Garnison zurückkehrten, warnte Rusticus Ursula und Pinnosa davor, den Alemannen und Franken zu viel Vertrauen zu schenken. «Sie könnten ihr umherziehendes Leben so schnell wieder aufnehmen, wie sie es aufgegeben haben. Als sie zustimmten, für Rom zu kämpfen, dachten sie, sie bräuchten nur ihresgleichen abzuwehren. Rechnet nicht damit, dass unsere germanischen Verbündeten Euch zur Seite stehen, wenn die Hunnen hier eintreffen. Denn wenn die Hunnen römische Beute jagen, ist es in den Augen der Germanen die Aufgabe der Römer, damit fertig zu werden. Ich gebe Euch einen guten Rat: Sollte es dazu kommen, müsst Ihr Euch mit der Ersten Athene in die Festung von Mogontiacum oder hinter die Stadtmauern von Colonia zurückziehen. Dann könnt Ihr nur noch hoffen, dass das Ungeheuer mit den dreißigtausend Köpfen schnell die Lust daran verliert, mit dem Vogel im Käfig zu spielen, wenn er ihm seine Krallen nicht zeigen kann, und auf der Suche nach leichterer Beute weiterzieht.»

«Vergesst nicht, Rusticus», erwiderte Ursula mit einem Augenzwinkern, «dass wir Vögel auch Krallen haben!»

XI

Am nächsten Morgen brach Rusticus in aller Frühe nach Treveris auf, wo er sich mit Jovinus treffen wollte. Das neue Heer, das der Prinz ausgehoben hatte, um Konstantin im Süden zu unterstützen, brauchte seine Übersetzungskünste dringender als Ursula. Als Rusticus aus seiner Kammer trat, trug er einen roten Umhang und einen leuchtend grünen Hut, der mit langen, orangefarbenen Federn geschmückt war – als wollte er auf Fasanenjagd gehen und nicht auf einen Feldzug.

Die Heerführerinnen verfolgten betrübt, wie er seinen

massigen Körper mit Hilfe eines Dieners mühsam in den Sattel hievte. Ursula spürte Panik in sich aufsteigen, fast wie ein Kind, das begriff, dass der Vater in den Krieg zog und vielleicht nie mehr zurückkehren würde.

«Passt gut auf Euch auf, Rusticus!», rief sie ihm zu, als er die Zügel ergriff. Er reichte ihr die Hand, doch anstatt sie zu drücken, küsste Ursula sie. «Richtet Jovinus Grüße von uns aus. Möge der Mut ihn nicht verlassen.»

«Und falls Ihr Gerontius unterwegs zufällig trefft», fügte Pinnosa scherzhaft hinzu, als sie Rusticus' mit zahlreichen Ringen geschmückte Hand ebenfalls küsste, «seid so gut und schneidet ihm stellvertretend für mich die Kehle durch. Aber vergesst nicht, ihm vorher etwas auszurichten.»

«Und wie lautet die Botschaft?»

«Dies ist der Dorn einer jungen britannischen Rose.»

«Weiß er, was das bedeutet?»

«O ja! Es wird ihn an etwas erinnern, woran er lieber nicht erinnert werden will. Und hoffentlich trägt es zu den Qualen bei, die er in der Hölle erleiden wird.»

Saula trat vor, um Rusticus' Hand zu küssen und sagte: «Wenn Ihr Konstantin seht, richtet ihm bitte aus, dass die Erste Athene jederzeit bereitsteht, um den großen Feldzug fortzusetzen. Wir warten nur auf ein Zeichen von ihm.»

«Keine Sorge, Saula. Wir werden die jungen britannischen Krieger und Kriegerinnen bald zur großen Hochzeitsfeier zusammenführen.» Rusticus schaute lächelnd auf die Vorhut, die zu Ehren seines Abschieds angetreten war. Der Anblick rührte ihn.

Mit einem tiefen Seufzer wandte er sich wieder den

Heerführerinnen zu, die sich wie Kinder um sein Pferd scharten. «Es war für mich eine Ehre und eine Auszeichnung, in den letzten eineinhalb Jahren mit Euch zusammenzuarbeiten. Ihr habt mir nicht nur gezeigt, wozu Frauen fähig sind, sondern auch, dass man nicht verzweifeln sollte, selbst wenn alle Hoffnung verloren scheint.» Sein Blick wanderte von einer Frau zur anderen. «Ihr habt mich vieles gelehrt, und ich liebe Euch alle von ganzem Herzen.»

Die Frauen waren den Tränen nahe. Selbst Pinnosa konnte ihre Rührung nicht verbergen.

«Ihr müsst mir eines versprechen», fügte er mit einem schelmischen Grinsen hinzu. «Eines Tages, wenn diese Unruhen vorbei sind, müsst Ihr alle mit mir in die Aquae Matticae zurückkehren und unsere kurze Rast, die so jäh unterbrochen wurde, fortsetzen.»

«Das versprechen wir, lieber Rusticus!», sagte Ursula feierlich. «Im Namen der Ersten Athene gelobe ich es! Nun macht Euch auf den Weg. Und gehabt Euch wohl in Gallien!»

Rusticus ritt langsam davon, doch nach ein paar Metern drehte er sich noch einmal um und rief: «Macht Euch keine Sorgen um mich! Meine Tante Thebis stammte aus Südgallien und …»

«Wir sind im Bilde!», unterbrach Ursula ihn. «Ihr habt sie sehr geliebt, und sie lehrte Euch ihre Sprache», schrien alle im Chor.

XII

«Oh, seht euch nur diese winzigen Finger an», trällerte Saula, die sich über Cordulas Sohn beugte, «und die vielen dunklen Haare!»

«Was für ein niedlicher Kerl», säuselte Martha. Die Freundinnen aus Corinium drängten sich mit Faustina und Viventia sowie einigen Offizieren um den Weidenkorb, den Cordula im Raum der Befehlshaberinnen in der Garnison von Colonia auf einen Tisch gestellt hatte, damit alle den Säugling bewundern konnten.

«Du kannst deinen Vater aber wirklich nicht verleugnen, du süßer kleiner Knirps», lachte Saula, während sie das Bäuchlein des Neugeborenen kitzelte.

Nach einer Weile nahm Ursula Pinnosa beiseite, um die anderen nicht bei ihrem unschuldigen Vergnügen zu stören. Es war bereits Mitte August, doch die für den Juli vorgesehenen Patrouillen hatten noch nicht vollständig durchgeführt werden können. Pinnosas Trupp war gerade erst zurückgekehrt, und dies war die erste Möglichkeit für Ursula, unter vier Augen mit ihr zu sprechen.

«Ich bin so froh, dich zu sehen», sagte sie leise. «Ich habe mir schon Sorgen gemacht.»

«Es gab Ärger mit einer Einheit der Vandalen. Wir mussten weiter östlich patrouillieren als gewöhnlich …»

«Weiter östlich am Limes? Gab es Anzeichen für …»

«Nein, nichts. Von der Horde gibt es bisher nichts als Unmengen von Gerüchten. Aber ich war wohl nicht die Einzige, die Probleme hatte. Was hat es mit deinem Abstecher nach Mogontiacum auf sich, von dem ich hörte?»

«Neuigkeiten verbreiten sich hier wie ein Lauffeuer, nicht wahr?» Ursula runzelte die Stirn. «Es ging um die

Alemannen. Je mehr Gerüchte über Du-weißt-schon-wen in Umlauf geraten, desto unruhiger werden sie. Sie haben wieder gedroht, in Gallien einzumarschieren, und bestanden darauf, mit mir persönlich zu sprechen. Ich muss sie andauernd beruhigen. Sie können gar nicht genug davon kriegen.»

«Zumindest erkennen sie deine Autorität an.»

«Das ist ein schwacher Trost. Uns bereitet nicht nur die Verzögerung bei den Patrouillen Probleme. Martha und Faustina mussten nach Treveris ziehen, um die stehenden Garden zu unterstützen; nach Jovinus' Marsch gen Süden standen sie kurz vor der Auflösung.» Ursula schaute Pinnosa besorgt an. «Was meinst du? Werden unsere Truppen nicht viel zu stark gefordert? Wir sollen immer mehr Aufgaben übernehmen, immer mehr Gebiete überwachen …»

«Ich halte die Alemannen für unser größtes Problem. Konstantin hatte Recht mit seiner bösen Vorahnung. Man kann kaum sagen, was mehr Unbehagen bereitet: die Alemannen als unsere ‹Wächter› oder diejenigen, die sie ‹bewachen›. Manchmal glaube ich, unsere Aufgaben wären ohne sie leichter zu bewältigen.»

«Und worin bestehen unsere Aufgaben genau? Ich weiß es nicht mehr. Manchmal glaube ich …» Ursula hielt mitten im Satz inne. Ihre Freundinnen waren verstummt und lauschten gebannt dem Gespräch der beiden Befehlshaberinnen.

«Nun, unsere Aufgabe ist es, dieses Gebiet und seine Bewohner, ob Christen oder Barbaren, vor den Hunnen zu beschützen», mischte sich Brittola ein. «Mundzuk und seine Horde sind die schlimmsten Ungeheuer auf Gottes

Erden! Sie tun alles, um ihre Lust am Plündern zu stillen.»

«Genau!», rief Faustina. «Sie ziehen am Limes entlang und plündern, wie es ihnen gefällt. Im Frühjahr sollen sie viele Anwesen in Noricum verwüstet haben, ein Gebiet, das weder von Honorius noch von Konstantin überwacht wird. Dort gibt es niemanden, der den Menschen helfen könnte. Aber hier gibt es jemanden – uns!»

«Du sagst so einfach ‹verwüstet›, als hätte das nichts weiter zu bedeuten!», ereiferte sich Brittola. «Weißt du eigentlich, was sie den Menschen antun? Ich habe gehört …»

«Kommt, hört auf!» Ursula stellte sich neben Brittola und legte einen Arm um ihre Schultern. «Nicht vor dem Kleinen, bitte.» Sie drehte sich zu Cordula um und fragte: «Wie wollt ihr ihn eigentlich nennen?», fragte sie. «Werdet ihr ihm den Namen von Morgans Vater geben?»

«Nein, wir haben uns dagegen entschieden.» Die junge Mutter sah prächtig aus – wie eine Rose in voller Blüte. Sie trug eine einfache braune Tunika, die einen starken Kontrast zu Ursulas hübsch verzierter, schneeweißer Robe bildete. «Wir möchten ihm einen Namen geben, der für einen Neubeginn steht – den Beginn einer neuen Welt.» Cordula nahm den Säugling auf den Arm. Der Kleine riss die Augen auf und musterte die Frau in der weißen Tracht neugierig. «Sein Vater hat ihn noch nie gesehen. Wie kann er einen Namen für ein Kind auswählen, das er nicht kennt? Wenn er …»

«Eure Hoheit! Meine Damen! Ich bringe schlimme Nachrichten!»

Als die Frauen die vertraute Stimme hörten, wirbelten sie herum. Vor ihnen stand Morgan, der Vater des Neugeborenen – in einer Mönchskutte. Blankes Entsetzen machte sich breit. Es musste etwas Ungeheuerliches geschehen sein.

Ursula ging auf den Kurier zu. «Morgan. Wir haben gerade Euren Sohn bewundert.» Sie gab Cordula ein Zeichen, dass sie näher treten und ihren Mann begrüßen möge.

Morgan betrachtete seine Frau und seinen Sohn mit einem Ausdruck der Verwunderung. Er wollte Mutter und Kind soeben in die Arme schließen, als er sich an die Last seiner Pflicht erinnerte. Seine bebenden Hände verharrten in der Luft. Der magische Augenblick war verstrichen, und Cordula starrte ihren Gatten bestürzt an.

«Konstantin ist tot!», platzte es aus Morgan heraus. «Sie sind *alle* tot, – oder schlimmer noch … viele sind zum Feind übergelaufen.»

XIII

Morgan war mit seinen Kräften am Ende. Er war tagelang fast ununterbrochen geritten, weil er seine Schreckensbotschaft schnellstens überbringen wollte. Cordula saß mit dem Kind neben ihm auf einer Bank, die anderen hockten zu ihren Füßen auf dem Boden. Ursula und Pinnosa standen am Fenster und blickten auf den Paradeplatz, während sie dem erschütternden Bericht des Kuriers lauschten. Ein spätsommerlicher Regenschauer prasselte auf die trockene graue Erde nieder.

«Wie Ihr alle wisst, hatte Honorius nach dem frühen Tod von Alarich eine Glückssträhne. Plötzlich kontrollierte er wieder ganz Norditalien und verfügte über eine Streitkraft von zehntausend gut ausgerüsteten und gedrillten römischen Legionären. Die Hälfte von ihnen war eine Leihgabe aus Constantinopolis und stand unter dem Befehl von Constantius, einem äußerst fähigen, rücksichtslosen Befehlshaber, der von Freund und Feind nur Eisenfaust genannt wurde. Und dieser Eisenfaust war bereit, die Widersacher seines Herrn zu vernichten.

Da waren zum einen die Goten, doch die hatte der Tod ihres Anführers so schwer getroffen, dass sie im fernen Süden Italiens, wo sie keine unmittelbare Gefahr darstellten, in Schach gehalten werden konnten. Wir hingegen schienen kurz davor zu sein, neue Truppen auszuheben, nachdem uns die von Honorius eingefädelten Zermürbungsgefechte zwischenzeitlich geschwächt hatten. Honorius fürchtete vor allem, wir könnten durch das starke Frauenheer am Rhenus Verstärkung erfahren, und dann würde Konstantin unter dem Vorwand, die Goten angreifen zu wollen, einen erneuten Vorstoß nach Italien wagen.

Daher befahl Honorius Eisenfaust und dem neuerlich gebildeten italienischen Feldheer, die Alpen zu überqueren und Gallien zurückzuerobern. Er rechnete wohl insgeheim damit, dass die Ankunft des italienischen Heeres unsere Krieger dazu bringen würde, sich von Konstantin loszusagen und den Feldzug gegen die Goten zu unterstützen. Wie sehr er die britannische Treue und Entschlossenheit doch unterschätzte – so dachten wir jedenfalls!

Ohne jegliche Vorwarnung marschierte Eisenfaust über die Alpen und direkt auf Arelate zu. Wir hatten gerade fünftausend unserer Männer versammelt und versuchten, Gerontius' Streitkraft in die Flucht zu schlagen, als wir plötzlich vollkommen unerwartet der Streitkraft aus Italien gegenüberstanden. Der dämliche Gerontius glaubte, Eisenfaust sei gekommen, um unsere Truppen zu unterstützen, und ergriff die Flucht. Dadurch überließ er seine Marionette, Kaiser Maximus, und die dem Römischen Reich angegliederten germanischen Stämme, die in ihrer Verwirrung nicht mehr wussten, wem sie die Treue halten sollten, ihrem Schicksal.

Inmitten dieses Chaos holte Eisenfaust Gerontius ein und setzte ihn in einer kleinen Festung zu Füßen der Pyrenäen fest, wo der feige Hund Selbstmord beging, anstatt der Gerechtigkeit ins Auge zu blicken. Die restlichen Legionäre aus Gerontius' Streitkraft schlossen sich den Italienern an und marschierten mit ihnen nach Arelate zurück, um uns zur Schlacht herauszufordern.

Inzwischen waren wir in arge Bedrängnis geraten. Während wir zu Felde gezogen waren, hatte der kaiserliche Hof in Arelate, ermutigt durch die überraschende Ankunft der beträchtlichen Streitkraft aus Italien, beschlossen, dem ‹wahren› Kaiser Honorius seine Treue zu erweisen und dem vermeintlichen Thronräuber die Rückkehr in die Stadt zu verweigern. So standen unsere fünftausend erschöpften, hungrigen Krieger vor verschlossenen Toren und sahen sich einer Streitkraft von zehntausend ausgeruhten italienischen Legionären gegenüber, die zudem von dreitausend Verrätern unterstützt wurde.

Die Schlacht dauerte kaum eine Stunde, und nur für wenige britannische Divisionen kam es tatsächlich zum Kampf. Ich stand gerade neben Konstantin, als eine ganze Kohorte ihre Standarte niederwarf und zum Feind überlief – so unverfroren war ihr Verrat!» Morgan stieß einen herzzerreißenden Seufzer aus und rang einen Moment um Fassung, bevor er fortfuhr. «Der Kampfgeist unserer Krieger war seit der schicksalhaften Entscheidung, nach Süden zu marschieren und den Hof in Arelate zu unterstützen, geschwächt ... Und Constans' Niederlage im letzten Jahr hatte tief gehende Zweifel an unserer Mission ausgelöst.

Als Konstantin sah, woher der Wind wehte, erteilte er seinen letzten Befehl. Ich war wieder an seiner Seite, deshalb kann ich Wort für Wort wiederholen, was er sagte: ‹Mutige, treue Krieger Britanniens! Wir müssen uns eingestehen, dass der Kampf verloren ist und alles, worum wir uns in den letzten Jahren bemüht haben, in diesem Augenblick vernichtet wird. Wir haben keine andere Möglichkeit, als von diesem Schlachtfeld unserer zerstörten Träume zu fliehen und uns in einem längst vergessenen Land, das wir einst stolz unsere Heimat nannten, wieder zu treffen. Ich habe an diesem Tag, da Gott uns verlassen hat, keine andere Wahl, als den feigsten aller Befehle zu erteilen: Flieht! Versucht zu entkommen! Bleibt auf gar keinen Fall in größeren Gruppen zusammen, denn sonst könntet ihr leicht verfolgt und vernichtet werden. Vereint euch nicht, bis eine sichere Entfernung zwischen euch und diesem elenden Ort liegt. Und dann marschiert nach Britannien. Mit Gottes Hilfe und mit Unterstützung unserer mutigen Kriegerinnen der Ersten und Zweiten Athene können wir vielleicht auf heimatlichem Boden ein neues Heer aufstellen. Lauft! Schnell!›»

Morgan schluchzte. Cordula legte ihm einen Arm um die Schulter und ermunterte ihn weiterzusprechen. «Es ... es war zu spät. Wir wurden Opfer unseres dummen Stolzes; die Entscheidung zur Flucht hätte viel früher getroffen werden müssen. Der Feind war schon zu nah … und wir waren zu schwach. Die meisten Offiziere konnten nicht einmal mehr das Schlachtfeld verlassen, bevor sie gefangen genommen und enthauptet wurden. Die wenigen, denen die Flucht gelang, kamen nicht weit und wurden ebenfalls sofort getötet.

Konstantin und ich schafften es, vom Schlachtfeld zu fliehen und uns – mit zwanzig italienischen Reitern auf den Fersen – in ein dicht bewaldetes Tal zu schlagen. Zufällig lag ein kleines, abgelegenes Kloster auf unserem Weg. Dort suchten wir Zuflucht und verkleideten uns als Priester … Eure Hoheit?»

«Ja?» Ursula hob den Blick. Sie schien um Jahre gealtert zu sein und sah in ihrer weißen Uniform eher wie eine Tempelpriesterin als wie eine Heerführerin aus.

«Obwohl der Feind so nah war, dass wir sein Geschrei und seine Hornstöße hören konnten, kniete sich Konstantin, unser Kaiser, vor dem Altar in der winzigen Kapelle nieder und sprach mit lauter Stimme ein Gebet. ‹O heiliger Vater, einige Menschen werden sagen, falsches Vertrauen habe mich an diesen Ort geführt. Andere werden sagen, es sei das Schicksal gewesen. Aber Du, Vater, weißt, dass mich weder das eine noch das andere hierher geführt hat, sondern allein meine *Pflicht.* Außer Dir, Vater, und meinem teuren Constans kann nur Ursula ermessen, was das wirklich bedeutet …›» Morgan unterbrach seinen Bericht und fragte die Prinzessin: «Versteht Ihr, was er damit gemeint hat, Hoheit?»

«Ja.» Alle Augen waren auf die oberste Heerführerin gerichtet, doch sie sagte nur: «Danke, dass Ihr die Worte so getreu wiederholt habt. Und nun fahrt bitte fort.»

«Viel mehr gibt es nicht zu berichten. Am nächsten Morgen ritten wir nebeneinander über einen schmalen Pfad nach Norden, als wir plötzlich die Signalhörner unserer Verfolger hinter uns hörten. ‹Verschwindet! Schnell!›, rief er mir zu. ‹Ursula und die anderen müssen von unserem Ende erfahren. Um Gottes willen, beeilt Euch!›

Ich gehorchte, doch auf dem nächsten Hügel blieb ich stehen und warf einen Blick zurück. Natürlich hatten uns unsere Pferde verraten. Priester reiten keine Streitrösser. Der Suchtrupp galoppierte mit gezogenen Schwertern auf ihn zu. Konstantin stieß einen grellen Schrei aus und reckte ihnen sein Schwert entgegen.»

Morgan hielt inne, um Kraft für die nächsten Worte zu schöpfen.

«Er starb, wie er lebte – kampfbereit und unerschrocken!»

XIV

«Ursula!», rief Pinnosa vom Gang aus in den Versammlungsraum der Befehlshaberinnen, wo Ursula und Brittola an einem Tisch saßen und Oleander in einer Nische am Fenster nähte. Am Tag zuvor hatten sie die Schreckensnachricht erhalten, und die anderen Befehlshaberinnen verbrachten den Nachmittag – wie von Ursula angeordnet – in den Bädern mit Reinigungsritualen zum Gedenken der Toten. «Hier ist ein alemannisches Mädchen, das du empfangen solltest. Sie stand mit den anderen Frauen am Tor und hat so einen Wirbel veranstaltet, als ihr der Zutritt verweigert wurde, dass man mich rief. Nachdem ich ihre Geschichte gehört habe, bin ich der Meinung, du solltest sie dir ebenfalls anhören.»

Seit die Erste Athene in den Kasernen von Colonia Quartier bezogen hatte, wurden die Frauen von zwei unerwünschten Gruppen belästigt: den Gaffern, wie Ursula sie nannte, und den Freiwilligen. Mit dem Problem der Gaffer hatten sie schon in Britannien zu kämpfen gehabt, weshalb die Kriegerinnen eigens darin unterrichtet wurden, wie sie große Gruppen von Schaulustigen geflissentlich übersahen. Hier in Colonia hatte sich das Problem noch verschärft. Sobald die Frauen das Kasernengebäude verließen, wurden sie von Anhängern umringt, die sie segnen wollten. Andere boten ihnen Münzen für ihre Umhänge, Schwerter oder Federbüsche an. Ein paar Dutzend Kriegerinnen waren der Verführung erlegen, auf diese Weise persönlichen Nutzen vom Ruhm der Ersten Athene zu ziehen, weshalb man sie mit Julias Truppe nach Britannien zurückgeschickt hatte. Als Cordula das Feldzeuglager übernahm, hörte sie Geschichten über ganze Gruppen von Frauen – vor allem aus Londinium –, die für viel Silber und sogar Gold Federbüsche in den vier Farben der Legion verkauft hatten.

Das zweite große Problem war der endlose Strom von Frauen, die sich vor den Kasernentoren scharten und der Ersten Athene beitreten wollten. Oft waren es blutjunge Dinger, es kamen aber auch Frauen in den besten Jahren und Alte, die größtenteils so aussahen, als hätten sie allen Grund, ihr Leben der Kriegsführung widmen zu wollen.

Ursula verwehrte beiden Gruppen gleichermaßen den Zutritt zu den Kasernen und erteilte den Wachmannschaften der Garnison den Auftrag, sie zu vertreiben. Die

Gaffer waren einfach eine Plage, die Freiwilligen hingegen konnten mitunter ein wahres Kreuz sein. Einige drohten sogar mit Selbstmord, falls man ihnen den Beitritt in die Legion verweigerte. Deshalb suchte Ursula die Wachmannschaften für die Tore sorgfältig aus. Nur diejenigen, die über genügend Charakterstärke verfügten, um sich von den Tricks und oftmals dramatischen Geschichten nicht beeindrucken zu lassen, durften den Dienst verrichten. Dank dieser Taktik war es bisher noch niemandem gelungen, die Sperren zu durchbrechen, und es war auch noch nie zu einem Tumult in den angrenzenden Straßen gekommen.

Pinnosas Bitte stellte die erste Ausnahme von dieser Verfahrensweise dar, und Ursula wusste, dass ihre Freundin einen guten Grund dafür haben musste. «Einverstanden», sagte sie mit gerunzelter Stirn. «Bring sie herein.»

Ein junges Mädchen von vielleicht siebzehn Jahren betrat den Raum. Es trug sein Haar wie die meisten Frauen ostalemannischer Stämme hochgesteckt. Cunoarda, eine sprachbegabte Kriegerin der Ersten Athene in der orangefarbenden Uniform aus Londinium, begleitete sie, um zu übersetzen. Die römischen Kriegerinnen schüchterten das alemannische Mädchen sichtlich ein, es schien aber auch Schmerzen zu haben. Seinen Schritten haftete eine schaurige Steifheit an, und als es sich verbeugte, verzog es unwillkürlich das Gesicht. Brittola rückte eine Bank heran und bedeutete der Fremden, Platz zu nehmen.

Es dauerte eine ganze Weile, bis das junge Mädchen seine schrecklichen Erlebnisse geschildert und seine Bitte vorgetragen hatte. Nach dem Ende des Berichtes wusste Ursula nicht, was stärkeren Eindruck auf sie gemacht hatte, die Geschichte an sich oder die leidenschaftliche Art des Vortrags.

Da sie den Namen des Mädchens nicht aussprechen konnten, er in ihrer Sprache aber Speise der Götter bedeutete, beschlossen sie, es Ambrosia zu nennen. Ambrosia hatte sich mit ihrer Familie in einem Lager in der Nähe des Limes, etwa drei Tagesritte von Mogontiacum entfernt, aufgehalten, als sie vollkommen unvorbereitet von Mundzuks Horde angegriffen worden waren. Alle männlichen Stammesangehörigen wurden auf der Stelle ermordet, Ambrosia, ihre Mutter und ihre beiden Schwestern gefangen genommen und zum Lager der Hunnen gebracht, wo man sie den Kriegsherren als Spielzeug anbot.

Ambrosia fiel es sichtlich schwer, über ihre Erlebnisse zu sprechen. Wenn die Erinnerung an die erlittenen Grausamkeiten schier unerträglich wurde, brach sie in lautes Schluchzen aus. Dann trösteten Pinnosa oder Brittola sie, bis sie sich ein wenig gefasst hatte.

Ambrosia und ihre Schwestern hatten zusehen müssen, wie ihre Mutter von den Kriegsherren mit den hässlichen Köpfen der Reihe nach vergewaltigt wurde. Anschließend waren sie selbst dran. Als die Mädchen versuchten, sich der Vergewaltigung zu widersetzen, folterten die widerwärtigen Trunkenbolde sie.

An dieser Stelle des Berichtes zog Ambrosia ihre Tunika hoch und zeigte den Frauen die Wunden auf ihrem Rücken und an ihren Beinen, von denen einige so tief waren, dass sie wahrscheinlich nie mehr heilen würden.

Ambrosia und ihre jüngere Schwester, ein besonders zartes Kind, wurden für Mundzuk gefügig gemacht. Als er sich später zu der Orgie gesellte, spürte Ambrosia, dass er sogar in seinem eigenen Stamm Angst und Schrecken verbreitete. Mit seiner teuflischen Ausstrahlung übte er eine ungeheure Macht aus, wobei seine tief liegenden Augen mit den dicken Lidern besonders einschüchternd wirkten.

Das Stammesoberhaupt hielt sich nicht lange bei den anderen auf, aß nur schnell etwas von dem stinkenden Dörrfleisch und trank alemannisches Bier, das sie an dem Tag erbeutet hatten. Anschließend packte er Ambrosia und ihre Schwester und zerrte sie in sein Zelt, das etwas abseits stand. Dort stieß er Ambrosias Schwester in eine Ecke, vermutlich, um sie sich für später aufzusparen, nachdem er sich mit Ambrosia «vergnügt» hatte. Dann nahm er sichtlich entzückt einen Behälter mit heißem Öl vom Feuer und goss es auf Ambrosias offene Wunden. Später konnte sie sich erinnern, dass sie wie am Spieß geschrien hatte. Doch die Schmerzen waren so unerträglich gewesen, dass sie bald die Besinnung verlor.

Als sie erwachte, lag sie mit ihrer toten Mutter und ihren toten Schwestern auf einem Haufen unweit des kleinen Flusses neben dem Hunnenlager. Offenbar entsorgten die Männer mit den hässlichen Köpfen die Leichen wie Speisereste, nachdem sie ihren Spaß gehabt hatten. Trotz der unvorstellbaren Schmerzen kroch Ambrosia zum Fluss. Als sie im Schilf ein altes, aber fahrtüchtiges Boot fand, glaubte sie, ein Gott, vielleicht der Gott der Rache, habe es dort für sie versteckt. Mit Müh und Not gelang es ihr, das Boot ins Wasser zu ziehen, ehe sie erneut bewusstlos wurde.

Ein Fischer und seine beiden Söhne aus Mogontiacum fanden sie, brachten sie in ihre Hütte und versorgten ihre

Wunden. Nach einer Woche konnte sie wieder laufen und machte sich sofort auf den Weg nach Colonia. Dort hoffte sie, die einzigen Menschen zu finden, die ihr helfen könnten, Rache zu üben: die Kriegerinnen der Ersten Athene. Wenn sie erst diesem Heer angehörte, das stark genug war, es mit den Hunnen aufzunehmen, würde derselbe Gott, der das kleine Boot für sie am Flussufer versteckt hatte, ihr vielleicht die Gelegenheit geben, Mundzuk einen Dolch ins Herz zu stoßen.

Ambrosia schloss ihren Bericht mit dem Schwur, Mundzuk zu töten, denn nur sein Tod würde die Auflösung der Hunnenhorde herbeiführen und der teuflischen Bedrohung, die sie verbreitete, ein Ende setzen.

Als Ambrosia verstummte, rief Ursula Oleander herbei und flüsterte ihr etwas ins Ohr, worauf die alte Dienerin den Raum verließ. Dann wandte Ursula sich wieder dem jungen alemannischen Mädchen zu. «Sagt ihr bitte, dass die Erste Athene ihr kaum helfen kann, weil …» – sie warf Pinnosa einen verlegenen Blick zu –, «weil wir im Begriff sind, in unsere Heimat im Westen zurückzuziehen.»

«Was?», rief Pinnosa mit weit aufgerissenen Augen.

Ursula hob die Hand und mahnte die Freundin zur Ruhe, damit die Botschaft übersetzt werden konnte.

Pinnosa schäumte vor Wut, denn Ursula hatte zuvor nicht mit ihr über diesen Beschluss gesprochen, stellte sie einfach vor vollendete Tatsachen.

Die Prinzessin ließ sich nicht beirren. «Und nun sagt ihr bitte, dass wir ihre Wunden hier bei uns …»

Ambrosia warf sich schreiend vor Ursulas Füßen zu Boden. «Sie sagt, wir dürfen nicht gehen», übersetzte Cunoarda hastig, während Brittola das hysterische Mädchen zurück auf die Bank zog. «Sie sagt, wir müssen bleiben und kämpfen. Sonst wird alle Frauen am Rhenus dasselbe Schicksal ereilen wie sie und ihre Schwestern, und alle Männer werden sterben.»

Ursula wirkte angespannt, als sie sich Cunoarda zuwandte. «Jetzt richtet ihr bitte Folgendes aus: Erstens kann sie nicht in die Legion eintreten. Zweitens ist ihre Redezeit beendet. Drittens werden ihre Wunden in unserem Feldhospital behandelt.»

Ambrosia hörte nicht auf, zu jammern und zu betteln.

«Aber Hoheit …», widersprach Cunoarda, die Mitleid mit dem alemannischen Mädchen hatte.

«Ihr habt Eure Sache gut gemacht», unterbrach Ursula sie trocken. «Und jetzt geht.»

Cunoarda stand auf, ergriff Ambrosias Arm und zog sie hinter sich her. Bevor sie die Tür erreichten, kehrte Oleander mit Ursulas alter blauer Uniform aus Corinium zurück und reichte sie Ambrosia. Als das erstaunte Mädchen die Arme ausstreckte, damit die Dienerin ihr in den Umhang helfen konnte, wirbelte Cunoarda herum und schrie wütend:

«Nur weil die Männer tot sind und der große Feldzug ausfällt, heißt das noch lange nicht, dass es für die Kriegerinnen nichts mehr zu tun gibt! Unsere feigen Kameradinnen, die es vor Heimweh nicht mehr ausgehalten haben, sind im Mai nach Hause zurückgekehrt! Diejenigen, die hier geblieben sind, wollen gegen diesen Teufel kämpfen …» – sie zeigte auf Ambrosias Wunden – «und nicht vor ihm weglaufen!»

Pinnosa bedeutete Cunoarda zu schweigen. «Ihr habt Eure Meinung gesagt, und jetzt …»

Ambrosia fiel ihr mit leiser, freundlicher Stimme ins Wort.

Cunoarda musste sich zuerst beruhigen, ehe sie in der Lage war, die Botschaft zu übersetzen. «Sie bedankt sich für das Geschenk und sagt, es werde sie immer an uns erinnern. Außerdem sei es ein Beweis, dass sie die Begegnung mit uns nicht nur geträumt hat.» Die Kriegerin salutierte und führte Ambrosia hinaus.

Ursula wich den wütenden Blicken von Pinnosa und Brittola aus und stellte sich schweigend neben Oleander ans Fenster. Es war einer dieser Momente, in denen sie nachdachte und niemand sie stören durfte. Oleander musste insgeheim lächeln.

«Verzeiht, Herrin ...» Ursula drehte sich ungehalten zu ihrer Dienerin um, aber die ließ sich nicht einschüchtern. «Sollten wir nicht mit den Vorbereitungen beginnen, wenn wir aufbrechen wollen, bevor die Hunnen hier ankommen?»

«Halt den Mund!», herrschte Ursula sie an.

«Du hast Recht, Oleander», mischte sich Pinnosa ein. «Und zuerst sollten wir einmal über unseren Aufbruch *entscheiden.*»

Ursula funkelte ihre Freundin zornig an. Für Brittola war die offene Feindschaft zwischen den beiden Freundinnen unerträglich.

«Warum hast du gesagt, wir würden nach Britannien zurückkehren?», fragte sie ruhig. «Ist *das* jetzt Gottes Wille?»

Ursula seufzte. «Das hat nichts mit Gottes Willen zu tun. Es geht um die nackten Tatsachen. Diese Hunnen sind nicht die Feinde Britanniens oder der Ersten Athene. Wenn wir Gallien verlassen, werden sie es ebenfalls tun. Sollen sich doch unsere wahren Feinde – das Haus Theodosius, das die Hunnen aus der Wildnis gelockt hat, damit sie im römischen Grenzland ihr Unwesen treiben – mit ihnen herumschlagen.»

«Wenn wir jetzt aufbrechen», zischte Pinnosa, «werden alle sagen, wir wären wie Feiglinge davongelaufen und hätten unseren Schwur, Rom gegen die Barbaren zu verteidigen, gebrochen. Wenn wir die Menschen am Rhenus jetzt diesem gnadenlosen Mundzuk und seiner mörderischen Horde überlassen, gehen wir in Schande, und das Haus Theodosius trägt den Sieg über die britannischen Heere davon. Wenn wir jetzt aufbrechen und uns vor unserer Pflicht drücken, wird sich alles, was wir erreicht haben, und alles, wofür wir so hart gearbeitet haben, in nichts auflösen.»

Pinnosa, die ihre Wut nicht länger zügeln konnte, schlug so kräftig mit der Faust auf den Tisch, dass ein paar der in einer Obstschale aufgetürmten, frisch gepflückten Äpfel auf den Boden kullerten.

«Alles, wofür wir so hart gearbeitet haben, alles, was wir erreicht haben», wiederholte Ursula in zornigem, spöttischem Ton. «Das, wofür wir gearbeitet haben, ist nicht mehr da! Und wir haben *nichts* erreicht, gar nichts!»

Sie schlug ebenfalls mit der Faust auf den Tisch, woraufhin noch ein paar Äpfel auf den Boden fielen.

Die beiden Frauen beugten sich über den Tisch und beäugten einander feindselig, kaum eine Armlänge voneinander entfernt.

«Das ist nicht wahr, Ursula!», rief Brittola flehentlich. Wie immer, wenn sie Trost suchte oder aufgewühlt war, umklammerte sie ihr Kreuz. «Das ist einfach nicht wahr. Wir haben ein großartiges Frauenheer aufgestellt, das für Ordnung sorgt und für den Frieden kämpft. Darf ich euch als Befehlshaberinnen vorschlagen, erst einmal gründlich darüber nachzudenken, wo der beste Einsatzort für unser Heer ist? Ihr habt nun keine höhere Autorität mehr, an die ihr euch wenden könnt, als Gott allein. Darf ich euch daher bitten, vor der Entscheidung zu beten?»

Ursula und Pinnosa richteten sich seufzend auf und fingen an, hin und her zu laufen – Ursula vor dem Fenster, Pinnosa vor dem Feuer.

Ursula ergriff zuerst das Wort. Ihre Stimme klang schwach und brüchig. «Ich ... ich gebe zu, dass es so aussehen könnte, als hätten wir die Aufgabe ... hier zu bleiben ... diese Menschen zu beschützen ... und vielleicht sogar zu kämpfen... oder diesem Teufel, der immer näher rückt, Widerstand zu leisten. Doch ich spüre auch, dass wir eine größere Pflicht haben ... der Ersten Athene und den Frauen gegenüber ... jetzt, da Cons... – ich meine, da die Männer ...»

«*Vergiss die Männer!*», rief Pinnosa und machte ein paar Schritte auf Ursula zu. «Sie sind *tot*!»

Ursula zuckte zusammen, als hätten die Worte sie mitten ins Herz getroffen. Pinnosa, der das nicht entging, wiederholte die schrecklichen Worte, um ihre Freundin wachzurütteln. «Sie sind tot!» Dann lief sie um den Tisch herum und packte Ursula an den Schultern. «Und du wusstest schon vor ihrem Tod, dass der große Feldzug niemals stattfinden würde, nicht wahr?»

«Nein, ich ...» Ursula befreite sich aus der Umklammerung und wandte sich ab.

«Du wusstest, dass die Erste Athene ihre wahre Mission gefunden hatte, nämlich die Verteidigung des Grenzlands? Ist es nicht so?»

Ursula warf Brittola den verzweifelten Blick eines kleinen Kindes zu, das Angst hat, als Missetäter entlarvt zu werden. «Nun, ich …»

«Ist es nicht so?»

Jetzt schielte Ursula Hilfe suchend zu ihrer alten Dienerin hinüber, doch der hatte es die Sprache verschlagen. Mit aufgerissenem Mund verfolgte sie die Szene. «Ja», flüsterte Ursula schließlich.

«Und tief in deinem Herzen weißt du, was die Erste Athene tun muss. Habe ich Recht?», bohrte Pinnosa.

Ursula nickte.

«Dann sollten wir die anderen rufen und unser weiteres Vorgehen besprechen.» Pinnosa ging auf die Tür zu.

«Nein, warte. So einfach ist das nicht.» Ursula atmete tief ein. «Du denkst vielleicht, es liegt auf der Hand, was wir tun sollten, und ich …» – sie machte einen Schritt auf Pinnosa zu – «ich bin *vielleicht* derselben Meinung. Unter normalen Umständen würden wir das tun, was wir beide für richtig halten. Aber diesmal ist es etwas anderes.»

Pinnosa und Brittola lauschten verwirrt den Worten ihrer Freundin. «Diese Entscheidung können wir nicht allein treffen. Ich werde keine einzige Frau, die es vorzieht, nach Britannien zurückzukehren, zwingen, gegen die Hunnen zu kämpfen. Dieser Feind ist grausamer als alle Feinde, gegen die römische Heere je gekämpft haben. Ich gebe zu, dass ich Angst vor den Hunnen habe, große Angst. Die Erste Athene kann versuchen, sie zu bezwingen, doch es ist nicht ausgeschlossen, dass wir … unterliegen.»

Sie hielt inne, um den Freundinnen Gelegenheit zu geben, über ihre Worte nachzudenken. Dann fügte sie hinzu: «Ich werde nur ein Heer anführen, das mir freiwillig folgt und das genau weiß, wohin ich es führe.»

Ursula schaute auf den verlassenen Paradeplatz vor dem Haus. «Die Erste Athene hat in diesem Fall das Recht der freien Wahl. Jede einzelne Kriegerin, gleich welchen Ranges, soll frei über ihr Schicksal entscheiden. Wir werden sehen, ob die junge Frau aus Londinium Recht hatte, als sie sagte, die Kriegerinnen wollten gegen die Hunnen zu Felde ziehen.» Pinnosa und Brittola wechselten einen ratlosen Blick. Plötzlich fing Pinnosa langsam an zu nicken, und auf ihrem Gesicht breitete sich ein Lächeln aus.

«Und wenn sie der Mission gegen diesen ... diesen Mundzuk und seine Horde freiwillig zustimmen, hätte ich vielleicht auch schon eine Idee, wie wir es – möglicherweise – schaffen könnten, sie zu besiegen ...», sagte Ursula mit leiser Stimme, fast als spräche sie zu sich selbst. Dann verstummte sie, doch den anderen war klar, dass sie dabei war, eine neue, gewagte Strategie zu entwickeln.

Pinnosa gab Brittola zu verstehen, dass sie Ursula nun besser allein ließen, und führte sie hinaus.

XV

Am nächsten Tag rief Ursula die Offiziere kurz nach Sonnenaufgang in den Versammlungsraum und befahl ihnen, die gesamte Erste Athene beim Morgenläuten in Paradeuniform antreten zu lassen. Einige Reiterschwadronen waren jedoch bereits zu ihren Patrouillen aufgebrochen, daher konnte der Befehl erst nach dem Abendläuten ausgeführt werden.

Ein wenig verstimmt fand sich Ursula damit ab und nutzte die Zeit, um gemeinsam mit Brittola Berichte anzufertigen, die nach Britannien und an Jovinus geschickt werden sollten. Dessen Streitkraft befand sich in einer prekären Lage, da sie nun für Eisenfaust und sein italienisches Heer von größter Bedeutung war. Am Nachmittag gesellte sich Cordula zu den beiden Frauen, und sie sprachen über notwendige Beschaffungen, falls das Heer dem Feldzug zustimmte. Kurz bevor die Abendglocken läuteten, kam Martha und meldete, dass die Erste Athene angetreten sei.

«Endlich!», murmelte Ursula, während sie durch den langen Säulengang zur Eingangshalle schritt und den Sitz ihres mit einem Federbusch geschmückten Helms überprüfte. Als die Tür geöffnet wurde und sie über die Schwelle trat, stockte ihr der Atem.

Vor ihr auf dem Paradeplatz stand die gesamte Erste Athene in neuen weißen Uniformen, die in der späten Sommersonne glitzerten wie frisch geputztes Silber.

Ursula blieb einen Moment im Portikus stehen, um den ergreifenden Anblick in sich aufzunehmen. Die Trompeter spielten eine laute Fanfare, und die Legion nahm Haltung an. Alle elf Kohorten der Fußtruppen standen in geordneten Reihen vor ihr. Hinter ihnen hatten die Reiterschwadronen Aufstellung genommen. Jede Kohorte wurde von den Standartenträgern und den Offizieren angeführt. Zu Ursulas Linken stand die Vorhut der Reiterei mit Blick auf den Rest des Heeres. Die Reiterinnen hatten ihre Schwerter gezogen und drückten die Klingen feierlich auf ihre Brustharnische. Vor der Vorhut waren die Befehlshaberinnen der Ersten Athene angetreten.

Nur Pinnosa fehlte. Ursula bemerkte soeben ihre Abwesenheit, als eine zweite Fanfare erklang und sie am anderen Ende des Paradeplatzes auf dem Rücken von Artemis auftauchte. Sie saß stolz im Sattel und führte Lux am Zügel neben sich her. Auch sie trug eine schneeweiße Uniform. Ursula starrte sie verwundert an.

Auf dem Paradeplatz herrschte vollkommene Stille. Sogar das Zwitschern der Vögel war verstummt. Es hatte fast den Anschein, als würde in diesem bedeutenden Augenblick selbst die Zeit stillstehen.

Während Pinnosa langsam auf Ursula zuritt, stieg diese die Stufe hinunter. Nur das Klappern der Hufe auf den Steinen war zu hören.

Am Fuße der Treppe trafen die beiden Befehlshaberinnen aufeinander, und Pinnosa reichte Ursula die Zügel der grauen Stute.

Nachdem die Prinzessin aufgestiegen war, ritten sie an den elf Kohorten vorbei um den Paradeplatz herum. Die Anführerinnen der einzelnen Kohorten hoben ihre Standarten in die Höhe, woraufhin die gesamte Einheit salutierte.

Nach dem Appell ging die Sonne allmählich unter und warf lange Schatten über den Platz. Ursula und Pinnosa kehrten zum Portikus zurück und führten ihre Stuten die Treppe hinauf. Der Eingang war nach Westen ausgerichtet und lag daher meist im Schatten, doch als die beiden Heerführerinnen sich nun zur Menge umdrehten, wurden sie von einem zarten Sonnenstrahl getroffen, der zwischen den beiden dicksten Säulen hindurchfiel. Die Kriegerinnen erstarrten vor Ehrfurcht. Eine von ihnen sagte laut: «Sie sehen aus wie Göttinnen auf dem Gipfel eines Berges.»

«Frauen der Ersten Athene, ich grüße Euch!», rief Ursula und beschrieb mit dem rechten Arm einen weiten Kreis. Ihre Stimme hallte über den Paradeplatz. «Die Erste Athene ist die prächtigste Legion der römischen Heere! Ihr seid die besten Kriegerinnen Britanniens! In diesen dunklen Zeiten strahlt Ihr wie ein Leuchtfeuer in Eurer ganzen Herrlichkeit! Euer Glanz zwingt all unsere Widersacher, in der Dunkelheit Schutz zu suchen, damit sie nicht von dem strahlenden Licht verbrannt werden! Ihr ...» Ursula schluckte. Es fiel ihr sichtlich schwer, die Fassung zu wahren. Auch Brittola war zu Tränen gerührt.

«Darf ich zu ihnen sprechen?», fragte Pinnosa und fügte mit einem Lächeln hinzu: «Ich glaube, wenn du mir das Wort erteilst, könnten wir eine Menge Zeit sparen.»

Ursula nickte.

«Kriegerinnen der Ersten Athene! Ihr wisst, warum Ihr heute gerufen wurdet! Eure oberste Befehlshaberin möchte mit Euch gemeinsam ein schwieriges Problem lösen! Nun bitte ich Euch, ihr zu zeigen, dass Ihr ihrem Urteil vertraut! Alle Frauen, die nach Britannien zurückkehren möchten, versammeln sich bitte zu meiner Linken! Alle, die bereit sind, ihr Leben bei der Verteidigung Germaniens und Galliens aufs Spiel zu setzen und gegen die mörderischen Hunnen anzutreten, heben ihr Schwert!»

Ursula schien Pinnosas Erklärung nicht ausreichend zu sein, denn die Frauen mussten doch erfahren, dass sie bei einem Feldzug gegen die Hunnen getötet werden konnten. Zudem sollte ihnen klar sein, dass eine Rückkehr in die Heimat nichts mit Feigheit zu tun hatte und ihre Ehre dadurch keinen Schaden nehmen würde.

Doch ehe Ursula sich einschalten konnte, rissen die gesamte Vorhut und alle Offiziere ihre Schwerter in die Höhe. Anschließend zogen alle anderen Kriegerinnen wie auf Kommando ihre Klingen und stießen sie in die Luft. Das wogende Meer der metallenen Schwerter glitzerte im Licht der letzten Sonnenstrahlen. Keine einzige Kriegerin stellte sich an Pinnosas linke Seite.

Ursula atmete tief ein. «Frauen der Ersten Athene! Ihr habt Euren Mut und Eure Stärke bewiesen! Ihr seid gewillt, für das Recht zu kämpfen, obwohl Ihr nicht diejenigen seid, die Unrecht erleiden!» Die Prinzessin hielt inne, um den herrlichen Anblick in sich aufzunehmen.

«Die Befehlshaberinnen der Ersten Athene werden sich jetzt zurückziehen, um die nächsten Schritte sorgfältig zu planen! Wir werden alles tun, damit Euer Leben nicht unnötig in Gefahr gerät, wenn wir dieses Land von der tyrannischen Herrschaft der Hunnen befreien … Frauen der Ersten Athene: Ich bin stolz auf Euch alle!»

Die Kriegerinnen antworteten mit einem lauten «Hurra!». Der Schrei der elftausend Stimmen hallte durch die Kasernen bis in die Stadt Colonia.

XVI

Mitte September hatte Mundzuk mit seiner Horde den Moenus überquert und drang auf dem Weg nach Confluentes tief in den Taunus ein, ein Gebiet, das unter dem Schutz der Ersten Athene stand. Als die Horde näher rückte, geriet sie ins Visier von Pinnosas und Marthas Spähtrupps, die eine interessante Beobachtung machten. Die Stammesoberhäupter der Hunnen liebten die Jagd, nahmen aber immer nur eine kleine Gruppe Krieger mit in die Berge, während der Großteil der Stammesangehörigen in den Tälern zurückblieb. Nachdem Ursula dies vernommen hatte, sah sie den Moment gekommen, um ihren Plan in die Tat umzusetzen.

Es geschah an einem strahlenden Herbstmorgen. Ursula und Pinnosa beobachteten, wie Mundzuk in Begleitung von ein paar hundert Kriegern auf eine Lichtung in den Bergen zugaloppierte. Sie verfolgten Rotwild, das von einem besonders flinken Bock angeführt wurde. Als sie den Rand der Lichtung erreichten, blieb Mundzuk mit seinen Jagdführern abrupt stehen und gab seinen Kriegern hektisch Zeichen, Aufstellung zu nehmen.

Ursula musste insgeheim lächeln, denn sie wusste, was dem Anführer der Hunnen einen solchen Schrecken eingejagt hatte. Alle dreitausend Reiterinnen der Ersten Athene hatten sich in einer Linie auf der Lichtung aufgestellt. Sie verharrten reglos, nur ihre weißen Umhänge flatterten leicht im Wind.

Innerhalb kürzester Zeit hatten auch die Hunnen sich in Reih und Glied aufgestellt, und die beiden Heere musterten einander wie zwei große Bären, die sich innerlich auf einen Kampf vorbereiten.

Auf Ursulas Zeichen ritten Pinnosa und Viventia in Begleitung zweier alemannischer Frauen – eine von ihnen war Ambrosia – mit weißen Friedensfahnen in die Mitte der Lichtung.

Ursula beobachtete, wie Mundzuk einen Mann mit einer weithin sichtbaren, scheußlichen Narbe im Gesicht auswählte. Aus Berichten wusste sie, dass es sich dabei um seinen Halbbruder Rugila handelte, der ein paar Worte Alemannisch sprach. Rugila bestimmte drei Männer, die sich ihm anschließen sollten.

Während die beiden Gruppen aufeinander zuritten, kniff Ursula die Augen zusammen und musterte Mundzuk, der sie anscheinend ebenfalls beäugte.

Das ist er also – Mundzuk, das Ungeheuer! Endlich steht er mit seinen Männern vor mir. Er ist in der Tat ein Scheusal, aber auch ein Mann …

Plötzlich stieß ein junger Bursche aus den Reihen der Hunnen einen lauten Schrei aus. Mit einem Peitschenhieb trieb er sein Pferd an und galoppierte an den beiden Delegationen vorbci auf die Erste Athene zu. Zwanzig Ellen von Ursula entfernt blieb er stehen und starrte sie verächtlich an.

«Esne Ursula, virgo regina, dux Primae Athenae?», rief er in fließendem Latein. « Seid Ihr Prinzessin Ursula, die oberste Befehlshaberin der Ersten Athene?»

Er war noch nicht im Stimmbruch, und seine jugendliche Kühnheit erheiterte Ursula, sein befremdliches Aussehen stieß sie jedoch ab. Der Kopf des Jungen war schrecklich unförmig, die hässlichen Augen wirkten beinahe unmenschlich. Ursula erwiderte auf Lateinisch: «Es ist Brauch, dass sich ein ungeladener Besucher zuerst vorstellt. Mit wem habe ich die Ehre?»

«Ich bin Prinz Attila, der Sohn des Mundzuk, Herrscher aller Länder jenseits der römischen Grenzen. Bald wird er die Alpen überqueren, die schwächlichen Goten vernichten und die große Mutter Rom unterwerfen.»

Er ließ seinen Blick hochmütig schweifen und verkündete dann: «Eines Tages werde ich der König der Hunnen sein und über alle Untertanen meines Vaters vom Schwarzen Meer bis nach Hispanien herrschen. Das schließt nun auch Euch mit ein, falls Ihr so vernünftig seid und Euch ergebt.» Er zog ein großes Jagdmesser und schwang es bedrohlich durch die Luft.

Blitzschnell brachte Ursulas Leibgarde ihre Pfeile in Position. Ursula hob die Hand und sagte zu Attila: «Warum habt Ihr es so eilig, neue Feinde zu gewinnen, Prinz? Wir Römer sind Euch als Freunde viel nützlicher.»

Attila steckte das Jagdmesser widerstrebend zurück in die Scheide. Seine Neugier war geweckt.

Ursula lächelte und fuhr mit freundlicherer Stimme fort. «Sagt, Prinz Attila, wo habt Ihr so gut die lateinische Sprache erlernt?»

«Unter uns lebt ein römischer Priester, der uns viele Dinge gelehrt hat über Eure seltsamen Bräuche und über Euren Gott, diesen Christus, der es vorzog, zu leiden anstatt zu kämpfen.»

«Ja, das stimmt ..., aber man kann es auch anders deuten. Man könnte auch sagen, er zog es vor, zu siegen statt zu kämpfen.»

«Wie Ihr?»

Ursula blieb ihm die Antwort schuldig.

«Ihr habt nicht vor, gegen meinen Vater zu kämpfen, nicht wahr? Was habt Ihr dann vor?»

Ursula lachte laut über seine schnelle Auffassungsgabe.

Attilas Nasenflügel bebten vor Wut, und er griff wieder nach dem Messer. Als er die auf ihn gerichteten Pfeile sah, besann er sich jedoch eines Besseren.

Ursula hörte auf zu lachen und sagte: «Eine große Frage aus dem Munde eines kleinen Mannes. Geht zurück zu Eurem Vater, sonst meint er noch, ich hätte Euch gefangen genommen. Ihr werdet bald erfahren, was die Erste Athene vorhat.»

Attila riss trotzig die Zügel herum und galoppierte davon. Etwa in der Mitte der Lichtung führte der angeberische kleine Prinz einen Handstand auf dem Rücken seines Pferdes vor.

Die Reiterinnen der Ersten Athene kicherten und ließen die Bogen sinken. Ihre gekünstelte Fröhlichkeit zeigte Ursula, wie groß ihre Anspannung während des «Besuchs» des Jungen gewesen war.

Attila kehrte gleichzeitig mit Rugila in die Reihen der Hunnen zurück. Die Verwirrung, die Rugilas Nachricht auslöste, bewahrte den jungen Prinzen offenbar vor der Tracht Prügel, die sein wütender Vater ihm zweifellos zugedacht hatte. Während Rugila Bericht erstattete, löste sich Mundzuks anfängliche Wut schnell auf. Die Prinzessin, die den Hunnenführer genau beobachtete, frohlockte heimlich, denn die überbrachte Botschaft schien ihn in großes Staunen zu versetzen. Ursula rief sich den genauen Wortlaut der Mitteilung, die sie sorgfältig mit Pinnosa formuliert hatte, ins Gedächtnis.

«Prinzessin Ursula aus Britannien, oberste Befehlshaberin der Ersten Athene, ist heute nicht hierher gekommen, um zu kämpfen, sondern um sich zu überzeugen, ob die Hunnen es wert sind, dass sie ihr Keuschheitsgelübde bricht und den berühmten Anführer, den großen Mundzuk – Herrscher über alle Gebiete nördlich des Reiches – zum Gemahl nimmt. Sie fordert die Hunnen heraus, ihre Fähigkeiten unter Beweis zu stellen, damit sie ermessen kann, ob sie einer britannischen Königin würdig sind.»

In der folgenden Stille musterte Mundzuk sie über die Lichtung hinweg, und obwohl Ursula seine Augen nicht richtig erkennen konnte, spürte sie seinen kühlen Blick auf sich ruhen. Doch dann erhellte sich seine Miene. Er wandte sich an Rugila und schickte ihn mit seiner Antwort zurück.

Rugila ritt in die Mitte der Lichtung und rief laut: «Der große Mundzuk ist bereit, der Ersten Athene ein paar Kunststücke vorführen zu lassen! Er fragt, ob die berühmten römischen Frauen uns die Freude ähnlicher Darbietungen machen werden!»

Ursula lächelte und täuschte eine kurze Beratung mit den anderen Befehlshaberinnen vor. Ambrosia überbrachte die Antwort: «Es ist den Kriegerinnen der Ersten Athene eine Ehre, dem großen Mundzuk zu zeigen, was in ihnen steckt.»

Die Hunnen begannen augenblicklich mit den Darbietungen. Ihre Reitkunststücke ähnelten denen, die die Alemannen vorgeführt hatten, sodass Ursula und Pinnosa sich fragten, wer was von wem gelernt hatte. Anschließend präsentierten sie ihre gefährlichen Wurfschlingen und Peitschen, von denen Ursula schon so viel gehört hatte. Staunend beobachtete die Prinzessin, wie die Hunnen damit scheinbar mühelos galoppierende Pferde samt Reitern niederstreckten.

Als Letzter bewies Rugila sein Geschick. Fünf Gehilfen stellten sich jeweils zehn Schritte voneinander entfernt auf, und als Mundzuks Halbbruder in vollem Galopp an der Reihe entlangritt, warf jeder von ihnen ein Ei in die Luft. Rugila zerschmetterte sie nacheinander mit geschickten Peitschenhieben.

Nach der Vorstellung trafen sich Pinnosa und Ambrosia wieder mit Rugila in der Mitte der Lichtung. Ambrosia übersetzte Pinnosas Botschaft an den Hunnenkönig. «Prinzessin Ursula beglückwünscht Mundzuk und seine Krieger zu den beeindruckenden Vorführungen. Nun bitten wir Euch, verehrter Freund, zu Eurem Herrn zurückzukehren und ihm zu sagen, dass die Vorführungen der Ersten Athene sogleich beginnen werden.»

Rugila überbrachte wie gewünscht die Botschaft, woraufhin Mundzuk und die anderen Hunnenführer sich erwartungsvoll in ihren Sätteln vorbeugten. Einige grinsten lüstern.

Die Frauen der Ersten Athene verharrten eine ganze Weile reglos, sodass die Hunnen bereits unruhig wurden. Doch dann geschah etwas Wundersames. Die gesamte Reiterei der Ersten Athene verwandelte sich in einen riesigen Schwarm weißer Vögel, die wie ein glitzernder Schleier in den klaren Septemberhimmel aufstiegen und verschwanden.

XVII

Drei Wochen später saßen die Befehlshaberinnen der Ersten Athene nach einem Festmahl beisammen und plauderten. Es war Mitte Oktober, und Ursula befand sich in einem wahren Dilemma. Seit die Erste Athene sich vor Mundzuks Augen urplötzlich in Luft aufgelöst hatte, waren die Hunnen ebenfalls verschwunden. Nach dem Trick mit den Tauben, Enten, Gänsen und Schwänen hatte niemand mehr auch nur einen einzigen von ihnen gesehen. Folglich wusste auch niemand, ob sie den Köder geschluckt hatten und nach Colonia marschierten.

Zuerst war es fast wie ein Spiel gewesen, über den Verbleib der Hunnen zu spekulieren. Einige Frauen aus Londinium hatten sogar Wetten abgeschlossen, welche Späher sie wohl zuerst erblicken würden. Nach drei Wochen wurde die Ungewissheit jedoch allmählich unerträglich. Jeden Abend drehten sich die Gespräche nur noch um ein einziges Thema: «Wo sind die Hunnen?» «Führt Mundzuk die Horde nach Colonia?» «Haben sie sich aufgeteilt, und die Gefahr ist vorüber?» «Kann die Erste Athene Germanien endlich verlassen und nach Britannien zurückkehren?»

Ursula quälten dieselben Fragen, aber sie wagte nicht, es zuzugeben, denn der Entschluss der Kriegerinnen, gegen Mundzuk zu kämpfen, sollte auf keinen Fall ins Wanken geraten. Cordula war die Einzige, der sie sich anvertraute. Die junge Mutter leistete ihrer Cousine oft Gesellschaft, wenn die anderen sich bereits verabschiedet hatten. Die beiden Frauen schwelgten manchmal bis tief in die Nacht in Erinnerungen und fragten sich, was sie tun sollten. «Wie lange sollen wir noch auf Mundzuk warten?» «Sollen wir nach Britannien zurückkehren und Colonia womöglich schutzlos zurücklassen?»

Eines Abends kehrte Morgan mit Nachrichten aus dem Süden zurück. Er war erstaunlich guter Laune, beinahe ausgelassen, wodurch sich die Stimmung der Frauen ebenfalls aufhellte. Der Kurier nahm seinen Sohn auf den Arm und tat so, als erstattete er ihm Bericht. «Lass dir nichts vormachen, mein kleiner Freund», begann er, wobei er Rusticus' Tonfall nachahmte. «Diese schrecklichen Hunnen treiben sich irgendwo in der Wildnis Germaniens herum. Sie sind gewiss nicht zurück an den Limes marschiert, denn er wird zwar nicht verteidigt, aber gut bewacht. Und eine Horde von dreißigtausend Hunnen bliebe nicht lange unbemerkt. Wir werden über alles unterrichtet, was an der Grenze geschieht, während wir uns mit den Burgunden herumschlagen, von denen einige zu uns gehören und andere zu Eisenfaust ...» Morgan verzog das Gesicht zu einer von Rusticus' typischen Grimassen. «Da ich nie eine burgundische Tante hatte, weiß ich aber nicht, wer zu wem gehört.»

Sein beschwingter Vortrag brachte nicht nur seinen Sohn, sondern alle anwesenden Heerführerinnen zum Lachen. Selbst Pinnosa, die militärische Botschaften in der Regel sehr ernst nahm, ließ sich von der Heiterkeit anstecken.

Während des allgemeinen Gelächters stand Martha auf und verneigte sich theatralisch. Sie hatte eine komische Rolle einstudiert, in der sie den verwirrten Mundzuk darstellte, wie er mit aufgerissenem Mund den Vögeln der Ersten Athene hinterherstarrte und dann in eine der leeren Gruben stolperte, in denen sie versteckt gewesen waren.

Die ausgelassene Stimmung erinnerte Ursula an die unbeschwerten Zeiten in Corinium, als Martha und Saula häufig lustige Stücke aufgeführt hatten, die bei den anderen wahre Lachkrämpfe auslösten.

Im Anschluss an diese Darbietung holte Saula ihre Laute hervor und reichte Martha die kleine Handtrommel. Während die beiden Frauen auf ihren Instrumenten spielten und sangen, fingen die anderen an zu klatschen. Bald stimmten alle in den Refrain ein und schlugen mit den Fäusten auf die Tische.

Mundzuk ist der Hunnenkönig,
doch das schert uns wenig.
Mundzuk ist ein hässlich Mann,
dem man nicht vertrauen kann.

Mundzuk dringt aus fernen Landen
ein in unser Römisch Reich.
Er will uns wohl besuchen,
wir haben ihn nicht gerufen.
Er hat sich schlecht benommen,
ist hier nicht willkommen.
Bei uns kannst du nicht verweilen,
solltest schnell nach Hause eilen.

Mundzuk ist der Hunnenkönig,
doch das schert uns wenig.
Mundzuk ist ein hässlich Mann,
dem man nicht vertrauen kann.

Er steht vor einem hohen Berg,
doch kann ihn nicht erklimmen.
Nun läuft er um den Berg herum,
denn Mundzuk ist nicht dumm.
Er steht vor einem großen See,

doch kann ihn nicht durchschwimmen.
Nun läuft er um den See herum,
denn Mundzuk ist nicht dumm.

Mundzuk ist der Hunnenkönig,
doch das schert uns wenig.
Mundzuk ist ein hässlich Mann,
dem man nicht vertrauen kann.

Während Martha die letzte Strophe anstimmte, betrat eine wachhabende Kriegerin mit ernster Miene den Raum und ging eilig auf Ursula zu, die ein Stück abseits der anderen am Fenster saß. Alle verstummten.

Die Kriegerin flüsterte der obersten Heerführerin etwas ins Ohr und salutierte anschließend. Ursula erhob sich mit finsterem Blick. «Meine Damen! Offenbar ist unser ‹Freund› Mundzuk einfallsreicher, als wir vermutet haben. Soeben erreichte uns eine recht sonderbare Meldung ... Anscheinend ist Mundzuk nicht in der Wildnis verschwunden, sondern hat mit seiner Horde die Berge westlich des Rhenus überquert und ist auf römisches Territorium vorgedrungen!»

Diese Neuigkeit rief bei allen große Bestürzung hervor.

«Es sieht so aus, als hätte er mit uns gespielt und sein Lager in den dichten Wäldern, die von uns nicht überwacht werden, aufgeschlagen. Eins steht fest: Er ist absichtlich untergetaucht, um sich für unseren kleinen Trick zu rächen.»

Einen Augenblick herrschte bedrückende Stille. «Woher wissen wir das alles?», fragte Faustina schließlich.

«Gute Frage.» Ursula drehte sich zu der Überbringerin

der Nachricht um und forderte sie auf, ihren Bericht für alle zu wiederholen.

Die Kriegerin wandte sich mit bebender Stimme an die Befehlshaberinnen der Ersten Athene. «Zuerst haben wir diesen Reiter gesehen, der über die Brücke auf uns zukam. Dann sahen wir einen zweiten Mann dicht hinter ihm, der ihn anscheinend verfolgte … Der erste Mann ritt auf das Tor zu, sprang aus dem Sattel und schrie auf Germanisch: ‹Lasst mich ein!› Das taten wir jedoch nicht.» Die junge Frau schluckte. «Dann schrie er: ‹Sie sind hinter uns her! Die Hunnen sind hinter uns her! Sie kommen von Süden! Ich bin ihnen auf der Heerstraße begegnet. In einer Woche werden sie hier sein!› Mehr konnte er nicht sagen, denn der zweite Mann hatte ihn eingeholt und ihm einen Speer in den Rücken geschossen.»

«Wer war das?», fragte Brittola.

«Das wissen wir nicht. Er trug römische Kleider und sprach Germanisch wie die Menschen in Colonia. Ich würde sagen, er war etwa fünfzig Jahre alt. Vielleicht gehörte er zur stehenden Garde, vielleicht war er aber auch ein gewöhnlicher Mann, der sich an Orten herumtrieb, wo er nichts verloren hatte. Wir haben die Garde von Colonia rufen lassen. Sie werden sicher herausfinden, wer er ist.»

«Und was hat sein Verfolger gemacht?», fragte Ursula.

«Er begrüßte uns in gebrochenem Latein und sagte, er sei ein Abgesandter des großen Mundzuk. Der Hunnenkönig habe ihn beauftragt, seiner Braut herzliche Grüße auszurichten. Nach seinen Aussagen verstecken sich die Hunnen allerdings nicht in den Bergen, sondern jagen Wild für den Hochzeitsschmaus. Auch ihm haben wir den

Einlass verwehrt; er wird noch immer im Wachhaus festgehalten. Was sollen wir mit ihm machen?»

Ursula wechselte einen Blick mit Pinnosa, ehe sie die wachhabende Kriegerin verabschiedete. «Wir werden uns den Burschen einmal ansehen. Bietet ihm inzwischen eine Erfrischung an, denn falls es sich tatsächlich um einen Abgesandten unseres ‹Freundes› Mundzuk handelt und nicht um einen betrunkenen Schwätzer, sollten wir ihn gut behandeln, nicht wahr?»

XVIII

Ursula und Pinnosa ließen sich den seltsamen Abgesandten, der seiner Kleidung nach zu urteilen sowohl Hunne als auch Franke hätte sein können, vorführen und lauschten seinen Worten. Er berichtete, er sei mit einem Gefährten aufgebrochen. Unterwegs hätten sie einen Händler aus Colonia getroffen, der sich ihnen angeschlossen habe, doch als sich ihre Wege später wieder trennten, sei der Mann aus Colonia plötzlich gewalttätig geworden und habe versucht, sie zu bestehlen. Dann habe er den Gefährten des Abgesandten getötet, den Leichnam in den Fluss geworfen und sei geflohen. Der Abgesandte selbst sei so schockiert und wütend gewesen, dass er keine Gnade gezeigt habe, als er den Übeltäter vor den Toren der Garnison einholte.

Ursula und Pinnosa gingen außer Hörweite des vermeintlichen Abgesandten, um sich zu beraten.

«Das muss einer von Mundzuks Männern sein», sagte Pinnosa voller Abscheu. «Davon bin ich überzeugt.»

«Und was hältst du von der Geschichte mit dem Händler?», fragte Ursula leise.

«Ich weiß nicht. Vielleicht ist unser ‹Freund› da drüben kein Abgesandter, sondern ein Spion. Vielleicht war er nicht mit einer Botschaft auf dem Weg zu uns, sondern mit einer Botschaft auf dem Weg zurück.» Pinnosa kniff die Augen zusammen. «Wir könnten versuchen, ihm die Wahrheit zu entlocken.»

Ursula schüttelte energisch den Kopf. «Nein, das werden wir nicht tun. Ob er wirklich ein Abgesandter war, wissen wir nicht, aber jetzt ist er ganz gewiss einer.» Sie ergriff Pinnosas Arm. «Wir müssen uns selbst als Köder anbieten, um unser Ungeheuer mit den dreißigtausend Köpfen aus seiner Höhle zu locken!»

XIX

Die nächsten drei Tage erschienen den Kriegerinnen der Ersten Athene wie eine Ewigkeit. Die Vorbereitungen für die «Vermählung» waren vor zwei Wochen abgeschlossen worden, und jetzt konnten sie nur noch die Stellung halten und auf Mundzuks Ankunft warten.

Die Warterei zehrte an den Nerven der Kriegerinnen. Um sich abzulenken, schmiedeten sie eifrig Pläne für ihre Rückkehr nach Britannien, obwohl ihnen klar war, dass eine Überquerung des Kanals wegen des sich verschlechternden Wetters nur noch innerhalb der nächsten zwei Wochen möglich sein würde. Einmal führte Brittola ihre Freundinnen zu einem stillen Gebet in die Kapelle, wo sie Gott um eine rasche Lösung des Hunnenproblems baten, damit sie ihre Rückkehr in die Heimat nicht bis zum nächsten Frühjahr aufschieben mussten.

Ursula versuchte mehrmals, ihrem Vater einen Brief zu schreiben, doch alle Versuche scheiterten kläglich. Schließlich sah sie ein, dass sie zuerst Mundzuk gegenübertreten musste, bevor sie Bericht erstatten konnte.

Vier Tage nachdem der Abgesandte freigelassen worden war, erhielten sie zahlreiche Meldungen, dass die Hunnen gesichtet worden seien. Sie hatten die Berge im Südosten der Stadt überquert und bewegten sich nun über die weiten Ebenen auf Colonia zu. An diesem Abend erhellten ihre Lagerfeuer den Horizont, und Ursula wusste, dass der Tag der Entscheidung unmittelbar bevorstand.

Zu vorgerückter Stunde trat sie nachdenklich vor das Haus der Offiziere. Die ranghöchsten Kriegerinnen hatten sich nach dem gemeinsamen Mahl zurückgezogen, und die Prinzessin betrachtete den roten Streifen am Himmel, der die Dunkelheit wie eine offene Wunde durchschnitt. Ursula trug noch immer ihre weiße Uniform, doch sie hatte ihr Haar ausnahmsweise zusammengebunden, was sie deutlich jünger aussehen ließ.

Das Geräusch von Schritten riss sie aus ihren Gedanken. Martha, Saula, Cordula und Brittola traten aus der Dunkelheit hervor. «Ihr solltet längst im Bett liegen», sagte sie ruhig. «Morgen wird ein langer, harter Tag.»

«*Du* solltest im Bett liegen!», rief Pinnosa hinter einer Säule am anderen Ende des Portikus hervor. «Immerhin bist du die Braut.»

Martha ging auf Ursula zu und umfasste ihren Arm. «Ursula, es gibt da etwas, worüber wir uns Sorgen machen. Wie genau willst du ihn morgen töten?»

Ursula ignorierte die Frage und wandte sich lächelnd an Pinnosa. «Weißt du was, Pinnosa? Im Grunde stimme ich dir zu. Ich sollte am Vorabend meiner Vermählung frühzeitig zu Bett gehen. Aber das kann ich nicht. Ich bin schrecklich aufgeregt, und außerdem habe ich Hunger.»

Sie drehte sich um und rief: «Oleander!» Die alte Dienerin erschien im Eingang. «Bring mir bitte einen Apfel. Das ist für eine Braut die passende Kost.»

Oleander eilte davon. Die alten Freundinnen aus Corinium setzten sich auf die kalten Steinstufen und starrten auf den fernen roten Schein am Himmel.

Brittola brach das Schweigen. «Ursula?»

«Ja?»

«Bitte beantworte Marthas Frage. Du hast damals zwar den verwundeten Hiberner von seinen Qualen erlöst, aber sonst hast du noch nie einen Menschen getötet, oder?»

«Was hat das mit unserem Plan zu tun?», unterbrach Pinnosa sie. «Der Kerl, um den es geht, ist ein widerlicher Hunne – und kein menschliches Wesen!»

«Doch, Pinnosa», sagte Ursula, «wir sollten darüber sprechen. Brittola hat Recht. Ich habe noch nie einen unverletzten Feind getötet. Ich habe noch nie die Klinge gegen einen kräftigen, gesunden Menschen erhoben. Aber du hast es getan, Pinnosa. Im Grunde bist du die Einzige von uns, die Erfahrung damit hat. Mich würde interessieren, was das für ein Gefühl ist, einem Menschen den Bauch aufzuschlitzen.»

«Können wir nicht über etwas anderes reden?» Pinnosa blickte in die Runde, doch ihre Freundinnen sahen sie erwartungsvoll an. «Okay», sagte sie schließlich seufzend. «Es ist genauso, als würde man Fleisch durchschneiden, nur dass es warm und nicht heiß oder kalt ist … Und es ist feucht, nicht fettig», fügte sie mürrisch hinzu.

Eine ganze Weile sagte niemand etwas, doch dann fing Brittola plötzlich an zu weinen. «Oh, mein Gott! Warum müssen wir in einer so grausamen Welt leben?» Sie hob den Blick gen Himmel und schluchzte laut. «Wann hört das Töten endlich auf? Wann hört das Sterben endlich auf?»

Pinnosa legte einen Arm um Brittola und wiegte sie sanft. «Na, na», murmelte sie, wobei zwei einsame Tränen über ihre Wangen rannen.

«Ich werde morgen nicht an deiner Seite sein, Ursula, und ich …», stammelte Cordula.

«Ja?»

«Ich kann jetzt unmöglich schlafen gehen», brachte sie noch hervor, dann brach sie in Tränen aus. Ursula blickte zu Martha hinüber, die ebenfalls gegen die aufsteigenden Tränen ankämpfte. Sie wollte sie gerade in den Arm nehmen, als Oleander zurückkehrte.

«Ah, danke, Oleander. Gut, dass du mir den Apfel bringst.» Sie legte ihn sich auf den Schoß und löste die Spange aus ihrem Haar. Dann nahm sie den Apfel wieder in die Hand. «Darf ich jemandem ein Stück anbieten?» Die Freundinnen waren zu aufgewühlt, um antworten zu können. «Brittola, iss ein Stück von meinem Apfel. Es wird dir schmecken.»

Brittola schüttelte den Kopf.

«Cordula, was ist mit dir? Ein schönes, saftiges Stück von meinem Apfel?» Ursula hielt ihr die Frucht hin, aber Cordula schüttelte ebenfalls den Kopf.

«Oh, Ursula!», rief Saula aufgebracht. «Siehst du denn

nicht, dass sich niemand außer dir für diesen blöden Apfel interessiert!»

«Ich nehme ein Stück», sagte Pinnosa, die langsam begriff, was Ursula im Schilde führte.

«Gut.» Ursula drückte den Apfel kurz in ihrer Hand zusammen, woraufhin er in zwei säuberlich getrennten Hälften auf ihren Schoß fiel.

Die Freundinnen rissen erstaunt die Augen auf.

Brittola löste sich von Pinnosa. «Wie hast du das gemacht? Hat Oleander ihn vorher durchgeschnitten?»

Ursula antwortete nicht. Stattdessen hob sie eine Hälfte des Apfels hoch und umspannte sie fest mit der Hand. Wieder fielen zwei saubere Hälften in ihren Schoß. «Vielleicht sollten wir doch alle ein Stück essen?», schlug sie lachend vor. Dann öffnete sie die Hand, und eine wie eine Sichel geformte Klinge kam zum Vorschein, die durch eine Art Ring an ihren beiden mittleren Fingern befestigt war. «Das ist übrigens ...», sagte sie zu Martha, « ... die Antwort auf deine Frage.» Sie zeigte den anderen die ausgeklügelte Haarnadel, die der Goldschmied in Corinium für sie angefertigt hatte.

«Glücklicherweise scheint es zu funktionieren. Keine von euch ist auf die Idee gekommen, dass ich eine Klinge in der Hand halte, nicht wahr?» Alle schüttelten den Kopf. «Wenn ich fünf der besten römischen Befehlshaberinnen hinters Licht führen konnte, müsste es mir bei unserem ‹König› Mundzuk auch gelingen. Allerdings muss der erste Schnitt tödlich sein. Wo ist die beste Stelle? Am Hals oder hier?» Sie wies auf ihre Scham. «Was meint ihr?»

XX

Es war ein schöner Herbsttag Ende Oktober im Jahre 411. Kurz nach Sonnenaufgang erklangen von den vier Stadtmauern Colonias die Trompeten, die die baldige Schließung der Tore verkündeten.

Als die Morgenglocken läuteten, lagen die Bezirke außerhalb der Stadtmauern verlassen da. Niemand hielt sich in den Werkstätten oder Schulen auf. Die Lehrjungen und Sklaven, die zu dieser Zeit gewöhnlich Besorgungen für ihre Herren machten, waren verschwunden. Die Gasthöfe und zahlreichen Bordelle waren leer. Noch nicht einmal ein streunender Hund lief durch die Gassen.

Am späten Vormittag waren alle Vorbereitungen in der Stadt und in der Garnison auf der anderen Seite des Flusses abgeschlossen, und eine bedrückende Stille machte sich breit. Auf der Brustwehr drängten sich die Menschen; vom höchsten Offizier bis zum geringsten Sklaven kämpften alle um den besten Platz und warteten auf das, was kommen würde.

Am anderen Ufer des Rhenus hatten sich die Offiziere der Ersten Athene auf dem Dach eines Hauses versammelt. Sie beobachteten die Fahnenmaste über dem Osttor der Stadt und warteten auf die vereinbarten Signale, die sie über das Nahen des Feindes unterrichten sollten. Der Rest der Legion verharrte in den Kasernen; der Paradeplatz war menschenleer.

Kurz vor Mittag setzte das Geräusch der Trommeln ein.

Zuerst erinnerte es an einen mit Felsbrocken beladenen, achträdrigen Karren, dessen Nahen eher zu spüren als zu hören war. Als das Dröhnen ertönte, wurde die erste schwarze Fahne über dem Osttor gehisst. Kurz darauf hörten auch die Kriegerinnen der Ersten Athene das immer lauter werdende Bum, Bum, Bum. Die Hunnen waren im Anmarsch.

Es schien eine Ewigkeit zu dauern, bis man sie endlich sehen konnte, und im Nachhinein sollten viele Bewohner Colonias sagen, dass ihnen das unaufhörliche Dröhnen der unsichtbaren Trommeln an diesem grauenvollen Tag die größte Furcht eingeflößt hatte.

Kurz nach Mittag wurde die zweite schwarze Fahne gehisst: Die Hunnen kamen in Sicht. Die weiße Fahne, die wenig später gehisst wurde, zeigte an, dass sie – wie die Alemannen vorhergesagt hatten – in einer riesigen Einheit marschierten. Zum Glück war die Erntesaison vorüber, sonst hätte die sich nähernde Horde die gesamte Ernte der Bauern zertrampelt.

«Ich sehe keine Brände», sagte Pinnosa, die auf den Horizont starrte, erstaunt. «Ich dachte, sie verwüsten alles, was auf ihrem Weg liegt.»

«Sie zeigen sich von ihrer besten Seite», spottete Martha. «Ein Zeichen der Achtung gegenüber der Braut ihres Herrn.»

Mehr als ein gequältes Lächeln konnte sie den anderen mit diesem Scherz nicht entlocken.

Kurze Zeit später wurde die dritte schwarze Flagge gehisst: Die Anführer der Horde hatten die Außenbezirke der Stadt erreicht. Gleich würden die Hunnen über die verlassenen Straßen marschieren und die weißen Fähnchen entdecken, die sie zum Ort der Hochzeit führen sollten. Auf dieses Signal hatten die Offiziere der Ersten Athene gewartet.

Ursula gab den Befehl anzutreten, und innerhalb weniger Minuten hatten die elftausend Frauen in ihren weißen Umhängen auf dem Paradeplatz Aufstellung genommen. Die Vorhut nahm ihre Position in der Nähe des Tores ein. Pinnosa brachte Lux zum Haus der Offiziere und reichte Ursula die Zügel, dann salutierte sie und ritt an die Spitze der Vorhut.

Ursula stieg in den Sattel und wandte sich an die Legion. «Seid gegrüßt, Frauen der Ersten Athene!» Sie zog ihr Schwert und stieß es in die Luft. «Ihr seid wahrhaftig die prächtigste Legion aller römischen Heere! Ich bin stolz auf jede Einzelne von Euch! Ihr habt Rom besser gedient, als Rom es verdient hat. Ihr habt den Menschen in Germanien und Gallien besser gedient, als sie je hätten hoffen können. Ihr habt Britannien besser gedient, als wir selbst zuerst zu hoffen wagten. Ihr habt tapfer und ehrenvoll gedient und bewiesen, dass ihr verdient, den Rest Eures Lebens stolz und in Würde zu leben. Selbst wenn Ihr eines Tages alt sein werdet und all das, was wir gemeinsam erlebt haben, nur noch eine schwache Erinnerung ist, werdet Ihr erhobenen Hauptes verkünden können: *‹Ich gehörte zur Ersten Athene!›*»

Die Kriegerinnen brachen in Jubelschreie aus, und es dauerte eine Weile, bis sich die Prinzessin erneut Gehör verschafft hatte.

«Aber vor allem habt Ihr unserem Gott nach bestem Wissen und Gewissen gedient. Und bevor wir uns nun unserer bisher gefährlichsten Mission zuwenden, bitte ich Euch, mit mir zu beten.» Prinzessin Ursula drehte ihr Schwert um und hielt sich den Griff aus Gold und Silber wie ein Kreuz an die Brust.

Pinnosa rief: «Frauen der Ersten Athene! Zieht Eure Schwerter und kniet nieder!»

Die Fußtruppe kniete vor ihren eisernen Schwertern nieder, die Reiterinnen nahmen dieselbe Pose ein wie ihre oberste Heerführerin, und alle senkten ehrerbietig den Kopf. Allein Brittola bildete eine Ausnahme. Sie zog ihr Schwert, hielt es aber nur locker in der rechten Hand, während sie mit der linken unter ihren Umhang griff und ihr Kreuz fest umschloss.

«Gnädiger Gott! Die Kriegerinnen der Ersten Athene haben sich vor der Begegnung mit einem wahren Teufel in Demut vor Dir versammelt. Die Hunnenhorde wurde hierher geschickt, um Rom und alles, wofür es eintritt, zu zerstören. Wir bitten Dich, o Herr, gib uns die Kraft, dieses Ungeheuer zu vernichten. Wir kämpfen heute, o Herr, nicht für Rom, nicht für Britannien und nicht für uns selbst. Wir kämpfen für die Durchsetzung Deiner göttlichen Gesetze, dafür, dass die schrecklichen Zeiten, die diese Welt durchleben musste, ein Ende haben. Damit endlich in Deinem Namen Friede herrschen kann ... Amen.»

Das sanfte «Amen» der elftausend Kriegerinnen hallte über den Platz.

Nach einem Moment der Stille rief Pinnosa: «Frauen der Ersten Athene! *Achtung! Rechts um!*»

Ursula ritt zu den Befehlshaberinnen der Legion, die die Vorhut anführten, und die Tore wurden geöffnet.

Pinnosa gab den Befehl: *«Vorwärts marsch!»*

Von den Stadtmauern erklang lauter Jubel, als die britannischen Kriegerinnen in ihren weißen Umhängen in Sicht kamen und über die Brücke auf die Stadt zu marschierten. Der Anblick der geordneten Ränge erfüllte die

Menschen mit Hoffnung. Als die Offiziere das Ufer unterhalb der Stadtmauern erreichten, riefen die Menschen in einer Mischung aus Germanisch, Latein und sogar Britannisch:

«Tötet diese widerlichen Kerle!»

«Geht mit Gott, Ursula!»

«Pinnosa Feuerhaar! Badet heute Abend im Blut der Hunnen!»

Auf Pinnosas Kommando nahmen alle Befehlshaberinnen ihre Helme mit den langen weißen Federbüschen ab und schwenkten sie durch die Luft.

«Wenn es nur einen Grund für diese feierliche Stimmung gäbe!», rief Saula Martha zu.

«Wir werden ihnen bald einen Grund zum Feiern geben», erwiderte Martha. «Keine Sorge.»

XXI

Durch das Nordtor der Stadt gelangte man auf eine große Wiese, die zum Fluss hin leicht abfiel. Es war die so genannte Schäferwiese, auf der die Schaf- und Kuhzüchter ihre Herden zusammentrieben, bevor sie sie zum Markt brachten. Unmittelbar außerhalb der Stadtmauern lag der Friedhof mit einer kleinen, christlichen Kapelle. Rings herum standen ein paar Obstbäume, die dem Ort eine ruhige, friedliche Atmosphäre verliehen.

Als Ursula die Erste Athene auf die Schäferwiese führte, sah sie, dass die letzten Vorbereitungen für die «Hochzeit» getroffen worden waren. Das Gras war mit getrockneten weißen Blüten bedeckt und schimmerte wie polierter Alabaster. Mitten auf dem Blütenteppich stand ein kleines weißes Zelt.

Ursula brachte Lux neben der Kapelle zum Stehen, und die Kohorten nahmen hinter ihr in einer langen weißen Reihe am Flussufer Aufstellung. Die letzte Kriegerin ging soeben in Position, als der erste Hunne auf einem Hügel am anderen Ende der Wiese auftauchte.

Kurz darauf war die Anhöhe mit Reitern übersät. Hinter ihnen folgten die Fußsoldaten, eine bedrohliche, bis zu den Zähnen bewaffnete Menge. Dreißigtausend wilde, skrupellose Krieger aus fernen Landen standen den geordneten Reihen der elftausend Frauen in ihren weißen Umhängen gegenüber.

Das Dröhnen der Trommeln verstummte plötzlich, und eine schaurige Stille setzte ein. Nur das Scharren der unruhigen Pferde und der durchdringende Schrei eines einsamen Falken waren zu hören.

Von einem schrillen Trompetentusch begleitet, ritten Ursula und die anderen Befehlshaberinnen zwischen die Ränge der Ersten Athene und das kleine Zelt. Im selben Augenblick ertönte ein ohrenbetäubendes Getöse von Trommeln, Zimbeln und anderen Schlaginstrumenten, deren Klang die Römerinnen noch nie zuvor gehört hatten. Die Hunnen machten einem dicken Mann in einem schwarzen Pelz Platz, der auf einem kräftigen schwarzen Hengst ritt. Es war Mundzuk. Drei ähnlich gekleidete Krieger begleiteten ihn. Auch sie nahmen zwischen ihren Kriegern und dem Zelt Aufstellung.

Der Lärm verstummte. Rugila kam ein Stück näher und wandte sich in lateinischer Sprache an die Heerführerinnen. «Der große Mundzuk, König aller Länder nördlich von Rom, begrüßt die mutigen Frauen aus Britannien. Vor allem begrüßt er die schöne Prinzessin Ursula!»

Pinnosa löste sich aus der Gruppe und antwortete: «Wir begrüßen Mundzuk und seine ehrenwerten Hunnenführer! Euer Kommen ehrt uns! Prinzessin Ursula wartet demütig auf die Begegnung mit dem großen König!» Sie verneigte sich so tief, wie es ihre Paraderüstung erlaubte. «Die königliche Hochzeit kann beginnen!»

Dann kehrte Pinnosa auf ihren Platz neben Ursula zurück und sagte: «Es ist so weit!» Die beiden Freundinnen sahen einander tief in die Augen; so vieles hätten sie sich noch zu sagen gehabt, doch Pinnosa fügte nur hinzu: «Viel Glück!»

Außer Brittola, die kein Wort herausbrachte, wünschten alle der Prinzessin der Reihe nach Glück.

Ursula lächelte die jüngste Befehlshaberin an. «Viel Glück, Brittola. Ich wünsche euch allen viel Glück», sagte sie und ritt davon.

Kaum hatte Ursula sich ein paar Schritte entfernt, begann Brittola mit lauter Stimme: «Es …»

Die Freundinnen beendeten den Spruch aus alten Zeiten gemeinsam: «… wird nicht einfach werden.»

«Gott sei mit dir!», rief Brittola Ursula hinterher.

Die Prinzessin warf einen Blick zurück und entfernte sich langsam, Schritt für Schritt, von den anderen. Vor dem Zelt angekommen, stieg sie aus dem Sattel und band Lux an einem Seil fest, das unter dem Blütenteppich versteckt war. Dabei schaute sie noch einmal über die Schulter zu ihren Freundinnen und den Kriegerinnen der Ersten Athene hinüber. Sie sahen alle so schön und friedlich aus in der Nachmittagssonne – wie auf einem Wandgemälde.

Sekundenlang gab sie sich dem Traum hin, mit ihren Freundinnen zu jagen, zu fischen, Lieder zu singen und Wein zu trinken, doch die Ablenkung währte nur kurz, denn plötzlich machte sich Panik in ihr breit. Sie hatte auf einmal das dringende Bedürfnis wegzulaufen. Ihr Magen verkrampfte sich, und ihre Kehle war wie zugeschnürt.

«Herrin!», flüsterte Oleander, die am Eingang des Zeltes stand. «Kommt schnell herein.»

Doch Ursula blieb wie angewurzelt stehen und stöhnte laut.

Oleander eilte zu ihrer Herrin, ergriff ihren Arm und zog sie ins Zelt. Dabei bedachte sie Mundzuks Delegation, die nicht weit entfernt wartete, mit einem nervösen Lächeln. «Ihr müsst mutig sein, Herrin», flüsterte die alte Dienerin.

Nachdem Ursula das Zelt betreten hatte, platzte es aus ihr heraus: «Er ist fast hier … Er ist fast *hier*! Und ich bin noch nicht fertig! Ich bin noch nicht fertig, Oleander! Mein Haar! Du musst mich frisieren! Beeil dich! Du musst mich frisieren. Wo ist die Haarspange? Oh, Oleander, wo ist sie nur?»

«Sie ist hier, Herrin. Steht still, sonst kann ich Euch nicht frisieren.»

Die alte Dienerin nahm Ursula vorsichtig den Helm mit dem Federbusch vom Kopf und frisierte das goldblonde Haar, sodass sie die Spange darin befestigen konnte.

«Pass auf, dass sie richtig sitzt. So wie wir es geübt haben.»

«Ja, Herrin.»

Die lauten Trommeln, Zimbeln und Jagdhörner kündigten an, dass Mundzuk vom Pferd stieg.

«O mein Gott! Gleich wird er hier sein! Sind die Zeltschnüre richtig befestigt worden?»

«Ja, Herrin. Bitte haltet still.»

«Ich kann das nicht! Ich kann das einfach nicht!»

«Doch, Ihr könnt es!» Wie früher, wenn die kleine Prinzessin unartig war, zog Oleander an Ursulas Haar. «Ihr könnt es, und Ihr werdet es tun! Die anderen verlassen sich auf Euch.»

Ursula atmete mehrmals tief ein, biss die Zähne zusammen und schloss die Augen.

«So ist es schon besser», murmelte Oleander und arbeitete schweigend weiter. «So. Es ist vollbracht.»

Ursula überprüfte, ob die Spange fest im Haar saß, und nickte zufrieden.

«Ich gehe jetzt besser, Herrin. Je eher ich gehe, desto schneller ist es vorbei.» Oleander näherte sich dem Ausgang, doch dann drehte sie sich noch einmal zu ihrer Herrin um. Ursula stand reglos wie eine Statue da, in ihren Augen spiegelte sich nacktes Entsetzen. Oleander verlor die Fassung und fing an zu weinen. «Oh, was ist nur aus uns geworden, Herrin! Ihr seid eine so schöne, junge Frau mit so weichem, blondem Haar und so schönen blauen Augen, die jeden Raum erstrahlen lassen. Ihr seid in der Blüte Eurer Jahre und reif für eine *richtige* Vermählung.» Sie lief zurück, schlang die Arme um die Prinzessin und drückte sie liebevoll an ihre Brust.

Sekundenlang erwiderte Ursula die Umarmung, doch die Zeit drängte. Sie trat einen Schritt zurück und schaute in die tränenfeuchten Augen der alten Frau.

«Ich liebe Euch so sehr, Herrin.» Oleander hatte Mühe, ihr Schluchzen zu unterdrücken.

«Ich liebe dich auch», erwiderte Ursula sanft. Dann wies sie auf den Ausgang des Zeltes. Oleander wischte die Tränen von ihren Wangen und drückte die Hand ihrer Herrin. Ein letzter Blick, und Ursula war allein.

Sie blickte sich in dem Zelt um und sah, wie die weißen Stoffbahnen von einer leichten Brise bewegt wurden. In der Mitte des Zeltes stand ein Podest, das nach ihren Anweisungen entworfen und aufgestellt worden war. Sie wusste, dass sie alles noch einmal überprüfen musste, konnte sich aber nicht dazu entschließen.

Der Wind wurde stärker und drückte die Zeltwände nach innen. Es hatte fast den Anschein, als wollte er das Tuch durchdringen und ihrem Körper die gequälte Seele entreißen.

«Sieh dir das Bett an! Sieh es dir an», flüsterte sie mit zusammengepressten Lippen.

Allmählich legte sich der Wind wieder, und Ursula nahm das Podest in Augenschein. Es war mit feinen Spitzendecken und -kissen in weißer und cremefarbener Seide bedeckt. Es sah wunderschön aus – wie ein Bett für eine richtige Hochzeitsnacht.

Plötzlich fühlte Ursula sich ganz ruhig. Ein zarter Schleier trübte ihren Blick, und eine Gestalt trat aus dem sanften Licht hervor – Constans.

Es war ein sonniger Oktobertag in einem anderen Leben. Constans lag mit einem Grashalm zwischen den Zähnen auf dem Rücken und schaute in den Himmel. Sie waren siebzehn Jahre alt und während einer Jagd in den Bergen nördlich von Corinium allein zurückgeblieben.

«Komm her», flüsterte er. «Ich möchte dich küssen.»

Als er sie zärtlich küsste und mit den Fingern durch ihr

Haar, über ihre Schultern und ihren Nacken strich, liefen ihr wohlige Schauer über den Rücken. Sie blickte in seine Augen, seine tiefblauen Augen, die so nah waren, so groß.

Dann verabschiedeten sie sich im Forum voneinander. Sie küsste ihn, und die Menge jubelte. Sie hängte ihm das kleine Schmuckstück, das sie für ihn angefertigt hatte, um den Hals. Während der Reden liefen zwei Tränen über seine Wangen. Sie hörte die ergreifenden Abschiedsworte ihres Vaters. Der letzte Blick auf Constans, der langsam in der Ferne verschwand, zerriss ihr schier das Herz.

Sie erinnerte sich, wie Cordula Morgan um einen letzten Kuss anflehte, als er an jenem Tag in aller Herrgottsfrühe aufbrach.

Im trüben Licht des Zeltes sah sie Pinnosa beim Kampf gegen die Sachsen. Ihre Verletzung hielt sie nicht davon ab, sich mit ihrem Schwert zu verteidigen. Es fing in Strömen an zu regnen, und Brittola schützte Pinnosa vor den feindlichen Schlägen.

Ursula hörte Oleanders Worte: «Ihr müsst nun tapfer sein, Herrin.»

Sie hatte Cordula vor Augen, wie sie nach dem Sturm mit ernster Miene zu ihr sagte: «Die Frauen sind zum Appell angetreten», wie sie salutierte und Ursula auf diese Weise an ihre Pflicht erinnerte.

Der Gedanke an Rusticus und seine zahlreichen Tanten ließ sie schmunzeln. Martha und Saula tanzten eine Gigue, bevor sie die Rampe hinaufstiegen …

Sie hörte den schrillen Klang der Flöten, immer lauter und lauter, bis ihr schwindelig wurde. Ein Bild nach dem anderen blitzte im Geiste vor ihr auf: betrunkene Hiberner; ein junger Bursche, der mit aufgeschlitztem Bauch kopfüber an einem Seil hing; die Pikten mit den bemalten Körpern; die Kampfschreie der Sachsen; die Franken und ihr hochmütiger König; Alemannen und Hunnen, die Reitkunststücke vorführten; die Reiterei, die durch den Wald galoppierte; sechs junge Frauen, die pfeilgeschwind durch die Dämmerung ritten; die weißen Reiterinnen …

Vor dem Zelt ertönte ein lautes Wiehern. «Lux!» *Mundzuk kommt!* «Ich kann es nicht!» Sie faltete die Hände und beugte sich verzweifelt vor. «Ich kann es nicht!», schluchzte sie.

Plötzlich drang Brittolas Stimme an ihr Ohr; sie sang «Gelobt sei der Herr». Die Worte klangen sanft und süß wie mit Honig versetzter Wein. Und wie ein heilender Balsam vertrieben sie Ursulas Ängste.

Dann Pinnosas Stimme, laut und klar. Martha und Saula fielen ebenfalls ein, und als die gesamte Erste Athene anfing zu singen, schien die Luft zu beben. Die kräftigen Stimmen der Frauen erfüllten das Zelt, die Wiese, die ganze Welt.

Ursula ließ die Hände sinken und richtete sich auf. Sie war bereit.

In dem Moment wurde die Zeltplane am Eingang zurückgeschlagen, und Mundzuk trat forschen Schrittes ein. Er sah sie an und murmelte ein paar unverständliche Worte, die sich anhörten wie das Knurren eines Hundes. Dann ging er mit einem breiten Grinsen auf seinem hässlichen, unförmigen Gesicht auf sie zu und wollte sie am Arm packen.

Ursula wich zurück, sagte entschieden: «Nein!», und zeigte aufs Bett.

Den Bruchteil einer Sekunde befürchtete sie, er könne ihr Angebot ablehnen, denn er musterte sie misstrauisch. Sie hatte das Gefühl, einen Blick in die Hölle zu werfen.

Mundzuk sagte etwas in seiner barsch klingenden Sprache, ehe ein erstaunlich helles Lachen aus seiner Kehle drang. Dann riss er sich den Pelz vom Leib und stellte sich nackt vor sie hin. Sein mit Narben übersäter Körper war kaum behaart, nur die Genitalien lagen gottlob unter dichtem Haar verborgen. Ursula spürte Ekel in sich aufsteigen, als Mundzuk aufs Bett sprang, sich auf den Rücken legte und die Arme mit lüsternem Blick nach seiner Braut ausstreckte.

Sie lächelte ihn an und hoffte, ihre Miene ähnelte der einer aufgeregten Braut. *Er ist vollkommen unbewaffnet.* Sie wandte sich ab, öffnete ihren Umhang und ließ ihn zu Boden sinken. *Und glücklicherweise liegt er auf dem Rücken.*

Dann drehte sich die britannische Prinzessin zu ihrem Feind um. Der Anblick seiner nackten Braut sollte ihn ablenken, während sie ihr Haar löste.

Plötzlich hatte sie wieder Constans vor Augen. «Ich komme heim, Liebster», sagte sie laut, als sie das Podest umkreiste und ihr Opfer anlächelte. «Ich komme heim.»

Kapitel 7
Das Blütenfeld

Bischof Clematius stand auf dem Turm neben dem Nordtor, der für die Adeligen der Stadt reserviert war, und drängte ein paar niedere Adelige zur Seite, damit Cordula einen guten Blick auf das «Blütenfeld» hatte, wie die Bewohner Colonias die Wiese seit diesem Tag nannten.

Die junge Mutter wiegte ihren schlafenden Säugling in den Armen. Er war in eine weiße Decke gewickelt, die aus dem gleichen weißen Wollstoff bestand wie die Umhänge der Ersten Athene. Cordula schaute zu den Kriegerinnen hinunter, die aufgereiht am Ufer standen. Alle Augen waren auf das Zelt in der Mitte des Blütenfeldes gerichtet.

Ein Schrei ließ Cordula zusammenzucken und weckte ihren Sohn.

«Seht! Eine Frau ist von der Brustwehr gefallen!», rief ein Mann neben Cordula. «Bei dem Gewühle ist das ja kein Wunder!»

«Es stehen viel zu viele Menschen dort oben», sagte ein anderer Mann. «Ich fürchte, es werden noch mehr sterben, bevor der Tag vorüber ist. Wer hat ihnen denn allen erlaubt, auf die Brustwehr zu steigen? Wo sind die Wächter?»

«Da!», rief Cordula wütend und zeigte auf die britanni-

schen Kriegerinnen. «Da sind Eure Wächter! Und sie sind diejenigen, die sterben könnten, wenn …»

«Pst, mein Kind!» Bischof Clematius drängte sich zwischen Cordula und die erregten Männer. «Ihr erschreckt ja den Kleinen. Er sieht so hübsch aus in dem weißen Tuch. Erinnert Ihr Euch an den Tag, als alle Umhänge rechtzeitig für den Appell nach dem Keuschheitsgelübde der gesamten Ersten Athene fertig gestellt werden mussten?»

Cordula nickte. «Ja, die Bleichhöfe arbeiteten bis zum frühen Morgen. Nur gut, dass Ursula darauf verzichtete, Faustinas Frauen sorgfältig zu begutachten. Ihre Umhänge hätten noch ein letztes Mal gespült werden müssen und stanken entsetzlich. Sie …»

Ein Schrei ertönte, und vor dem kleinen Zelt in der Mitte des Blütenfeldes entstand Bewegung.

Cordula erschauderte. *Wo ist Morgan? Er müsste längst hier sein. Er hätte schon gestern zurückkehren sollen.*

Ursula stürmte aus dem Zelt. Die Menge hielt den Atem an. Ihre Toga und ihr Umhang waren blutverschmiert. Sie blieb kurz stehen und hob triumphierend den linken Arm, doch aus der Ferne konnte man nicht erkennen, was sie in der Hand hielt.

Die Erste Athene spendete stürmischen Beifall.

«Sie hat es getan!», rief Cordula. «Sie hat es wirklich getan!»

«Was?», fragte Bischof Clematius.

«Wartet. Ihr werdet es gleich sehen.» Cordula stieß einen lauten Jubelschrei aus, und die Adeligen folgten ihrem Beispiel, ohne zu wissen, warum. Kurz darauf jubelte die ganze Stadt.

Ursula sprang in den Sattel und trieb Lux an. Die Stute

warf den Kopf hin und her und zog mit aller Kraft an dem Seil, an dem das Zelt befestigt war. Schließlich lockerte es sich, und das Zelt wurde von den Pflöcken gerissen. Wie ein Galeerensegel blähte sich das Tuch, bevor es zu Boden sank. Der Menge bot sich ein überraschendes Bild, bei dessen Anblick die Römer erstarrten und die Hunnen einen Unheil verkündenden Schrei ausstießen.

Jeder konnte den nackten, blutüberströmten Mundzuk sehen, wie er rücklings auf dem Podest lag. Sein Kopf und sein rechter Arm hingen über den Rand, und zwischen seinen Beinen hatte sich eine große Blutlache gebildet. Jetzt wusste jeder, was Ursula in der Hand hielt. Der Tyrann der nördlichen römischen Provinzen war tot – und entmannt.

Ursula schnitt das Seil durch und ritt auf Pinnosa und die anderen zu. Einen Moment wünschte Cordula sich, dort unten bei ihren Freundinnen zu sein und an den fröhlichen Umarmungen, die gleich folgen würden, teilzuhaben. Doch dann geschah etwas vollkommen Unerwartetes.

Ursula riss die Zügel herum und galoppierte auf Rugila und die Hunnendelegation zu, während sie Mundzuks Genitalien durch die Luft schwenkte.

Ihre grimmige Miene trieb Rugila und sein Gefolge zurück in die Sicherheit der hunnischen Ränge.

Ursula nahm die Verfolgung auf.

«Nein!», schrie Cordula.

«Nein! Nein!», brüllte die Menge.

Doch schon sauste aus den Reihen der Hunnen ein Speer in Ursulas Richtung. Er durchbohrte ihr Bein unterhalb des Knies und drang tief in Lux' Seite ein. Die

Stute bäumte sich vor Schmerzen auf, während Ursula mit zusammengebissenen Zähnen versuchte, den Speer herauszuziehen. Trotz ihrer Verletzungen näherten sich Pferd und Reiterin den Hunnen immer weiter. Sekunden später hagelte eine Geschosssalve auf sie nieder. Zwei Pfeile bohrten sich in Lux' Flanken, ein anderer riss eine große Wunde in Ursulas ungeschützte Schulter.

«URSULA!» Pinnosas gellender Schrei hallte über die ganze Wiese. «URSULA!» Sie trieb Artemis an, und die schwarze Stute preschte hinter Ursula her.

«Nein, Pinnosa! Nein!», schrie Cordula, die den Geschehnissen hilflos zusehen musste. Jetzt schrie Brittola auch: *«Ursula!»*, und stürmte hinter Pinnosa her.

«Nein, Brittola! Nein!», schluchzte Cordula. Sie legte den Kopf des Kindes an ihre Wange, sodass es das Schlachtfeld sehen konnte. «Schau genau hin, mein Sohn, und vergiss es nicht, denn du wirst niemals mehr so stolze und mutige Frauen sehen wie diese weißen Kriegerinnen.»

Martha folgte Brittola mit Saula auf den Fersen. Cordulas vier Freundinnen sausten über das Blütenfeld hinter Ursula her, doch im Gegensatz zu ihr trugen sie alle Rüstungen und konnten sich mit ihren Schilden vor den Pfeilen schützen. Ihre frisch polierten Harnische, die unter den wehenden weißen Umhängen glitzerten, blendeten die Menge fast ein wenig.

Ursula war mittlerweile stehen geblieben. Pferd und Reiterin schienen unerträgliche Qualen zu leiden. Cordula sah, wie sie sich vorbeugte und ihrer treuen Stute offenbar etwas ins Ohr flüsterte.

Als die Freundinnen sich näherten, hagelten erneut unzählige Pfeile auf Ursula nieder. Einer durchdrang ihren

Oberarm, mit dem sie ihr Gesicht schützte, ein anderer traf Lux' Hals.

Pinnosa schrie: *«Ursula!»*

Ursula warf einen Blick zurück, und Cordula glaubte zu erkennen, dass sie den anderen mit matter Geste bedeutete zurückzubleiben. Als die anderen nur noch zehn Pferdelängen von ihr entfernt waren, wandte sie sich um und galoppierte davon. Ursula und Lux mobilisierten ihre letzten Kräfte, während sie erhobenen Hauptes in die Ränge der Hunnen hineinritten. Lange Piken, Speere und Klingen jeder Art sausten auf sie nieder, und dann wurden sie von der Horde verschlungen.

Vom anderen Ende des Blütenfeldes näherte sich die gesamte Erste Athene. Faustina und Viventia führten die Reiterinnen der Vorhut an, um ihre vier Befehlshaberinnen zu retten.

Nachdem die Hunnen Blut geleckt hatten, gerieten sie in Raserei und feuerten eine Geschosssalve nach der anderen ab. Pinnosa, die sich Ursula am weitesten genähert hatte, wurde zuerst umzingelt. Ihr zorniger Kriegsschrei hielt die Horde sekundenlang in Schach, sodass sie Artemis dazu bringen konnte, Ursula in die Menge zu folgen. Doch dann bohrte sich eine lange Pike in die Brust der schwarzen Stute, und sie brach tödlich getroffen zusammen. Pinnosa musste aus dem Sattel springen, um nicht zerdrückt zu werden.

Brittola versuchte verzweifelt, ihrer Freundin zu Hilfe zu eilen, obwohl ein Pfeil in ihrem Bein steckte. Hinter ihr wehrte Saula mit ihrem langen Schwert eine Gruppe Hunnen mit Piken ab, während Martha gegen eine andere mit Piken bewaffnete Gruppe ankämpfte.

Brittola wurde als Erste überwältigt. Sie konzentrierte sich so sehr auf Pinnosas Rettung, dass sie darüber vergaß, ihre linke Seite zu schützen. Ein Hunne versetzte ihr mit seiner Pike einen tödlichen Hieb. Das laute Kriegsgebrüll der Hunnen übertönte alle Todesschreie, dennoch war sich Cordula ganz sicher, Brittolas Stimme zu hören, bevor sie zu Boden sank: «Lieber Gott! Hab Erbarmen!»

Sekunden später wurde Saula von den Hunnen umringt. Beim Versuch, sie abzuwehren, traf ein Geschoss ihren Hals. Sie griff an ihre blutverschmierte Kehle, stürzte vom Pferd und wurde von der Menge verschluckt.

Als Faustina und Viventia sich mit der Vorhut ins Kampfgetümmel stürzten, schöpfte Cordula erneut Hoffnung, den Schwerter schwingenden Frauen könne es trotz allem gelingen, den Feind zurückzudrängen. Doch als Abertausende blutrünstiger Hunnen den Hügel hinunterkamen und auf die Reiterei der Ersten Athene zustürmten, verlor sie allen Mut. Unterhalb der Brustwehr erblickte sie eine kleine, dicht gedrängte Gruppe mit der Hunnenstandarte: Rugila machte sich mit seinem Gefolge still und heimlich aus dem Staub. Offenbar hielt er es für sicherer, das Schlachtfeld rechtzeitig zu verlassen.

Cordulas Aufmerksamkeit wurde durch Marthas Schreie zurück auf das Gemetzel gelenkt. Die Heerführerin schien einen Plan zu haben, aber sie kam nicht mehr dazu, ihn auszuführen, denn ihr Pferd brach unter ihr zusammen. Sie schwang noch drohend ihr Schwert, als unzählige Piken und Klingen auf sie niederprasselten.

Es grenzte an ein Wunder, dass Pinnosa noch lebte. Sie hatte ihren Schild verloren, benutzte aber Artemis' Leichnam als Schutz und verteidigte sich mit zwei Schwertern.

Vor ihren Füßen lagen fünf tote Hunnen. Laut schreiend bot sie trotzig Widerstand und forderte die Männer, die einen Halbkreis um sie gebildet hatten, zum Kampf heraus.

Als die Vorhut in das Kampfgeschehen eingriff, brüllte sie Faustina und Viventia Befehle zu, doch bevor die etwas erwidern konnten, sprang ein junger Hunne mit einem Dolch über Artemis hinweg und näherte sich Pinnosa von hinten. Sie wirbelte herum und erledigte den Burschen kurzerhand mit ihrem langen Schwert. Im selben Moment wurde eine Pike aus der Menge auf sie geschleudert. Das Wurfgeschoss traf sie genau zwischen den Schulterblättern, und sie sank zu Boden. Cordula war überzeugt, dass Pinnosa tot war, ehe die Horde über sie herfiel.

Als die Mittagsglocken läuteten, war die Schlacht vorüber. Faustina, Viventia und die Vorhut hatten beherzt gekämpft und viele Hunnen getötet, bevor sie selbst überwältigt wurden. Cordula verfolgte beinahe apathisch, wie eine Kriegerin nach der anderen der Hunnenhorde zum Opfer fiel. Die junge Mutter drückte ihren Sohn, dessen Blick auf das blutige Geschehen gerichtet war, an ihre Brust. Er sollte die Bilder des Schreckens nie wieder vergessen, auch wenn er viel zu klein war, um zu begreifen, was dort geschah.

Bischof Clematius, der hinter ihr stand, sprach mit lauter Stimme lateinische Gebete. Cordula begann ebenfalls zu beten, während sie fassungslos auf das Gemetzel starrte. Im Geiste sah sie ein gleißendes Licht vor sich, das so lange Zeit die Dunkelheit erhellt hatte und nun vor ihren Augen von einer schwarzen Wolke verschlungen wurde.

Die weißen Blütenblätter auf dem Feld hatten sich rot gefärbt. Die weißen Umhänge der Kriegerinnen lagen blutverschmiert im Dreck. Cordula beobachtete, wie die Hunnen über das mit Leichen übersäte Schlachtfeld liefen und sich auf der Suche nach Trophäen über die toten Frauen und Pferde beugten.

Der stolzen, mächtigen Ersten Athene, die während ihres Wirkens unermesslichen Ruhm erlangt hatte, wurde nach ihrem Ende keinerlei Achtung mehr entgegengebracht.

Epilog

«Na, na, Brittola», murmelte Cordula und wiegte ihre Tochter sanft in den Armen. Das kleine Mädchen hatte immer wieder leise geschluchzt, seitdem ihre Mutter über Constans' Tod gesprochen hatte, doch als das Ende der Erzählung nahte, liefen ihm die Tränen in Strömen über die Wangen. Brittola weinte nicht nur über die Geschichte, sondern auch über die Frauen und das Leid ihrer Mutter. Besonders bei den letzten Worten war ihr anzumerken, wie sehr die Schrecken jenes Tages sie erschüttert hatten.

«Erinnerst du dich an den großen Falken, der vom Himmel herabstürzte und eine Taube aus dem Küchengarten riss?», fragte sie sanft. Ihre Tochter nickte. «Damals war es so ähnlich. Ein schönes, zartes weißes Ding wurde von einem großen schwarzen Ding verschlungen. So wie dein Bruder es dem Bischof gegenüber beschrieben hat.» Cordula schaute ihren Sohn an, der aufrecht am Fußende des Bettes saß, und fragte ihn: «Erinnerst du dich wirklich noch an etwas, was an dem Tag geschah?»

Ihr Sohn, der keinen Ton herausbrachte, nickte nur.

Cordula streckte ihm die Hand entgegen. Er ließ sich nicht lange bitten und warf sich in ihre Arme. Beide Kinder schmiegten sich an ihre Mutter und weinten.

Cordula hielt die Kinder eng umschlungen und blickte zum Eingang des Westflügels, als ständen dort Menschen und beobachteten die Szene.

Schließlich verebbte das Schluchzen.

«Mutter?», fragte der Sohn leise.

«Ja?», sagte sie abwesend und unterbrach ihre stille Wache mit den unsichtbaren Beobachtern.

«Ich weiß, dass Vater nicht dabei war, aber manchmal spricht er, als wäre er dabei gewesen», meinte der Junge verwirrt. «Das verstehe ich nicht.»

«Dein Vater kam am nächsten Tag, lange nachdem der letzte Hunne abgezogen war, um in seine Heimat zurückzukehren. Auf dem Rückweg von Prinz Jovinus hörte er von einem Händler, dass die Hunnen über uns hergefallen waren, und er ritt die ganze Nacht hindurch, um möglichst schnell bei uns zu sein. Obwohl er an jenem furchtbaren Tag selbst nicht dabei war, sah er bei seiner Ankunft noch genug, um sich ein Bild von dem entsetzlichen Kampf machen zu können. Ich erinnere mich gut daran. Wie so viele Menschen aus Colonia irrte ich über das Blütenfeld und hoffte, irgendetwas zu finden, was mir helfen würde, die schrecklichen Geschehnisse zu begreifen. Plötzlich hörte ich ihn meinen Namen rufen, und dann sah ich ihn. Er stieg soeben vom Pferd. Es war, als erwachte ich aus einem entsetzlichen Traum. Ich …»

«Ich mag deinen Namen, Mutter.» Brittola spähte unter Cordulas Arm hervor. «Und trotzdem werde ich meine erste Tochter Ursula nennen.»

«Das ist schön. In Erinnerung an deine berühmte Tante?»

«Ja, in Erinnerung an sie, und ich mag auch den Kleinen

Bären. Es hört sich hübsch an. Besser als dieser Große Bär hier.» Sie stupste ihren Bruder zärtlich in die Rippen.

«Ich mag ‹Arthur›», widersprach er. «Es ist ein starker, mutiger Name.»

«Ja, Arthur.» Cordula zerzauste das Haar ihres Sprösslings. Sie war froh, dass die Kinder aus der Benommenheit erwachten. «Oleander hat ihn vorgeschlagen. Wusstest du das?»

«Ach ja?», fragte er überrascht. «Nein, das wusste ich nicht.»

«Nun, gewissermaßen ...» Cordulas Miene erhellte sich bei der Erinnerung an die Namenswahl. Es war, als vertriebe eine kleine weiße Wolke den Sturm. «Wir standen noch immer auf dem Blütenfeld. Dein Vater hatte sie gefunden, bevor er mich fand. Nachdem er mich in die Arme geschlossen hatte, fragte ich ihn, was wir tun würden, und er antwortete: ‹Wir fahren nach Hause.› Er habe bereits eine Galeere beauftragt, alle Diener nach Britannien zurückzubringen, einschließlich unserer neuen Dienerin. Ich fragte: ‹Und wer ist das?› Dein Vater winkte, und Oleander trat hinter Hermes hervor. Sie schaute uns verlegen an und erklärte, sie wolle nicht undankbar sein, aber ein Herr habe nicht das letzte Wort, wenn es um die Betreuung eines Kindes gehe, sondern die Mutter. Dann wandte sie sich mir zu und fragte höflich: ‹Wollt Ihr mich haben, Herrin?› Ich erwiderte: ‹Welch eine Frage, Oleander! Du könntest ebenso fragen: Will der Sommer die Sonne haben?›

Sie drückte mich erfreut an sich. Dann nahm sie dich auf den Arm und gestand mir: ‹Wisst Ihr was, Herrin? Ich habe schon immer davon geträumt, einen Jungen zu umsorgen.› Ich werde niemals vergessen, wie sie euren Vater und mich ansah und sagte: ‹Glaubt Ihr nicht, es ist an der Zeit, diesem Jungen einen Namen zu geben? Er braucht einen starken, mutigen Namen wie Arthur oder Viktor.› Dein Vater und ich sahen uns an, und ich wusste sofort, was er dachte …» Cordula strich ihrem Sohn übers Haar. «Wir sprachen den Namen beide im selben Augenblick aus: ‹Arthur›, und so wurdest du genannt. Oleander flüsterte immer wieder deinen Namen, während sie dich in den Armen wiegte. ‹Arthur, Arthur, Arthur.› Nach einer Weile meinte sie: ‹Dieser Name passt sehr gut zu dem Jungen. Wir brauchen einen Großen Bären, der auf den Kleinen Bären folgt.›»

«Ich vermisse Oleander», jammerte Brittola, die schon wieder den Tränen nahe war. «Warum musste sie uns nur verlassen?»

«Sie hat schöne, glückliche Jahre bei uns verbracht und wollte im Alter keine Last für uns sein. In dem Spital in Corinium ist sie sehr glücklich. Es liegt in der Nähe des Palastes, der sie an so vieles erinnert, und sie …»

«Wir könnten sie morgen besuchen, wenn ihr Lust habt.» Morgans Stimme schreckte sie alle auf.

Er hatte die Reitstiefel ausgezogen und sich leise hereingeschlichen, um seine Familie zu überraschen. Die Kinder kreischten vor Freude, sprangen auf und umarmten ihren Vater, der lächelnd im Türrahmen stand.

«Weißt du, Arthur, an den Tag, an dem wir deinen Namen ausgesucht haben, erinnere ich mich, als wäre es gestern gewesen.» Er nahm seine Tochter auf den Arm und ging mit den Kindern zu seiner Frau. «Noch am selben Abend wurdest du von Bischof Clematius in der kleinen Kapelle getauft, die vor dem Nordtor Colonias steht.»

«Es war eine wunderschöne Zeremonie», sagte Cordula und küsste ihren Mann. «Viele Menschen aus der Stadt nahmen daran teil. Später sagten sie, deine Tauffeier sei nach all dem, was geschehen war, wie eine Wiedergeburt gewesen.»

«Und am Ende der Feier», fuhr Morgan fort, während er die Kinder wieder zu ihrer Mutter ins Bett legte, weil er fand, sie sähen alle drei schrecklich müde aus, «am Ende sagte der Bischof: ‹Ich nehme an, in den nächsten Jahren wird es viele Arthurs und Ursulas geben, und so soll es auch sein. Wir müssen die Welt mit ihnen bevölkern, in Erinnerung an die glorreichen Frauen – wie deine Mutter –, die dem größten ‹Kleinen Bären› von allen folgten – der wahren, mächtigen Ursula.›»

Historische Anmerkungen

Wenn Sie den Hauptbahnhof in Köln durch den Ausgang Breslauer Platz verlassen, gelangen Sie nach einem kurzen Fußweg zum Ursula-Platz, auf dem die moderne Kirche St. Ursula steht – eine gefällige Nachbildung der Kirche aus dem 16. Jahrhundert. Sollten Sie einmal in diese Gegend kommen, empfehle ich Ihnen, sie zu besichtigen. Es lohnt sich. Verweilen Sie ein paar Minuten auf dem Vorplatz, schließen Sie die Augen und stellen Sie sich vor, was hier vor eintausendfünfhundert Jahren – über tausend Jahre, bevor die Kirche erbaut wurde – geschah. Denn an diesem Ort, der früher unmittelbar vor dem Haupttor von Colonia lag, dem Juwel Roms nördlich der Alpen, geschah etwas Entsetzliches.

Die Ereignisse müssen sich im vierten oder fünften Jahrhundert zugetragen haben. Es war die Zeit, als das Römische Reich zusammenbrach; die Zeit der germanischen Invasionen; die Zeit des Aufruhrs, die in ganz Westeuropa das frühe Mittelalter einläutete. Damals geschahen viele schreckliche Dinge an vielen Orten zugleich, doch nur wenige wurden säuberlich aufgezeichnet, und diese Geschichte gehörte schlichtweg nicht dazu.

Betritt man die moderne Kirche St. Ursula, liegt rechter Hand die Goldene Kammer. Schauen Sie sich die Knochen der Opfer an, die buchstäblich vom Boden bis zur Decke die kleinen Nischen füllen. Die Schädel der brutal ermordeten Frauen wurden auf mittelalterliche Art präpariert, damit sie als Reliquien verkauft werden konnten. Das mit unzähligen Leichnamen gefüllte Massengrab, auf dem dieses Gotteshaus erbaut wurde, erwies sich als eine wahre Fundstätte für Reliquien, mit denen ein blühender Handel getrieben werden konnte. Siebenhundert Jahre lang waren es die Knochen der Ursulinen, die die meisten Besucher nach Köln lockten. Man kann wohl mit Fug und Recht behaupten, dass Ursula und ihre «Jungfrauen» für das vierzehnte Jahrhundert das waren, was Elvis Presley für das zwanzigste darstellte.

Im Chor der Kirche finden Sie in der Wand eine große Tafel mit der rätselhaften, schwer zu entziffernden und nicht ganz eindeutigen lateinischen Clematius-Inschrift:

«Divinis flammeis visionib(us) frequenter admonit(us) et virtutis magnae maiiestatis martyrii caelestium virgin(um) imminentium ex partib(us) orientis exsibitus pro voto Clematius v(ir) c(larissimus) de proprio in loco suo hanc basilicam voto quod debebat a fundamentis restituit. Si quis autem super tantam maiiestatem huiius basilicae, ubi sanctae virgines pro nomine ·$\overline{\text{XPI}}$· sanguinem suum fuderunt, corpus alicuiius deposuerit exceptis viginib(us), sciat se sempiternis tartari ignib(us) puniendum»*

* «Durch gottgesandte Feuervisionen mehrfach gemahnt und durch die Kraft des hocherhabenen Martyriums der himmlischen Jungfrauen, die erscheinen, aus dem Morgenland herbeigeführt, hat aufgrund eines Gelübdes Clematius, ein Mann von Senatorenrang, aus eigenen Mitteln auf seinem (oder: ihrem?) Boden diese Basilika – nach dem Gelübde, das er

Diese Zeilen, die kurz nach dem schrecklichen Ereignis in Stein gemeißelt wurden, sind das einzige «historische» Dokument der Gräueltaten. Sie liefern uns den einzigen Namen, der mit der wahren Episode verknüpft ist – Clematius – und deuten vage auf das Martyrium von unzähligen Jungfrauen hin. Die Inschrift klärt uns nicht darüber auf, wer sie waren und warum sie sich dort aufhielten, aber das ist auch nicht nötig. Wir wissen, dass an diesem Ort etwas geschehen ist, das den Tod vieler Frauen zur Folge hatte.

Es gibt zwar keine schriftlichen Aufzeichnungen über dieses historische Ereignis, doch es hat die Phantasie der Menschen so sehr beflügelt, dass die Geschichte mündlich überliefert wurde. Die romanisierten Germanen im Rheinland machten sie sich zu Eigen, und als ein den Bären verehrendes Volk änderten sie vermutlich den Namen der Anführerin – in Ursula, kleiner Bär. Sie schmückten hier und da etwas aus und gaben die Geschichte von Generation zu Generation weiter. Die Wahrheit wurde ebenso wie alle Hinzufügungen und Änderungen in dem alterslosen Gemisch aus Mythen und Legenden erhalten.

Ein paar hundert Jahre später kamen lateinische Gelehrte, Hagiographen aus dem Vatikan, mit einer wichtigen Aufgabe ins Rheinland: Sie suchten heidnische Hel-

zu erfüllen hatte – von den Grundmauern auf wieder hergestellt. Wenn aber jemand innerhalb dieser so hoch erhabenen Basilika, wo die heiligen Jungfrauen für Christi Namen ihr Blut vergossen, jemandes Leichnam bestattet – mit Ausnahme der Jungfrauen –, so soll er wissen, dass er mit ewigem Höllenfeuer bestraft werden soll.» (Anm. d. Übers.: Zitiert nach Frank Günter Zehnder: Sankt Ursula. Legende, Verehrung, Bilderwelt. Köln 1985) den, die sie zu Heiligen erheben konnten, um dadurch den Ehrgeiz der Kirche, sich auszuweiten und wahrlich katholisch, wahrlich allumfassend zu werden, zu befriedigen. Die päpstlichen Kleriker interpretierten die Geschichten, die sie von dem Volk am Rhein hörten, auf ihre eigene Weise. Die «heilige Ursula» wurde geboren, die vom Schicksal gebeutelte Frau, die während einer unglückseligen «Pilgerfahrt» elftausend «Jungfrauen» in den Tod führte. Aber die germanischen Gelehrten, die die Delegierten begleiteten, erzählten eine andere Geschichte. Sie sprachen von Frauen in Rüstungen und mit Waffen, die Streitrösser ritten und in der «Kriegskunst bewandert waren». Und sogar die Priester konnten sich den zahlreichen Darstellungen, die Ursula mit einem Pfeil zeigten oder sogar einem ganzen Bündel Pfeilen, nicht widersetzen. Es herrscht also Übereinstimmung in dem Punkt, dass Ursula und ihren «Jungfrauen» Waffen nicht fremd waren. Die Kirche übersah jedoch gerne, dass die Frauen keine «Pilgerreise» machten. Sie hatten ein Heer aufgestellt und waren ausgezogen, um eine Mission zu erfüllen!

Die historische Wahrheit kennen wir nicht; wir werden die Geschichte dieser Frauen, wie sie sich in Wirklichkeit abgespielt hat, niemals erfahren. Gleichwohl habe ich versucht, die wenigen authentischen Fragmente, die uns überliefert wurden, zu verbinden und gemeinsam mit den wichtigsten Elementen der Ursula-Legende als Gerüst für eine rein fiktionale Geschichte zu verwenden. Es gab mit an Sicherheit grenzender Wahrscheinlichkeit eine Pinnosa, eine Brittola, eine Martha, eine Saula und eine Cordula. Diese Namen überlebten in der mündlichen Überlieferung und wurden von den päpstlichen Hagiographen und den germanischen Gelehrten, die sie begleiteten, aufgezeichnet. Und wer weiß, vielleicht war unter ihnen wirklich eine einzigartige, außergewöhnliche Prinzessin aus Britannien, die ein Heer von Jungfrauen auf den Kontinent führte, wo sie vor den Toren der Stadt Colonia im Kampf gegen die erbarmungslosen Hunnen einen qualvollen Tod starben.

Die wichtigsten römischen Orts- und Flussnamen und ihre heutigen Äquivalente

Orte

Arelate	Arles
Caesaraugusta	Saragossa
Calleva Atrebatum	Silchester
Castra Regina	Regensburg
Colonia	Köln
Confluentes	Koblenz
Corinium	Cirencester
Dubris	Dover
Eburacum	York
Gesoriacum	Boulogne
Glevum	Gloucester
Lindines	Ilchester
Lindum	Lincoln
Londinium	London
Mogontiacum	Mainz
Noviomagus	Nimwegen
Rutupiae	Richborough
Vindobona	Wien
Viroconium	Wroxeter

Flüsse

Danubius	Donau
Liger	Loire
Moenus	Main
Rhenus	Rhein
Rhodanus	Rhône
Sabrina	Severn
Sequana	Seine
Tamesis	Themse

Foto: Bavaria Bildagentur/Picture Finders

Die großen historischen Ägypten-Romane bei rororo:

Christian Jacq
Ramses Band 1-5
«Hofintrigen, Magie, Verrat, Verschwörung. Christian Jacq versteht es, historische Tatsachen zu einer spannenden Geschichte zu verweben, und liefert einen überwältigend detailreichen und authentischen Eindruck vom altägyptischen Alltagsleben.»
Welt am Sonntag

Der Sohn des Lichts
Roman 3-499-22471-2

Der Tempel der Ewigkeit
Roman 3-499-22472-0

Die Schlacht von Kadesch
Roman 3-499-22473-9

Die Herrin von Abu Simbel
Roman 3-499-22474-7

Im Schatten der Akazie
Roman 3-499-22475-5

Pauline Gedge
Herrscher der zwei Länder
Band 1-3
In ihrer großen Trilogie erzählt die Bestsellerautorin Pauline Gedge die bewegende Geschichte einer der bedeutendsten Familien des alten Ägypten.

Der fremde Pharao
3-499-23033-X

In der Oase
3-499-23105-0

Die Straße des Horus
3-499-23116-6

3-499-22471-2

B 38/2

Landschaften der Liebe

Unterhaltung (nicht nur) für Frauen bei rororo

Kitty Ray
Nells geheimer Garten
Roman. 3-499-23238-3
Als die Literaturdozentin Ellis in das Cottage ihrer verstorbenen Großtante Nell zieht, entdeckt sie deren Tagebuch. Es erzählt die Geschichte einer tragischen Liebe und eines großen Geheimnisses, das Ellis einen Weg in die Zukunft weist.

Die Gabe einer Liebe
Roman. 3-499-22851-3

Rückkehr nach Manor Hall
Roman 3-499-22852-1

Marcia Willett
Zeit der Vergebung
Roman. 3-499-23604-4

Jill Marie Landis
Wenn die Magnolien wieder blühen
Roman. 3-499-23641-9

Diana Stainforth
Unter den Hügeln von Wales
Roman. 3-499-23436-X

Schau niemals zurück
Roman
Ein Strudel dramatischer Ereignisse: Eine junge Frau beweist viel Mut und Stärke und ist im Kampf um ihr Glück sogar bereit, ihr Leben zu riskieren.

3-499-23707-5

Weitere Informationen in der Rowohlt Revue oder unter www.rororo.de

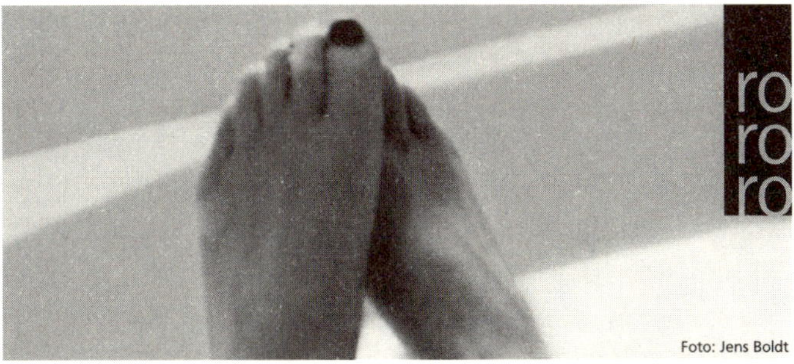

Foto: Jens Boldt

Die weibliche Problemzone heißt Mann!

Kathrin Tsainis
Dreißig Kilo in drei Tagen
Roman
3-499-22925-0
Vicky ist nicht dick, aber sie fühlt sich fett. Sie hätte gern wilden Sex mit ihrem neuen Schwarm, traut sich jedoch nicht, ihn anzumachen. Und eines weiß Vicky ganz genau: Ihr Leben sähe anders aus, wenn ihr Bauch flacher wäre, ihre Beine straffer und ihr Hintern kleiner. Abnehmen ist angesagt. Egal wie. Hauptsache, schnell fünf Kilo runter. Denn dann kommt das Glück von ganz allein. Oder nicht?

Tagediebe
Roman
3-499-23302-9

Christine Eichel
Wenn Frauen zu viel heiraten
Roman
3-499-23369-X

Ildikó von Kürthy
Mondscheintarif
Roman
3-499-22637-5
«Ich musste eine Schlaftablette nehmen, weil Lachzwang mich am Einschlafen hinderte.» (Wolfgang Joop)

3-499-23287-1